KB140957

The
Dancing
Girls

The Dancing Girls

Copyright ⓒ 2019 M.M. Chouinard.

First published in the English language in 2019 by Storyfire Ltd, trading as Bookouture.

Korean language edition ⓒ 2022 by Golden Time

This Korean language is published by arrangement with Little, Brown Book Group Ltd, London
through EntersKorea Co., Ltd.

이 책의 한국어판 저작권은 ㈜엔터스코리아를 통해 저작권사와 독점 계약한 황금시간이 소유합니다.
저작권법에 의하여 한국 내에서 보호를 받는 저작물이므로 무단전재와 무단복제를 금합니다.

The
Dancing
Girls

M.M. 쉬나르 장편소설

댄싱 걸스

이은선 옮김

황금시간

이즈리얼 선생님을 비롯해 젊은 작가들의 꿈을 응원하는

모든 선생님에게 바친다.

CONTENTS

PART 1

지닌 해먼드
Jeanine Hammond
2012년 11월

Chapter 1

남자는 중절모를 고쳐 쓰며 쓰러지듯 호텔 방으로 들어갔다. 그와 동행한 여자는 카베르네 소비뇽 한 병을 자기 혼자 다 마셨다는 걸 알지 못한 채 비틀거리며 웃음을 터뜨렸다. 그는 여자를 끌어당겨서 안고 한참 동안 입을 맞추며 애를 태우다 그녀의 귓가에 대고 속삭였다. "스위치 어디 있어요?"

여자의 손이 벽을 따라 움직였고 잠시 후에 불빛이 방 안을 비췄다.

그는 그녀가 어느 정도로 몸의 균형을 잡지 못하는지 가늠했다. 그녀는 합판으로 된 침대 옆 테이블에 핸드백을 조금 세게 내동댕이치고는 불안하게 서서 하이힐을 벗으려고 하다가 하마터면 넘어질 뻔했다. 그는 고개를 끄덕이며 넥타이를 풀고 침대 쪽으로 천천히 다가갔다.

"이리 와요." 더 이상 매력적일 수 없는 미소를 띠며 그는 손을 내밀었다. "더는 못 기다리겠어요."

여자는 내리깐 속눈썹 사이로 그와 눈을 맞추며 원피스 지퍼를 내리려고 등 뒤로 손을 뻗었다.

"아니, 그러지 말아요. 내가 벗기고 싶어."

여자는 고개를 모로 꼬고 그를 향해 느릿느릿 걸어가 손을 내밀었다. 그는 저녁을 먹은 식당에서 같이 춤을 추었을 때 들은 마지막 노래의 한 소절을 흥얼거리며 그녀를 천천히 한 바퀴 돌리고는 그녀의 등을 자기 가슴에 대고 끌어안았다. 그의 손이 그녀의 옆구리를 타고 내려갔다가 반질반질한 가지색 실크 원피스를 더듬으며 다시 올라가 그녀의 젖가슴을 부드럽게 감싸 쥐자 그녀의 입에서 나지막한 숨결이 새어 나왔다. 그가 젖꼭지를 애무하자 그녀는 숨을 토했다.

그는 여자의 귓불을 잘근거리고 손가락으로 그녀의 살갗을 가만히 어루만지며 넥타이를 그녀의 뺨에 둘렀다. 한 손가락으로 그녀의 숱 없는 금발을 옆으로 넘기고 드러난 목덜미를 입술로 훑고 지나다 잠시 멈췄다. 그녀의 머리에서 풍기는 꽃향기와 섞인, 숲 향이 나는 향수 냄새를 들이마셨다.

그의 손이 여자의 젖가슴에서 팔꿈치로 움직였다. 그녀를 더 바짝 끌어안으며 눈을 감은 채 말랑말랑하고 따뜻한 그녀의 배를 느꼈다.

"아야. 자기야, 조금 숨이 막히는데." 그녀가 쉰 목소리로 웃음을 터뜨렸다.

그는 팔에서 힘을 풀 기미를 보이지 않았다. 다른 쪽 손으로 그녀의 목에 드리워져 있던 넥타이를 소매치기처럼 잽싸게 감았다. 그러고는 손을 비틀어 단번에 격하고 날렵하게 잡아당겼다.

여자는 고함을 지르려고 했지만 날카롭고 거칠게 바람 빠지는 소리만 나올 따름이었다. 그의 손목이 양쪽 끝을 잡고 비틀어 능숙하게 한 번 그리고 또 한 번 돌리자 넥타이가 그녀의 살 속으로 깊숙이 파고들었다.

여자는 몸에 힘을 주고 움찔거리며 탈출할 방법을 찾았다. 일단 앞으로 갔다가 뒤로 그를 밀치려고 했지만 두 팔이 옆구리에 붙들려 있었으니 헛수고였다. 그녀가 뒷발질하려고 하자 그는 미소를 지었다. 침대 바로 앞으로 그녀를 불러놓았기 때문에 힘을 실어 그를 공격할 수 있을 만한 거리가 확보되지 않았다. 그녀는 침대 프레임에서 몸을 떼어내 필사적으로 공간을 만들려고 했지만 실패했다.

어마어마한 권능감이 그를 관통했다.

남자는 버둥거리는 그녀의 몸에서 옆얼굴로 관심을 돌렸다. 그녀의 표정과 갈색 눈에 깃든 공포를 기억에 담고, 숨이 막혀 컥컥대는 희미한 멜로디를 머릿속에 새겼다. 그런 다음 기분 좋게 긴장한 그녀의 근육을 느끼며 긴장이 사라지길 기다렸다. 그것이 산소가 바닥나 그녀의 세상이 막을 내렸다는 신호이기 때문이다.

남자는 그녀의 몸에서 힘이 빠진 뒤에도 만약의 경우에 대비해 그자리에 몇 분 더 서 있었다. 눈을 감고 품 안에서 축 늘어진 그녀의 몸과 자신이 그녀의 운명을 완벽하게 통제했다는 사실을 음미했다. 너는 내가 시키는 대로 춤을 췄어. 내 뜻대로 먹고 마셨고. 내가 의도한 대로 불타오르는 욕정을 느꼈지. 그리고 이제 마침내 죽음을 맞이했지.

조금도 의심하지 못한 채.

발기한 성기가 바지 앞섶을 밀었다.

그는 여자의 몸을 자신과 마주 보도록 돌리고 그녀의 오른손을 위로 들었다. 무겁다고 욕을 하며 그녀를 살짝 들어서 그녀의 발을 자신의 발 위에 얹었다. 〈남국의 장미〉 첫 소절을 휘파람으로 불고 그녀를 흔들며 즉석 댄스홀에서 앞으로 미끄러지듯 스텝을 밟았다.

춤을 춰, 나만의 꼭두각시, 내 명령에 따라. 고분고분하게. 오로지 나만을 위해.

여자의 고개가 뒤로 꺾이자 기괴한 자세가 됐다. 이 돌발 상황으로 아랫도리가 아플 만큼 흥분되는 바람에 그는 어쩔 수 없이 춤을 멈추어야 했다.

그는 웃으며 그녀를 침대 한쪽 옆으로 다시 데려가 팔을 풀고 뒤로 물러났다. 여자는 침대를 타고 스르르 미끄러져 바닥으로 떨어졌다. 그는 여자의 목에 감겨 있던 넥타이를 풀어 주름을 펴고 다시 자기 목에 걸었다. 그리고 옆에 무릎을 꿇고 앉아 그녀의 결혼반지를 빼서 자기 가슴 주머니에 넣었다. 여자의 오른팔을 비스듬히 밖으로 빼고 왼손은 여자의 몸을 향해 구부린 채 좀 전처럼 고개를 다시 뒤로 젖혔다. 그러고는 일어나 곰곰이 내려다보았다. 그녀는 볼룸댄서 같기도 하고 발레리나 같기도 했지만, 어느 쪽이든 상관없었다. 그는 그 장면을 머릿속에 담았다.

그런 다음 방 안을 죽 둘러보며 여기 들어온 이후 자신의 모든 움직임을 머릿속에서 재생했다. 그는 아무것도 건드리지 않았다. 아무것도 떨어뜨리지 않았다. 치울 게 없었다.

남자는 만족스러워하며 화장실에서 휴지를 한 장 뽑아서 그걸로 문을 열고 복도로 나왔다. 등 뒤에서 딸깍하고 문이 잠기는 소리가 들리자 휴지를 주머니 속 결혼반지 위에 넣었다. 중절모를 다시 눌러쓰고 보안 카메라에 얼굴이 잡히지 않도록 고개를 돌렸다.

남자는 렌터카 앞에 도착한 뒤에도 계속 고개를 숙이고 모자로 얼굴을 가렸다. 사전에 조사한 바에 따르면 주차장에는 카메라가 없었지만 악마는 디테일에 있다는 말도 있지 않은가.

남자는 그 진부한 격언에 담긴 아이러니에 웃음을 터뜨렸다.

그는 운전석에 올라타 천천히 주차장을 빠져나왔다. 어둠으로 덮이자 역겨울 정도로 전형적인 뉴잉글랜드의 대학촌이 훨씬 견딜 만해졌다. 덕분에 점점이 늘어선 가로등을 꼭 붙들고, 자기들을 향해 슬금슬금 다가오는 시커먼 숲을 피해 줄줄이 이어지는 박공지붕 달린 조지 왕조 스타일과 전면이 납작한 식민지 시대 스타일의 저택들이 신비로운 분위기를 풍겼다. 하지만 대학교는 불빛이 좀 더 환했다. 그는 빨간 벽돌로 된 고풍스러운 연방정부 건물과 그와는 대조적으로 아주 모던한 건축물을 가르며 달리는 동안 몸을 수그리고 싶은 충동을 애써 참았다. 그냥 자기 갈 길을 가는 사람보다 허리를 숙이고 살금살금 도망치는 사람이 학생들 눈에 띌 가능성이 훨씬 높았다. 그는 어떤 학생이 인도에 떨어진 낙엽을 줍더니 금빛이 도는 붉은색이 보이도록 돌려서 손을 잡고 있는 여학생에게 건네는 것을 보았다. 그녀는 미소를 짓고는 오랜 입맞춤으로 애인에게 고마운 마음을 전했다.

그는 감탄하며 눈썹을 위로 쫑긋 세웠다. 저런 수법으로 여자를 쉽고 간단하게 꼬일 수 있겠다. 기억해뒀다가 나중에 써먹어야겠다.

남자는 매사추세츠를 빠져나가는 고속도로 쪽으로 방향을 틀며 손목시계를 흘끗 확인했다. 자정 직전이었고 계획한 대로 착착 진행되고 있었다. 한참을 돌아가서 안전하게 기름을 넣어야겠지만 지금 이 시각에는 시러큐스까지 차로 네 시간 정도면 충분할 것이다. 도착하면 차를 반납하고 공항에서 뭘 좀 먹은 뒤에 집으로 가는 비행기 안에서 눈을 붙일 수 있을 것이다.

스케줄을 다시 한번 확인하면서 마음속으로 하나씩 점검했다. 차가 거의 없다시피 한 고속도로로 진입하자 중절모를 벗어서 조수석에 던지고 눌린 갈색 머리카락을 손으로 빗었다.

지체되는 시간 때문에 괴로웠지만 어쩔 수 없었다. 경찰에서 그의 본명을 절대 파악하지 못할 거라고 아무리 스스로를 달래도 탑승자 명단과 에이비스 렌터카 기록에 적힌 그의 이름이 자꾸 스치듯 떠올라 괴로울 것이다. 그의 머리는 그런 종류의 뼈를 물고 놓지 못하는 테리어 개와 같아서 – 축복인 동시에 저주였다 – 몇 주 동안 잠을 자려고 할 때마다 이리저리 뒤척이느라 땀범벅이 될 것이다. 집까지 차를 몰고 가는 것 역시 안될 말씀이었다. 그러면 며칠이 걸릴 테고 진이 다 빠질 것이다. 어느 쪽이 됐건 사후에 살인을 제대로 음미할 수 없을 것이다.

이것이 최선의 절충안이었다. 타깃 지역에 아무 기록을 남기지 않고 하루 만에 빨리 집으로 돌아갈 수 있었다. 내일이면 그는 안전할 테고, 모든 게 다 처리됐을 테고, 그는 자신의 방 침대에서 보상을 음미할 수 있을 것이다.

Chapter 2

조셋 푸르니에 경위는 라테를 감싸 쥐고 엘리베이터에서 내렸다. 뉴올리언스와 이 정도로 멀리 떨어진 지역에서는 옛날식 카페오레와 그나마 가장 비슷한 것이 이 라테였다. 간밤에 세 시간을 겨우 자고 나온 길이라 그 여파가 쇳덩이를 매단 운석처럼 그녀를 강타하고 있었다. 스무 살, 심지어 서른 살 때까지만 해도 며칠간 거의 자지 않아도 끄떡없었고 심지어 2, 3일 동안 밤을 샐 수도 있었다. 서른일곱 살인 지금, 아무렇지 않게 철야 근무를 할 수 있는 시절은 지났다고 볼 수 있었다. 스타벅스 컵에 담긴 커피를 크게 한 모금 마시자 따뜻한 커피가 목구멍을 타고 내려갔다. *주여, 카페인을 축복하소서.* 조는 커피 한 방울이 회색 재킷 앞섶에 떨어진 것을 보고 한숨을 쉬었다. 그리고 *드라이클리닝도 축복하소서.*

달리 뭘 어쩔 수 있을까? 그녀가 잠을 자지 못했다고 일이 중단되는 건 아니었다. 새로운 직책에 적응하면 이 힘든 시기도 지나갈 것이다. 하지만 지금 당장은 일 말고는 잠은 물론 다른 것에 할애할 수 있는 시간이 거의 없었다. 그녀는 자를 때가 지난 충진 밤색 머리를 손으로 쓸어넘기고 피곤한 초록색 눈을 지나 눈썹을 문질렀다.

조는 호텔 복도를 성큼성큼 지나 목표한 객실 근처에 서 있는 경관들을 향해 다가갔다. 그들은 묵례를 하고 그녀가 지나갈 수 있게 옆으로 비켜섰다. 밥 아넷과 크리스틴 로페즈 형사가 문 바로 앞에 서 있었고 감식반이 범죄 현장을 조사하는 중이었다. 희끗해져가는 검은 머리를 동그란 얼굴에 어울리는 길이보다 항상 조금 더 길게 유지하는 아넷은 자기 수첩에 적은 내용과 현장을 비교하는 중이었다. 조가 승진하기 전까지 몇 년 동안 아넷과 파트너였고 조는 그를 무한 신뢰했다. 새로 전근 온 로페즈는 검은색의 긴 머리를 보호용 캡 속에 말아넣고 쭈그리고 앉아서 몸을 앞으로 숙인 채 감식반에게 어떤 사진을 찍도록 지시를 내리고 있었다. 조는 자기보다 열 살 어린 로페즈와 같이 일한 얼마 안 되는 기간 동안 세세한 부분에 집중하는 성격과 컴퓨터를 다루는 능력에 감탄했지만 너무 열정이 넘쳐서 걱정스럽기도 했다. 조셋은 옆에 있는 감식반원을 흘끗 쳐다보았다. 처음 보는 얼굴인데 어깨가 넓고 파란 눈에 머리는 검은색이었다. 엄마가 항상 그녀와 어떻게든 엮어주려고 하는 타입의 남자였다. 엄마가 주선하는 만남과 거기에 소모되는 에너지가 떠오르자 숨 막힐 듯한 피로감이 물밀듯 밀려왔다. 남자친구 칼과 오늘 저녁에 데이트를 하기로 한 것이 퍼뜩 생각났다.

조는 병목 현상을 일으킨 입구를 지나 열려 있는 방문 너머를 들여다보았다. 왜소한 금발의 여자가 팔다리를 이상하게 꺾고 바닥에 쓰러져 있었다. 핏자국이나 다른 반항의 흔적은 없었다. 조가 서 있는 위치에서는 단순히 심장마비나 뇌출혈로 의식을 잃은 것처럼 보였다.

"어떻게 된 거예요?" 조가 물었다.

아넷이 고개를 들고 인사 삼아 턱을 까딱였다. "객실에서 교살당한 여자가 발견됐어. 오늘 아침에 메이드가 평소처럼 청소를 하다가. 목에 난 자국을 보고 똑똑하게 시신을 그대로 보존했어. 핸드백만 슬쩍 건드리고. 피해자는 두꺼운 코드 비슷한 걸로 목이 졸렸고 다른 상처는 없어. 살인에 쓰인 무기도 아직 발견되지 않았고."

"피해자의 신원은 밝혀졌어요?"

"운전면허증상으로는 지닌 해먼드, 35세야. 정보를 수집하는 중이야. 면허증에 적힌 주소는 오하이오주 그린 래피즈고." 아넷은 수첩을 보지도 않고 말했다. 그는 수첩을 볼 필요가 거의 없었다.

"이 아름다운 오크허스트 도심에는 어쩐 일이었을까요?"

"아직은 알 수가 없어. 어제 오후 4시 15분쯤에 자기 이름으로 예약한 객실에 체크인 했대. 건드린 물건은 거의 없어 보여. 오자마자 곧바로 다시 나갔고 기록상으로는 어젯밤 11시 19분에 열쇠로 문을 열고 들어왔어. 검시관이 1차로 추정하기로는 그 직후에 살해된 것 같대. 15분 뒤에 문이 마지막으로 한 번 더 열렸고."

"그녀가 들어오는 걸 본 사람은 있어요?"

"아직은 몰라. 야간 근무자에게 물어보고 보안 카메라 영상을 확인해야 해."

"강도였을 가능성은요?"

아넷은 고개를 저었다. "강도는 아닌 것 같아. 현금과 신용카드가 지갑 안에 그대로 있고 다이아몬드 목걸이를 그대로 걸고 있어. 노트북은 책상에, 가방은 거의 손도 대지 않았고."

병목 현상이 해소되자 조는 폴리스라인이 허락하는 한도 안에서 최대한 앞으로 다가갔다. "바닥에서 목이 졸렸는데 반항한 흔적이 없다. 어째 이상한데요?"

"바닥에서 졸린 게 아니야. 검시관 말로는 멍과 삭흔으로 봤을 때 서 있는 상태에서 교살당했대."

"헐." 조는 목을 길게 빼고 주위를 두리번거렸다. "내가 직접 가서 봐도 될까요?"

아넷은 미소를 지었다. 두 사람 모두 알다시피 조는 허락을 구할 필요가 없었다. 그는 보호 장비를 손으로 가리켰다. "좋을 대로 해."

조는 보호 장비를 갖추고 폴리스라인 아래로 들어가 아넷을 따라 지닌에게 다가갔다. 그녀는 경찰로 근무한 지 15년이 지났지만 지금도 시신을 맞닥뜨리면 항상 분노와 좌절과 공포를 느꼈다. 생명을 이런 식으로 태연하게 무시할 수 있는 비뚤어진 자에게 분노를, 이런 비극을 막지 못했다는 데 좌절을, 이 희생자를 위해 정의를 구현할 수 없을지 모른다는 데 공포를 느꼈다. 하지만 이번 경우는 평소보다 더 심하게 충격을 받았다. 뺨에서부터 불같이 번진 점상 출혈 때문에 벌게졌고 벌린 입 사이로 살짝 부은 혀를 내민 여자의 얼굴이 조의 감정을 건드리는 특이한 표정을 짓고 있었다. 자신의 꿈과 희망이 이루어지지 않을 거라는 깨달음과 함께 죽어간 여자처럼 왠지 모르게 슬퍼 보였다.

조는 허리를 숙이고 여자의 목을 감싼 벌겋게 부은 자국을 좀 더 자세히 들여다보았다. "삭흔이 상당히 똑바르네요? 뭘로 목을 졸랐는지 밝혀졌어요? 맨손으로 졸랐을 리 없을 텐데."

"아직 안 나왔어. 모든 가능성을 염두에 두고 실험해보려고."

조는 고개를 끄덕이며 허리를 펴고, 뒤로 한발 물러나 위에서 내려다보았다. "검시관이 누운 자세로 교살당한 게 아니라고 확신한단 말이죠?"

"그런 것 같았는데. 왜?" 아넷은 그녀의 시선을 따라 지닌을 쳐다보았다.

"목의 각도가 이상해 보여서요. 그리고 저 왼쪽 팔도 어떤 상황이면 저런 식으로 떨어질까요?"

아넷은 어깨를 으쓱했다. "전혀 모르겠는데. 내가 물어볼게."

조는 다시 허리를 숙였다. 지닌이 반지를 끼고 있었던 왼쪽 넷째 손가락이 움푹 들어가 있었고 보이지 않는 뭔가가 피부를 누르기라도 한 것처럼 선명하게 자국이 남아 있었다. 얼마 전에 낀 반지라면 이렇게 오랫동안 흔적이 남지 않는다는 걸 그녀는 너무나 잘 알고 있었다. 그녀는 손가락을 가리켰다. "이 주변에서 굴러다니는 결혼반지 찾았어요?"

"아니, 찾아봤지만 없었어."

"얼마 전에 이혼했나?"

"아마도. 조만간 알 수 있겠지." 아넷이 눈썹을 찌푸렸다. 조도 아는 표정이었다. 뭔가 납득이 가지 않는 게 있다는 뜻이었다.

"바에서 남자를 잘못 만났을까요?"

"그랬을 수도 있지. 하지만 겉보기에 성폭행을 당한 흔적은 없어."

"아직 확실하지는 않으니까 가능성을 완전히 배제하지는 말자고요. 지배인 만나러 가려는데 뭐 필요한 거 있어요?"

"아직은 없어."

"그럼 내가 가서 매뉴얼대로 할게요." 그녀는 감식반과 계속 대화를 나누고 있는 로페즈에게 묵례로 아는 체했다.

조는 목의 맨 아랫부분에 자리 잡은 다이아몬드 목걸이를 만지작거리며 생각에 잠긴 채 다시 복도로 나갔다. 오크허스트는 정성스럽게 조성된 소도시 분위기를 풍겼지만 사실은 대도시였고 지난 몇 년 동안 살인사건이 증가하는 추세였다. 하지만 조는 아넷과 같은 생각이었다. 이 사건에는 뭔지 모르게 묘한 구석이 있었다. 침묵이 가득하고 긴장감이 흐르는 방에 들어간 것처럼 이상한 낌새가 느껴지는 불안한 감이 있었다.

오늘 저녁에는 결국 칼을 만나지 못할 것이다.

조는 자정이 훌쩍 지난 다음에서야 현관문에 달린 잠금장치를 돌릴 수 있었다. 그녀는 열쇠를 커피 테이블 위로 던졌다가 유리에 부딪치며 요란한 소리를 내자 움찔했다. 방에서 복도로 불빛이 쏟아졌다. 칼이 아직 안 자고 있었다. 조는 바닥을 때리는 그의 발소리를 들으며 외투를 걸었다. 평소처럼 느긋하게 걷는 게 아니라 분노를 섞어서 힘을 주어가며 쿵쿵거리는 소리였다. 조가 고개를 들어보니 칼이 팔짱을 끼고 말없이 그녀를 노려보고 있었다.

"내가 어떻게 해야 하겠어, 칼? 이게 내 일이야. 당신도 알잖아." 그녀는 애원하는 눈빛으로 말했다.

"문자가 아니라 전화를 할 수 있었잖아. 아니면 30분 만이라도 시간을 내서 왔다 가든지, 아니면 내가 가든지. 어차피 저녁은 먹어야 할 테니까."

조는 거실을 가로질러 칼의 옆으로 가서 애써 사과의 미소를 지었다. "사실 저녁 안 먹었어. 그게 얼마나 드문 일인지 당신도 알지? 하지만 당신 말이 맞아. 전화를 했어야 하는데."

"왜 안 했어?"

그녀의 미소가 흔들렸다. 진실을 밝히면 도움이 되지 않겠지만 그녀는 너무 피곤해서 그럴듯하게 포장할 방법이 생각나지 않았다. "솔직히 당신이 짜증 낼 거 아니까 당장은 피하고 싶었어."

"석 달 전에 예약한 식당이야, 조셋. 석 달 전에." 그가 쏘아붙이듯이 말했다.

"알아. 미안해." 그녀는 그의 팔에 슬그머니 손을 얹었다.

칼은 아무 말 없이 꼼짝하지 않고 서 있었다.

피로가 다시금 그녀를 덮쳐 평소 같으면 차고 넘쳤을 요령과 센스를 압살해버렸다. 그녀는 몸을 돌려 부엌을 향해 거실을 가로질렀다. "알아, 알아, 이번이 처음이 아니라는 거. 다음번 살인범한테는 날을 잘 골라달라고 설득할 방법이 있는지 알아볼게." 충격으로 인한 침묵에 이어 다시 자러 들어가는 그의 발소리가 들렸다.

조는 한숨을 쉬었다. 세상에는 과도한 진실이라는 게 있었고 그녀도 모르지 않았다. 내일 아침에 사과해야 할 것이다.

그녀는 블루투스 스피커로 부드러운 재즈를 틀고 술을 따르려고 몸을 돌렸다가 얼굴을 찡그렸다. 조리대가 커피 가루로 뒤덮여 있었다. 가루를 닦고 커피메이커를 원래 있었던 벽 쪽으로 미는데, 모든 사람이 그녀처럼 병적으로 깨끗하고 정리가 잘되어 있어야 직성이 풀리는 건 아니라고 했던 심리상담사의 말이 머릿속에서 메아리쳤다.

조는 찬장에서 칼바도스 병과 브랜디 잔을 꺼냈다. 그녀는 너무 열심히 일에 매달렸고 퇴근할 줄을 몰랐고 번번이 칼을 실망시켰다. 그렇지만 경위로 승진한 지 두 달이나 됐는데도 일에서조차 제대로 감을 잡지 못해 애를 먹고 있었다. 어쩌면 그녀는 그 자리에 걸맞은 사람이 아닐지도 몰랐다. 무능력한 수준만큼 승진하는 거라는 말도 있지 않던가. 능력이 부족해서 더 이상 승진하지 못하는 자리까지 올라가면 그 자리에 눌러앉게 된다고 말이다. 예전에는 그 안에 담긴 냉소적인 의미에 웃었다. 지금은 맞는 말이 아닐까 싶었다.

조는 어느 모로 보나 우라지게 훌륭한 형사였다. 오크허스트 카운티 경찰 형사기동대 사상 가장 단기간에 형사로 승진했고, 형사로 일한 11년 동안 해마다 가장 높은 살인사건 해결률을 기록했으며, 15년 넘게 경찰로 재직하는 동안 상을 세 번 수상했다. 그녀는 이 일을 단순히 사랑한 게 아니라 반드시 해야만 했다. 그녀는 고통스러운 기억이 떠오르자 고개를 저었다. 그중에서도 10대 시절에 뉴올리언스를 다시 찾았을 때의 기억이 최악이었다. 죽은 마크를 위해 정의를 구현하지 못했으니 그녀의 관할구역 안에서 자유롭게 활개치고 다니는 범죄자가 다시는 없어야 했다.

그래서 로크니 검사가 찾아왔을 때 조는 망설였고, 수사에 가담하게 해주겠다는 그의 확언을 들은 다음에서야 승진에 대해 고민했다.

하지만 오늘까지 그의 확언은 실현되지 않았고 그녀는 사랑했던 일과 점점 멀어지고 있었다. 원래 그녀는 팀 운영에 재능이 있었지만 이건 달랐다. 이제는 그녀의 선택이 다른 사람들의 이력에 영향을 미쳤고 누군가는 항상 화가 나 있었다. 올바른 이유에서 올바른 일을 하려고 노력하는 도덕적인 사람의 선택은 결국 존중받을 거라고 생각했는데 착각이었다.

그리고 어쩌면 승진이 실수였을지 모른다는, 자신이 할 만한 일이 아닐지 모른다는 속삭임이 점점 더 자주 들렸다. 어쩌면 때려치우고 다시 형사로 돌아가야 할지 모른다. 모든 사람이 좀 더 행복해질 수 있게.

전화벨이 울렸다. 아넷이었다.

"호텔 교살 사건에 대해 추가 보고 들을 시간 돼?"

그녀는 칼바도스를 손마디 두 개만큼 잔에 따랐다. "저 지금 집이에요. 술 한잔 같이 하면서 들으면 어때요?"

"나 알잖아. 공짜 술은 절대 사양하지 않는 거."

5분 뒤에 아넷의 씩씩한 노크 소리가 정적을 갈랐다. 조는 그에게 진과 토닉을 차려놓은 거실로 가자고 손짓했다. 아넷은 술잔을 손에 들고 소파에 기대고 앉았다.

"로라하고는 어떻게 돼가고 있어요?" 조는 물었다.

그는 술을 길게 한 모금 마셨다. "집으로 다시 돌아왔지만 손님방에서 자. 살얼음판을 걷듯 조심스럽게 해결할 방법을 모색 중이야."

조는 여러 감정이 뒤섞인 그의 표정을 살폈다. "올바른 방향으로 발전 중이네요."

"맞아. 가만 보면 얼마나 웃긴지 알아? 바람은 그녀가 피우는데, 용서받지 못하는 사람은 나야."

"결혼생활이 쉽다고 말한 사람은 아무도 없었죠."

그는 잔을 들어 건배했다. "맞아."

조는 그녀의 브랜디 잔을 부딪쳤다. "그래서, 사건과 관련해서 새로운 소식이 뭐예요?"

"지난 해먼드에 대한 정보가 속속들이 입수되고 있어. 이혼하거나 별거 중이 아닌 멀쩡한 유부녀였고 남편은 이번 주말에 돌아오는 줄 알고 있었대. 결혼반지를 끼고서. 아이는 없었어. 여긴 관리자 연수를 받으러 온 길이었고. 동기부여와 팀워크 구축과 관련해서 노하우를 배우러. 고급 문구류를 전문 생산하는 젤라킹 앤드 스크라이브스 직원이었대. 조그만 팀의 팀장. 회사에 연락했더니 연수차 온 게 맞다고 하더군. 회사에서 주관한 연수가 맞대."

"또 실종된 사람은 없고요?"

"응. 전원 소재 파악됐어."

"남편하고의 관계는 어땠대요?"

"그게 관건이야. 남편에게 소식을 알리고 기본적인 절차를 밟고 컴퓨터도 수거했어. 하지만 직접 만나서 얘기하기 전에 너무 들쑤시고 싶지 않아서. 그리고 신문은 내가 직접 하고 싶기도 하고. 시간 낼 수 있으면 같이 갈래? 결혼반지가 없어진 게 신경이 쓰인단 말이지. 다른 물건은 없어진 게 없으니 의미심장하게 느껴져. 간 김에 조사를 좀 하려고."

"로페즈랑 같이 가죠, 왜?"

"그 친구 어머니가 크게 넘어져서 병원에 입원해 계시거든. 이제 안정기로 접어들긴 했지만 로페즈가 외부 출장을 좋아하지 않아. 그래서 자네랑 하루 동안 다시 뭉쳐볼까 했지." 아넷은 잔 위로 조와 눈을 맞췄다. 그는 조를 워낙 잘 알기에 그녀가 엉덩이를 들썩이고 있는 걸 간파했다.

좌절감이 조를 엄습했다. 그녀는 이 신문을 하고 싶은 게 아니라 해야만 했다. 뭔가에 몰두하며 형사 시절에 그랬던 것처럼 그녀로 인해 세상이 뭔가 달라지는 기분을 느낄 필요성이 있었다. 호텔 지배인과 공무적인 부분을 대충 수습하는 걸로는 부족했다. 그녀는 침실 쪽을 흘끗 쳐다보며 지서 책상 위에서 그녀를 기다리는 수천 가지 업무에 대해 잊으려 했다. "시간이 얼마나 걸릴 것 같아요?"

"내 생각으로는 하루면 될 것 같아. 남편이 주목적이고 여기에 어쩌면 상사까지."

칼은 어차피 삐쳤다. 하루 이틀 거리를 두면 도움이 될지 몰랐다. 그리고 승진을 수락하며 그녀가 스스로 다짐한 게 딱 하나 있다면 사건 수사에서 손을 떼지 않겠다는 것이었다.

젠장.

"하루 정도는 로크니한테 맡겨도 되겠지. 필요한 거 준비해줘요. 다른 소식은 아직 없어요?" 그녀는 칼바도스를 한 모금 마셨다.

"검시관하고 얘기해봤어. 성폭행은 전혀 없었다고 단언하더라고. 사인은 질식. 천 비슷한 걸로 목이 졸렸어. 목에 남은 자국을 보면 뭔가로 목을 감고 오른쪽 전면에서 비틀어 당겼어. 육안으로는 상처에 남은 섬유조직이 보이지 않지만 좀 더 자세히 들여다보겠다고 해. 팔꿈치 주변에 멍이 좀 들었는데, 누군가가 뒤에서 피해자를 붙잡고 목을 졸랐기 때문에 생긴 걸로 추측하더라고. 팔다리와 머리의 위치가 특이하긴 하지만 쓰러지면서 우연히 그렇게 됐을 가능성을 배제할 수 없다고 했어."

조는 고개를 끄덕였지만 의구심이 해소되지는 않았다. "객실에 단서는 없고요?"

"계속 조사 중이지만 조짐이 좋지 않아. 지문이 너무 많아서 – 메이드들이 청소를 얼마나 대충하는지는 얘기를 시작하면 한도 끝도 없지 – 거기 찍혀 있을 만한 이유가 있는 지문부터 하나씩 배제하고 있어. 하지만 우리 측에서 다른 증거도 첨부하지 않는 이상 웬만큼 솜씨가 좋은 변호사라면 용의자의 지문이 거기 찍혀 있는 이유를 아주 그럴듯하게 포장할 수 있을 텐데, 아직은 다른 증거가 없단 말이지. 피해자는 살해당하기 전에 그 방에서 제대로 시간을 보낸 적이 없는 느낌이야. 짐도 풀지 않았고 아무것도 한 게 없어. 화장실을 쓰긴 했고 욕실에 머리카락이 몇 가닥 있긴 해. 현재 검사 결과를 기다리고 있긴 하지만 피해자의 빗에 끼여 있던 머리카락과 같아 보였어. 엄청나게 운이 따라주지 않는 이상 별다른 성과가 없을 것 같아."

"보안 카메라 녹화 영상은요?"

"다행히 피해자가 중절모를 쓴 남자와 함께 북쪽 출입문으로 들어오는 장면이 찍혔어. 남자는 17분 뒤에 혼자 같은 출입문으로 나왔고. 하지만 카메라 앵글이 너무 위쪽을 향해 있어서 남자의 얼굴이 보이지 않아. 레니한테 영상을 확대해서 쓸 만한 정보를 얻을 수 있겠는지 한번 봐달라고 했어." 아넷은 집게손가락으로 술잔의 옆면을 톡톡 두드렸다.

　조는 그가 술잔을 두드리는 것을 눈여겨보았다. 뭔가 마음에 걸리는 것이 있다는 뜻이었다. 그는 능력과 직감이 뛰어난 훌륭한 형사였다. 그가 미심쩍어한다면 이유가 있었다. "뭐 하고 싶은 얘기 있어요?"

　"아직은 아니야. 남편부터 만나서 얘기를 나눠보자고."

Chapter 3

다음 날 로저 해먼드가 거실로 그들을 안내하자 조는 두리번거리며 지닌의 성격을 파악했다. 은은한 민트색과 옅은 파란색이 로저의 무심한 외모와는 어울리지 않았다. 그가 입은 갈색 셔츠와 검은색 바지는 깨끗했지만 사이즈가 맞지 않았고, 헤어스타일은 점점 넓어져 가는 중년의 이마를 더욱 강조하는 역할을 했다. 가구는 새것은 아니었지만 관리가 잘됐고 전략적이었다. 덩치가 큰 녀석들은 튀지 않는 색상이었고 저렴한 녀석들, 그중에서도 특히 쿠션들이 화사함과 스타일을 담당했다. 벽난로 선반 정중앙에 결혼식 사진이 담긴 액자가 하나 놓여 있었다.

로저가 소파의 한쪽 끝에 앉자 아넷은 2인용 안락의자의 저쪽 끝자리를 선택했다. 그걸 보고 조는 슬그머니 미소를 지었다. 오래된 습관은 고치기 어려운 법이라 그들은 말없이 예전의 역학관계로 돌아가고 있었다. 파트너 시절에 신문을 주도한 쪽은 조였고 아넷은 대개 옆에서 지켜보았다. 그의 주장에 따르면 그녀가 직관적으로 사람들의 심리를 읽고 교감하는 능력이 훨씬 발달했기 때문이었다. 그리고 두말하면 잔소리지만 아넷은 대화를 주도하기보다 관찰하면서 정보를 기억했다가 나중에 복원하는 능력이 거의 컴퓨터 급이었다. 때문에 조는 로저와 더 가까운 대각선 자리에 앉으며 그의 얼굴을 살폈다. 파란 눈 밑에 생긴 검은 그늘과 쭈글쭈글한 옷이 한데 어우러져 절망적인 분위기, 어찌어찌 하루를 버텨나가는 남자의 분위기를 풍겼다.

로저가 휘청하며 몸을 다시 반쯤 일으켰다. "죄송해요, 여쭤볼 생각도 못 했네요. 커피 드릴까요?"

"아뇨, 괜찮습니다. 비행기 안에서 많이 마셨어요." 아넷이 수첩이 꺼내자 조는 미소를 지었다. "힘드실 테니 얼른 끝낼게요."

로저는 다시 소파에 앉았다. "어떻게 된 일인지 알고 싶어요. 묻지 마 살인사건이 뉴스에서 연일 보도되지만 그게……." 그는 목멘 목소리로 말끝을 흐리며 시선을 떨어뜨렸다.

마이클 삼촌의 모습이 조의 머릿속을 스치고 지나갔다. 그는 아내의 죽음을 극복하지 못하고 아내와 함께 살던 집 앞에 세워둔 RV차량에서 잠을 청하다 6개월 뒤에 시신으로 발견됐다. 연민이 파도처럼 밀려들자 조는 로저의 팔에 다정하게 손을 얹었다. "해답을 찾을 수 있도록 저희가 최선을 다하겠습니다, 해먼드 씨."

로저는 고개를 끄덕이고 눈물이 맺힌 눈으로 다시 그녀를 쳐다보았다. "궁금하신 게 있으면 물어보세요."

조는 손을 거두었다. "부인께서 왜 오크허스트에 가신 건가요?"

"회사 연수가 있었어요. 직원들에게 동기 부여를 하고 좀 더 훌륭한 리더가 되는 법을 배우는 팀워크 구축 워크숍이요. 승진을 준비하고 있었거든요."

"부인께서 출장을 앞두고 신나하셨나요?"

"네. 새로운 노하우를 배울 수 있겠다며 기대가 컸어요. 그리고 우리는 여행을 자주 하지 않는 편이라 뉴잉글랜드의 가을도 감상할 수 있겠다며 좋아했고요. 남들보다 먼저 토요일에 떠난 이유도 그 때문이었어요."

"왜 같이 가지 않으셨어요?"

"월차를 내야 했거든요. 제가 항공 교통 관제사라 정해진 스케줄이 있어서 시간을 빼기가 쉽지 않아요. 휴가 기간이었으면 좋았을 텐데 그게 아니었어서. 아내는 거의 하루 종일 바쁠 테고 동료들과 같이 저녁을 먹을 테니 금쪽같은 휴가와 돈을 그런 데 쓸 이유가 없지 않겠습니까?"

아넷이 눈썹을 쫑긋 세웠다. "금전적인 문제가 있으신가요?"

"정확히 말하면 문제는 아니고요."

"그럼요?" 그가 물었다.

"그냥 쓸 데는 많은데 버는 돈은 항상 부족한 그런 느낌이에요."

"쓸 데라니 예를 들면 어떤 거요?" 조가 다시 배턴을 넘겨받았다.

"뭐, 이를테면 냉장고요. 지금 쓰는 냉장고가 10년 됐거든요. 그리고 수도관도 교체해야 해요. 여러 가지를 동시에 돌리면 수압이라는 게 아예 없다시피 해서."

"그런데 관을 교체할 돈이 없다?"

"뭐, 엄밀히 따지면 있어요. 하지만 그런 데 돈을 쓰면 저축이 반으로 줄 테고 그럼 우리 노후가 어떻게 되겠어요? 아내가 연수를 받으러 가겠다고 했을 때 제가 반색한 이유가 그런 것도 있었어요. 그걸 통해 자극을 받고 승진하면 걱정을 많이 덜 수 있을 테니까요."

조는 암산을 해보았다. 수도관을 수리하고 냉장고를 장만하는 비용의 두 배만큼 저축하고 있다면 그들은 대부분의 가족보다 형편이 훨씬 나은 셈이었다. "부인께서는 승진에 별로 열의가 없으셨나요?"

"자기가 하는 일에 워낙 만족해서 발전하려는 욕심이 없었어요. 저는 그게 불만스러웠죠. 돈을 쓰는 데 아주 무신경하기도 했고요."

조는 앉은 자세를 바꿨다. 로저처럼 멀끔해 보이는 남자가 어째서 세상에는 돈보다 중요한 게 있다는 사실을 이해하지 못하는 걸까?

아넷이 레이더를 가동했다. "빚을 졌나요? 신용카드 문제였나요?"

"그런 건 아니에요. 청구서는 항상 제때 해결했고 매달 잔고도 넉넉했어요. 다만 좀 더 열심히 저축하지 못한 게 아쉬워서 그러죠. 내가 아무리 강조해도 아내는 그 정도면 충분하다며 그냥 무시해버렸거든요. 그래서 승진하면 수입이 많아지겠거니 생각했어요. 아내가 드디어 행동을 개시해서 기뻤는데, 이런 일이 벌어지다니." 그의 얼굴이 일그러졌다.

조는 아넷과 서로 흘끗 쳐다보았다. 빚도 없고 모아놓은 돈은 충분하고 아이를 낳을 생각도 없었는데…… 정확히 뭐가 문제였던 걸까? "회사에서 부인을 증오할 만한 사람이 있었을까요?"

"아뇨, 아내는 동료들과 잘 지냈어요. 물론 가끔 사소한 일로 발끈하는 사람이 있긴 했지만 그거야 누구에게나 있는 일이니까요."

조는 수첩에 적었다. "회사에 가까운 친구가 있었나요? 동료들 중에서 특별히 좋아했던 사람이라든지."

"내가 알기로는 없었어요. 중간관리자는 일과 사생활을 분리해야된다고 생각했거든요."

"그러니까 회사에는 저희가 만나볼 만한 사람이 없다?"

로저는 몸을 앞으로 숙였다. "왜요? 아내의 직장 동료가 범인이라고 생각하세요? 어떤 이유에서요?"

"모든 가능성을 검토하려는 것일 뿐입니다. 가능성이 없는 것을 제거해가면서요. 말이 나온 김에 공식적으로 확인하는 차원에서 그날 오후와 저녁에 뭘 하셨는지 여쭤보고 싶습니다만." 조는 로저의 얼굴을 살폈다.

로저의 목소리가 단조로워졌다. "몇 명이 모여서 바비큐 파티를 하고 블루 재킷츠 경기를 봤어요. 친하게 지내는 두 커플과 종종 그러거든요. 어떤 사람들인지 알려드릴 수 있어요. 여기서 10분 거리에 살아요."

"감사합니다." 조는 잠깐 망설였지만 짚고 넘어가야 했다. "두 분의 결혼생활에 문제가 있었나요?"

로저의 시선이 흘끗 아넷에게로 향했다가 다시 조에게로 돌아왔다. "전혀요. 우리는 행복한 부부였어요. 물론 부딪치는 부분들이 있었고 대부분 돈 문제였지만 어떤 커플이든 갈등이 있잖아요. 특별히 문제가 될 만한 건 없었어요."

"최근 들어 크게 다투신 적은요?"

"없어요."

조는 목소리에 꿀을 한 방울 섞어서 살살 달래는 투로 물었다. "현재나 과거에 다른 여자를 만나신 적은 없었고요?"

"절대요. 내가 아내에게 그런 짓을 저지를 일은 절대 없을 거예요." 로저의 목소리가 다시 잠겼다. "내가 아내에게 그런 짓을 저지를 일은 절대 없었을 거예요. 나는 아내를 사랑했어요. 아내가 내 삶의 전부였어요. 앞으로는 어떻게 살아가야 할지……." 그는 말끝을 흐리며 거실을 가리켰다.

"부인은요? 부인께서 그랬을 가능성은 있을까요?" 조의 목소리는 여전히 다정했다.

"아뇨, 아닐 거라고 봅니다. 그럴 리 없어요."

"왜 그렇게 생각하세요?" 조는 그를 유심히 관찰했다.

"무슨 수로 그랬을지 모르겠으니까요. 아내는 조금이라도 의심스러운 행동을 보인 적이 한 번도 없었어요. 야근을 하거나 주말에 근무한 적도 없었고요. 충성스러운 직원이었지만 임종을 앞두고 회사에서 더 열심히 일하지 않은 걸 후회하는 사람은 없을 거라고 입버릇처럼 말했거든요. 매주 파올라와 로레인, 두 친구를 만날 때 빼고는 혼자 외출하는 경우도 거의 없었어요. 심지어 취미 생활도 집에서 할 수 있는 거였고요."

"취미가 뭐였는데요?" 아넷이 무표정한 얼굴로 물었다.

"책 읽는 걸 좋아했어요. 그림 그리는 것도. 컴퓨터 게임을 많이 했고 둘이서 텔레비전도 자주 봤어요. 요즘 들어서는 텔레비전을 보는 시간이 줄긴 했지만. 그게 다예요."

"부인의 심리상태는 어땠나요? 좋은 쪽으로든 나쁜 쪽으로는 변화가 있었나요?" 아넷이 물었다.

"별다른 건 없었어요…… 음, 요즘 들어 전보다 조금 더 명랑해진 것 같긴 했어요. 원래는 자주 우울해했거든요, 집안 내력이라. 늘 금세 지나가기는 했지만요." 로저는 두 사람을 번갈아 잽싸게 쳐다보며 얼굴에 힘을 주었다. "아뇨. 죄송하지만 형사님, 아내가 단 한순간이라도 나를 배신한 일은 없었을 거라고 봅니다."

조는 갈고 닦은 미소로 그를 안심시키며 눈을 맞췄다. "짚고 넘어가야 하는 사안이라 여쭤봤을 뿐이에요. 기본적으로 체크해야 하는 거라서요. 부인께서 선생님을 분명 많이 사랑하셨을 거예요."

로저는 그녀를 잠시 쳐다보다가 고개를 끄덕이며 자기 무릎을 내려다보았다.

"부인의 가족은요? 그쪽에는 별다른 문제가 없나요?"

"아내한테는 사실 가족이랄 게 없었어요. 부모님은 두 분 다 돌아가셨고 형제자매도 없었으니까요. 친척도 별로 없었고, 있다 한들 가깝게 지내지도 않았고요. 서해안 쪽에 살고 있고 연락도 거의 한 적 없어요. 저는 심지어 이름도 몰라요."

조가 수첩을 덮고 자리에서 일어나자 아넷도 따라서 일어났다. "고맙습니다, 해먼드 씨. 저희를 만나기가 쉽지 않으셨을 텐데."

"누가 아내에게 그런 짓을 저질렀는지 찾아주세요. 부탁드립니다. 필요한 정보가 있으면 말씀해주시고요. 아니…… 보안도 잘되는 좋은 호텔에 묵었는데 어떻게 이런 일이 벌어졌는지 이해가 안 되네요."

마이클 삼촌의 모습이 그녀의 머릿속을 또다시 스치고 지나갔다. 그녀는 그의 어깨에 손을 얹었다. "최선을 다해서 해답을 찾겠습니다,

해먼드 씨."

아넷은 무의식적으로 조수석 쪽을 향해 걸음을 옮겼다. 이번에는 조가 운전할 차례였다. "아까 그 얘길 듣고 보니 로라가 소극적인 방치 어쩌고 했던 게 무슨 뜻인지 알겠더군. 집으로 돌아갈 때 꽃이라도 몇 송이 사 들고 갈까 봐." 아넷이 암울한 깨달음을 휴대전화에 입력하는 동안 조는 시동을 걸고, 지닌과 가깝게 지냈던 두 친구 중 한 명인 파올라 로웰과 만나기로 한 장소의 주소를 내비게이션에 입력했다. 파올라는 고객 면담 중간에 회사에서 약 1.5킬로미터 거리에 있는 스타벅스에서 만나자고 했다.

"소극적인 방치? 애들도 다 떠나고 해서 생긴 빈 둥지 증후군 아니었어요?"

"알고 보니까 나까지 감정적으로 둥지를 떠난 느낌이었나 봐. 다시 예전으로 돌아갈 수 있게 같이 할 만한 취미활동을 찾아보자는데." 아넷은 이마를 문질렀다.

"뭐, 노력해서 나쁠 건 없죠." 조는 집 벽난로 선반에 놓여 있던 시든 꽃다발의 기억과 자신이 집에 있는 시간이 부족해서 삶을 즐길 겨를이 없다던 칼의 투덜거림을 애써 떨쳐버렸다. 그러자 얼굴 보기 힘들다며 자신을 나무랐던 아버지의 목소리가 그 자리를 채웠다. 그녀는 죄책감에 사로잡히기 전에 그 목소리도 얼른 지워버렸다. "그래도 이제 커피는 마실 수 있겠네요. 정신이 번쩍 들 만한 수단을 총동원해야 해요. 지금까지 사람들을 파악하는 데 어려움을 겪은 적이 없었는데, 지닌 해먼드가 어떤 사람이었는지는 감이 안 잡히거든요."

아넷은 숨을 크게 마셨다. "헌신적인 직원 겸 상사. 같이 일하는 사람들을 좋아했지만 거리를 두었던 회사원. 혼자 하는 취미생활을 즐겼던 집순이."

조는 한 보행자가 길을 건너는 것을 지켜보았다. "남편이 그녀를 사랑했다는 건 의심의 여지가 없지만 어떤 관계였는지 잘 모르겠어요. 너무 단면적이라 꺼림칙해요. 표면상으로는 평범하고 전형적인 그림이 그려지는데, 왠지 모르게 느낌이 안 좋아요."

"돈에 대한 집착과 승진에 대한 열의는 인상적이야. 그건 평범한 수준을 넘어섰고 아내는 공감하지 않았지."

"흠. 하지만 모든 커플이 돈 문제로 싸우지 않아요?"

방향 지시등이 깜빡거리는 소리가 한참 구두점처럼 이어진 다음에서야 아넷이 대답했다. "아마 그렇겠지."

그들은 10분 일찍 도착했다. 아넷이 카운터에서 주문하는 동안 조는 멀찍이 떨어져 있는 테이블을 찾다 결국 구석 자리로 가서 앉았다. 꼰 다리를 흔들며 입구를 마주 보고 앉아서 파올라와 인상착의가 일치하는 여자가 있는지 살폈다.

파올라도 일찍 왔다. 그녀는 돌풍과도 같은 기세로 문을 밀치고 들어오기 전부터 그들이 있는지 살폈다. 조가 손을 들자 파올라는 테이블 사이를 헤치고 그녀에게로 다가왔다.

"푸르니에 형사님?"

"파올라 로웰 씨?"

파올라는 맞다는 뜻에서 고개를 끄덕였다. "카페인 없이는 이 일이 감당이 안 되네요. 금방 올게요."

조는 그녀가 카운터 앞으로 걸어가는 것을 지켜보았다. 그녀는 전문직 여성다운 옷차림이었지만 눈에 확 띄는 과감한 색상으로 매력을 뽐냈다. 검은색과 노란색의 큼지막한 꽃무늬가 그려진 하얀색의 넉넉한 치마와 빨간색 블라우스를 입었다. 화장은 한 듯 안 한 듯했지만 풍성한 적갈색 눈썹이 핏빛 립스틱과 대조를 이루며 시선을 사로잡았다. 그녀가 드립 커피를 주문한 다음 자리로 돌아왔고 아넷이 바로 뒤에 따라왔다.

파올라는 발목 근처에서 다리를 꼬고 뻣뻣하게 앉았다. 좀 더 가까이서 보니 눈이 벌겋게 충혈됐고 눈 주변이 시커멓게 퉁퉁 부었다. 그녀는 커피를 한 모금 마셨다. 립스틱은 뭉개지지 않았고 컵 뚜껑에만 칼로 그은 듯한 벌건 자국만 남았다.

"갑작스럽게 요청을 드렸는데 시간을 내주셔서 감사합니다. 근무 중에 빠져나오기도 힘드실 텐데." 조는 카페모카를 한 모금 마셨다가 그날 아침에 바른 와인색 립스틱이 이미 오래전에 거의 다 지워졌다는 걸 알아차렸다.

"부동산업계에서 근무하는 장점이에요. 필요하면 한 시간쯤 슬쩍 짬을 낼 수 있다는 거. 단점이 있다면 고객들이 요구사항이 많다는 거고요. 제가 침대에 누워서 하루 종일 우는 동안 다른 매수자들이 기다려주겠어요?" 그녀는 입술을 떨며 애써 미소를 지었다.

"그래도 진심으로 감사드립니다."

그녀는 몸을 앞으로 숙였다. "당연히 나와야죠. 지닌을 죽인 그 개새끼를 잡으려면."

조의 눈썹이 위로 솟구쳤고 흘러나오는 미소를 삼켰다. 이제 보니 지닌은 친구를 보는 눈이 있었다. "그럼 시작해볼까요? 지닌하고는 어떻게 만나셨어요?"

"한 10년쯤 전에 서로 알고 지내던 친구가 만든 독서 모임에서 만났어요. 책에 대해서 토론하자고 만날 거면 책을 미리 읽고 얘기할 거리를 생각해놓는 편이 좋다는 걸 아는 사람이 우리 둘밖에 없는 듯한 분위기였죠." 그녀는 그때 기억을 떠올리며 고개를 저었다. "다들 자기들이 알아낸 최신 레시피나 어느 기저귀가 제일 안 새는지, 그런 얘기만 하고 싶어 했어요. 우리는 둘 다 살림의 여왕이 아니었기 때문에 남들은 뭘 하건 둘이서 책 얘기를 했어요. 결국 독서 모임은 몇 달 만에 흐지부지됐고 우리 둘이서 독서 모임을 결성했죠."

"두 분의 관계를 뭐라고 표현하시겠어요? 두 분이 친하셨나요?"

"네. 이틀에 한 번꼴로 통화하고 매주 최소 한 번씩은 만났어요." 그녀는 움찔했다. "인생, 정치, 거의 모든 것에 대해 생각이 비슷했거든요. 그 친구는 내성적이었지만 짓궂은 면이 있었고 고민거리가 생기더라도 둘이서 서로 웃기며 이겨낼 수 있었어요."

조는 그 감정을 캐치했다. 드디어 지닌의 이미지에 어떤 활력이, 어떤 생동감이 부여됐다. 로저를 만났을 때는 그 어떤 것도 느껴지지 않았던 이유가 뭘까?

"그분에게 어떤 고민거리가 있었는데요?" 조가 물었다.

"사실 평범한 고민거리였어요. 형사님이 그걸 물어보시는 의도가 뭔지 알아요. 회사생활은 어땠는지. 결혼생활은 어땠는지. 그런 걸 알고 싶으신 거죠?"

"그런 데서 출발하는 것도 괜찮겠네요." 조는 커피를 다시 한 모금 마셨고, 파올라의 얼굴을 뚫어져라 쳐다보는 아넷의 시선을 감지했다. 조도 똑같은 끌림을 느꼈다. 당장이라도 파올라가 그들의 눈앞에서 신비스러운 존재로 변신이라도 할 것처럼 시선을 돌리고 싶지 않았다. 요정 나라의 여왕으로 변신할까? 아니다, 그보다는 사나운 드래곤 마스터일 가능성이 더 크겠다.

파올라는 의자에 기대고 앉아 무릎 위로 다리를 꼬았다. "그 친구는 자기 일을 좋아했고 동료들도 그 친구를 좋아했어요. 그 친구의 한계를 시험하는 직원이 항상 어디에선가 등장했지만 대개는 팀원들과 잘 지냈어요. 그 친구는 여유를 허락해야 직원들이 일을 잘할 수 있다고 생각했어요. 대부분의 직원은 그걸 고맙게 여겼고요."

아넷이 끼어들었다. "직원을 잘라야 했을 때는요? 그럴 때 감정이 상한 사람이 있지 않을까요?"

파올라는 그에게로 고개를 홱 돌렸다. "제가 알기로는 없었어요. 그 친구는 해고당해 마땅한 직원을 자를 때도 엄청 괴로워했거든요. 다들 그걸 느꼈을 거예요. 그래서 악감정을 모면하는 데 도움이 됐죠."

"그러니까 그분께 누구한테 협박을 받았다거나 그런 얘기를 들은 적이 없다는 말씀이죠?" 조가 물었다.

"한 번도요."

"결혼생활은 어땠나요?"

"평탄했어요. 서로 사랑하고 존경했어요. 완벽한 관계는 아니었지만 세상에 어느 관계가 완벽하겠어요?" 파올라는 어깨를 으쓱했다. "그 친구의 불만 거리는 이 세상의 모든 유부녀와 다를 게 없었어요. 남편이 자기 말을 귀담아듣지 않고 자기가 일이나 어떤 것에 대해서 얘기하면 딴 데 정신을 판다, 남편이 고마워할 줄 모르는 것 같다, 속 궁합이 맞지 않는다, 아시잖아요." 그녀는 커피를 한 모금 더 마셨다.

"그 부부가 돈 문제로 싸우기도 했나요?"

파올라는 얼굴을 찡그렸다. "제가 보기에는 그 정도면 안 싸운 편이었어요. 로저가 어이없을 정도로 쩨쩨하게 나올 때가 있거든요, 정말 희한하게도. 그 친구 말로는 그 집안 식구들이 전부 그렇다고 했어요, 뭘 손에 쥐고 있건 간에 당장이라도 전부 없어질 것처럼 즐기지를 못한다고. 그 친구가 신발을 사면 남편이 정말 필요한 건지 생각해보라고 했어요. 그 친구가 물론 신발을 좋아하긴 했지만 다른 여자들에 비하면 준수했거든요. 그뿐만이 아니었어요. 한번은 25센트짜리 마늘을 한 개 사는데도 집에 있는 게 분명하다며 죄책감을 유발한 적도 있었어요. 슈퍼마켓 한복판, 그것도 남들이 다 보는 데서 그 친구를 쓸데없는 장난감을 사달라고 조르는 어린애 취급해가며."

조는 움찔했다. "그분은 거기에 어떤 식으로 반응했나요?"

"남편한테 마늘을 사고 싶으면 살 거라고, 항상 그런 식으로 자기를 몰고 가지 말았으면 좋겠다고 말했어요. 하지만 상처를 받았죠."

"그게 종종 있는 일이었나요?"

"아, 그럼요. 그게 두 사람한테는 일상이었어요. 얼마나 희한했는지 몰라요. 그 친구는 돈을 쓸 때마다 죄책감을 느꼈다가 거기에 죄책감을 느낀다는 데 짜증이 나서 강경하게 나갔어요. 그랬다가 강경하게 나갔다는 데 죄책감을 느꼈고요. 매달 남편은 그 친구한테 돈을 너무 많이 쓴다고 했고, 그 친구는 남편에게 어디에서 돈이 새는지, 자기가 얼마까지 쓸 수 있는지 알 수 있게 지출 계획서를 세워달라고 했죠."

그녀는 손가락으로 허공을 갈라가며 '매달'이라는 단어를 강조했다. "하지만 남편은 절대 지출 계획서를 세우지 않았어요. 사실 아무 문제가 없었기 때문이라고 봐요. 그냥 그 친구가 돈을 한 푼도 쓰지 않길 바랐던 거죠. 그래서 똑같은 사이클이 계속 반복됐어요. 옆에서 보고 있자니 돌겠더라고요. 아니, 두 사람이 가난한 것도 아니고 그 친구가 돈을 안 버는 것도 아닌데! 하지만 제삼자는 왈가왈부할 수 없는 부분이죠."

조는 고개를 끄덕였다. 사람들은 실수를 저지르고 온갖 방식으로 주야장천 결혼생활을 위기에 빠뜨리지만, 그런데도 헤어지지 않는다. 거짓말, 불륜, 심지어 폭행에도. 마늘 한 개를 가지고 배우자에게 면박을 주는 건 그중에서 어느 범주에 해당할까? 그건 누구에게 물어보느냐에 따라 달라질 것이다. 그녀 같으면 아무 남자라도 그녀의 씀씀이를 통제하려고 하거나 남들 앞에서 그녀를 나무랐다가는 집 밖으로 내쫓을 것이다. 하지만 뭐, 그녀가 남녀 관계의 전문가는 절대 아니니.

아넷이 배턴을 넘겨받았다. "아까 두 사람의 속궁합이 맞지 않았다고 하셨는데요."

"아, 진짜 시트콤이었어요. 남편은 항상 섹스를 원했고 그 친구는 항상 로맨스를 원했고, 결국에는 둘 다 원하는 걸 얻지 못했거든요."

"둘 중 한 분이라도 한눈을 판 적이 있었나요?" 조가 물었다.

"모르겠어요. 로저가 다른 데서 욕구를 해소한 적 있을지 모르겠지만 그랬다면 나는 의외라고 생각했을 거예요. 돈에 이상하게 집착하기는 해도 정말 착하고 아내밖에 모르는 남자라." 그녀는 말을 하다 말고 잠깐 멈췄다. "하지만 지닌은? 불륜이라니 상상이 안 돼요. 로저를 사랑했거든요."

조는 무표정을 유지하며 아넷을 쳐다보지 않으려고 했다. 그녀의 경험상 사랑과 불륜의 관계는 복잡했다. "만약 그분이 다른 남자를 만나고 있었다면 당신에게 얘기했을까요?"

"아마 그랬을 거예요. 아니, 잘은 모르겠지만 아무한테라도 얘기했다면 그 사람은 저였을 거예요." 파올라는 눈을 덮은 앞머리를 쓸어올리며 다시 머뭇거렸다. "하지만 가끔, 그 친구에 대해서 모든 걸 안다고 생각했을 때 뭐야, 방금 얘가 그 얘기한 거 맞아? 이런 식으로 사람 놀라게 하는 재주가 있었던 친구라. 무슨 뜻인지 아시죠?"

조는 고개를 끄덕였다. "그러니까 무슨 일을 저지르고 있으면서 당신에게 얘기하지 않았을 수도 있겠네요?"

"솔직히 상상이 안 되기는 해요. 태도가 변한 것도 없고 달라진 것도 없었기 때문에. 논리상 그게 과연 가능했을까 싶어요." 그녀는 잠깐 생각에 잠겼다. "하지만 그 친구가 비밀을 간직하고 있었을 가능성이 있느냐고 물으시는 거라면 그렇다고 하겠어요. 작정하면 아주…… 은밀해질 수 있는 친구였거든요."

조는 중요한 분위기의 변화를 감지하고 몸을 앞으로 숙였다. "어떤 식으로요?"

파올라는 빨갛게 칠한 손톱으로 컵 뚜껑을 쓸고 지나갔다. "음. 그 친구가 1년 하고도 반쯤 전 아니면 그보다 더 안 됐을 때 조카 테레사하고 문제가 생긴 적이 있었거든요. 사실 테레사는 로저의 조카예요, 그러니까 지닌에게는 시조카죠. 둘은 죽이 잘 맞았고 그 친구한테는 소중한 관계였어요. 두 사람은 아이를 낳지 않았고 그 친구도 거기에 미련은 없었지만 테레사가 그 친구한테는 딸 같은 존재가 됐던 것 같아요. 둘이서 자주 시간을 보냈고 직접 만나지 않을 때는 심지어 같이 온라인 게임도 하고 그랬어요. 테레사가 10대 초반부터 사회에 적응하는 데 문제가 많았기 때문에 그 친구가 항상 테레사를 잘 챙겼어요. 부모님하고 계속 싸우고 친구도 없고 고등학교도 간신히 졸업하고 그런 식이라. 지닌이 테레사를 보살피며 언제든 돌아올 수 있는 안전한 피신처가 될 수 있게 불량한 행동도 많이 참고 그랬죠." 파올라는 눈을 번뜩이며 몸을 앞으로 숙였다. "그러다 테레사가 지닌한테 정서적인 학대를 당했다는 등 아주 끔찍한 주장을 제기하면서 지닌을 갑자기 공격하고 원수처럼 대했지 뭐예요. 그런데 지닌은 그런 일이 벌어지고 6개월이 지났을 때까지 저나 로레인이라는 친구한테 함구했어요. 우리가 주말에 라스베이거스로 잠깐 놀러 갔을 때 시동생의 전화를 받지 않았다면 끝까지 얘기하지 않았을 수도 있어요. 그때 통화하느라 한 시간 넘게 자리를 비웠기 때문에 무슨 문제가 생겼다는 걸 숨길 방법이 없었거든요. 그 친구 말로는 우리가 테레사에 대해 편견을 갖는 게 싫어서 사태가 진정될 때까지 얘기하지 않았다고 하더군요."

"사태가 진정됐나요?"

"그렇다고 볼 수도 있고 아닐 수도 있어요. 이후로 그 둘은 서로 연락을 끊었으니까요."

"그게 언제 있었던 일인가요?"

"우리한테 얘기한 게 1년쯤 전이었으니까 그보다 몇 개월 전이요."

"이후로 그 비슷한 사태를 다시 유발할 만한 일은 벌어지지 않았나요?" 아넷이 물었다.

"제가 알기로는 그래요. 하지만 그 친구가 그냥 함구한 것일 수도 있어요."

조는 곰곰이 생각해보았다. 그럴 수도 있지만 아닐 수도 있었다. 어느 쪽이 됐건 지닌은 그 상황이 공개되기 전까지 제법 오랜 시간 동안 꽁꽁 숨겼다. "그러니까 그분이 바람을 피우더라도 당신과 남편의 관계에 악영향을 미칠 수 있는 상황을 만들지 않으려고 했을 수도 있겠네요? 남편도 같이 어울리는 멤버였으니까, 당신이 테레사에 대해 편견을 갖지 않길 바랐던 것처럼 말이죠."

파올라는 미간을 찌푸리고 고개를 한 번 저었다. "아마도요. 모르겠어요. 무엇보다 로레인이랑 저는 지닌의 친구고, 지닌도 그걸 잘 알았어요. 그래도, 네." 그녀는 조의 눈을 똑바로 쳐다보았다. "그래도 그 친구가 무슨 수로 바람을 피울 수 있었을지 모르겠긴 해요. 외출을 한 적이 없거든요."

조는 마지막 질문으로 넘어갔다. "그분에게 해코지를 할 만한 사람이 있었을까요? 과거의 원한이 있었다거나 뭐 그런 식의?"

"제가 생각하기로는 없어요. 끔찍하게 들릴지 모르겠지만 그 친구가 아주 흥미진진한 생활을 했던 것도 아니거든요. 로저나 우리 없이는 외출을 잘 하지도 않았어요. 많은 사람을 만나지도 않았고요. 심지어 페이스북 계정도 없었는걸요."

조는 자리에서 일어나 명함을 꺼냈다. "도움이 많이 됐습니다. 시간 내주셔서 다시 한번 감사드립니다. 생각나는 게 있으면 이쪽으로 연락 부탁드려도 될까요?"

파올라는 명함을 받았다. "그럼요. 바쁘신 건 알지만 새로운 소식이 입수되면 계속 알려주실 거죠?"

조는 그녀의 눈을 똑바로 들여다봤다. "그 자식을 체포하면 맨 먼저 알려드릴게요."

힘없는 미소가 파올라의 입술을 스치고 지나갔다.

조와 아넷은 사람들을 헤치고 출입문 쪽으로 걸어갔다. 아넷이 들어오려는 임산부를 위해 문을 잡아주는 동안 조는 뒤를 흘끗 쳐다봤다. 파올라가 당혹한 표정으로 커피 컵 뚜껑을 뚫어지게 내려다보고 있었다.

Chapter 4

지닌은 절대 알 일이 없었겠지만 남자의 본명은 마틴이었다. 현관 문이 등 뒤에서 딸깍하고 제자리를 찾아가자 마틴의 몸에서 긴장이 풀렸다. 그는 잠깐 멈추어 서서 익숙한 냄새를 – 새로 빤 리넨 같은 글 레이드 방향제와 플레지 청소세제 냄새였다 – 깊게 들이마시고 짙은 색 나무 바닥과 벽에 걸린 흑백의 사막 사진을 눈으로 훑었다. 그를 안 심시키는 상징물이었다.

마틴은 집의 뒤편에 자리 잡은 안방으로 가방을 들고 갔다. 모자와 외투를 벗어 고리에 거는데, 단추 하나가 떨어졌다. 그는 반으로 쪼개 진 단추를 주우며 들릴락 말락 하게 욕을 했다. 단추를 다시 달아야 하 게 생겼다. 그는 능숙한 동작으로 몇 개 안 되는 남은 짐을 풀어서 제 자리에 놓되 지닌의 반지와 그녀를 목 졸라 죽이는 데 쓴 넥타이가 담 긴 비닐봉지는 조심스럽게 따로 분류했다.

짐 정리가 끝나자 마틴은 거실을 가로질러 가서 불을 지폈다. 불이 붙는 동안 반지를 들고 서재로 들어가 반질반질한 검은색 책상에 달린 조그만 서랍을 열고, 거기 숨겨놓은 다른 네 개의 반지 옆에 잘 넣고 서랍을 다시 잠갔다. 벽난로 앞으로 돌아가 불길이 좀 더 뜨겁고 환하게 타오르도록 장작을 쑤셨다. 만족스러운 수준이 되자 비닐봉지에서 넥타이를 꺼내 한가운데로 던졌다. 그는 넥타이를 감싸고 화르륵 솟구친 불길이 막대사탕을 아껴 먹으려는 아이처럼 가장자리를 핥는 것을 지켜보았다. 그 둘이 잠깐 서로 대치하다가 금색 광택이 흐르는 실크 위로 검은 점이 몇 개 피어났고, 불길이 아래에서부터 넥타이를 뚫고 고개를 내밀었다. 천이 여러 각도로 말리며 쉭쉭거리는 소리를 내다 뿔뿔이 흩어져 잿더미 속으로 사라졌다.

마틴은 셔츠를 벗어 비닐봉지와 함께 불 속에 던졌다. 깨끗하게 빨면 넥타이에서 묻은 DNA를 제거할 수 있겠지만 위험을 감수할 이유가 없었다. 그는 화학 물질 냄새를 차단하느라 유리문을 닫고 기다렸다. 그것마저 사라지자 그는 이리저리 쑤시며 남은 쪼가리가 없는지 확인했다. 내일 불이 식으면 잿더미를 다시 한번 체크하고 쓰레기통에 버릴 것이다.

피로가 그를 덮쳤지만―비행기를 타고 오는 동안 충혈된 눈을 돌리는 곳마다 울어대는 갓난애가 있었다―낮잠을 청하기 전에 처리해야 하는 남은 일이 있었다. 모두 마무리 짓기 전에는 어차피 잠도 편히 잘 수 없었다. 그는 손을 씻고 얼 그레이를 진하게 한잔 끓이고 햄샌드위치를 만들었다. 그걸 서재로 들고 가서 먹으며 컴퓨터가 부팅되는 것을 기다렸다.

먼저 지닌과 연락할 때 썼던 이메일 계정을 삭제하고 그걸 대체할 새로운 계정을 만들었다. 마틴은 이메일로 연락을 주고받는 걸 좋아하지 않았기 때문에 지닌이 그 계정으로 메일을 보낸 적은 없었지만 어디 적어놓았을지 모를 일이었다. 다음은 스카이프 계정 차례였다. 거기도 별 건 없어서 미끼용 정보와 텍스트 채팅 두어 줄이 전부였지만 꼬리는 짧을수록 좋았다. 이제 마지막으로 중요한 한 가지만 처리하면 편안하게 쉴 수 있었다. 그는 배틀넷 계정에 접속해 자신의 〈월드 오브 워크래프트〉 정보를 클릭했다. 비용을 결제하고 서버를 이전한 뒤 레벨 90짜리 메인 캐릭터의 이름을 변경했다. 누군가가 지닌의 계정을 들여다보더라도 이제 친구 목록에 그의 기록은 없을 테고, 그녀가 그의 정보를 어디 적어놓았다 한들 그 캐릭터는 더 이상 존재하지 않을 것이다. 지닌에게 다른 서버에서도 플레이어를 추적할 수 있는 실명 아이디를 알려준 적이 없었기 때문에 그들이 소통한 증거는 어디에도 남지 않을 것이다.

그는 서버를 이전하는 데 며칠 걸릴 수 있다는 통상적인 경고를 무시했다. 지금까지 몇 시간 넘게 걸린 적이 없었고 경찰에서 그녀의 계정을 체크할 생각을 한들 앞으로 며칠은 지난 다음일 것이다.

마틴은 마지막 조치를 취한 뒤 하품을 했다. 카페인을 마셨음에도 피로가 납 이불처럼 그를 덮었다. 이제 살인을 음미하며 저녁 시간을 보낼 수 있었다. 그는 기지개를 켜고, 기대감으로 인한 떨림과 잘 잡히지 않는 평화로움이 휩쓸고 지나가는 것을 느꼈다. 당분간 정상으로 돌아간 기분을 느낄 수 있을 것이다. 허기가 또다시 그의 숨통을 조르기 전까지는.

Chapter 5

"다음은 어디예요?" 조는 내비게이션 버튼을 누르며 물었다.

"로레인 바넷은 딸이 발레 수업을 받는 동안에만 만날 수 있다는데, 데브라 첸도 정확히 그 시간대에 고객 면담 중간에 짬을 낼 수 있다고 해. 둘 다 스케줄을 바꿀 수 없다고 요지부동이고."

"그럼 우리 둘이 한 명씩 만나기로 해요. 시간도 아낄 수 있고 좋네."

"누가 친구를 맡고 누가 상사를 맡지?" 아넷은 시동을 걸었다.

"선배가 두 사람하고 연락했으니까 분위기를 나보다 더 잘 알지 않아요?"

아넷은 얼굴을 찡그렸다. "첸이 나한테 땍땍거렸으니까 어찌어찌 하루를 버티고 있는 다른 고위직 여자를 만나면 훨씬 공감을 할 수 있지 않을까?"

조는 씩 웃었다. "그 수법으로 어떤 성과를 거둘 수 있을지 모르겠지만 시도해볼게요."

10분 뒤에 조는 젤라킹 앤드 스크라이브스 사무실이 있는 3층짜리 하얀색 건물을 향해 걸어갔고 아넷은 로레인을 만나러 출발했다. 모난 선과 파란색의 미미한 포인트로 이루어진 그 건물은 1990년대 초반을 휩쓸었던 스트립몰 스타일 안에 갇혀 있었지만, 페인트칠과 조경은 상태가 훌륭했다. 문이 열리자 바닥에 대리석이 깔렸고 유리와 크롬으로 포인트를 준 로비가 나왔다. 조는 안내데스크의 경비가 데 브라 첸을 호출하는 동안 그를 살폈다. 인상이 부드러워 보였고 키는 중간이며 싹싹한 분위기를 풍겼다.

조는 호들갑스럽게 좌우를 두리번거렸다. "건물이 멀끔하네요. 안에서 근무하는 직원들도 이 건물처럼 호감형인가요?"

경비는 폭소를 터뜨렸다. "다들 잘해주세요. 심지어 수익 분배까지 받는걸요. 대부분 즐겁게 근무하고 있어요."

"다행이네요. 지난 해먼드하고 아는 사이셨어요?"

그의 얼굴에 먹구름이 꼈다. "네. 그냥 오가다 인사하는 사이였지만 항상 친절했어요."

"여기 생활이 탐탁지 않은 사람들 중에 그분을 못마땅하게 여긴 사람도 있었을까요?"

"제가 알기로는 없었어요. 하지만 저는 여기 있다 보니 접하는 정보가 별로 없어서요."

조는 과연 그럴까 의심스러웠지만 따지고 들려고 입을 연 순간 데 브라 첸이 보안장치가 달린 문을 지나서 나왔다. 고급스러운 회색 스커트와 베이지색 블라우스를 입고 있었지만 조의 시선이 향한 곳은 왼쪽 젖가슴 바로 위에 남은 희미한 자국이었다. 이를 닦다가 치약이 튀었을까?

"푸르니에 경위님?" 그녀가 물었다.

조는 고맙다는 뜻으로 경비에게 손을 흔들고, 데브라가 자신의 직책을 기억하고 있다는 데 탄복하며 자기소개를 하려고 다가갔다. 어쩌면 아넷이 그녀의 태도를 두고 한 말이 맞았을 수 있었다. "단둘이서 조용히 얘기할 만한 곳이 있을까요?"

"이쪽으로 오세요." 데브라가 리더기에 자기 신분증을 꽂자 초록색 불이 켜졌다.

조가 그녀를 따라 짧은 복도를 지나자 여러 개의 높은 칸막이로 나뉜 넓은 공간이 나왔다. 각 칸막이마다 기본적으로 갖추어진 물품은 같았고 – 컴퓨터, 전화기, 파일 캐비닛 – 내부 색상과 개인적으로 추가한 부분만 달랐다. 데브라는 이 공간의 맨 끝으로 가서 회의실 문을 열고 중앙에 놓인 테이블을 가리켰다. "편하신 자리에 앉으세요."

조는 똑같이 파란색 천이 씌워진 의자들을 훑어보다가 두 번째로 가까운 자리에 앉았다. "만나주셔서 감사합니다, 첸 씨. 시간을 내기 쉽지 않으셨을 텐데."

"그냥 데브라라고 불러주세요. 그리고 당연하죠. 저희는 그 소식을 듣고 아직 충격에서 헤어나오지 못하고 있어요. 불과 며칠 전에 그녀를 만났는데 그런 일이 벌어졌다니 믿어지지가 않아요." 그녀는 감정에 북받쳐 딱딱하게 굳은 얼굴을 하고 고개를 저었다.

조는 데브라가 맞은편 자리에 앉는 동안 기다렸다. "두 분이 가까운 사이였나요?"

"회사 밖에서 따로 만난 적은 없지만 서로 좋아했고 잘 지냈어요."
그녀는 자기 손을 흘끗 내려다보았다가 다시 테이블을 쳐다보았다.

"친구처럼 지낼 수 있을 만큼 죽이 잘 맞지는 않았고요?"

데브라가 시선을 들어 그녀와 눈을 맞췄다. "저는 직장 내에서 적당한 선을 지키는 것이 중요하다고 생각해요. 그래야 좀 더 수월하게 일을 할 수 있으니까요. 아닌가요?"

조는 씩 웃으며 애매하게 고개를 저었다. "그런 장점이 있죠. 그분도 그런 선을 지켜가며 근무하는 데 아무 불만이 없었나요?"

"지닌은 오히려 사생활과 회사생활을 분리해야 한다고 강조했어요. 우리가 호흡이 잘 맞았던 이유가 그 때문이기도 했어요. 팀을 관리하는 기본적인 관점이 같았다는 거."

조는 서글서글한 표정을 유지하며 데브라의 방어적인 태도에 맞게 접근법을 수정했다. "아, 그랬겠네요. 지닌 해먼드가 부서장의 직속이었다고 들었는데요."

"맞아요. 내가 부서장이고 내 밑에서 일하는 세 명의 팀장 가운데 한 명이 지닌이었어요. 우리 영업 지원팀 팀장이었죠." 데브라가 다시 아래를 쳐다보자 조는 그녀의 시선을 따라갔다. 그녀는 손을 떨고 있었다.

"일을 잘하는 직원이었나요?"

"아주요." 그녀의 목이 잠겼다. "성품이 따뜻하고 진실했어요. 사람들과 쉽게 친해졌고 사람들은 그녀를 신뢰했고요. 우리 고객들은 그녀를 만나면 자기들이 이 회사에 중요한 존재가 된 기분이 든다고 했어요. 팀을 관리하는 자세도 그 비슷했고요. 지닌은 대부분의 사람이 계약서에 서명하면 더 이상 관심과 서비스를 받지 못할 거라고 생각한다는 걸 알았어요. 그래서 자신을 거기에 대한 대비책으로 삼았죠."

"자기 일을 아주 열심히 하셨던 것 같네요. 그러다 보면 부하직원들하고 충돌이 생길 수밖에 없었겠는데요?"

데브라는 그녀의 시선을 피하지 않았다. "아뇨. 자기 팀원들한테도 똑같이 신경 썼거든요. 좋은 실적을 거두면 반드시 보상했고 휴식이 필요하면 일을 도와줬어요. 심지어 팀 목표를 달성하면 한 달에 한 번 사비로 피자까지 샀고요."

조의 머릿속에 로저 해먼드가 퍼뜩 떠올랐다. 그가 참 좋아했겠다는 생각이 들었다. "그래서, 충돌이 전혀 없었다는 말씀이신가요? 그녀가 자른 직원들의 경우에도요?"

데브라는 헛기침을 했다. "대부분의 팀장에 비하면 그런 경우가 드물었어요. 그리고 그런 상황에 놓이면 누구든 불편할 수밖에 없죠."

조는 그녀의 표정을 살폈다. 어느 쪽으로 노선을 정해야 할지 판단이 서지 않았다. 그녀가 작전을 쓰고 있는데, 이유가 뭘까? 조는 공감작전으로 결정하고 이마를 찡그렸다. "불편한 상황이라니 어떤 상황이었을까요?"

데브라의 눈이 좌우로 잽싸게 움직였다가 제자리로 돌아왔다. "직원을 잘랐다가 뒤탈이 난 경우가 두 번 있었어요. 한 명은 상당히 명쾌했어요. 존 렝크라는 친구였는데, 연락도 없이 여러 번 결근을 했거든요. 로널드 크레이그라는 직원의 경우에는 좀 더 복잡했죠. 선을 숱하게 넘었고 여러 번 각기 다른 이유로 불만 신고서가 접수됐어요. 한동안 정신을 차리는가 싶다가도 어느 정도 시간이 지나면 곧바로 똑같은 행동을 반복했고요."

조는 이마를 더 심하게 찡그렸다. "최후의 결정타가 뭐였나요?"

데브라는 앉은 자리에서 자세를 바꿨다. "동료 직원에게 나쁜 년이라고 욕을 했어요. 휴게실에 단둘이 있는 줄 알고 그랬는데, 제삼자가들어왔다가 그 광경을 목격했죠. 그는 목격자도 거짓말을 하는 거라고 주장했지만 과거의 전적과 그의 파일에 담긴 공개 항의서를 감안했을 때 해고하는 수밖에 없었어요. 지닌은 괴로워하면서 저한테 2차승인을 받으러 왔어요. 편견의 여지가 없는지 확인하는 차원에서. 하지만 그는 계속 모함이라고, 지닌도 공범이라고 주장했죠."

조의 눈이 휘둥그레졌다. "그 정도면 불편한 수준을 넘었는데요?"

데브라의 자세가 뻣뻣해졌다. "그 직원이 지닌을 협박하거나 그러지는 않았어요. 벌써 3년 전의 일이었고 이후로 그의 소식은 전혀 들은 적이 없어요."

공감 작전은 무슨 얼어 죽을. 데브라는 지닌을 생각해서 뻣뻣하게나오는 게 아니었다. 조는 의자에 기대고 앉으며 접근 방식을 바꿨다. "하지만 지닌은 그의 소식을 들었겠죠?"

"천만에요. 들었다면 나를 찾아와서 고발했을 거예요."

"아니면 직접 처리하려고 했을 수도 있고요."

"그러지는 않았을 거예요. 어리석은 사람이 아니었으니까요." 데브라는 조의 시선을 꿋꿋하게 맞받아쳤다.

조는 눈을 가늘게 떴다. "그런데 호텔 객실에서 살해당했단 말이죠."

데브라는 아무 대꾸도 하지 않았다.

아무래도 호락호락하지 않을 모양이었다. "그의 연락처와 기타 모든 정보를 알려주셨으면 합니다. 그 사건에 연루됐던 두 직원과도 얘기를 나눠봐야겠어요."

"그 직원들은 만나서 뭐하시게요?"

마지막 퍼즐 조각이 제자리를 찾았다. 데브라는 그렇게 순진하지 않았다. 그녀는 회사의 입장을 대변하고 있었고 회사에서는 소송을 두려워하고 있었다. "면담을 좀 해야겠습니다. 그리고 존 렝크는 정확히 어떻게 된 일이었나요?"

"말씀드렸다시피 무단결근이 몇 차례 반복돼서 지닌이 내보내는 수밖에 없었어요."

"그는 반항했고요."

"반항까지는 아니고요." 그녀는 자세를 고쳐 앉았다.

조는 그녀를 물끄러미 바라보며 기다렸다.

"사실 지닌은 그에게 약물 중독 문제가 있지 않나 의심했어요. 그래서 음, 조언을 하려고 했고요."

빙고. "조언이요?"

데브라의 눈이 또다시 옆으로 움직였다. "그 직원에게 진통제에 중독된 것 같다고 단도직입적으로 말했어요. 그가 1년쯤 전에 교통사고를 당해서 허리 수술을 받았거든요. 그전까지는 아주 믿음직하고 실적도 훌륭한 직원이었어요. 그런데 데드라인을 못 맞추고 실수를 저지르기 시작했어요. 고객과의 약속도 몇 번 펑크 내고 자꾸 병가를 내더니 막판에는 연락도 없이 출근을 하지 않았고요."

"그리고 문제가 있는 거 아니냐는 그녀의 지적을 못마땅하게 여겼군요."

"네. 무슨 소리냐며 펄쩍 뛰었어요. 그때 내보냈어야 하는 건데. 그런데 지닌은 그냥 물러서지 않고 계속 도움을 받으라고 했지 뭐예요. 그는 발끈하면서 나에게 면담을 요청했어요. 지닌에게 왜 그냥 내보내지 않았느냐고 물었더니 얼마 전에 알코올중독으로 재활센터에 입소한 친구가 있어서 존도 자기 인생을 허비하는 걸 두고 보지 못하겠다고 하더군요. 내가 얘기했어요, 우리가 그에게 강요할 수 있는 건 아무것도 없다고."

조는 유책 관계를 따져보았다. "그래서 지닌은 손을 뗐고 그는 말없이 떠났나요?"

데브라는 고개를 끄덕였다.

"그가 지닌이 다른 직원들에게 그 얘기를 하지는 않을지 걱정했을 거라고 보세요?"

"아뇨. 지닌은 입이 아주 무거웠고 다들 그렇다는 걸 알았어요." 그녀의 턱이 힘이 들어갔다가 풀렸다. "제 생각을 물으신다면 그가 퇴사한 이후에 지닌 쪽에서 연락했고 그가 그걸 못마땅하게 여겼을 가능성이 커요."

조는 눈을 가늘게 떴다. "지닌이 신중하게 지켜왔던 선을 넘을 정도로 심란해했다고 보세요?" 그게 아니라 회사의 책임을 회피하려는 수작일까?

"모르겠어요." 그녀는 시선을 돌렸다.

"그녀가 그런 식으로 접근했다면 렝크가 부서장님에게 연락하고 항의하지 않았을까요?"

데브라는 다시 그녀의 눈을 쳐다보며 얼음장 같은 목소리로 말했다. "그런 문제가 생기면 그 직원이 어떤 식으로 해결하려고 할지 저야 모르죠. 저는 다만 지닌이 이상할 정도로 그 문제에 대해 집착했다는 것만 알 뿐이에요."

조는 더 따지고 들어야 할지 고민하다가 그래봐야 소득이 없겠다는 결론을 내렸다. 데브라의 입장은 분명했다. "지닌이 다른 직원과도 문제를 일으킨 적이 있었나요?"

데브라는 긴장을 풀었다. "아뇨. 직원을 많이 자를 필요도 없었어요. 하지만 해고당한 직원 명단을 드릴 수는 있어요."

"그래주시면 감사하겠습니다. 아까 그녀가 일을 잘했다고 하셨죠. 평균 이상이었다고 볼 수 있을까요?"

"당연하죠. 제가 지금까지 같이 일한 직원 중에 최고였다고 말할 수도 있어요. 개인적으로도 그렇고 일적으로도 그렇고 그리울 거예요." 그녀의 눈가가 촉촉해졌다. 적어도 그것만큼은 진심이었다.

"사내 정치 구조상 그 정도로 일을 잘하면 회사에서 질투하는 사람이 없을 수 없을 텐데요. 그녀의 자리를 탐내거나 그녀에게 자기 자리를 뺏기지 않을지 걱정한 사람은 없었나요?"

데브라의 목이 벌게졌다. "지금 저더러 지닌 때문에 위협을 느꼈느냐고 물으시는 거라면 아뇨. 지닌은 자기 자리에 만족했어요. 위로 올라가는 데 관심이 없었어요. 관심이 있었더라도 남을 밀어내기보다 공석이 생기길 기다렸을 타입이고요. 그리고 그녀에게 질투심을 느낀 다른 사람이 있었다 한들 저는 아는 바 없어요."

"그래도 팀원들과 같은 직급의 직원들을 전원 면담하고 문제의 그 시간에 알리바이가 있는지 확인해야겠습니다. 부서장님도 마찬가지고요."

이번에는 데브라의 귀까지 벌게졌다. "저는 그날 밤에 친구들과 부부 동반으로 파나슈에서 저녁을 먹었어요. 친구들이 증언할 테고 제 남편이 신용카드로 계산했어요. 명단에 친구들의 신상정보를 추가할게요."

조는 자리에서 일어났다. "협조해주셔서 감사합니다. 이제 다른 직원들을 면담하고 말씀하신 그 명단을 받아서 갈까 합니다."

데브라는 알았다는 뜻에서 고개를 끄덕이고 조를 지닌의 팀으로 안내했다. "이쪽 칸막이 직원들이 전부 지닌의 팀원이었어요." 그녀는 첫 번째 칸막이 안으로 들어갔다. "코리, 이분은 푸르니에 경위님인데 지닌과 관련해서 몇 가지 물어볼 게 있으시대."

"인류에 대한 믿음을 말살하는, 그런 분위기의 오후였어요." 조는 기다리고 있던 차에 올라타며 말했다.

"남자가 호텔 객실에서 여자를 목 졸라 죽이는 걸로 충분하지 않아?" 아넷이 회의적인 표정을 지으며 물었다.

"음, 그건 비정상적으로 사악한 거고, 빠져나갈 궁리만 하는 회사는 냉혹하고 조직적으로 사악한 거죠. 이 냄새 뭐예요?"

"햄버거 사 왔어. 자네도 배고플 것 같아서. 샐스의 미트볼 서브만큼은 아니겠지만 그래도 먹을 만할 거야."

"선배는 천사예요."

"내 딸들 앞에서 얘기해줘."

조는 몸을 돌려서 봉지를 집었다. "로레인 바넛한테서는 어떤 정보를 입수했어요?"

"별거 없었어. 남편과 파올라에게 이미 들은 얘기를 확인하는 수준이었는데 그것조차 일이더라고. 지난 몇 달을 통틀어서 담배가 그렇게 당긴 적이 있었나 싶네."

"저항이 심하던가요?"

"그렇다기보다 거부감이 심했어. 묻지마 살인인데 내가 자기 시간만 빼앗고 있다고 못을 박더군. 내가 지닌의 사생활을 현미경으로 들여다보려고 하는 걸 자신에 대한 모욕처럼 받아들였고." 그는 그녀의 말을 그대로 옮길 때는 강조하는 차원에서 앞뒤로 잠깐 뜸을 들였다. "내가 테레사하고 다툰 얘기를 꺼내기 전까지는."

"우어, 궁금하다."

"태도가 180도 달라졌어. 테레사를 가리켜 자기한테 관심을 가져주고 도우려고 하는 사람을 고마워할 줄 모르는 이기적이고 싸가지 없는 애새끼라고 하더군. 테레사의 남자친구 필립은 시건방진 놈이라고 했고 내가 밥맛으로 순화하니까 바로잡더라고. 그 이후로 얘기가 정말 흥미진진해졌지 뭐야. 필립은 윗세대를 존경하기는커녕 술친구쯤으로 생각한다고 했어. 그리고 뭘 증명하려는 사람처럼 테레사의 부모 앞에서조차 그 아이를 주물러댔다는군."

"그러니까 예의가 없었다는 거죠?" 어머니 생각이 조의 머릿속을 스치고 지나갔다. 그녀가 그런 남자친구를 사귀었다면 어머니가 당장 발로 차서 집 밖으로 내쫓았을 것이다.

아넷은 고개를 흔들었다. "그 정도가 아니었어. 이상한 녀석이었는데, 어디가 이상한지 콕 집어서 말을 할 수가 없대. 그에게 지닌을 해칠 마음이 있었을까 물었더니 그랬을 수도 있다고 했어. 그를 난도질하며 즐거워하는 게 아니라 정말 그랬을 가능성이 있다는 걸 깨닫고 충격을 받은 것 같더군."

"그냥 놀란 게 아니고요?"

"절대. 180도 달라졌다니까? 그전에는 지닌의 사생활과 전혀 연관성이 없는 살인사건이라고 주장했어. 회사에서도 결혼생활에서도 아무 문제가 없었고 수상한 냄새가 나는 곳도 전혀 없었다고 못을 박았다고. 필립을 떠올리기 전까지는."

조는 손목시계를 흘끗 확인했다. 파올라에게 다툰 얘기를 들었을 때 마음에 걸렸는데, 로레인의 반응을 접하고 보니 경보가 요란하게 울려 퍼졌다. "그 조카를 만나야겠네요."

"맞아."

조는 휴대전화를 꺼내 로저 해먼드에게 테레사의 연락처를 묻고 내비게이션에 주소를 입력했다.

"보아하니 가는 데 15분쯤 걸릴 것 같은데, 우리 시간 돼요?"

아넷은 곰곰이 생각했다. "아슬아슬하게 되겠어."

"선택의 여지가 별로 없다고 봐요. 회사에서 단서를 두어 개 입수했지만 두 용의자 모두 회사를 그만둔 지 제법 돼서 시기가 맞지 않거든요. 테레사 건이 사생활에서 불화의 기미를 보인 유일한 경우고 그녀와 가장 가깝게 지냈던 두 명이 거기에 대해서 격한 반응을 보였잖아요. 전화 통화로 될 일이 아니라고 봐요."

Chapter 6

아넷이 차량 행렬 속으로 끼어드는 동안 조는 손목시계를 다시 한 번 확인했다. "사실 예고 없이 찾아가서 그녀의 솔직한 반응을 확인하고 싶긴 하거든요. 하지만 집에 없을 수도 있는데 우리가 도박을 감행할 여력은 안 되죠?" 조가 테레사의 번호로 전화를 걸었고 테레사는 두 번째 신호에 전화를 받았다. 그녀가 선택지를 두고 고민하는 것이 느껴졌지만, 친구와 커피를 마시기로 한 약속을 깨려니 짜증난다고 하면서도 만나주겠다고 했다.

도로 상황이 그들 편이었다. 그들은 몇 분 일찍 도착해 그 일대를 살필 수 있었다. 테레사의 집은 사람이 살기는 하지만 정성을 기울이지는 않아서 방치되고 낡은 분위기를 풍겼다. 조경은 없는 거나 다름없었고 칠과 지붕은 유효기한을 넘겼으며 여기저기 자잘하게 손볼 데가 많았다. 아마 테레사가 친구들과 함께 지내는 임대주택일 것이다.

테레사가 문을 열어주자 뚱한 생쥐의 이미지가 조의 머릿속을 스치고 지나갔다. 테레사는 청바지에 후줄근한 회색 스웨터를 입었고 부스스하게 곱실거리는 갈색 머리를 하나로 묶어서 스물네 살이라는 나이보다 어려 보였다. 까만 눈이 인상적일 수도 있었지만 얼굴에 비해 너무 작은 이목구비 때문에 빛을 잃었다. 치아가 어린애처럼 작고 코는 작은 점 수준이었던 것이다. 체중은 표준보다 15킬로그램 정도 더 나갔고 여드름 자국이 온 얼굴을 수놓았다. 힘든 사춘기를 보낼 수밖에 없었겠다는 생각이 절로 들었다.

테레사는 아무 말 없이 그들을 등지고 쿵쾅거리며 거실로 들어가 어떤 남자 옆으로 낡은 소파 위에 털썩 주저앉았다. 그러자 아마도 남자친구일 – 나이가 열 살 정도 많아 보였으니 부적절한 호칭이었다 – 그 남자가 두 팔로 그녀의 가슴을 끌어안고 자기 쪽으로 당겼다. 남자는 계속 조를 쳐다보며 테레사를 한쪽 팔로 감싸고 이마에 입을 맞추었다.

조가 자기소개를 하려고 하자 테레사가 말허리를 잘랐다. "이 사건 때문에 나를 만나야겠다는 이유를 모르겠네요. 나하고는 전혀 아무 상관 없는 일인데."

조는 심호흡을 하고 예의를 갖추어야 한다고 마음을 다잡았다. 이 아이는 왠지 모르게 그녀의 인내심을 시험했다. "시간 내주셔서 감사합니다. 당신 숙모와 가깝게 지냈던 사람들을 전부 만나는 중이에요."

"나는 가깝게 지내지 않았는데요." 테레사는 그녀를 노려보았다.

조는 다시 남자친구와 눈을 맞췄다. "저는 오크허스트 카운티 형사 기동대 소속 조셋 푸르니에 경위고 이쪽은 아넷 형사입니다. 테레사의 친구 되십니까?"

그는 턱을 들고 테레사처럼 노려보았다. "필립이고 약혼자예요."

"결혼을 미리 축하드립니다."

그는 눈을 가늘게 떴다. "얼른 좀 끝내주시겠어요, 아가씨? 테레사하고 같이 저녁을 먹기로 했고 그 이후에 끝내야 하는 일도 있는데."

아넷은 대놓고 빈정거리는 그의 태도에 잠깐 얼어붙었다가 구석에 있던 나무 의자를 들고 왔다. 조는 무표정을 유지하며 소파 옆에 놓인 너덜너덜한 리클라이너 끝에 걸터앉았다.

"밤늦게까지 열심히 하시는군요. 어떤 일을 하시는데요?" 조는 물었다.

"프리랜서 웹디자이너 겸 소프트웨어 엔지니어예요. 프리랜서는 시간이 곧 돈이고요."

"그럼 일어나셔도 됩니다. 저희는 테레사하고만 얘기를 나누면 되니까요." 조는 말했다.

"같이 있고 싶은데요." 필립이 말했다.

조는 고개를 끄덕이고 다시 테레사에게로 시선을 돌렸다. "숙모와 어떤 사이였는지 들을 수 있을까요?"

필립이 대답했다. "얘기하고 말고 할 것도 별로 없어요. 둘이 마지막으로 만난 지 1년도 넘었으니까."

이런 식으로 나온다 이거지. 조는 필립을 위아래로 훑어보았다. 황갈색 머리칼이 파란 눈을 힙스터 스타일로 곱슬곱슬하게 감싸고 있었다. '조각 같다'거나 '옛날 할리우드 분위기'라고 불릴 수 있는 외모였지만 마치 캐리커처처럼 비율이 맞지 않았다. 쭈글쭈글한 드레스 셔츠에 허벅지가 반 사이즈 작은 코듀로이 바지를 입고 있었다. 어이, 설마 집에 중절모가 있는 건 아니겠지?

그녀는 언성을 높이지 않았다. "괜찮으시면 테레사에게 직접 얘기를 듣고 싶은데요."

"괜찮지가 않으니까 그렇죠. 이건 아주 심란한 상황이에요. 못 알아들으시는 모양인데, 테레사는 도움이 될 만한 정보를 아무것도 드릴 수가 없어요. 그런데 아무 이유 없이 괴롭힘을 당하고 있잖아요. 당신이 연락했을 때 내가 옆에 있었다면 꺼지라고 했을 거예요."

"약혼녀를 그렇게 챙기다니 대단하시네요. 하지만 누군가가 그녀의 숙모를 목 졸라 죽였고 선생님이 괜찮으시거나 말거나 저희로서는 수사를 진행해야 합니다. 자, 선생님이 손을 잡아줄 수 있는 여기서 질문을 할까요, 아니면 선생님은 출입할 수 없는 경찰서 조사실로 이송해 거기서 신문을 진행할까요? 선택하세요. 솔직히……." 조는 두 사람을 번갈아 쳐다보았다. "가족이 잔인하게 살해당했는데 몇 마디 질문조차 대답하지 않으려고 한다는 게 조금 걱정이 되기 시작합니다만."

필립은 시뻘게진 얼굴로 몸을 앞으로 내밀었다. 그러다 생각을 바꿨는지 억지 미소를 지으며 몸을 뒤로 기대고 테레사를 자기 가슴 앞쪽으로 살짝 끌어당겼다. 그녀의 조그만 이목구비가 그의 곱슬곱슬한 머리털 아래 묻히자 조는 사자의 앞발에 붙들린 조그만 짐승을 떠올렸다.

"네, 그럼요, 형사님. 저희가 비협조적으로 보였다면 죄송합니다. 상황 자체가 너무 충격적이라서요. 당연히 저희도 어떤 식으로든 돕고 싶죠." 필립이 말했다.

조는 형사답게 무표정한 얼굴로 테레사를 돌아보며 다시 시작했다. "감사합니다. 자, 숙모와 어떤 사이였는지 들을 수 있을까요?"

"이 사람이 말한 것처럼 할 얘기도 별로 없어요. 1년 반 넘게 만난 적이 없거든요."

"그전에는요?"

그녀는 긴장한 표정을 지었다. "제가 어쩌다 한번씩 그 집에 놀러 갔고 가끔 대화도 나누고 그랬어요."

"두 분이 아주 가깝게 지냈다고 들었는데요."

"가깝게 지냈다니 어떤 의미에서요?"

조는 눈 한번 깜빡이지 않고 그녀를 쳐다보았다. "숙모가 예전에는 당신 삶의 중요한 부분이었는데 지금은 그렇지 않다는 의미에서요. 어쩌다 그렇게 됐죠?"

테레사는 다시 긴장한 표정을 지으며 턱에 힘을 준 필립을 흘끗 쳐다보았다.

"숙모가 사람을 자기 마음대로 주물러야 직성이 풀리는 엿 같은 성격이라 그렇게 됐죠." 마침내 그녀가 불쑥 내뱉었다.

"숙모가 어떤 식으로 당신을 주무르려고 했는데요?"

"내가 어떤 문제에 대해 조언을 구하면 이렇게 저렇게 하라고 명령을 내렸어요. 시키는 대로 하지 않으면 짜증을 냈고요. 필립을 못마땅하게 여겨서 우리 둘 사이를 갈라놓으려고 했고요."

"어떤 이유에서 그러는 거라고 하던가요?"

"아, 절대 말로 하지는 않았어요. 그냥 눈치를 줬지. 얼마나 끔찍하게 눈치를 줬나 몰라요. 그리고 감정적으로 협박도 했고요."

"어떤 식으로요?"

"예를 들어 필립하고 내가 싸웠을 때만 해도 그래요. 나 때문에 필립이 기분 상한 적이 있었어요. 내 책임감 없는 행동에 실망한 필립이 한마디 했는데 내가 성질을 내서. 필립이 나더러 진정이 될 때까지 나가 있으라고 해서 부모님네 집에 갔어요. 필립은 나랑 대화할 마음의 준비가 되면 연락하겠다고 했어요. 그런데 숙모는 그걸 못마땅하게 여겼어요."

"뭐라고 하면서요?"

"그가 꼭 그런 식으로 처리했어야 하느냐는 둥, 네 감정은 고려하지 않았다는 둥, 네가 그렇게 속상해하다니 마음이 안 좋다는 둥."

아이고, 저런. "숙모는 당신더러 어떤 식으로 대처하라고 하던가요?"

테레사는 앉은 자리에서 꼼지락거리며 팔짱을 좀 더 단단히 꼈다. "모르겠어요? 중요한 건 그게 아니잖아요."

"그래도 듣고 싶은데요."

"이 사람에게 며칠 시간을 주고, 당황하거나 흥분하지 않게 하고 싶은 말을 글로 쓰라고 했어요. 하지만 중요한 건 그게 아니에요. 숙모는 이 사람을 싫어했고 내가 이 사람과 헤어지길 바랐다는 거지."

"숙모가 그런 말을 했어요?"

"우리가 상황에 대처하는 방식이 전혀 다른 것 같다고, 절충하는 법을 배워야겠다고 했어요. 이 사람이 그러기 싫다고 하면 나한테 알맞은 사람인지 신중하게 고민해보아야 한다고 했고요." 그녀는 얼굴을 찡그려가며 그 말을 비웃었다.

"당신은 숙모가 그를 깎아내리는 게 싫었고요." 아넷이 딱딱하게 굳은 표정으로 말했다.

테레사가 그에게로 홱 하니 시선을 돌렸다. "이 사람한테 정말 너무 심하게 굴었어요! 나한테 난생처음으로 자기 말고 인생에 개입할 수 있는 사람이 생기니까 질투가 났던 거예요."

"그리고 당신을 정신적으로 협박했다고요? 어떤 식으로요?" 조는 물었다.

"뭐, 숙모한테 화가 나서 몇 달 동안 연락을 하지 않기로 마음먹은 적이 있었거든요. 나를 그런 식으로 대하면 내 인생에서 내쫓겠다는 메시지를 전달하려고요. 그러다 어느 날 필립과 어떤 일로 싸웠는지 문자를 보냈더니 숙모가 예전에 있었던 일 때문에 나한테 충고를 하기가 불편하다고 답문을 보냈더라고요." 그녀는 허공에 대고 따옴표를 만들었다. "그러니까 기본적으로 자기가 시키는 대로 하지 않으면 나랑 말도 하기 싫다는 거잖아요. 어이가 없어서. 내가 너무 열 받아서 필립이 그걸 풀어주느라 한세월이 걸린 거 알아요? 숙모가 그런 식으로 나를 감정적으로 협박하다니 얼마나 엿 같은 일이냐고, 그러도록 용납할 수는 없다고 몇 시간 동안 성토대회를 열었죠."

"그때를 끝으로 더 이상 연락을 하지 않았나요?"

"필립에게 도움을 받아서 이메일을 보냈어요. 숙모가 그러는 건 잘못된 행동이고 더는 모르는 척 넘어가지 않겠다고. 숙모는 내가 아니라 필립이랑 얘기하는 것 같다고, 그를 통해서 나랑 얘기하고 싶지 않다고 답장을 보내왔어요. 그러면서 화가 풀리면 연락하라고 했어요. 필립 없이 둘이서 대화하자고. 엿 먹으라고 했죠."

테레사가 흠모하는 표정으로 얼굴을 환히 빛내며 필립을 올려다보자 그가 허리를 숙여 그녀에게 입을 맞추었다. 파블로프의 침 흘리는 개가 조의 머릿속을 스치고 지나갔다.

조는 상상을 떨쳐버리기 위해 헛기침을 했다. "한동안 숙모와 연락을 끊고 지냈다는 걸 알겠는데, 연락을 하던 시절에는 숙모와 삼촌의 관계가 어땠나요?"

테레사는 눈을 굴렸다. "시도 때도 없이 미친 듯이 싸웠어요. 그래서 얼마나 괴로웠는지 몰라요, 특히 지금보다 어렸을 때는 더요. 이제 숙모의 본모습을 알고 나니까 삼촌이 가여워요. 그렇게 만사 자기 뜻대로 하려는 사람이랑 결혼해서 살려니 얼마나 끔찍했을까."

조는 아녯이 앉은 자세를 바꾸는 것을 보았다기보다 느꼈다. "그러니까, 불행한 결혼이었다?"

테레사는 눈을 잠깐 동그랗게 떠가며 대답했다. "아뇨, 내 생각에는 서로 사랑했던 것 같아요. 그냥 많이 싸우기만 했을 뿐. 이혼이나 뭐 그런 걸 운운한 적도 없어요."

"하지만 안을 들여다보면 불행했을 거라고 생각해요?" 조가 물고 늘어졌다.

"아뇨, 그건 그냥 습관 같은 거였어요. 그러니까, 서로 잘 지냈어요." 테레사는 어깨를 으쓱했다. "로저 삼촌은 숙모를 사랑했어요."

"숙모도 삼촌을 사랑했을까요?"

"네, 아마도요."

조는 곰곰이 생각했다. 단순히 마음이 상한 조카의 편견이 가미된 험담일까 아니면 그 이상의 의미가 있을까? 그녀는 방향을 전환했다. "주변 인물들 중에 숙모님을 해치고 싶어 할 만한 사람이 있나요?"

테레사와 필립, 두 사람 모두 긴장을 푸는 눈치였다. "아뇨, 전혀요. 하지만 최근 일에 대해서는 잘 몰라요."

조는 고개를 끄덕이고 수첩을 덮었다. "지금 당장은 이걸로 충분한 것 같습니다. 뭐든 생각나는 게 있으면 연락 부탁드릴게요." 그녀가 테레사에게 명함을 건네는 동안 아넷은 현관문 쪽으로 걸음을 옮겼다.

"고맙습니다, 경관님. 연락드릴게요." 필립이 직책을 강조해가며 말했다.

조는 웃음이 나려는 걸 참았다. '경위'다, 이놈아. 그리고 너도 알고 나도 알다시피 알면서 일부로 그러는 거지?

그들은 아무 말 없이 그 집에서 나왔다. 조는 운전석 쪽으로 차를 빙 돌아가다가 필립이 애써 무표정한 얼굴로 창밖을 내다보고 있는 것을 보았다. 조는 그들의 뒤통수를 응시하는 그를 지켜보며 길을 따라 내달렸다.

"헛소리의 구린내가 아직까지도 사라지질 않네." 고속도로로 올라타자 아넷이 라디오를 켜며 말했다.

조는 한쪽 입꼬리를 올리며 추월차로로 합류했다. "얘기가 전혀 다르네요. 진실은 분명 중간 어디쯤이겠지만 지닌의 입장은 테레사의 입장과는 많이 달랐을 것 같아서 파올라한테 확인하고 싶어요."

"내 전화기에는 그녀의 연락처가 없어."

"공항에 가서 연락하면 돼요. 아무튼 제가 처리할게요."

조는 공항 보안검색을 무사히 통과한 뒤에 파올라의 휴대전화로 연락했다. 그녀는 두 번째 신호에 전화를 받았다.

"안녕하세요, 경위님. 무슨 일 생겼나요?"

"아뇨, 놀라게 해서 죄송해요. 지금 매사추세츠로 돌아가려는데 괜찮으시면 얼른 두어 개 추가로 물어보고 싶은 게 있어서요."

"말씀하세요." 그녀가 호기심 어린 목소리로 말했다.

"지닌이 조카랑 사이가 틀어졌다고 했잖아요. 이유가 뭐였는지 들을 수 있을까요?"

"제가 기억하기로는 남자친구 필립이 테레사를 집에서 내쫓고 일주일 동안 연락을 끊었어요. 테레사는 전화도 문자도 아무것도 안 되니까 완전 난리가 났죠. 그 얘기를 듣고 내가 진짜 열 받았었기 때문에 똑똑히 기억해요. 그건 학대잖아요."

조의 턱에 힘이 들어갔다. "그리고 지닌도 화가 났고요?"

"당연히 못마땅하게 여겼지만 건설적인 충고를 하려고 했어요. 필립이 일시적으로 대화를 원치 않으면 여지를 주고, 하고 싶은 말을 글로 쓰라고요. 그러면 생각을 정리하고 대화를 하게 됐을 때 무슨 말을 하고 싶은지 알 수 있지 않겠느냐면서."

나라도 그보다 더 합리적으로 처리하지는 못했겠네. 안내방송이 울려 퍼지자 조는 다른 쪽 귀를 막고 언성을 높였다. "그 말을 듣고 테레사가 왜 열 받았을까요?"

"내쫓겨서 연락이 안 되니까 얼마나 상처를 받았는지 남자친구에게 얘기하라고 지닌이 말했기 때문일 거예요. 관계를 지속하고 싶으면 필립과 좀 더 건설적으로 소통할 방법을 찾아야 한다고 강조했거든요."

조는 고개를 끄덕였다. 이것 역시 합리적인 충고였다.

"테레사가 필립은 원래 그런 성격이라고 하니까 지닌은 그렇다면 그런 사람하고 평생 같이 살 수 있겠는지 고민해보아야 한다고 말했어요. 아마 이 마지막 부분 때문에 열 받았을 거예요. 필립과 헤어진다는 것에, 그와 같이 있지 못한다는 것에."

"테레사가 충고한 대로 하지 않는 걸 보고 지닌은 화를 냈나요?"

"어우, 아니요. 내가 그 가족을 알고 지낸 이래 테레사는 지닌의 충고를 단 한 번도 따른 적이 없었어요. 지닌을 찾아왔다가 그녀가 하는 얘기가 마음에 들지 않으면 못되게 말을 하고, 그녀 생각이 틀렸다며 그냥 무시했어요."

"못되게 말을 했다고요?"

"네. 예전에 테레사가 홀딱 반한 남자가 있었거든요. 둘이 두어 번 만났는데 남자가 좀 이상했어요. 뭐든 미리 계획을 세우지 않고. 테레사가 전화하면 받질 않든지 아니면 나중에 연락하겠다고 하고. 바보가 아닌 이상 그 남자에게 여자친구가 있다는 걸 모를 수가 없었죠. 지닌이 그런 거 아니냐고 했다가 테레사가 폭발했어요. 부정적이고 꼬인 사람이나 그런 생각을 할 거라고, 번듯한 사람에게 그런 혐의를 제기하다니 너무 못된 거 아니냐고. 심지어 예전에 심하게 '엿 먹은' 적 있는 거 아니냐고까지 했어요." 그녀는 분노하며 몇 단어를 강조했다.

다시 안내방송이 시작됐다. "잠시만요." 안내방송이 끝나자 조는 다시 말문을 열었다. "죄송해요."

"괜찮아요. 공항은 어딜 가나 시끄럽잖아요."

"테레사가 그런 말을 했을 때 지닌은 어떤 식으로 반응했나요?"

"너무 상처를 받아서 30분 동안 울었어요. 그래도 계속 테레사를 두둔했어요. 뭘 잘 몰라서 그러는 거라고, 그 나이대 아이들은 원래 무신경해서 그런 식으로 행동하기 마련이라고. 나는 헛소리 말라고 했어요. 그때 테레사의 나이가 몇 달 있으면 스물세 살이었거든요. 내가 열세 살이면 몰라도 그게 스물세 살짜리가 보일 행동은 아니라고 해도 지닌은 과잉보호 속에 자란 아이라 아직 모르는 게 많다며 고집을 꺾지 않았어요." 그녀는 말을 멈추고 웃음을 터뜨렸다. "두말하면 잔소리지만 놀랍게도 그 남자에게 처음부터 약혼녀가 있었던 걸로 밝혀졌지 뭐예요. 테레사는 엄청나게 충격을 받았지만 지닌이 경고했던 걸 절대 기억하지 못하는 눈치더라고요."

"그런데도 지닌은 화를 내면서 왜 자기 말을 듣지 않느냐고 테레사에게 따져 묻지 않았나요?"

"지금 장난하세요? 테레사가 그 남자한테 자기감정을 설명하는 편지를 보내 마음을 추스르고 잘 정리할 수 있게 도와줬다니까요? 날이면 날마다 테레사는 지뢰를 밟았어요. 그러면 날이면 날마다 지닌이 가서 뒷수습을 했어요. 무슨 일이 됐건 손을 잡아줬어요. 심지어 자기 충고와 정반대로 행동했을 때조차도요."

조는 조금 더 파고들며 친구를 감싸려는 투로 들리는지 귀를 기울였다. "똑같은 상황이 반복돼도 지닌이 절대 성가셔하지 않았다는 말씀이세요?"

"아니, 테레사가 실수를 통해 깨닫는 게 없어 보였으니 지닌도 당연히 좌절했죠. 하지만 절대 화는 내지 않았어요."

"그런데 이 마지막 상황에서는 전과 달랐던 이유가 뭔가요?"

"가장 큰 이유는 테레사가 지닌도 더 이상 두둔할 수 없을 만큼 심하게 그녀에게 달려들었기 때문이에요. 지닌한테 막말을 퍼부었어요. '감정적인 협박'을 한다는 둥 말도 안 되는 끔찍한 소리를 하고, 자기가 아는 정보를 이용해 지닌의 속을 긁었죠."

조의 눈썹이 위로 쫑긋 솟구쳤다. "예를 들면 어떤 식으로요?"

"말레나라고 우리하고도 아는 사이였던 지닌의 오랜 친구가 있었는데, 서로 연락이 끊겼거든요. 테레사는 그렇게 만사 자기 뜻대로 하려고 하니 옆에 사람이 없는 거라고 퍼부었는데, 절대 그런 게 아니었어요. 말레나가 심한 알코올중독에 걸려서 캘리포니아에 있는 재활센터에 들어갔기 때문이었지. 그쪽에 가족이 살고 있어서 퇴소했을 때 그 근처에서 살기로 했거든요. 지닌이 테레사한테 그 얘기는 하지 않았어요. 여기저기 소문낼 일이 아니라서."

"그렇죠." 조는 말했다.

"테레사가 사춘기를 겪는 게 아니라 그게 그 아이의 성격이라는 걸 지닌도 드디어 알아차렸던 것 같아요. 테레사가 하도 못되게 굴며 덤비니 지닌으로서도 더는 감당할 수 없게 된 거죠. 그래서 싸운 뒤에 먼저 연락하지 않았어요."

"평소에는 지닌이 중재자 역할을 했나요?"

"네. 테레사의 성질이 가라앉을 때까지 지닌이 항상 나서서 진정시켰죠. 그런데 퍼뜩 깨달음이 찾아왔는지, 그녀가 뭐라고 했는지까지 기억이 나요. 자기가 그걸 참아줌으로써 테레사를 방조한 셈이었다고, 사람들을 그런 식으로 대해도 된다고 생각하게 내버려둔 셈이었다고 하더라고요. 오해는 하지 마세요. 테레사에게 자기가 필요한 일이 생겼으면 지닌은 당장 달려갔을 테니까. 하지만 더는 일방적인 관계를 지속하지 못하겠다고, 테레사도 어른답게 자기가 한 말과 행동에 책임을 져야 한다고 했어요. 그리고 두말하면 잔소리지만 그런 일은 절대 벌어지지 않았죠."

"알겠습니다. 그런데 그게 '가장 큰' 이유라고 하셨죠. 그럼 다른 이유가 또 있었나요?"

"음, 네. 지넌은 말을 아꼈지만 제가 느끼기에는 필립하고도 연관이 있는 것 같았어요. 그가 그야말로 대화를 주도한다는 식으로 얘기를 하더라고요. 지넌은 필립 없이 테레사와 1대1로 대화하고 싶어 했지만 테레사가 거부했어요. 지넌은 그걸 걱정스러워했던 것 같아요."

필립이 좀 나대긴 하지! "상황이 복잡했던 것 같네요. 저희가 그 상황이나 조카에 대해 알아두어야 할 사항이 또 있을까요?"

"별로 없지만 이거 하나만큼은 얘기하고 싶어요. 내가 그 남자친구를 몇 번 만났는데 섬뜩하더라고요. 나이 차가 많이 나는 것도 좀 그렇긴 했지만 그것 때문만은 아니었어요. 처음에는 괜찮은 사람 같아 보이지만 음, 뭐랄까, 영역을 표시하는 듯한 느낌이 든다고 할까요? 미안해요. 그게 도움이 되는 정보일지, 무슨 뜻인지 이해가 되실지 잘 모르겠네요."

"도움이 됐습니다. 감사합니다."

"별말씀을요. 제가 도울 일이 있으면 언제든 다시 연락주세요."

조는 전화를 끊었다. 아넷은 툴툴거리며 공항의 검은색 플라스틱 의자에 상반신을 기댔다. "이래서 비행기를 타기가 싫어. 늦지 않게 오려고 카 레이스를 벌였는데 이륙이 지연된다고 가만히 앉아서 기다리라잖아." 아넷은 안내판에 뜬 운항 정보를 보며 자기 손목시계를 확인했다.

"아니죠, 선배는 몇 시간씩 답답한 공간에 갇혀 있는 것 때문에 비행기 타는 걸 싫어하잖아요. 내릴 때까지 꼼지락꼼지락 안절부절못하느라." 조는 손을 위아래로 흔들었다.

"뭐 묻은 개가 뭐 묻은 개 나무라네." 그는 대롱거리는 그녀의 다리를 가리키며 말했다. "자네가 그러는 거 처음 보는데."

조는 하던 동작을 멈추었다. 다리 흔들기는 열여섯 살에 고향인 뉴올리언스로 놀러갔다가 끔찍한 일을 겪은 이후에 끊은 - 아니면 끊었다고 생각한 - 나쁜 습관이었다. 어머니는 그것 외에도 다른 여러 가지 불안의 징후를 감지하고 조에게 상담을 받아야 한다고 했다. 그러고는 그녀에게서 다리를 흔들던 버릇이 없어진 다음에야 상담을 중단하게 했다. 조는 아넷에게 이 얘기를 한 적이 있었다.

아넷은 조의 얼굴을 살폈다. "내가 보기에는 새로운 직책 때문에 스트레스 받는 것 같은데. 스트레스 해소 차원에서 하는 게 뭐가 있지?"

그녀는 어깨를 으쓱했다. "일하고 칼 챙기는 사이에 몇 시간 짬을 낼 수 있으면 주말에 사격장에 가요."

그는 잠깐 멈칫했다. "일하고 상관없는 취미생활을 해야지."

조는 그를 향해 눈을 부라렸다. "그렇죠. 시간도 많고 하니 방주나 하나 만들까 봐요."

"농담 아니야."

그녀는 한숨을 쉬었다. "농담 아닌 거 알아요. 하지만 저는 취미생활이라는 걸 하는 타입이 아니에요. 한 가지 일을 잘하는 타입이지."

그는 눈 한번 깜빡이지 않고 그녀를 빤히 쳐다보았다.

"좋아요, 알았어요. 우표 수집이나 뭐 그런 거 알아볼게요."

아넷은 고개를 끄덕이고 앉은 자세를 다시 바꿨다. "그나저나 이런 의자는 누굴 위해 만드는 걸까?"

"디자인의 1차적인 목표가 공항에서 자는 걸 막기 위해서인 것 같아요. 그러니까 비행기 갈아타는 중간에 돈 아끼려고 공항에서 자는 사람들이 있을 테니까요. 아무튼." 조는 비스듬한 팔걸이에 커피를 올려놓으려던 걸 포기하고 바닥에 내려놓고 수첩을 꺼냈다. 파올라와 대화를 나눈 내용과 데브라 첸과 면담한 내용을 아넷에게 요약해서 알려주었다. "첸에게 받은 번호로 렝크와 크레이그에게 연락을 시도해봤지만 실패했어요. 행적을 추적해야 해요." 그녀는 이렇게 마무리 지었다.

"어째 의욕을 불태우는 것처럼 들리지 않네?"

조는 이로 아랫입술을 훑었다. "지닌이 좀 공격적으로 렝크를 도우려고 하긴 했지만 그런 일로 사람을 죽이겠어요? 다른 직원들은 지닌이 어떤 의심을 품고 있는지 절대 몰랐으니 피해를 입은 것도 없었고요. 지닌이 그가 재활센터에 입소하면 다시 한번 기회를 주자고 회사를 설득하지 않는 이상 그는 이러나저러나 잘릴 운명이었어요. 그리고 로널드 크레이그라는 다른 직원도 3년 뒤에 다시 등장해 그녀를 죽일 이유가 없다고 봐요. 잘린 직후였다면 모를까."

아넷은 고개를 갸우뚱했다. "글쎄. 몇 년에 걸쳐 감정이 쌓일 수도 있지. 특히 거기에서부터 불운이 연쇄적으로 이어졌다면."

"하지만 그런 경우라면 왜 하필 그녀가 저 멀리 연수를 받으러 갔을 때 일을 저질렀을까요?"

"우연히 그녀를 보고 묵은 상처가 되살아났을 수도 있지 않을까?" 아넷은 되물었다.

"제가 참석자 명단을 체크했는데 그의 이름은 없었어요. 게다가 그 영상을 보면 그녀가 남자와 아주 친해 보였단 말이죠. 하루 새 '근태가 엉망이라 너를 잘랐어'에서 '우리 뜨거운 밤을 보내자'로 바뀔 수 있을까요?"

"어쩌면 하루 새가 아니었을지 모르지. 그가 그녀에게 접근하거나 해서 전부터 연락을 주고받았을지 모르잖아. 그가 다시 그녀의 환심을 살 방법을 찾았을 수도 있고. 그런 다음 세미나가 열리는 곳에서 우연히 만난 것처럼 꾸미고 – 그 업계에서 해마다 열리는 거니까 그녀가 참석한다는 걸 알아내기 어렵지 않았을 거야 – 나중에 술을 몇 잔 걸친 다음 뜨거운 밤."

조는 곰곰이 생각했다. "그런 식으로 얘기하니까 좀 더 설득력이 있네요. 그가 다른 일로 오크허스트에 있지 않았는지 알리바이를 확인해야겠어요."

아넷은 고개를 흔들었다. "그보다 더 희한한 일들도 벌어지니까. 지닌이 승진에 관심이 없었다는 첸의 주장에 대해서는 어떻게 생각해? 남편이 한 얘기하고 정반대라서 말이지."

"그건 그럴 수 있다고 봐요. 심지어 남편도 부인이 승진에 관심을 보인 게 이번이 처음이었다는 뉘앙스를 풍겼잖아요. 한 계단 올라가는 데 눈독을 들였다기보다 더 좋은 상사가 되고 싶었던 게 아닐까 싶긴 하지만요." 조는 안내판에 뜬 탑승 정보를 다시 한번 확인하고 눈을 비볐다.

"그녀와 가깝게 지냈던 사람들을 모두 만났는데도 그녀가 어떤 사람이었는지 그림이 그려지지 않는다는 게 신경이 쓰인단 말이지. 꼭 무색투명한 인간 같잖아. 방에서 나간 줄도 몰랐다가 나중에 없는 걸 보고 놀라게 되는 그런 사람 말이야."

"미시즈 셀로판이네요."

아넷은 한쪽 눈썹을 삐딱하게 들었다. "응, 바로 그거야."

조는 미소를 지었다. 의외로 브로드웨이 뮤지컬을 좋아하는 아넷을 보면 맥주를 마시며 미식축구를 보게 생긴 분위기와 다르게 정장을 차려입고 무대 주변에서 춤을 추는 광경이 그려졌다(뮤지컬〈시카고〉에 '미스터 셀로판'이라는 곡이 있다 – 옮긴이). "저는 믿기 어려울 정도로 특징이 없는 사람을 보면 뭔가 숨기는 게 있는 것이 분명하다는 생각이 들어요." 그녀는 말했다.

"아니면 감추고 싶은 과거가 있거나." 아넷은 커피를 길게 한 모금 마시고 게이트의 디지털 화면을 올려다보았다. "젠장, 다시 30분이 늦춰진다네."

조는 다시 눈을 비볐다. "주요 사항을 다시 한번 짚고 넘어갈까요?"

"그러는 게 좋겠네. 결혼생활은 경고 신호 없이 평범함. 남편이 이상하게 돈에 집착하지만 진심으로 슬퍼하는 것처럼 보임."

조는 고개를 끄덕였다. "바람을 피웠다는 증거도 없죠. 하지만 저는 자꾸 의구심이 들어요."

"나도. 그녀가 빙하 바로 옆에 있는 조개처럼 입을 꾹 다무는 데 재주가 있었으니 그쪽 가능성을 포기하지 못하겠어."

"그러니까 전화와 컴퓨터 기록을 열심히 뒤져서 수상한 부분이 없는지 찾아보기로 해요. 신용카드도 마찬가지고요. 렝크나 크레이그하고 연관성이 있는지도 알아보자고요." 조는 바로 옆 스피커가 지직거리며 탑승 정보를 토하자 잘 들리지 않는 쪽으로 자세를 바꿨다. "그리고 첸의 말에 따르면 최근에 승진하거나 야심을 드러내 질투를 유발한 적이 없다는데, 거짓말을 하는 것 같지는 않아요. 예전에 근무했던 직원들 몇 명을 더 만나긴 해야 해요. 퇴사한 직원에게 다른 얘기를 들을 수도 있으니."

아넷은 고개를 끄덕였다. "그 조카와의 상황도 꺼림칙하단 말이지. 둘이 그렇게 가깝게 지내다 연락을 끊었다는데, 아무 앙금이 없을 수 있겠어? 그 아이와 약혼자를 만나고 났더니 더 그래. 이 싸움에서 그가 어떤 역할을 했을 거라고 생각해?"

"그가 주범이라고 봐요. 지닌은 예전부터 줄곧 테레사에게 듣기 싫은 충고를 했는데, 이번만 다른 반응을 보인 이유가 뭐겠어요? 오해는 하지 마세요. 그 조카도 불안이 심하고 성격에 심각한 문제가 있는 이기적인 애새끼라고 생각하니까." 그녀는 커피잔으로 허공을 찌르며 강조했다. "그가 싸움을 시작하지는 않았겠지만 불난 집에 기름을 끼얹는 역할은 했을 거예요. 테레사에게 영향력을 행사할 수 있는 사람, 테레사를 마음대로 주무르려는 그에게 위협이 될 수 있는 사람이겠다 싶으니까 그 참에 싹을 자르러 나선 거죠."

아넷은 고개를 끄덕였다. "그 약혼자가 어지간히 상대를 쥐고 흔드는 타입이던데. 문제는 그가 어느 정도까지 개입할 용의가 있었느냐는 거겠지."

"맞아요. 그리고 지닌도 그런 결론을 내렸다는 증거가 있어요. 파올

80

라의 말에 따르면 지닌이 테레사에게 필립을 통하거나 필립을 대동하지 않고 1대1로만 대화를 나누겠다고 통보했다고 하거든요."

"다만 그가 그녀를 죽일 이유가 있었을지 모르겠긴 해. 내 딸 남자 친구라면 최대한 멀찌감치 떨어뜨려 놓고 싶을 만큼 마음에 안 드는 녀석이긴 했지만, 테레사를 자기가 원하는 상태로 만들어놨잖아. 자기를 떠받들고 애정을 갈구하도록. 거기서 더 나갈 이유가 있었을까? 가뜩이나 둘이 사이가 틀어지고 1년 반이나 지났는데?"

조는 손바닥으로 다시 눈을 비볐다. "지닌이 테레사에게 연락해 그를 그만 만나게 하려고 했을까요? 약혼을 했다니 걱정이 돼서?"

"둘이 연락한 흔적이 있는지 통화 기록과 이메일을 체크할게." 아넷이 수첩에 적었다. "그가 그걸 선선히 받아들였을까?"

조는 고개를 저었다. "아뇨, 맞는 말이에요. 뭔가 이상해요. 녹화된 영상하고도 안 맞고요. 상대가 필립이었다면 그녀가 아무리 취했어도 그렇게 친해 보이지 않았을 거예요. 거기에 걸맞은 시나리오를 모르겠네요."

그들을 태우고 갈 비행기의 기계적인 문제가 해결됐으니 게이트에서 탑승을 시작해달라는 안내방송이 지직거리는 소리와 함께 흘러나왔다.

조는 탑승권으로 자기 다리를 찰싹 때렸다. "그래도 그에 대해 좀 알아봐야겠어요. 세미나에 참석한 모든 사람의 수화물과 알리바이도 체크해야겠고요. 거기서 뭔가가 나올 수도 있잖아요."

Chapter 7

조가 고속도로를 빠져나와 오크허스트시 경계선으로 진입했을 무렵에는 자정이 훌쩍 지나 있었다. 그래도 그녀는 제한속도보다 몇 킬로미터 천천히 달리며 지나가는 거리의 풍경을 감상했다. 칼을 한시라도 빨리 만나고 싶은 마음이 없었을 뿐 아니라 다시 현장으로 돌아갔더니 예상했던 것보다 더 짜릿했기 때문이다. 그녀는 거의 한평생 동안을 매사추세츠 서부에서 살았는데, 이 지역에는 1년 중 특히 이계절에 여기서 느낄 수 있는 고요한 평온함이 있었다. 집들이 나무와 덤불 속에 아늑하게 들어앉고, 가을이 점점 깊어질수록 나뭇잎이 서서히 빨갛게 물들어 모든 길거리와 산비탈이 잘 닦인 금속처럼 반짝거리기 때문일까. 2주 전에 칼은 급속도로 불어나는 마당의 낙엽이 지긋지긋하다며 모닥불을 지펴 태워버렸다. 다음 날 아침에 티끌 하나 없는 마당을 맞닥뜨렸을 때 묘한 슬픔이 그녀를 덮쳤다.

조는 그날의 기억을 애써 떨쳐버리고, 미소를 지으며 그녀가 좋아하는 힐 오브 빈스 커피숍이 지금 이 시각에도 영업 중이면 좋겠다는 생각을 했다. 그녀는 거기 앉아서 모카커피를 홀짝이며 헤드폰으로 아카디아나 루이지애나 남서부 음악을 듣고 바삐 돌아가는 시내 구경하는 것을 좋아했다. 소규모 독립매장들로 가득한 그 일대는 1960년대 뮤지컬 세트장이라 해도 믿길 정도였고 그녀에게는 영혼의 진통제였다. 세상에 만연한 추악함을 익히 알고 있음에도 사는 게 여기서 보이는 것처럼 목가적이라고 잠깐이나마 자신을 속일 수 있었다.

10분 뒤에 조는 집 앞 현관을 터벅터벅 가로질렀다. 현관문을 열고 들어서자마자 이상한 조짐을 단박에 느낄 수 있었다. 은은하고 따뜻한 불빛이 그녀를 맞이하지도, 칼이 쓰는 향수의 감귤 냄새가 문 앞에 남아 있지도 않았다.

조는 멈춰 서서 눈을 감고 그가 잠깐 친구들과 맥주를 마시러 나간 거라고 자신을 설득하려고 했다. 하지만 정적의 무게를 따져보지 않아도 종류가 다른 빈 집의 느낌이라는 걸 알 수 있었다. 체념으로 심장이 철렁 내려앉는 걸 보면 알 수 있었다. 그런 식으로 현실을 부인하기에는 그녀가 사람을 너무 잘 알았고 손톱만 한 증거를 해독하는 데 너무 탁월했다.

겉으로 드러난 증거가 있는 건 아니었다. 무슨 이유에서였는지 몰라도 칼의 소지품은 안방 밖으로 나온 적이 거의 없었다. 그가 힌트를 주었지만 그녀가 알아차리지 못했을까. 두 사람 모두 그래봐야 부질없는 짓이라는 걸 애초부터 감지했을까. 기억 하나가 떠오르자 그녀는 세상을 떠난 그의 누이 사진이 놓여 있었던 구석 자리의 뚜껑 달린 책상을 흘끗 확인했다.

사진이 없었다.

그녀는 고개를 돌렸다. 경고의 문자도 이메일도 없었다. 어딘가에 메모가 있을지 모르지만 그마저도 없을 가능성이 컸다.

목이 메어오자 그녀는 눈을 질끈 감고 거기서 더 이상 퍼지지 않도록 막았다. 그가 저녁 약속이 취소돼서 짜증이 났었고 갑작스럽게 잡힌 당일치기 출장에 기뻐했을 리 없다는 건 알았지만, 그래도 이건 너무 드라마틱하지 않나? 그녀는 과거의 실수를 반복하지 않기 위해 이메일을 보내 가야 하는 이유를 설명하고 다음 날 돌아오겠다고 전했다. 어떻게 했어야 하는 걸까? 다음 날 출근해야 하는 사람을 깨워서 이미 열 받은 사람을 더 자극했어야 했을까? 그렇게 했어도 그는 화가 났을 것이다.

말도 안 되는 핑계라는 걸 너도 알잖아.

이메일이 단순하고 간단해서 편했다. 그러면 분노를 다독이거나 싸우는 데 드는 시간을 아낄 수 있었다. 그러면 꿀잠을 청하고, 돌아왔을 때 그의 화가 풀려있길 바라며 하루 동안 도망칠 수 있었다. 그렇게 현실을 부인하면서 미적대고 비겁하게 굴었다. 그녀는 거기에 따르는 대가를 누구보다 잘 알았음에도 자신에게 가장 편한 길을 택했다.

아니면 그러거나 말거나 상관이 없었던 것일 수도 있지.

조는 열쇠를 내던졌다. 심란하기는 했지만 뭔가 어울리지 않는 감정이 느껴졌다. 그녀는 그를 좋아했다. 불타는 사랑은 당연히 아니었지만 그래도 올바른 방향으로 가고 있었다. 그는 똑똑하고 마음씨가 따뜻하고 재미있었다. 섹시했다. 그런데 왜 이런 사태가 벌어지도록 방치했을까? 그가 천생연분이었을 수도 있는데 그녀가 조져버렸다. 또다시.

조는 자신에게 화가 나기는 했지만 그건 엉뚱한 분노였다. 그를 놓친 게 아니라 또다시 실패했다는 데 화가 났다. 그녀는 잭 이후로 누군가를 놓쳤다는 데 심란해진 적은 없었다.

잭에 얽힌 추억이 밀려들자 그녀는 눈을 감았다. 인생을 통틀어 사랑한 사람은 잭을 포함해 두 명뿐이었고 어른이 된 이후로는 잭 한 명뿐이었다. 이후로 그녀는 한 번도 누군가와 진심으로 관계를 맺은 적이 없었다. 그 근처에도 간 적이 없었다. 그녀의 심리상담사가 이 말을 들었다면 신나게 떠들어댔을 것이다.

그녀는 다시 눈을 뜨고 안방 쪽을 흘끗 쳐다보았다가 갑작스럽게 서재 쪽으로 방향을 틀었다. 침대는 당분간 방치해도 될 것이다.

Chapter 8

마틴은 자기 인식을 아주 중요하게 여겼고, 자신의 장점과 약점을 완벽하게 파악하는 것이 필수라고 생각했다. 두말하면 잔소리지만 몇 개 안 되는 그의 약점 가운데 가장 결정적인 것이 굶주림, 그칠 줄 모르는 살인 욕구였다. 그 욕구를 해소할 수는 있었지만 완전히 충족시킬 수는 없었다.

살인을 저지르면 잠깐 동안은 그 욕구가 거의 완벽하게 쏙 들어갔다. 세세한 부분들이 기억 속에 생생하게 살아 있으니 다시 그 순간으로 돌아가, 현재 벌어지고 있는 일이라도 되는 듯 광경과 냄새와 감촉을 느끼며 자기 몸에서 나타나는 반응을 한참 동안 음미할 수 있었다. 하지만 코가 저녁상이 차려지는 냄새를 맡지 못하듯 너무 금세 거기에 익숙해졌고, 그러면 굶주림이 스멀스멀 고개를 들었다. 처음에는 그의 의식 주변을 맴도는 짜증 나는 웅웅거림이었다가 이내 촉수처럼 뻗어나와 골수와 한데 뒤엉켰다. 무시해봐야 소용없었다. 머리가 어지럽고 몸에 기운이 없고 열이 나고 기절할 정도로 심한 편두통이 생겼다. 점점 불안해졌고 신경이 곤두섰고 갑작스럽게 분노를 터뜨렸다. 심지어 폭력성을 보일 때도 있었다. 그 굶주림을 해결하지 않으면 서서히 미쳐갔다.

하지만 그걸 지연시키는 두 가지 묘수가 있었다.

어쩌다 한번씩 쓰면 반지가 효과 있었다. 그걸 집어서 손가락에 끼고, 피해자들에게 너무나 소중했던 그것이 이제는 자신의 것이 된 느낌, 자신에게 관통당한 느낌 속에 몸을 적시는 것이다. 그러면 능력의 전율과 내 것이라는 압도감이 파도처럼 밀려와 초조했던 마음이 가라앉았다. 모기에 물려서 잠깐 동안 견딜 수 없이 가려울 때 바르는 칼라민 로션 같은 임시방편이지만 급할 때 효과 만점이었다. 또 다른 방법은—굶주림을 일정 기간 동안 잠재우는 유일한 방법이었다—사냥이었다. 유망한 후보를 거미줄로 유인하고, 그녀를 그의 용도에 맞게 주무르고, 모든 단어를 신중하고 정확하게 선택해가며 계획하고 설계하면 허기가 잠잠해졌다. 완벽하게는 아니라 뒤편 어딘가에서 계속 펄떡거렸지만, 사냥이야말로 진수성찬을 준비하는 동안 허기를 달래는 식전 샐러드와 같았다. 대화를 나눌수록 허기가 채워졌다. 신뢰를 쌓을수록 애피타이저가 만들어졌다.

따라서 마틴은 마지막 한 방울까지 쥐어짤 수 있도록 사냥 기간을 최대한 늘렸다. 도덕적인 관점에서도 그에게는 매번 최대한 많은 것을 뽑아내 살인을 최소화해야 하는 의무가 있었다. 들소나 엘크를 사냥할 때 아메리카 원주민의 철학과 같은 맥락이었다. 사냥감의 모든 것을 활용함으로써 적절한 예의를 갖추어야 했다. 죽어 마땅한 여자를 신중하게 선택하기는 하지만 그의 욕구를 잠재우는 데 그들을 최대한 활용하는 것이 알맞은 도리였다.

이러니저러니 해도 그가 야만인은 아니지 않은가.

PART 2

에밀리 카슨
Emily Carson
2012년 11월 ~ 2013년 4월

Chapter 9

마틴은 기지개를 켜다가 경추 하나가 우두둑하는 것을 느꼈다. 컴퓨터 화면에 뜬 시간을 보았다. 오후 6시였다. 몸이 굳을 만도 했다.

점심을 먹었던가? 기억이 나지 않았다. 작업 중이던 코드를 저장하고 스트레치 동작을 연달아 몇 가지 더 한 다음 저녁으로 먹을 만한 것을 찾으러 부엌으로 향했다. 냉장고 문을 열고 고민했다. 뭔가 뜨끈한 걸 먹고 싶은데 요리할 기분은 아니었다. 냉동 피자가 딱이었다. 그는 피자를 하나 꺼내고 오븐 다이얼을 돌린 다음 다시 작업실로 돌아가 오븐이 예열되길 기다리는 동안 컴퓨터에 깔려 있는 〈월드 오브 워크래프트〉를 켰다. 노트북으로는 대프트 펑크의 노래를 틀었다.

지닌의 반지가 이제는 효과가 없었다. 다음 사냥을 시작해야 했다.

프리랜서 소프트웨어 엔지니어라는 직업의 장점은 유연성이다. 일정한 퀄리티를 유지하고 데드라인만 지키면 일하는 시간과 방식을 자기 마음대로 정할 수 있다. 그의 조건과 몰아서 일을 하는 성향에 딱 맞는다. 게다가 맡은 프로젝트를 끝낼 때까지 다른 생각이 나지 않았다. 이런 이유로 수준 높은 작업을 남다르게 효율적이고 빠르게 해내는 것으로 유명해지면서 일감이 많아졌고 계약 조건을 그의 입맛에 맞게 정할 수 있게 됐다. 네덜란드의 어떤 회사와 진행 중인 대규모 프로젝트 덕분에 고정적인 수입이 보장됐고, 내키면 좀 더 작은 프로젝트를 추가해 분위기를 바꾸면서 일의 재미를 유지했다. 그리고 필요한 만큼 쉬는 날이나 쉬는 주간을 최대한 확보할 수 있게 스케줄을 잡았다.

로그인이 끝났다. 마틴은 메인 캐릭터를 – 이제는 이름을 Porrthos로 바꾼 언데드 도적이다 – '오그리마'라는 오크족의 도시에서 은행 역할을 하는 커다란 초가집 지붕 위에 두고 나왔다. 채팅 채널에서 작업할 준비가 된 Porrthos가 화면에 떴다. 어딜 가든 있는 오크, 트롤, 타우렌, 기타 종족들이 주변에서 뭔지 모를 작업을 하느라 간헐적으로 껑충거렸다. 그가 도적을 메인 캐릭터로 선택한 이유는 자물쇠를 딸 수 있기 때문이었다. 잠겨 있는 아이템을 열고 싶어 하는 플레이어들의 행렬이 끊길 줄 몰랐다. 그래서 돈을 쉽게 벌 수 있었지만 그보다 더 좋은 건 그 평계로 가만히 앉아서 사람들에게 말을 걸고 그가 찾는 외로운 여자를 유혹할 수 있다는 것이었다. 그들이 모두 지닌 같을 수는 없기에 – 지닌은 그의 일반적인 수법에서 벗어난 기분 좋은 예외였다 – 대개는 그가 그들을 찾아나서야 했다. 체계적으로. 인내심을 발휘해가며.

마틴은 매크로 저장한 기본 대사를 날렸다.

[Porrthos]: 정조대 때문에 좌절 중이신 분? 앱으로 열어드립니다. Porrthos의 자물쇠 따기: 호랑이 담배 피우던 시절부터 사랑 나누기를 가능하게 한 비법. 팁은 주시면 감사히 받겠습니다.

몇 초 만에 몇 명이 반응을 보였다.

[Bubblee]님의 귓속말: 하하, 재밌네요

[Pendor]님의 귓속말: 데굴데굴

[Grathra]님의 귓속말: 어디로 가면 돼요?

캐릭터를 잽싸게 확인해가며 메시지를 분류하는 것은 이제 거의 기계적인 경지에 이르렀다. 캐릭터의 성별을 근거로 플레이어가 남자인지 여자인지 확실하게 파악할 수는 없었지만, 그래도 믿을 만한 지표였다. 여자들은 남자보다 여자 캐릭터로 플레이하는 비율이 높았다. 그래서 그는 상대가 남자 캐릭터인 경우 아주 흥미진진한 반응을 보인 게 아닌 이상 예의 바르게 대하는 데 그쳤다. 이름도 많은 단서를 제공했다. 이 게임의 롤플레잉 요소를 진지하게 받아들여 게임 내 아바타로서만 이야기할 정도로 캐릭터에 감정 이입하는 사람들도 있었다. 하지만 단순히 자기 자신과 게임을 하게 된 이유가 담긴 이름을 선택하는 경우가 대부분이었다. 한심하게 웃긴 이름은 플레이어가 대개 젊은 세대였고, 지저분하게 웃긴 이름도 마찬가지였기 때문에 그는 그런 이름은 건드리지 않았다. 〈트와일라잇〉이나 〈헝거 게임〉에 나오는 이름은 당장 아웃이었다. 그는 이 세상에서 보낸 햇수가 그보다 조금 더 많은 여자를 원했다.

'Bubblee'는 여자 같았지만 그가 찾는 스타일은 아닌 듯했다. 어리고 조금 경박한 느낌이었다. 골 빈 섹시녀라고 할까. 그래도 확인해보는 편이 좋았다.

    [Bubblee]님에게 귓속말: 헤헤, 고마워요. :)

Pendor는 남자 캐릭터였고 그가 보낸 메시지는 상당히 전형적이었다. 그는 확인차 Pendor를 남자로 간주하는 답장을 보냈다. 남자가 아니면 이런 답장을 받았을 때 대개 발끈했다.

    [Pendor]님에게 귓속말: 고마워요, 형제님.

Grathra 역시 남자 캐릭터였고 단순히 그에게 자물쇠를 맡기고 싶은 눈치였다. 그는 단체 초대를 날리고 메시지를 보냈다.

    [Grathra]님에게 귓속말: 은행 지붕이요.

Pendor와 Grathra에 대해 그가 짐작한 바는 맞았다. Pendor는 다시 귓속말을 보내지 않았고 Grathra는 팁을 쥐꼬리만큼 쳤다. 그는 Bubblee에게 관심을 집중했다.

    [Bubblee]님의 귓속말: 오오, 도적이네요! 그 캐릭터 플레이하기 재밌어요?

[Bubblee]님에게 귓속말: 나랑 잘 맞아요. 재밌는 기술이 많아요. 마법사는 어때요?

[Bubblee]님의 귓속말: 엄청 재밌어요! 하지만 남의 주머니 털고 다니고 싶어요, 하하.

[Bubblee]님에게 귓속말: 도적 한번 키워보지 그래요?

[Bubblee]님의 귓속말: 네, 그러게요.

그는 그녀가 딱딱거리며 껌을 씹는 소리가 들릴 것만 같았다. 그래도 기회를 주자. 다른 미끼가 걸려든 것도 아니었다.

[Bubblee]님에게 귓속말: 뭐하고 있어요?

[Bubblee]님의 귓속말: 그냥 실버문 시티 여관에 갈까 고민하면서 시간 때우고 있어요. ;-)

흠, 이것으로 결정이 났다. 오크를 중심으로 모인 동맹 세력 '호드'에 속한 플레이어들이 에로틱 롤플레이를 하기 위해 가는 곳이 그 여관이었다. 그는 비디오 게임에서 만난 모르는 사람들과 성행위를 하는 척하는 이유가 뭔지 받아들일 수도, 이해할 수도 없었다. 심지어 그게 이론적으로 가능한지도 알 수가 없었다. 손으로 자기 몸을 주물럭거리면서 어느 손으로 타자를 치는 걸까? 아무튼 그녀는 그의 목적에 부합하지 않았다.

[Bubblee]님에게 귓속말: 아무튼 재밌게 플레이해요. :)

[Bubblee]님의 귓속말: 에에, 그냥 가게요?

[Bubblee]님에게 귓속말: 오늘은 이만 나가려고요. 잘 자요.

[Bubblee]님의 귓속말: 재수 없어.

아, 이런 욕을 쓰는 걸 보니 실제 연령 아니면 정신 연령이 열네 살이었다. 이건 확인 사살이었다.

그는 한 시간 반 동안 피자를 먹고 주기적으로 단체 메시지를 날려가며 거래 채널에서 시간을 보냈다. 거래 채널은 통 안에 담긴 폭죽과 같아서 간단하게 사람들을 자극해 흥분시킬 수 있었다. 대통령에 대해 아무 말이나 던져놓고 앉아서 펼쳐지는 드라마를 구경하면 끝이었다. 그것도 재미없어지자 그는 그날 치 퀘스트를 몇 개 하고 잠자리에 들기로 했다.

오늘 밤에는 운이 따라주지 않았다.

결혼생활에 불만이 있는 유부녀. 마틴이 찾는 상대는 바로 그들이었다. 이유는 두 가지였다.

첫째, 그들은 그만큼이나 비밀을 철저하게 유지하고 싶어 한다.

싱글인 여자들은 새로운 남자를 만나면 동네방네 떠들고 싶어 했다. SNS에 공표하고 관계 상태를 바꿨다. 친구들을 만나 커피를 마시며 그에 대해 알게 된 흥미진진한 사실들을 여러 시간에 걸쳐 분석하고, 아무나 붙잡고 그에 대해 치명적일 수도 있는 사소한 부분까지 시시콜콜 늘어놓았다. 그러다 이제 오프라인에서 만나는 시점이 찾아오면 어디에 가고 어떤 애정 행각을 벌일 것으로 예상되는지에 따라 의

상을 선택하느라 좀 더 치열한 토론에 돌입했다. 자랑하고 싶은 마음에 친구들에게 그를 보여주고 싶어 할 수도 있었다. 예정에 없는 여행의 동반자는 안 될 말씀이었다.

하지만 유부녀들은 고맙게도 과묵했다. 그들은 모르는 번호로부터 받은 문자나 통화 내역이 휴대전화에 남는 걸 원하지 않았다. 페이스북에서 그와 친구를 맺고 싶어 하지도 않았다. 의심 많은 배우자가 키로거로 컴퓨터를 해킹할 경우에 대비해 이메일도 사절이었다. 그가 나서서 이런 식의 연락은 자제하자고 설득할 필요가 없었다. 그들 쪽에서 먼저 운을 뗄 때까지 가만히 앉아서 기다리기만 하면 됐다. 심지어 그를 그런 식으로 대하는 것에 대해 죄책감까지 유발해가며. 그들은 그에게 책임질 수 없는 정보와 행동을 요구하지 않을 것이었다.

스카이프 덕분에 이 모든 것이 가능했다. 스카이프가 그들에게는 꽃길이었다. 음성 채팅과 웹캠은 전화처럼 쉽게 쓸 수 있지만 흔적을 남기지 않았다. 전화요금 청구서에 통화 기록이나 추적이 가능한 번호가 남지 않았다. 의심 많은 배우자가 해킹을 하더라도 사용자 명단에 그의 '이름'이 있는 걸 간단하게 설명할 수 있었다. 게임 안에서 던전을 공략하고 레이드를 뛸 때 스카이프를 쓰는 사람이 워낙 많았다.

유부녀들이 무엇보다 좋은 건 그들이 다른 도시로 여행을 떠날 수 있는 핑계를 그만큼 절실하게 원하기 때문이다. 그들은 남편 없이 며칠 어디 다녀올 만한 그럴듯한 이유를 만들어내고 싶어 안달했다. 그들은 그가 은근하게 건네는 제안을 참고해가며 스스로 계획을 세웠다. 가장 좋은 건 실제로 일과 관련 있는 행사였다. 출장, 기업 회의, 컨퍼런스. 유부녀들은 호텔 객실이나 그 어떤 기록에도 그의 이름을 남기길 원치 않았다. 위험천만했기 때문인데, 그래서 그에게는 완벽했다. 그리고 마지막으로 결정적인 한방은 같이 저녁을 먹으며 남편과 짧게 통화하고 (아이가 있는 경우) 아이들을 바꿔달라고 하는 것. 그러고 나면 호텔로 돌아갔을 때 화가 난 남편이 기다리고 있을 가능성이 전혀 없다고 안심할 수 있었다.

그리고 유부녀들은 그의 비위를 맞추지 못해 안달했다. 불륜은 그들에게 주어진 달콤한 비밀이었고 절망의 지평선 위에서 반짝이는 별이었다. 그와의 위대한 사랑은 원하는 방향으로 굴러가지 않은 인생을 견딜 수 있게 돕는 역할을 했다. 그들은 그 사랑이 거기에 머물지 않고 다른 뭔가로 발전하길 바랐고 그걸 놓치고 싶지 않아 했다. 그랬기에 그것이 산산이 무너질까 두려운 마음에 그가 시키는 대로 했고, 불편한 질문을 하지 않았고, 그 어떤 것에 대해서든 너무 깊게 생각하지 않았다. 다른 여자들 같으면 진작 꽁무니를 뺐을 경고 신호가 보여도 알아차리지 못했다.

두 번째 이유는 도덕적인 측면이었다. 가정이 파괴되고 아이들이 안정적인 집과 아버지와 평범한 삶을 박탈당할 수 있는데도 남편을 두고 바람을 피우는 여자들은 죽어 마땅했다.

이렇듯 간단했다.

Chapter 10

"우리 아들 보고서에 F 준 거 수정해주세요."

에밀리 카슨의 목 근육에 힘이 들어갔고 옅은 파란색 눈이 가늘어 졌다. 또 시작은 아니겠지.

"죄송하지만 모건 부인, 테네시가 어떻게 주로 승격되었는지를 주 제로 세 쪽짜리 보고서를 쓰는 게 숙제였어요. 그 보고서를 보면 아시 겠지만 두 쪽도 안 되는 데다 주제에서도 벗어났어요. 에릭은 자기가 가장 즐겁게 보낸 휴가에 대해 썼더라고요."

"테네시에서 가장 즐겁게 보낸 휴가였는데요."

에밀리는 손바닥으로 자신의 얼굴을 감싸는 상상을 했다. 이러기 야? "숙제는 그게 아니었는걸요. 주어진 주제에 맞게 글을 써야죠."

"하지만 테네시에 대해서 썼잖아요. 뭔가를 제출했고요. 그걸 감안 해서 F를 주면 안 되는 거 아니에요? 최소한 C는 주셔야죠."

에밀리는 맞은편에 앉아 있는 흰족제비처럼 생긴 여자를 쳐다보았다. 이 여자의 아들도 항상 그녀처럼 멍한 표정을 지었다. 이런 부모들은 도대체 왜 이러는 걸까? 아이들이 뭔가를 배우고 기술을 습득해서 나중에 성공하길 바라야 하는 거 아닌가? 그런데 그들은 사사건건 그녀와 싸우려 들었다. 아이들이 교실 밖에서 숙제를 하거나 보고서를 쓰거나 지정된 책을 읽는 것을 바라지 않았다. 도와주기는커녕 손 하나 까딱하지 않으려 들었다. 자기 아이가 낮은 점수를 받으면 좀 더 열심히 해야 한다는 뜻으로 받아들이지 않았다! 선생이 못됐다는 뜻으로 받아들였다. 그러니 수많은 교육자가 그냥 포기하고 성적에 상관없이 아이들을 그냥 진급시킬 수밖에 없었다.

그녀는 숱이 적은 갈색 머리를 귀 뒤로 넘기고 심호흡을 했다. 하고 싶은 말은 이거였다. 현실 세계에서 그런 수법이 통할까요, 아주머니? 상사가 아주머니 부서의 4분기 영업실적을 가지고 보고서를 작성하라고 했는데 회사 단합대회가 얼마나 재밌었는지 늘어놓으면 다음 날까지 회사에 책상이 남아 있겠느냐고요. 하지만 그녀는 신중하게 말을 골라가며 다시 한번 똑바로 설명했다. "아드님의 보고서는 조건을 맞추지 못했어요. 정해진 분량을 채우지 못하거나 지정된 주제에서 벗어난 보고서는 F를 받아요. 그게 수업의 원칙이에요. 5학년이면 숙제를 할 때 조건을 충족하는 것이 얼마나 중요한지 알 때도 됐다고 보는데요." 에밀리는 여자 쪽으로 보고서를 밀었다.

모건 부인은 보고서가 독사라도 되는 양 반대편으로 몸을 움직였고 멍했던 표정이 돌처럼 딱딱하게 굳었다. "그래도 제출은 했잖아요. 그러면 점수를 일부나마 주셔야 하는 거 아닌가요?"

에밀리는 손목시계를 흘끗 확인했다. 여자는 그녀의 말을 귓등으로도 듣지 않았고 에밀리는 같은 말을 지겹도록 반복할 시간이 없었다. "죄송합니다. 아드님의 점수를 바꾸면 아무 교훈도 주지 못할뿐더러 숙제를 제대로 한 다른 학생들에게도 부당한 처사예요."

낸시 모건 부인은 에밀리 쪽으로 다시 허리를 숙여 그녀의 앞으로 바짝 얼굴을 들이밀었다. "내 말 잘 들어, 이 망할 년아. 우리 아들은 숙제를 제출했어. 그러면 당연히 점수를 받아야지. 내 말대로 해. 안 그러면 아주, 아주 후회하게 될 거야. 나는 카슨 선생, 당신이 어디 사는지 알아."

에밀리가 자리에서 일어나 벽에 달린 전화기 앞으로 걸어가자 귀 뒤로 넘겼던 머리칼이 흘러내렸다. "이 문제와 어머님의 협박을 교장 선생님과 의논하는 편이 좋겠네요."

모건 부인도 따라서 일어났다. "그래, 그게 좋겠네. 그 점수를 바꾸지 않으면 당신이 어떤 식으로 우리 아들에게 악담을 퍼부었는지 아느냐고 할 거야. 그럼 교장이 관심을 보이겠지? 당신이 그 아이한테 소리를 지르고 '아무것도 되지 못할 덜떨어진 바보'라고 했다고, 이후로 아이가 우울증에 시달리고 있다고 하면 어떨까? 아, 더 좋은 수가 생각났다. 그래서 이제는 아이가 숙제를 하려고 할 때마다 토를 하고 울음을 터뜨린다고 하면 어떨까?"

에밀리의 얼굴에서 핏기가 가셨다. 산전수전 다 겪었다고 생각했건만 이런 건 처음이었다.

당황하지 마. 이 여자한테 한방 먹은 티를 내면 안 돼.

그녀는 문을 열고 손으로 앞을 가리켰다. "먼저 가시죠."

모건 부인은 멀찌감치 교장실이 등장한 순간부터 가짜 눈물을 펑펑 쏟기 시작했다. 에밀리는 뒤늦게 아차 싶었다. 여자를 교실에서 기다리게 하고 혼자 와서 그런 협박을 당했다고 보고하고 조이스 교장을 교실로 보내 저 독사를 상대하게 했어야 하는 건데.

모건 부인의 얘기는 누가 봐도 거짓말이었다. 얘기가 진행될수록 서로 앞뒤가 안 맞았다. 하지만 그녀가 짐작했던 대로 충분히 훌륭했다. 교장은 얘기를 끝까지 듣고 정식으로 진정서를 접수하겠느냐고 확인했다. 그러고는 다음 날 아드님을 다른 반으로 배치하겠다고 모건 부인을 안심시키고 정식으로 진정서를 작성할 수 있게 부인을 교감에게 안내했다.

다시 교장실로 돌아왔을 때 교장은 가면처럼 아무 감정 없는 표정을 짓고 있었다. "이제 선생님의 얘기를 들어봅시다."

설마 그 헛소리를 믿는 건 아니겠지? 에밀리는 모건 부인이 그녀를 찾아온 이유를 설명했다. "아직 12월 초밖에 안 됐는데 점수를 수정해 달라고 찾아온 게 벌써 네 번째예요. 숙제가 너무 많다는 둥, 선생이 할 일을 부모한테 전가하고 있다는 둥 하며 불쾌한 쪽지도 여러 번 보냈고요." 그녀는 교장에게 보고서를 건넸다. "점수를 수정할 수 없는 이유를 설명했더니 협박을 하더라고요. 자기 아들한테 폭언을 퍼부었다고 하겠다는 둥, 제가 어디 사는지 안다는 둥 하면서요."

"그래서, 선생님이 에릭의 점수를 수정하지 않겠다고 거부했기 때문에 어머님이 있지도 않은 혐의를 제기한다는 건가요?"

에밀리는 눈을 깜빡였다. 이렇게 황당할 수가. "네, 맞아요."

교장의 얼굴은 계속 무표정했다. "그런 혐의가 제기되면 학교 측에서는 아주 심각하게 받아들일 수밖에 없다는 걸 알죠?"

에밀리는 얼굴이 확 붉어지는 것을 느낄 수 있었다. "아, 왜 이러세요, 교장 선생님. 농담이시죠? 제가 그럴 사람이 아니라는 걸 아시잖아요."

"잘 모르겠으니 하는 말이죠. 선생님은 가끔 충동적이고 말을 하기 전에 신중하게 고민하지 않을 때도 있더라고요."

에밀리는 교장을 빤히 쳐다보며 그 말에 담긴 뜻을 곱씹었다. 그녀가 바보였다. 어떤 형태로든 이런 사태가 벌어질 줄 예견했어야 했다. 조이스 교장이 그녀에게 복수할 기회를 모건 부인이 은쟁반에 담아서 건넨 셈이었다.

에밀리는 유능한 교사였다. 자격증 과정을 수료하기도 전에 조건부로 채용된 떠오르는 스타였다. 학습 콘텐츠를 재밌고 이해하기 쉽게 전달하는 나름의 노하우가 있었고, 아이들이 힘들어하면 접근법을 알맞게 조절하는 데 재능이 있었다. 하지만 정치나 사회생활에는 젬병이라 주변의 심기를 건드린 적이 한두 번이 아니었다. 조이스 교장도 그녀가 심기를 건드린 사람 중 한 명이었다.

에밀리는 다른 교사나 행정직도 학생들을 최우선시할 거라는 순진한 생각을 하며 교직에 부임했다. 맨 처음 참석한 교직원 회의에서 두 명의 동료 교사가 새로 생길 가능성이 있는 자리를 두고 난투극 직전까지 가는 것을 보았을 때 그녀의 환상은 산산이 부서졌다. 모두 저마다 꿍꿍이속이 있었고 학생들은 종종 뒷전이었다. 교육은 예산에서 우선순위가 가장 낮은 듯했고 뭐든 넉넉한 게 없었다. 그래서 누굴 언제 고용할 것인가, 누구에게 공간과 장비를 허락할 것인가 하는 자원 배분 문제를 둘러싸고 끊임없이 싸움이 벌어졌다. 동맹을 맺은 사람들이 훨씬 능력 있는 다른 사람들을 제치고 관리직을 차지하고는 약속한 대로 자기 편에게 자원을 몰아주었다. 정말 필요한 게 무엇인지에 관심을 기울이는 사람은 거의 없었고 관심을 기울인 몇 안 되는 사람들은 지원군 없이 뒷전으로 밀려났다. '일을 복잡하게 만든다'며 혼났고, 교실에서는 성취도가 가장 높았음에도 불구하고 유능한 교사에게 수여되는 상의 수상자를 선정할 때 후보에서 제외됐다. 대학원에서 그녀를 가르친 멘토는 나 죽었소 하고 가르치는 데에만 집중하라고 충고했지만 심지어 그것마저 편 가르기로 간주됐다. 그렇게 했더니 학과장이 학과의 능력을 적극적으로 홍보하지 않는다며 화를 냈다.

모든 것이 정점을 찍은 것은 6개월 전에 일상적인 조사를 위해 외부 감사팀이 파견 나왔을 때였다. 논란의 소지가 있는 '뭉칫돈'이 몇 군데에 애매하게 할당된 것에 대해 질문을 받자 그녀와 다른 두 명의 교사는 모르는 척하지 않고 자금이 어떤 식으로 쓰였는지 솔직하게 말했다. 교장과 모든 학과장이 노발대발했고 그들 셋은 왕따가 되었다. 그래도 오늘까지는 그들이 그녀의 도덕적인 선택은 존중하지 않을지 몰라도 노련한 교습법과 학생들에게 헌신하는 태도는 기본적으로 존경하고 응원하고 있을 거라는 희망의 끈을 놓지 않았건만.

하지만 그녀가 피해망상에 빠져들고 있는 것일 수 있었다. 교장이 그런 뜻에서 한 말은 아닐지 몰랐다. 에밀리는 쿵쾅거리는 심장을 달래며 조그맣고 귀에 거슬리게 들리는 목소리로 희망을 담아서 마지막 시도를 했다. "아니, 잠깐만요. 저 여자가 거짓 고발을 하고 저희 집으로 찾아오겠다고 협박을 했는데요. 피해자는 저예요."

"내일 노조 대표를 소환할 테니까 정식으로 신고를 접수해요. 하지만 내가 보기에는 증거가 선생님의 주장과 어머님의 주장뿐인데요. 그리고 우리의 궁극적인 책임은, 선생님도 공유하는 가치관이라고 생각하는데, 아이들을 최우선으로 보호하는 것이고요." 교장은 자리에서 일어났다.

메시지가 접수됐다. 에밀리는 순진할지 몰라도 벽에 피로 적힌 글씨를 보고도 무슨 뜻인지 모르지는 않았다.

Chapter 11

에밀리는 평소보다 한 시간 늦게 문을 박차고 들어갔다. 아무도 쳐다보는 시늉조차 하지 않았다. 그녀는 품에 들고 있던 책더미와 서류 가방을 내려놓고 거실을 들여다보았다. 남편 에디는 평소처럼 소파에 앉아서 하키 중계에 넋을 팔고 있었다. 큰딸 수재너는 2인용 소파에 대자로 누워 문자를 보내고 있었다. 아들 웨이드는 친구들과 놀러 나갔는지 보이지 않았다.

"나 왔어." 에밀리는 누구에게랄 것 없이 말했다.

"어." 에디는 화면에서 눈을 떼지 않았다. 수재너는 대꾸가 없었다.

에밀리는 그들이 먹다 남긴 걸 먹으려고 부엌으로 들어갔다. 레인지에 얹힌 냄비나 프라이팬은 없었고 오븐 안에도 아무것도 없었다. 아침에 쓴 그릇만 개수대에 담겨 있었다. 그녀는 그대로 몸을 돌려서 거실로 갔다.

"에디, 내 문자 못 받았어?"

"응?" 시선이 화면에서 떠날 줄 몰랐다.

"내 문자 못 받았느냐고."

대답이 없었다.

에밀리는 에디와 화면 사이로 들어갔다. 그가 고개를 왼쪽으로 기울이자 따라서 움직였다. 그가 고개를 오른쪽으로 기울이자 이번에도 따라서 움직였다. 뭐야, 지금 코미디 찍자는 거야?

"무슨 문자?"

"나 늦을 테니까 저녁 먼저 먹으라고 한 문자."

마침내 에디가 그녀를 똑바로 쳐다보며 찡그렸던 얼굴을 폈다. "아, 그거, 받았어. 깜빡했네." 그는 시계를 쳐다보았다. "어느새 벌써 7시가 됐지? 스파게티나 먹지 뭐." 그는 중계를 보려고 다시 왼쪽으로 몸을 기울였다.

해석: 자기는 궁둥이 붙이고 앉아 있을 테니 나더러 스파게티를 만들라는 뜻이로군.

"왜 늦었느냐고 안 물어볼 거야?"

그의 얼굴에 힘이 들어갔다. "여보, 나중에 얘기하면 안 돼? 이거 중요한 경긴데."

그랬다. 중요하지 않은 경기가 없었다.

그녀는 다시 부엌으로 들어가 냄비에 물을 담아서 레인지에 올렸다. 소금을 넣고 식료품 저장실에서 스파게티와 병에 담긴 소스를 꺼냈다. 씩씩대며 기다리는데, 분노와 욕으로 머릿속이 복잡했다. 물이 끓기 시작하자 소리가 요란한 오븐 타이머를 8분에 맞춰놓고 서재로 들어가 문을 잠갔다.

타이머가 울리면 저 둘이서 들여다보든지 말든지 하겠지. 나는 더 이상 신경 쓰지 않겠어.

에밀리는 컴퓨터가 켜지는 동안 조그만 벽을 따라 늘어선 빽빽한 책꽂이를 멍하니 쳐다보았다. 어쩌다 그녀가 상상했던 모습과 수억 광년 떨어진 삶을 사는 그런 여자가 됐을까?

잘못된 건 아무것도 없었기에 더욱 당혹스러웠다. 에밀리는 원하는 삶을 살기 위해 몸을 사리지 않았고 말 그대로 죽어라 열심히 살았다. 대학교와 대학원에서 좋은 학점을 받았고 자격증을 땄다. 꿈에 그리던 일자리를 얻었고 학생들을 위해 전력을 다했다. 그녀가 꿈꾸었던 건 사랑을 나누고 파트너와 함께 삶을 마주하며 일상의 파도를 헤쳐나가는 것이었다. 식사와 와인 한잔과 소파에서의 포옹을 즐기며 하루하루를 다정하게 공유하는 것이었다. 그녀는 선택에 신중을 기했고 삶을 바라보는 관점이 거의 비슷한 좋은 사람을 찾았다. 그녀는 예쁜 드레스를 입은 예쁜 신부였고, 예쁘게 장식된 예식장에서 예쁜 케이크를 앞에 두고 식을 올렸다. 그들은 신혼여행을 생략하고 그 돈으로 신혼집 계약금을 충당했다. 그리고 그녀는 아이를 꿈꾸었다. 아들 하나, 딸 하나면 더할 나위 없었고 바라던 대로 이루어졌다.

잘못된 건 아무것도 없었다.

하지만 제대로 된 것도 아무것도 없었다.

알고 보니 교단에서는 교육보다 정치가 중요했고, 그녀는 이제 화난 학부모의 공격에 직면했는가 하면 일자리를 잃게 생겼다. 그들의 드림하우스가 되었어야 하는 이 집, 영화 〈멋진 인생〉의 오래된 그랜빌 하우스풍인 이 집은 관리 부족으로 무너져갔다. 직접 할 수 있는 건한다 치더라도 상식적인 수준을 넘어서는 일은 능력 밖이었고, 그들은 전문가를 쓸 만큼 수입이 많지 않았다. 해가 지날수록 그 집은 제2차 세계대전 이전 시대에 갇힌, 무너져가는 박물관에 가까워졌다.

결혼생활은 파트너십이 아니라 코미디였다. 사귀던 시절에는 에디가 음식점, 바닷가, 극장, 기타 등등 어디든 그녀를 데리고 갔다. 지금은 텔레비전 앞에서 그를 떼어낼 방법이 없었다. 부부관계는 1년에 두 번이라도 하면 다행이었고 그마저도 그가 광고 시간 안에 끝내려고 후닥닥 해치운다고 맹세할 수 있었다. 그녀는 정신적으로나 육체적으로나 좀 더 도움이 필요하다고 그에게 얘기하려고 했다. 처음에는 차분하게. 나중에는 소리를 질러가며. 그를 무시하려고도 해보았다. 결혼 상담도 받아보았다. 그러다가 이제는 그냥 포기해버렸다. 무슨 의미가 있을까 싶었다.

모든 것에 비추어보았을 때 아이들을 삶의 중심으로 삼을 수도 있었다. 하지만 수재너는 태어났을 때부터 까다롭고 뚱한 아이였고 배앓이와 온갖 병을 달고 살았다. 에밀리가 꿈꾸었던 모녀 관계는 서로를 불편해하는 관계로 대체됐다. 웨이드는 그보다 나았지만 아기 때부터 혼자 있는 걸 좋아했다. 자다 깨더라도 누워서 모빌을 보며 놀았고 배가 고프지 않은 한 울지 않았다. 나이를 먹어가면서는 아버지를 더 좋아했는데, 아들이니 자연스러운 현상이겠거니 했다. 하지만 그 결과 그녀는 자신의 삶 속에서 아웃사이더가 된 기분을 느꼈다.

암호를 입력하는 화면이 뜨면서 모니터가 환해지자 그녀는 생각에서 깨어났다. 로그인을 하고 〈월드 오브 워크래프트〉 아이콘을 클릭했다. 게임이 시작되는 동안 인증기를 꺼냈다.

에밀리는 이혼을 고민했고 심지어 이혼 전문 변호사와 상담 약속까지 잡았었다. 하지만 양육권 문제와 두 집 살림에 드는 비용을 생각하니 그걸로 뭐가 개선될까 싶었다. 그녀는 전보다 더 뚱뚱해진 아이들을 손바닥만 한 그녀의 아파트에서 전남편의 집으로 데려다주며 간신히 입에 풀칠하고 살아가는 싱글맘이 될 것이었다. 그게 지금보다 어떤 면에서 더 낫다고 볼 수 있을까?

그러니까 어쩔 수 없었다. 그녀의 인생은 정해졌고 사실상 끝장났다. 그녀는 서른여섯 살이었고 남편의 역할을 대신한 와인 덕분에 체구에 비해 몸무게가 조금 많이 나가는, 어느 모로 보나 나이든 아줌마가 되었다. 주름살이 온 얼굴로 점점 마수를 뻗쳤고 희끗희끗한 머리칼이 듬성듬성 보이기 시작했다. 그녀에게는 황홀한 로맨스도 보람 있는 경력도 애정이 넘치는 아이들도 예쁜 집도 없을 것이다.

하지만 〈월드 오브 워크래프트〉를 하는 동안에는 뭐든 원하는 대로 될 수 있었다. 그녀는 끔찍한 몬스터와 싸우고 중요한 퀘스트를 완수하며 아제로스라는 마법의 세계를 누비는 아름답고 강력한 인물이었다. 그녀는 선을 위해 싸우고 공부를 많이 해야 하는 드루이드나 성기사와 같은 마법사 계열을 좋아했다. 선이 악을 이기고 목표가 단순하며 사람들이 고귀한 이상과 보다 나은 미래를 위해 싸우는 세상에 몰두할 수 있었다. 열정과 모험이 넘치는 짜릿한 삶을 플레이할 수 있었다. 진짜는 아니지만 그래도 의미가 있었다.

그녀는 정보를 입력하고 환영한다는 화면이 뜨길 기다렸다.

Chapter 12

3주가 지났지만 괜찮은 사냥감의 흔적조차 보이지 않았다.

마틴은 카페인을 너무 많이 마신 사람처럼 계속 가만히 있지 못했다. 좀 전에는 코드에서 여러 가지 바보 같은 실수가 포착되더니 지금은 섹션 하나를 통째로 망쳤다. 절대 용납할 수 없는 일이었다.

그는 의자를 뒤로 밀고 일어나 방 안을 서성였다. 내 몸속을 씻어내야 하는데.

그는 어두컴컴한 창밖을 물끄러미 내다보았다. 비가 오지도 않으니 나가서 달리기를 할 수 있었다.

그는 운동복을 입고 문밖으로 성큼성큼 나가 등 뒤로 요란한 소리를 내며 문을 닫았다. 상쾌한 공기에 신경이 깨어났고 꼬리에 꼬리를 물던 생각의 사슬이 끊겼다. 그는 마당을 가로질러서 트랙이 있는 고등학교를 향해 다음번 모퉁이를 돌고 한참을 간 뒤에야 아이팟을 깜빡한 것을 알아차렸다. 그는 들릴락 말락 하게 욕을 하며 돌아가서 가지고 나올까 고민하다가 오히려 잘됐다는 결론을 내렸다. 이것저것 곰곰이 생각할 필요가 있었다.

이렇게 오랜 기간 동안 낚싯줄에 아무도 걸려들지 않은 건 처음이었다. 그의 가장 큰 약점이 살인에 대한 욕구라면 가장 큰 장점은 매력이었고 그건 한 번도 그를 실망시킨 적이 없었다. 그를 보거나 그의 목소리를 들을 수 없는 컴퓨터상에서도 여자들은 그에게 끌려들었다. 그는 유혹의 기술을 철저하게 연구해 타고난 재능을 증폭시켰다. 책을 읽고, 〈배첼러〉(한 남성이 25명의 여성 중 한 명을 선택하는 미국의 TV 방송 – 편집자)나 그 비슷한 쓸데없는 프로그램을 수없이 돌려보고, 카페와 식당에서 커플을 관찰하고, 여자들이 남자를 주제로 나누는 대화에 귀를 기울였다. 어떤 남자가 여자들은 이해하기가 불가능하다고 투덜대는 소리를 들을 때마다 비웃었다. 이해하기가 불가능하기는커녕 어렵지도 않았다. 관심을 기울이기만 하면 됐다.

그는 보호 본능 자극과 밀고 당기기의 귀재가 되었다. 그는 어떻게 하면 여자들에게 관심과 인정을 받는 특별한 존재가 된 느낌을 선사할 수 있는지 열심히 연구했다. 먼저 그들이 원하는 스타일의 남자가 되어준 다음 그들을 그가 원하는 방향으로 만들어나갔다.

하지만 그에게도 한계가 있었다. 그걸 유지할 수 있는 기간이 겨우 몇 개월이었다. 그 이상 길어지면 거짓말의 꼬리가 밟힐 수 있었다. 작업 중인 상대가 여럿이면 더욱 그랬다. 그보다 더 심각한 문제가 있다면 바보 같은 헛소리를 참아주고, 한심한 농담에 웃어주고, 별것 아닌일에 공감하는 척 연극을 하는 것이었다. 그들에게 입 좀 닥치라고 하고 싶은 경우가 대부분이라 주도면밀하게 만든 가면을 쓰고 버틸 수 있는 기간이 몇 개월밖에 되지 않았다. 단기적인 관점에서는 스카이프가 도움이 됐다. 너무 못 견디겠으면 잠깐 화면을 끄고 감정을 분출할 수 있었다. 오프라인에서는 다들 무슨 수로 이걸 해결해가며 연애를 하는지 알 길이 없었다.

감을 잃은 걸까? 그는 스트레칭으로 근육을 늘이며 곰곰이 생각해보았다. 아니다, 문제는 그게 아니었다. 그가 여자들을 잡았다가 놓친 게 아니라 애초에 아무도 만나지 못한 게 문제였다.

두 바퀴째로 접어들자 제 속도가 나기 시작했다. 몸이 자동적인 리듬을 찾아가고 머릿속이 맑아지는 가운데 그는 선택지를 분석했다. 따지고 보면 명절 시즌이었다. 다들 여행하고 가족들과 시간을 보내느라 게임을 할 시간이 없을 것이다. 어쩌면 그물을 좀 더 넓게 치는 것이 정답일지 몰랐다. 그는 목요일부터 일요일까지 늦은 밤에 게임을 했다. 일을 많이 앞당겨서 끝내놓았으니 매일 밤, 좀 더 일찍 시작할 수 있었다. 자물쇠를 따준다고 단체 메시지를 보내지 말고 거래 채널에서 좀 더 열심히 채팅에 참여해볼까? 최악의 경우, 앞으로 일주일 동안 후보가 한 명도 생기지 않으면 서버를 옮기는 것도 생각해봄직한 방법이었다.

그러니까 대책이 없는 게 아니었다. 이제 마음이 편안해지고 몸에서 긴장이 풀렸다. 겁에 질릴 이유가 없었다.

하지만 마음속 한구석이 찜찜했다. 허기는 그의 계획에 관심이 없었다. 살인에만 관심 있었다. 지금 당장은 기다려주겠지만 그리 오래가지는 못할 것이다. 그는 아무리 달려도 그 사실로부터 멀어질 수 없었다.

마틴은 자신이 사이코패스가 아니라는 것을 알았다. 그는 웬만한 프로파일러보다 연쇄 살인범에 대해 더 잘 알고 있을 만큼 자료 조사를 많이 했다.

마틴은 여러 면에서 연쇄 살인범의 전형적인 조건에 부합했다. 혼자 살고 친구가 많지 않았다. 남들과 잘 어울리지 않았고 튀는 행동을 자제했다. 으리으리한 차도 없고 밝은색 옷도 입지 않는다. 하지만 그것이 '컴퓨터밖에 모르는 괴짜' 생활의 장점이었다. 다들 그가 조금 은둔적이고 조금 특이하게 살겠거니 했다. 사실 그는 그가 아는 다른 코딩 전문가들보다 훨씬 정상인에 가까운 편이었다.

어렸을 때 심하게 학대를 당한 경험이 있다? 그렇긴 했다. 그는 어머니에게 없는 거나 다름없는 존재였다. 그녀의 자존심이 허락하는 한도 안에서만, 그녀의 비위를 잘 맞추는 한도 안에서만 존재했다. 그래서 뭐가 어떻다는 건가? 그런 과거를 곱씹은들 무슨 소용이 있을까? 결국에는 그가 승리를 거두었지 않은가.

그리고 수많은 연쇄 살인범이 그렇듯 마틴도 체구가 보통이었다. 서른두 살이라는 실제보다 나이가 많아 보여서 대개 서른다섯 살에서 마흔 살로 보곤 했다. 젊지도 않고 늙지도 않은 나이였다. 그는 잘생기지는 않았지만 그렇다고 못생기지도 않았다. 평범한 갈색 머리에 흔한 파란색 눈을 가졌고 키가 182센티미터라 남들보다 아주 조금 클 뿐이었다. 그에게는 도드라진 특징이 전혀 없었다. 눈에 띄는 점도 흉터도 문신도 없었다. 슈퍼에서 줄을 서 있다가 그와 주거니 받거니 대화를 나눈 사람이라도 5분 뒤면 그를 기억하지 못할 것이다. 그것이 그의 생김새에 주어진 축복이었다.

하지만 사이코패스의 가장 중요한 몇 가지 특징이 그에게는 없었다. 그는 동물을 괴롭히거나 죽인 적이 없었다. 심지어 그런 상상만 해도 속이 메슥거렸다. 희생자의 사지를 절단하거나 고문하거나 어떤 형태로든 성관계를 맺고 싶은 욕구도 없었다. 남자건 여자건, 산 자건 죽은 자건, 타인과의 성관계는 불쾌하다. 피해자를 범하거나 시체 위에 사정한 다른 연쇄 살인범들의 사례는 읽는 것조차 괴로웠다. 더럽고 천박하고 저질스러운 인간들이 저지르는 더럽고 천박하고 저질스러운 짓이었다.

이보다 더 강력한 지표가 양심의 문제였다. 양심의 가책이나 공감이나 후회를 모른다는 것이 사이코패스의 큰 특징이었다. 그는 절대 그렇지 않았다. 살해한 여자들에게 일말의 후회도 느끼지 못하는 건 사실이었지만 그건 그들이 죽어 마땅하기 때문이었다. 그들은 유해하고 부정하며 사악한 여자들이었다. 양심의 가책이 없는 쪽은 남편 몰래 바람을 피우고 붕괴될 가족을 전혀 생각하지 않는 그들이었다. 어느 누구의 강요도 없이 그들이 스스로 선택한 길이었다. 그는 선택의 결과를 배달하는 통로일 뿐이었다.

남편과 가족들은 어떻게 하느냐고? 그들을 생각하면 기뻤다. 그는 그들에게 호의를 베푸는 셈이었다. 시간의 문제일 뿐, 언젠가는 자기들을 배신할 못된 마녀는 차라리 없는 편이 낫지 않겠는가. 그는 좀 더 일찍 자기 갈 길을 갈 수 있도록 그들을 돕고 해방하는 역할을 했다.

사실 그 여자들이 벌이는 짓이 잘못된 짓이라는 걸 알고 그들을 제

거함으로써 세상에 일조하는 것이야말로 그가 양심적이라는 결정적인 증거 아닐까? 그런 것이 도덕성이었다. 그런 것이 윤리 규범이었다.

아니다, 그는 사이코패스는 아니다. 그보다는 살인 충동이 있는 알코올중독자나 게임중독자에 가까웠다. 그들처럼 그도 자신의 행동으로 인해 위험해진다는 것을, 그의 경우에는 감옥에 갇히거나 사형을 받을 수 있다는 것을 알지만 그들처럼 그걸 안다 한들 절대 멈출 수가 없었다. 여자들의 고분고분한 얼굴을 들여다보고, 그들이 그의 기분에 따라 춤을 추고 그가 하라는 대로 움직이고 그가 먹으라는 대로 먹고 그 구역질 나는 육체적인 욕망으로 어쩔 줄 몰라 하는 것을 구경하지 않고서는 배길 수가 없었다. 그 정점에까지 그들을 데리고 가서 그들의 정체를 폭로하고 나면 그들의 몸에서 생명의 기운이 한 방울씩 빠져나가는 것을 느끼고, 그들의 생명력으로 그를 채워야 했다. 하지만 그가 달라지고 싶다 한들 그의 충동을 치료할 프로그램이나 그에게 도움을 줄 수 있는 심리상담사는 없었다.

그래도 상관없었다. 그는 월등한 지능을 가진 덕분에 다른 살인범들보다 유리했고 평범한 형사들보다 우위에 있었다. 형사들은 아마 죽을 때까지 그를 찾아낼 일이 없을 것이다. 지금까지는 그의 존재조차 간파한 사람이 없었다. 그의 범행은 무작위적이고 개별적이며 서로 연관을 지을 수가 없었다. 그의 남다른 두뇌 덕분에 가능했던 일이다. 그 두뇌가 바람을 피우는 또 다른 음녀로 허기를 달래는 동안에도 그를 계속 안전하게 지켜줄 것이다.

Chapter 13

에밀리의 레벨 90짜리 블러드 엘프 성기사 'Vyxxyne'은 그녀가 원하는 모든 조건을 갖추고 있었다. 몸매는 완벽하고 얼굴은 매혹적이고 화려하며 새빨간 머리는 길게 땋았다. 에밀리는 Vyxxyne으로 몇 달 플레이하고 미용실에 갔을 때 머리를 좀 기르고 적갈색으로 염색하고 싶다고 말했다. 담당 미용사 모랜이 그녀의 피부톤이나 눈동자 색과 어울리지 않는다고 설명했지만 그녀는 고집을 꺾지 않았다. 모랜의 말이 맞았다. 적갈색 때문에 그녀의 눈이 죽었고, 피부는 속이 안 좋은 환자처럼 보였다. 길게 길렀더니 그녀의 머리칼이 얼마나 가늘고 힘이 없는지 더욱 강조됐다. 그녀는 2주 만에 머리를 다시 했다.

Vyxxyne이 운고로 분화구의 어느 동굴에서 모습을 드러냈다. 네온색 수정으로 둘러싸인 이곳은 게임 내에서 그녀가 가장 좋아하는 구역이었다. 어제저녁에 그녀의 길드는 네온색 바위와 꼬불꼬불한 길이 완벽한 분위기를 풍기는 이곳에서 폭죽을 터뜨리고 온갖 물약을 가지고 놀며 몇몇 길드원의 생일 파티를 열었다. 그녀는 오크 몇 명이 토하는 물약의 타이밍을 완벽하게 맞춰 혐오스러우면서도 배꼽 빠지는 효과를 연출했던 기억을 떠올리며 미소를 지었다.

오늘 저녁에는 뭘 하면 좋을까? 던전을 달리고 싶은 기분은 아니었고 길드에서 레이드를 하고 있지도 않았다. 운고로는 채광하기 좋은 곳이라 여기서 캔 재료로 대장장이 기술을 쌓을 수 있었다. 그녀는 비워놓은 가방을 채우고 귀환석을 써서 주요 도시 가운데 스킬 레벨을 가장 쉽게 올릴 수 있는 달라란으로 돌아갔다.

은행에 가서 가방 안에 든 쓸데없는 물건을 광석으로 교환해 지난주에 쟁여놓은 광석에 추가하고는 달라란의 대장간으로 향했다. Vyxxyne이 자동 모드로 광석을 제련하고 또 하는 동안 그녀는 채팅 채널에서 오가는 대화를 구경했다. 여기는 항상 정신이 하나도 없었고 거래 채널은 그녀가 맡고 있는 학생들이 성숙해 보일 정도로 호르몬을 분출하는 인간들이 득시글거리는 경우가 대부분이었지만 가끔 엄청 재미있을 때도 있었다. 척 노리스가 등장하는 웃긴 이야기 퍼레이드가 끝나갈 무렵에 입장한 그녀가 그 이야기 중 하나를 보고 웃고 있었을 때(화성에 생명체의 흔적이 없는 이유는 척 노리스가 이미 다녀갔기 때문이라는 농담이었다) 열쇠를 따준다는 광고가 눈에 들어왔다.

[2. 거래] [Porrthos]: 정조대 때문에 좌절 중이신 분? 앱으로 열어드립니다.
Porrthos의 자물쇠 따기: 호랑이 담배 피우던 시절부터 사랑 나누기를 가능하

게 한 비법. 팁은 주시면 감사히 받겠습니다.

그녀는 폭소를 터뜨리고 자판을 두드려 답을 보냈다.

거대한 황무지와 같았던 하루의 끝에 드디어 기분 좋은 일이 하나
생겼다.

Chapter 14

마틴은 Porrthos로 로그인하며 믿지도 않는 신에게 오늘은 행운이 따르게 해달라고 속으로 기도했다.

그가 마지막으로 로그아웃 한 곳은 오그리마의 은행이었다. 그는 가방에 담긴 아이템을 추려서 보관하고는 얼른 지붕 위로 올라가 단체 메시지를 보냈다. 전형적인 응답이 쇄도했고 그는 그것들을 전형적으로 처리했다. 그는 한 시간 동안 필요도 없는 팁을 모으며 화면 한쪽 구석에서 지나가는 척 노리스에 관한 우스갯소리를 구경했다. 그러다 구미가 당기는 메시지를 받았다.

[Vyxxyne]님의 귓속말: ㅎㅎ 재밌네요. 고마워요, 오늘 웃을 거리가 필요했는데.

좋아, 가능성이 보였다. 누군가와 교감할 기회를 찾는 연약한 존재.

[Vyxxyne]님에게 귓속말: 이 덕분에 웃었다니 다행이네요. 오늘 일진이 별로였나 봐요. 나도 그런데.

연민 작전을 쓸 때는 선을 잘 지켜야 했다. 동정을 원하는 사람은 없지만 다들 자신을 이해해주는 사람과 대화를 나누고 싶은 마음이 있었다. 그리고 너무 열심히 캐묻지 말고 그들에게 먼저 이야기를 꺼내게 하는 것이 가장 좋은 방법이다.

[Vyxxyne]님의 귓속말: 저런, 무슨 일이 있었길래요?

[Vyxxyne]님에게 귓속말: 일하는 데 문제가 생겼어요. 프리랜서인데 이번 일을 끝으로 계약을 갱신하지 못할 것 같아요. 그쪽은요?

[Vyxxyne]님의 귓속말: 아, 별거 아니에요. 나도 일하는 데 문제가 생겼고 남편이 쓰레기라서요. 양쪽 다 이제 익숙해질 때도 됐는데.

빙고. 그녀는 그냥 소통을 원하는 것이 아니라 남편에게서 받지 못하는 것을 원했다. 그녀는 자신이 그렇다는 것을 깨닫지 못할 수 있고, 적어도 오늘은 진도를 많이 나가지 못할 것이다. 지금 당장은 마음이 통하는 사람과 편안하게 공감하며 채팅하는 걸로 충분하다. 하지만 오늘을 기점으로 장차 커뮤니케이션 채널이 열릴 것이다.

[Vyxxyne]님에게 귓속말: 남편은 분명 그쪽을 사랑할 거예요. 하지만 남자들이 무심한 재수탱이가 될 때도 있어서 말이죠. 적어도 내 예전 여자친구들 말로는 그렇대요.

[Vyxxyne]님의 귓속말: ㅋㅋㅋㅋ. 다들 뭘 좀 아는 눈치네요. >.<

[Vyxxyne]님에게 귓속말: 나도 그럴 때가 있고 맞는 말이에요. 하지만 미식축구 경기 중에 남편에게 중요한 얘기를 했기 때문이라면 남편분의 편을 들어야 할지 모르겠는데.

[Vyxxyne]님의 귓속말: 하! 남자들은 다 똑같군요! >:O

[Vyxxyne]님에게 귓속말: 하하하.

이 부분이 중요하다. 그녀에게 주도권을 넘기는 거다. 이 여자는 제법 똑똑한 눈치라 여기에 변태들이 있다는 걸 알 테니 그런 인상을 풍기지 말아야 한다. 그가 반응을 보였으니 좀 더 대화를 나누고 싶으면 그녀 쪽에서 다시 말을 걸 것이다.

2분이 지났다. 메시지가 도착했다.

[Vyxxyne]님의 귓속말: 솔직히 그렇게 간단한 문제였으면 좋겠네요. 그나저나 그쪽도 고민이 있다면서요. 계약이 어떻게 될지 언제 알 수 있어요?

이겼닭! 오늘 저녁은 치킨이닭! 그녀가 대화를 계속하길 원하니 좀 더 과감해져도 된다.

[Vyxxyne]님에게 귓속말: 몇 주째 무소식이에요. 나랑 계속 일할 생각이면 프로젝트의 다음 단계에 대해 언질이 올 텐데 괴로울 정도로 아무 말이 없네요.

[Vyxxyne]님의 귓속말: 으윽. :(

[Vyxxyne]님에게 귓속말: 뭐, 프리랜서 생활이라는 게 그렇죠.

[Vyxxyne]님에게 귓속말: 아무튼 물어봐줘서 고마워요. 혹시 대화 상대가 필요하면 언제든 말만 해요. 내가 남의 얘기를 잘 들어준다는 평가를 받는 편이거든요…….

[Vyxxyne]님의 귓속말: 아까 말한 그 여자친구들한테요? :P

[Vyxxyne]님에게 귓속말: 창피해질 수 있으니 답변을 거부하겠습니다. ㅋㅋ

[Vyxxyne]님의 귓속말: ㅍㅎㅎㅎ

[Vyxxyne]님의 귓속말: 뭐. 고마워요. 나중에 나를 나쁘게 볼 일 없는 모르는 사람한테 속 얘기를 털어놓는 것도 괜찮을 것 같네요.

[Vyxxyne]님에게 귓속말: 언제든 불러만 줘요! 잠깐만요, 상자 몇 개를 열어줘야 해서요.

거짓말이었다. 너무 적극적으로 나서는 것처럼 보이고 싶지 않았다. 1, 2분 시간을 흘려보내다가 핑곗거리를 찾아서 그녀를 좀 더 기다리게 할 작정이었다. 그녀에게 가능성에 대해 고민할 시간을 허락한 다음 다시 그녀를 찾는 것이다.

[Vyxxyne]님에게 귓속말: 젠장, 친구가 잠깐 도와달라네요. 여기 더 있을 거예요?

[Vyxxyne]님에게 귓속말: 네, 천천히 해요. 계속 제련하고 끝나면 아마 광석을 좀 더 캘 거예요. 인스턴스나 들어가볼까 했는데 지금은 막공할 기분이 아니네요.

[Vyxxyne]님에게 귓속말: 무슨 말인지 알겠어요. 막공이 끔찍할 때도 있죠. 금방 올게요.

마틴은 그녀를 친구 목록에 추가하고 Porrthos를 제플린 비행선 승

강장으로 보내 언더시티로 가는 비행선을 기다렸다. 도시에서 빠져나와 티리스팔 주변을 돌았다. 이 지역은 해골, 좀비, 늑대, 박쥐들이 벌판과 언덕을 배회하는 준 핼러윈 분위기라 마음에 들었다. 이렇게 해야 만에 하나 그녀가 그의 위치를 체크하러 나섰을 때 그가 한 얘기와 맞아떨어질 것이다. 그는 풍경을 감상하며 천천히 시간을 보냈다.

한 10분쯤 지났을 때 그는 귀환석을 써서 오그리마로 돌아가 다시 메시지를 날렸다.

> [Vyxxyne]님에게 귓속말: 다 끝났어요. 대장 일은 어떻게 돼가고 있어요?
> [Vyxxyne]님의 귓속말: 으으, 지겨워요. 지금 끝없이 광석을 녹여서 뭐든 팔릴 만한 걸 만들어 스킬업 하려는 단계예요.
> [Vyxxyne]님에게 귓속말: 아, 그렇구나. 나는 맨 처음 플레이 시작했을 때 직업을 네 번쯤 바꿔서 스킬업을 처음부터 다시 해야 했어요. 재미있는 시간이었다고는 못 하겠네요.
> [Vyxxyne]님의 귓속말: 맞아요. ㅎㅎ

이제 당면한 문제로 돌아가야 할 시점이었다. 거미가 파리에게 말했어요, 너의 서글픈 일상과 못된 남편의 뭐가 문제인지 전부 얘기해봐.

> [Vyxxyne]님에게 귓속말: 오늘 회사에서 무슨 일이 있었길래 그렇게 우울했어요?
> [Vyxxyne]님의 귓속말: 음, 내 직업은 교사인데 오늘 어떤 학부모와 불쾌한 상담을 하다가 협박을 당했어요.

이쯤에서 공감하고 걱정하기.

[Vyxxyne]님에게 귓속말: 뭐라고요? 그래서 경찰에 신고했어요?

[Vyxxyne]님의 귓속말: 아, 경찰에서는 협박을 당했다는 증거가 입수되기 전에는 아무것도 하지 않을 거예요. 그래도 교장 선생님한테는 알렸고 다시는 그 엄마를 단둘이 만나지 않을 거예요.

[Vyxxyne]님에게 귓속말: 그럼요, 절대 안 되죠. 그 학생을 다른 반으로 보낼 수는 없어요?

[Vyxxyne]님의 귓속말: 이미 조치가 취해졌어요. 그 엄마가 자기 아들이 나한테 학대당했다고 주장하거든요. 그런데 학교 측에서는 협박을 대수롭지 않게 간주해요.

[Vyxxyne]님에게 귓속말: 말도 안 돼! 당신의 안위는 상관없다는 건가요?

[Vyxxyne]님의 귓속말: 문제가 복잡해요. 교장이 나한테 맺힌 게 있어서 자기가 누구 편인지 분명히 밝히더라고요. 정치적인 문제예요. 이 학교는 완전 쓰레기예요.

[Vyxxyne]님에게 귓속말: 듣고 보니 진짜 그러네요. 너무하네.

[Vyxxyne]님의 귓속말: 그래도 이렇게 호응해주니까 내가 좀 정상적인 인간이 된 기분이에요.

[Vyxxyne]님에게 귓속말: 그게 무슨 말이에요?

[Vyxxyne]님의 귓속말: 나는 그런 일을 당하고 심란해졌는데 교장은 대수롭지 않게 간주했거든요. 그리고 남편은 내가 오늘 어떤 하루를 보냈는지 물어볼 생각조차 하지 않았고요.

마틴은 의자에 앉은 채 몸을 앞으로 기울였다. 온기가 온몸으로 번져나갔다. 아, 이제 시작되는군. 남편이 너의 바람과 달리 관심을 보이지 않더란 말이지?

> [Vyxxyne]님에게 귓속말: 잠깐, '남편'은 당신이 협박당한 줄도 몰라요?
>
> [Vyxxyne]님의 귓속말: 네. 무슨 경기인가 뭔가를 보는 중이라 방해하지 말아달래요. 하지만 1년 전에도 이 비슷한 일이 벌어진 적 있었는데, 나더러 오버한다면서 학부모들도 스트레스를 풀 데가 있어야 하지 않겠느냐고 하더라고요.

마틴은 차를 한 모금 마시며 즐겁게 단어를 고르고 문장을 이렇게 저렇게 만들어보았다. 이제 슬그머니 그녀의 마음속으로 파고 들어가 조심스럽게 황당함을 표현하고 그 틈을 조금씩 벌릴 시점이었다.

> [Vyxxyne]님에게 귓속말: 저기, 주제넘은 발언은 하고 싶지 않지만요.
>
> [Vyxxyne]님의 귓속말: 아니에요, 괜찮아요, 편하게 얘기해요.
>
> [Vyxxyne]님에게 귓속말: 알았어요, 그럼. 당신 남편은 분명 훌륭한 남자일 거예요. 하지만 그건 헛소리잖아요. 이런 표현 써서 미안하지만.
>
> [Vyxxyne]님의 귓속말: 아, 그럴 거 없어요. 지금 가르치는 5학년짜리 애들한테 날마다 그보다 더 심한 말도 듣는데요. 진짜예요. ㅎㅎ
>
> [Vyxxyne]님에게 귓속말: 농담 아니에요. 왜 그런 식으로 반응했는지 모르겠어요, 진심으로.
>
> [Vyxxyne]님의 귓속말: 나도 모르겠어요. 내가 오버하는 게 싫어서 그런 걸까요?
>
> [Vyxxyne]님에게 귓속말: 오버요? 자기 부인을 협박한 사람이 있는데 상관하지

않는단 말이에요? 저기 미안하지만, 그건 헛소리예요. 만약 누가 내 아내를 협박했다가는 각오해야 할 거예요.

[Vyxxyne]님의 귓속말: 사실 상당히 막연한 협박이긴 했어요.

[Vyxxyne]님에게 귓속말: 그래도요. 나라면 당장 학교로 달려가서 그 문제를 처리할 거예요.

[Vyxxyne]님의 귓속말: 세상 모든 남자가 그렇게 생각하지는 않나봐요. 당신 부인은 운이 좋네요. 부인이 그걸 알고 있었으면 좋겠어요. :)

이 부분은 거의 식은 죽 먹기였다. 그가 오래전에 터득했다시피 일말의 의심조차 해소하는 가장 좋은 방법이 사별했다고 말하는 것이었다. 서른두 살의 독신남, 특히 이혼남은 항상 여자를 찾아 배회하는 데다 결함이 있을 가능성이 크다. 애초에 아무에게도 선택을 받지 못했든지 아니면 철저하게 버림받았든지 둘 중 하나다. 하지만 사별했다고 하면 누군가에게 선택을 받았고, 운명의 장난으로 평지풍파를 만나지 않았더라면 아직 더없이 행복한 관계를 유지하고 있었을 거라는 뜻이 됐다. '사별'이라는 단어를 쓰기만 하면 아무 노력을 기울이지 않아도 여자들이 경계를 늦추고 연민과 치유해주고 싶은 욕구를 드러냈다.

[Vyxxyne]님에게 귓속말: 유감스럽게도 이제는 아내가 없어요. 사별했거든요. 아내 이름은 줄리아였어요.

[Vyxxyne]님의 귓속말: 어머, 어떡해. 정말 안타까워요.

[Vyxxyne]님에게 귓속말: 고마워요. 이제 3년이 지났고 드디어 다시 평화를 찾아

가고 있어요.

[Vyxxyne]님의 귓속말: 이런 거 물어봐도 괜찮을지 모르겠는데, 어쩌다 그렇게 됐어요?

[Vyxxyne]님에게 귓속말: 괜찮아요. 예전처럼 그렇게 힘들진 않아요. 암이었어요.

[Vyxxyne]님의 귓속말: 어떡해…… 정말 끔찍했겠어요.

[Vyxxyne]님에게 귓속말: 네, 추천할 만한 일은 아니에요.

하도 여러 번 우려먹은 스토리라 거의 진짜처럼 느껴질 정도였다.

[Vyxxyne]님에게 귓속말: 발견했을 때는 이미 늦었더라고요.

[Vyxxyne]님의 귓속말: 아무 증상도 없었어요?

[Vyxxyne]님에게 귓속말: 있었지만 당장 병원에 가고 그런 성격이 아니었거든요. 어차피 증상이 지속되면 몇 주 뒤에 다시 오라고 할 테니까 몇 주 있다가 가도 마찬가지라면서. 복부에 통증이 있었는데 한 달 동안 지켜보다가 그제야 검사를 받으러 갔어요.

[Vyxxyne]님의 귓속말: 그런데 이미 늦었을 정도로 진행이 빨랐어요? 무섭네요.

[Vyxxyne]님에게 귓속말: 어쩌면 그 전부터 이미 늦었을지 모르죠. 병원에서는 당장 검사하자고 하지 않았어요. 아내가 거의 서른 살이라 젊은 축이었으니까요. 몇 가지 다른 치료법을 시도해보다가 안 되겠다는 결론을 내렸을 때 이미 전이가 되어 있었어요.

[Vyxxyne]님의 귓속말: 헐, 끔찍해라. 정말, 정말 안타까워요. 아내가 끔찍하게 보고 싶겠어요.

[Vyxxyne]님에게 귓속말: 네. 그리고 살짝 속은 기분도 들어요. 결혼한 지 1년밖

에 안 됐을 때 아내가 진단을 받았거든요. 이제는 내가 아내와 알고 지낸 기간보다 헤어져 지낸 기간이 더 길어요. 아내는 내가 자길 잊어주길 바랄 거라는 걸 알지만 생각했던 것보다 어렵네요.

[Vyxxyne]님의 귓속말: 그렇죠. 쉽지 않겠죠. :(

[Vyxxyne]님에게 귓속말: 그래도 산 사람은 살아야 하지 않겠어요? 안 좋은 일은 날마다 벌어지기 마련이고 나는 거기에는 이유가 있을 거라고 속으로 되뇌어요. 어떤 이유인지는 모르겠지만요. 언젠가 아내를 다시 만날 수 있길 바라지만 정신 못 차리고 계속 허우적거리면 아내한테 혼날 거예요.

[Vyxxyne]님의 귓속말: 와, 그런 식으로 생각할 수도 있겠네요. 나중에 다시 사랑할 수 있는 사람을 만나길 바라요.

[Vyxxyne]님에게 귓속말: 네, 그랬으면 좋겠어요. :)

[Vyxxyne]님의 귓속말: 두 분 사이에 아이는 있었어요?

[Vyxxyne]님에게 귓속말: 아뇨. 그럴 만한 여유도 없었어요. 하지만 그래서 다행이에요. 아이를 낳았다면 엄마 없이 평생을 지내야 할 테니까요.

[Vyxxyne]님의 귓속말: 그러게요.

다시 그녀 이야기로 화제를 돌릴 타이밍이었다.

[Vyxxyne]님에게 귓속말: 당신은 아이가 있나요?

[Vyxxyne]님의 귓속말: 네, 둘이요.

[Vyxxyne]님에게 귓속말: 와우…… 좋겠어요. :) 아들이요 딸이요?

[Vyxxyne]님의 귓속말: 한 명씩이요. 딸이 열두 살, 아들이 열 살이에요.

[Vyxxyne]님에게 귓속말: 좋은 나이네요. 난리굿이 시작되기 직전이라. ㅎㅎ

[Vyxxyne]님의 귓속말: 그럴 것 같죠? 하지만 수재녀가 매사에 불만인 시기로 진입했어요. 불만보다는 시비에 가까운데, 호르몬이 폭발하면 어떻게 될지 벌써 무서워요. ㅋㅋㅋ

[Vyxxyne]님에게 귓속말: ㅍㅎㅎㅎㅎ

[Vyxxyne]님의 귓속말: 아무튼 수다가 하도 재밌어서 이런 말하기 싫지만 시간이 늦어서 이제 그만 나가봐야겠어요.

[Vyxxyne]님에게 귓속말: 안 돼요오오오오오!!

[Vyxxyne]님의 귓속말: 어쩔 수 없어요오오오오오오!!

[Vyxxyne]님에게 귓속말: 에헤. 수다 떨 수 있어서 좋았어요. 이 게임 하면서 마음이 잘 맞는 사람 만나기도 쉽지 않은데. 내 이름 친구 목록에 넣어줘요. 나중에 퀘스트나 막공 같이해요.

[Vyxxyne]님의 귓속말: 그러게요! 좋아요, 나중에 같이해요. 내일 접속할 테니까 그때 하면 되겠네요. :)

[Vyxxyne]님에게 귓속말: 나도 내일 접속할게요. 재밌겠다.

[Vyxxyne]님의 귓속말: 나중에 만나요! :)

[Vyxxyne]님에게 귓속말: 잘 가요. *바이바이*

Vyxxyne이 접속을 끊었습니다.

마틴은 스크롤을 올려 Vyxxyne과 나눈 대화를 점검했다. 혼자 고개를 끄덕였다. 아주 잘 끝냈다. 그는 적절한 타이밍에 공감하고 그녀를 안심시킬 수 있을 만큼 '자기 자신'의 사연을 공개했다. 그리고 불만스러운 그녀의 일상 속에 금세 뿌리내릴 씨앗을 몇 개 심어놓았다.

에밀리는 미소를 지으며 로그아웃했다. Porrthos 말마따나 게임 안에서 제대로 된 대화 상대를 만나기란 쉽지 않았다. 수많은 10대와 20대는 그녀와 공통점이 별로 없었고 그 나머지는 대개 게임에만 열을 올릴 뿐 대화에 별 관심이 없었다. 그리고 익명성 때문에 상상을 초월하는 수준으로 지저분하게 구는 사람들도 있었는데, 그건 사실상 인터넷 어디에서나 벌어지는 현상이었다. 하지만 Porrthos는 달랐다. 그는 서글서글하고 심지어 다정했고 거기다 지적이었다. 이런 조합은 흔치 않았다.

그녀는 학습 계획안 관련 자료를 꺼내고 컴퓨터에 저장된 파일을 열었다. 시계를 흘끗 확인하고 한숨을 쉬었다. 벌써 밤 11시였다. 처음에는 일 생각을 하지 않으려고, 나중에는 Porrthos와의 대화가 재미있어서 〈월드 오브 워크래프트〉에서 시간을 너무 지체하고 말았다. 이제 30분 만에 내일 업무 준비를 마쳐야 한다. 얼른 시작해야 한다.

하지만 미소가 얼굴에서 떠날 줄 몰랐고 계속 Porrthos 생각이 났다.

Chapter 15

"해먼드 사건 검시 결과가 나왔어. 마질로를 같이 만나고 싶다고 했지?" 아넷이 말했다.

조는 책상에 쌓인 파일과 서류 더미를 보지 않으려고 눈을 감았다. 악성 아메바처럼 번식한 이것들이 비좁은 그녀의 방 벽을 도배한 책 꽂이와 캐비닛을 장악했다. 그녀가 경위이기는 하지만 여기는 공간이 귀했고, 전략적인 이동식 파티션으로 자리가 나뉜 오픈 스페이스를 함께 쓰는 다른 형사들과 달리 자기 방이 있다는 사실이 그녀의 지위를 입증하는 증거였다. 그 밖으로 내다보이는 풍경이 하도 오래돼서 시멘트에 금이 간 안마당이기는 해도 방에는 심지어 창문까지 달려 있었다. 그녀는 한숨을 쉬었다. 정말이지 벽에 뭐라도 걸어서 분위기를 조금이나마 화사하게 만들어야 했다.

"갈게요." 그녀는 수첩을 챙기고 미로 같은 복도를 지나 재닛 마질로의 검시실로 향했다. 아넷과 로페즈가 파일을 보며 벌써 기다리고 있었고, 로페즈는 의자 위에 가부좌를 틀고 앉아 있었다. 조가 들어서자 그녀는 다리를 바닥으로 내렸다.

"크리스, 어머니는 좀 어때?" 조는 줄줄이 늘어선 컴퓨터 모니터 근처에서 빈 의자를 하나 집어 들며 물었다.

환영의 미소를 짓고 있던 로페즈의 얼굴이 조심스러운 무표정으로 바뀌었다. "고관절 수술을 받고 재활 센터로 옮기셨는데 기억이 아직 온전치 않아요."

"어머님께 기억력 문제가 있는 줄은 몰랐네." 조가 말했다.

로페즈가 흘끗 쳐다보았다.

"괜찮아. 얘기해도 돼." 그녀는 얼른 고개를 끄덕였다.

로페즈는 망설이다 심호흡을 하고 대답했다. "제가 발견했을 때 정신이 없으시더라고요. 거기가 어딘지, 올해가 몇 년도인지, 전혀 아무것도 모르겠다고. 저한테 발견되기 전에 술에 취해서 거의 하루 동안 쓰러져 있으셨나 봐요." 그녀는 이 사실을 공개하며 아래를 흘끗 내려다보았다가 조의 눈을 똑바로 쳐다봤다. "부엌에서 빈 술병이 여러 병나왔거든요."

조는 움찔했다. 알코올중독자들은 마음만 먹으면 자신의 음주 습관을 귀신같이 잘 숨긴다. 보아하니 로페즈는 전혀 몰랐던 모양이었다. 조는 로페즈의 어깨에 얹으려고 손을 내밀었다가 그대로 멈추었다. 그녀는 로페즈가 어떤 반응을 보일지 알 만큼 그녀와 친한 사이가 아니었고 그녀의 상사로서 선을 넘고 싶지 않았다. "어쩜 좋아. 예후가 어떤데?"

"어쩌면 정상으로 돌아가지 못할 수도 있대요. 병원에서도 장담 못 하겠대요. 적어도 이제는 술을 전혀 못 마시니까 그건 다행이에요."

"혹시 휴가가 필요하면 언제든……."

검은색 고수머리를 틀어 올려서 볼펜을 꽂은 재닛이 파일 더미를 안고 들이닥쳤다. 그녀는 모두에게 묵례를 했다. "조, 밥, 크리스…… 오, 웬일로 휴대전화를 안 들고 있네? 뭐야, 〈캔디 크러시〉 다 깨서 올라갈 레벨이 없어?"

로페즈는 언제 연약한 속내를 드러냈느냐는 듯이 눈을 부라리는 시늉을 했다. "왜 이러세요. 제가 언제 〈캔디 크러시〉 하고 앉아 있었다고. 조만간 이 파일을 전부 전산에 입력해야 할 텐데 그러면 휴대전화를 손에서 놓을 일이 없을 거예요."

아넷은 재닛이 신은 8센티미터짜리 코르크 굽이 달린 플랫폼 슈즈를 가리키며 씩 웃었다. "그런 구두 신고 다니는 사람이 누구더러 뭐라는 거야? 현장 출동 명령이 내려오면 어쩌려고?"

재닛은 그를 향해 윙크를 날렸다. "사물함과 자동차 트렁크에 나이키 운동화가 있거든요, 셜록 홈스 씨."

아넷은 웃으며 됐다는 듯이 손을 흔들었다. "그럼 지금 안 신는 이유가 뭐야?"

재닛은 요란하게 고개를 저으며 한숨을 쉬었다. "속보입니다. 남성 중심의 직업군에서는 전문직 여성들도 무시당할 수 있다고 합니다. 여성의 키가 165센티미터인 경우 더욱 그렇다고 합니다. 이걸 신으면 여성 평균 키에 도달할 수 있고 보기보다 편하거든요. 오늘의 패션 수업 끝났으면 이제 시작해볼까요?"

조는 얼굴에서 미소를 지우려다 실패했다. "그래요."

"먼저 피해자의 손톱 아래에서는 타인의 DNA가 발견되지 않았어요. 하지만 예상한 바였어요. 팔과 옆구리에 남은 멍 자국으로 보았을 때 피해자는 붙들려서 손을 쓸 수가 없는 상태였거든요. 확인 차원에서 목도 면봉으로 문질렀는데 다른 DNA는 발견되지 않았어요. 이 역시 예상한 바였던 게, 거기에 DNA가 남으려면 범인의 DNA가 끈을 거쳐 피해자에게로 옮겨져야 했을 테니까요. 불가능하지는 않지만 가능성이 너무 낮죠." 그녀는 잠깐 하던 얘기를 멈추고 모두의 표정을 살폈다.

"동의해요." 조가 말했다.

"앞서 언급한 멍 자국을 근거로 범인의 몸이 닿았을 수밖에 없었겠다 싶은 부분에 터치 DNA가 남지 않았는지 피해자의 원피스를 살폈어요. 이 자리에서 분명히 말씀드리지만 거의 가망성이 없는 시도였어요. 루미놀에 반응한 체액도 없었고 조그만 상처에서 육안으로 확인이 안 되는 혈흔도 발견되지 않았거든요. 그러니까 제삼자의 프로파일을 추출할 수 있었다는 게 아주 엄청난 희소식이긴 하지만……." 그녀는 손바닥을 들어 환호하려는 기미를 차단했다. "많이 부족해요. CODIS 데이터베이스에 넣어보지도 못할 정도예요."

"그러니까 쓸모가 없다는 말이네요?" 로페즈가 실눈을 떴다.

"아직은 그렇다는 거지." 조가 말했다.

재닛이 조를 가리켰다. "바로 그거예요. 아직은 희망의 끈을 놓지 말아요. 실험실로 용의자 DNA 샘플을 보내면 대조는 할 수 있을 거예요. 하지만 사전 경고 차원에서 두 가지를 짚고 넘어갈게요. 첫째, 프로파일이 불완전하기 때문에 실험실에서도 기껏해야 용의자와 DNA가 일치할 가능성이 있다고밖에 하지 못할 거예요. 일치할 수 있는 가능성을 완전히 배제하든지, 배제하지 못하든지 둘 중 하나인데, 일치한다고 확답하는 것과는 하늘과 땅 차이죠." 그녀는 다시 하던 얘기를 멈추고 그들이 제대로 이해했는지 체크했다.

"두 번째 경고는 뭔데요?" 조가 물었다.

"일치할 가능성이 배제되더라도 용의자가 범인이 아니라고 할 수는 없다는 거요."

"그게 무슨 말이에요?" 아넷이 턱을 비비며 말했다. 담배를 끊은 뒤로 생긴 습관이었다.

"DAN 샘플이 혈액이나 정액 같은 데서 채취된 거라면 그게 어쩌다 거기 묻었는지 제법 정확하게 알 수 있어요. 하지만 이런 식으로 다른 데서 옮겨진 DNA는 피부 세포에서 채취된 거란 말이죠. 예를 들어 피해자가 귀가하기 직전에 술집에 있었다고 쳐요. 누군가가 그녀와 부딪쳐서 그녀가 넘어지니까 붙잡고 일으켜 세워줬을 수 있잖아요. 그 과정에서 피부 세포가 남겨졌을 수 있어요. 특히 상대방이 땀을 흘리고 있었다면 그랬을 가능성이 크고요."

"그러니까 전혀 엉뚱한 사람의 DNA일 수도 있다?" 아넷이 물었다.

화제에 몰입하자 재닛의 말하는 속도가 빨라졌다. "그게 터치 DNA의 문제에요. 피부 세포가 워낙 전달이 잘되기 때문에 어쩌다 거기 묻었는지 알아내기가 아주 힘들어요. 케이티 앤드 마천트 사건이라고 들어봤죠? 여자아이가 납치, 살해당한 사건 말이에요. 오십 몇 년이 지난 뒤에 경찰이 재수사에 나서서 아이의 속옷에서 터치 DNA 검사를 했죠. 가족 중 누구와도 일치하지 않았기 때문에 경찰에서는 가족에게 면죄부를 주었고 그게 언론에 대서특필됐어요. 하지만 한 가지 문제가 있다면 그걸 근거로 면죄부를 줄 수 없다는 거예요. 왜냐하면 그 DNA는 다른 종류의 접촉으로 인해, 살인과는 전혀 상관없는 접촉으로 인해 검출된 것일 수도 있거든요."

"예를 들면 어떤 거?" 아넷의 목소리가 한 옥타브 높아졌다.

재닛은 어깨를 으쓱했다. "얼마 전에 어느 실험실에서 얼마나 간단하게 터치 DNA를 오염시킬 수 있는지 몇 가지 물건으로 실험을 진행한 보고서를 읽은 적이 있어요. 포장되어 있는 팬티를 테스트했거든요? 실험실의 어느 누구와도 일치하지 않는 두 개의 프로파일이 검출됐는데, 그중 하나는 육안으로는 보이지 않는 혈흔이었고 공장 직원이나 검수원이 남겼을 가능성이 가장 커요. 그런데 이 팬티가 증거물이고 그 DNA를 범인의 것으로 간주하는 오류를 저질렀다고 상상해 봐요."

"DNA가 일치하지 않는다는 이유로 진범에게 면죄부를 주는 오류를 범할 수 있겠네요." 로페즈가 끼어들었다.

아넷은 의자에 몸을 묻었다. "그런데 굳이 검사를 하는 이유가 뭐죠?"

재닛은 고개를 끄덕였다. "절망적이라는 거, 나도 알아요. 멍이 든 패턴으로 보았을 때 우리가 입수한 프로파일이 범인에게서 나온 것일 가능성이 커요. 그렇기 때문에 그 일대에서 검출된 상피 세포가 연관성이 있다고 믿을 수 있는 여지가 생겨요. 하지만 DNA가 일치하는 것으로 밝혀지더라도 이 증거만으로는 부족하다는 걸 알아야 해요. 피고측 변호사가 아주 잘근잘근 씹어놓을 거예요."

"그러니까 그걸로 올바른 수사 방향을 잡을 수는 있을지 몰라도 유죄 판결을 받아낼 수는 없다는 얘기로군요." 조가 볼펜으로 그녀의 무릎을 때리며 말했다.

"맞아요."

"그러니까 입수된 DNA 샘플을 가지고 이 프로파일과 일치하는 사람이 있는지 찾아야겠네요. 없으면 별수 없지만 있으면 그들을 지옥의 불처럼 추적하고."

"맞아요." 재닛은 씩 웃었다.

"알겠어요." 로페즈는 다시 평소처럼 눈빛을 번뜩이며 메모를 했다. 조는 그걸 보고 미소를 지었다. "이걸로 끝이에요?"

재닛은 수첩을 넘겼다. "피해자의 목에서 조그만 섬유 조직이 몇 개 발견됐는데 아마 끈에서 나온 조직일 거예요. 노란색이고 일종의 폴리에스테르예요. 폴리에스테르 로프는 본 적이 없어서 천이 아닐까 싶어요. 하지만 대조할 만한 증거물이 입수되지 않는 한 그 이상은 아무것도 알 수가 없어요. 이상이에요."

조의 휴대전화가 진동으로 울렸다. 그녀는 발신자 번호를 흘끗 확인하고 음성사서함으로 넘어가도록 내버려두었다.

"객실에 있던 어떤 천과도 조직이 일치하지 않나요?" 로페즈가 물었다.

"네. 커튼 묶는 끈, 수건 등 전부 검사했어요."

"그래도 사람을 목 졸라 죽이는 데 쓸 수 있을 만한 노란색의 무언가를 찾으면 된다는 걸 알게 됐네요. 그게 어디예요." 조는 로페즈를 돌아보았다. "컴퓨터나 휴대전화에서는 뭐 나온 거 없어?"

로페즈는 허리를 좀 더 꼿꼿하게 폈다. "삭제된 이메일이나 기타 등등을 복원하는 중이지만 아직까지는 손톱만큼이라도 의심스러운 게 전혀 없어요."

조가 자리에서 일어나자 다른 사람들도 따라서 일어났다. "계속 업데이트 부탁해요. 이제 나가서 좀 전에 못 받은 전화를 하려는데, 추가로 할 얘기 있어요?"

그들은 일제히 고개를 저었다. 조는 자기 방으로 돌아가 문을 잠근 다음 휴대전화를 꺼내 부재중 번호로 전화를 걸었다.

"조, 드디어 연락해줘서 고마워." 에바 리처드는 그녀가 열세 살 때 뉴올리언스에서 오크허스트로 이사한 이후로 가장 친하게 지내는 친구였다. 농담인 척했지만 농담이 아닌 말투였다.

"오버하기는. 마지막으로 통화한 지 하루밖에 안 됐잖아." 조는 웃으며 의자에 털썩 주저앉았다.

"내 전화를 피하는 걸 보니까 내가 전화한 이유를 아는 것 같은데."

"나 지금은 엄마가 주선하는 선 보러 나갈 생각 없어, 에바. 싫다는 데 들은 척도 하지 않으면 나더러 어쩌라고."

"너희 어머니 지금 패닉 상태야."

"엄마는 내가 남자친구랑 끝낼 때마다 패닉이야."

"이번은 달라. 그 사람이랑 헤어졌다는 걸 아무한테도 얘기하지 않았고 선으로 어머니의 비위를 맞춰드리려고 하지도 않잖아. 어머니가 나더러 너한테 인공 수정 얘기를 꺼내야 하는 거 아니냐고 하시더라."

조는 커피를 마시던 찰나에 사레가 들어서 하마터면 가슴 위로 뿜을 뻔했다. "아무 경고도 없이 우리 엄마랑 인공 수정을 한 문장으로 묶기야?"

"그러니까 내가 그 말을 듣고 어떤 심정이었을지 알겠지?"

"응. 얼마나 편치 않은 대화를 나눴을지 알겠다." 그녀는 인정했다. "내가 전화해서 안심시켜드릴게."

"나도 안심시켜줘."

"왜 이래, 어쩌다 그렇게 됐는지 얘기했잖아. 지금까지 수백 번 실패한 거랑 이번이랑 뭐가 그렇게 다른데?"

"바로 그거, 그게 다른 거야. 꼭 네가 포기한 것 같은 거. 그 사람이 떠난 뒤에 그 사람한테 전화해서 이유를 묻지도 않았고, 얘기할 수밖에 없는 상황으로 몰릴 때까지 모두에게 비밀로 했잖아. 너한테 뭔가 변화가 생겼고 나는 너 스스로 그걸 처리할 수 있게 시간을 줬어. 어쩌면 너무 많이 줬나 싶을 정도로. 그러니까 이제 말해."

조는 지닌의 사건 파일 가장자리를 만지작거리며 한숨을 쉬었다. "너나 할 것 없이 흥분할 정도로 중요한 일은 아니지 않나 싶어서 그랬던 것 같은데."

"그 사람이 돌아올 거라고 생각하기 때문에 중요하지 않은 거야, 아니면 안 좋은 결과를 마주하고 싶지 않기 때문에 중요하지 않은 거야?"

"그 사람이 돌아올 거라는 기대조차 하지 않아. 그리고 그 사람이 그립긴 하지만 아주 많이 그립진 않아. 그리고 구구절절 설명하고 싶지 않았던 이유는 끔찍한 사건처럼 들릴지 몰라도 나는 그다지 상관이 없었기 때문인 것 같아. 우리 엄마는 이해하지 못할 테고 너도 이해하지 못할 수 있다고 생각해. 하지만 내 나이가 지금 서른일곱 살인데 지금까지 그게 우선순위가 되지 않은 데에는 이유가 있는 거야. 나는 아이도 낳을 생각이 없고 남자를 만나고 싶은지도 잘 모르겠어. 내 삶의 다른 부분에 방해가 된다면 더더욱 그래. 늘 그래왔어."

에바는 한참 동안 아무 말이 없었다. "알았어, 내가 어떻게 도와주면 될까? 너희 어머니께 포기하시라고 말씀드릴까? 너를 남자 스트리퍼가 있는 클럽에 데려가서 취할 때까지 술을 먹일까? 주말에 우리끼리 사우나나 갈까?"

조는 미소를 지었다. "내가 엄마랑 통화할게. 하지만 결국에는 선을 보러 가게 될 거야. 엄마가 손주를 기원한답시고 생닭을 제물로 바치는 사태는 막아야 하니까. 스트리퍼는 됐지만 우리끼리 오붓한 시간 보내는 건 좋아. 이번 주말에 하이킹 어때?"

"음, 내가 알기로는 이번 주말에 눈이 온다고 했고 눈이 오지 않더라도 4도에 누가 먼저 얼어 죽나 대결은 사양할게. 재미없긴 하지만 커피 어때? 토니한테 애들 봐달라고 하고 몇 시가 괜찮을지 나중에 봐서 알려줄게."

"좋아." 조는 전화를 끊고 업데이트를 하기 위해 지닌의 사건 파일을 열었다.

Chapter 16

비밀이 있으면 모든 걸 견디기가 훨씬 쉬워졌다.

"엄마, 미안하지만 엄마가 만든 라자냐는 맛이 없어요." 누가 수재너의 표정을 보았다면 상처에서 초록색 고름이 줄줄 흐르는, 로드킬을 당해 납작해진 주머니쥐가 접시에 담긴 줄 알았을 것이다.

"그럴 수도 있겠다." 에밀리는 웃으며 그녀와 에디의 빈 접시를 들고 식기세척기 앞으로 갔다. 에디는 곧장 거실로 들어가 텔레비전을 켰다.

"뭔가 조치를 취해야 하는 거 아니에요?" 빈정거리는 말투가 끈적끈적하게 묻어났다.

"흠, 내 레시피가 그렇게 싫으면 인터넷에서 네 마음에 드는 레시피를 찾아봐. 그걸로 토요일 저녁에 엄마 아빠 라자냐 만들어주라."

"꿈 깨세요!"

"아니 왜? 맛있게 잘 만들 것 같은데? 옆에서 나도 좀 배우고."

"꿈 깨시라고요."

"이번 달 용돈 받고 싶으면 그래야 할걸?"

수재녀는 포크를 내동댕이치고 부엌에서 뛰쳐나갔다. 에밀리는 수재녀의 발소리가 멀어지다가 문을 세게 닫는 소리로 구두점을 찍는 것을 들었다.

에밀리는 입가에 미소를 머금고 고개를 저었다. "웨이드, 그거 다 먹으면 누나한테 오늘 누나가 설거지할 차례라고 알려줘."

에밀리는 서재로 들어가 컴퓨터를 켰다. Porrthos(본명은 피터였다)와 게임 안에서 시간을 보내기 시작하자 불평불만, 반항적인 태도, 항상 부재중인 남편…… 이 모든 것이 전처럼 가슴에 맺히지 않았다. 그와 조만간 대화를 나눌 수 있다는 생각만으로도 주변에 보호막이 생겨 평소 같으면 심장에 와서 박혔을 기분 나쁜 헛소리들을 튕겨냈다.

그녀는 거의 3주째 그와 매일 밤 같이 플레이하는 중이었고 게임 안에서건 밖에서건 이렇게 즐거웠던 적이 언제였는지 기억이 나지 않았다. 그는 똑똑하고 재미있고 그녀가 하는 말에 귀를 기울여주었다. 그녀와 함께 다니는 것을 부담스러워하지 않아서 짜증 섞인 한숨 소리와 요란한 침묵을 참고 견딜 필요가 없었다. 그는 그녀와 대화를 나누고 싶어 했고 그녀의 의견을 듣고 싶어 했고 그녀에게 끊임없이 질문했다. 그와 함께 있으면 자존감이 생겼다. 그들은 같이 퀘스트를 깨고 인스턴스를 뛰었지만 대개는 채팅을 했다. 외로운 두 사람이 서로에게서 위안을 느꼈다.

에밀리는 그의 생김새가 점점 더 궁금해졌다. 그게 중요한 건 아니었다. 그녀는 그를 만날 일이 없을 테고 그들은 그냥 친구였다. 그래도. 상상의 나래를 펼칠 수는 있지 않을까? 그래서 안 될 건 없었다.

그가 매력남일 거라고 기대할 이유는 없었지만 그래도 그런 척 상상하기로 했다. 입이 떡 벌어질 정도로 잘생겼다고 상상하는 건 양심 불량이었다. 하지만 평범하게 잘생겼다고 하면 어떨까. 어쩌면 눈이 아주 나쁘거나 흉물스러운 셔츠의 단추를 끝까지 채우고 다닌다든지 하는 식으로 조금 엽기적인 면이 있는 남자. 다른 여자들은 모르고 지나칠 테지만 안경을 벗고 그 셔츠 단추를 풀면 심장을 쿵쾅거리게 만드는 그런 남자.

에밀리는 정신을 차리고 고개를 저었다. 아, 하지만 무슨 상관일까? 모든 여자가 누군가에 대해 환상을 품지 않나? 이건 나쁠 게 없는 일이었고 그러면 행복해졌다. 그녀도 가끔 일말의 행복을 느낄 자격이 있었다.

Chapter 17

학대의 형태는 여러 가지다.

마틴의 아버지는 그가 여덟 살이었을 때 그의 곁을 떠났다. 어차피 출장이다 뭐다 해서 집에 잘 있지도 않았다. 그는 아버지의 직업이 뭔지도 몰랐다. 하지만 아버지가 집을 비우면 어머니가 밤에 놀러 나간다는 건 알았다. 어머니는 마틴 혼자 집에 남겨두고 매일 밤 꼴 보기 싫은 놈을 데리고 들어왔고 둘 다 꼭지가 돌 정도로 취해 있기 일쑤였다.

어머니가 그중 한 명과 침대에 누워 있다가 예정보다 일찍 돌아온 아버지에게 들통났을 때 파국이 찾아왔다. 마틴은 그날 밤, 아버지가 안방 텔레비전을 던져 벽을 박살내는 소리에 잠에서 깼다.

마틴은 침대 밖으로 총알같이 뛰쳐나갔다가 어머니가 하는 얘기를 듣고 복도에서 그대로 얼어붙었다.

"아이 씨, 조니, 그럴 것까지는 없잖아. 집 안에 방도 많은데 셋이서 쓰면 좀 어때?"

아버지는 풀지도 않은 트렁크를 들고 그 길로 집을 박차고 나갔고, 마틴 쪽은 흘끗 한번 돌아보지도 않았다.

이후 마틴은 어머니와 단둘이 살았다. 열일곱 살에 어머니가 세상을 떠날 때까지 마틴은 그녀의 '꼬맹이 남친'이었다. 그녀는 마틴이 입는 모든 옷을 직접 골랐고, 그의 헤어스타일을 정했고, '데이트' 상대를 찾아 나설 때 말고는 항상 그를 자기 옆에 두었다. 기분이 좋으면 음악을 틀고 지쳐서 소파 위로 쓰러질 때까지 같이 춤을 추자고 강요했고, 이후에는 마틴 혼자 계속 춤을 추게 했다. '데이트' 없는 정체기가 길어지면 그에게 손수 목욕을 시키고 음식을 떠먹였다.

그는 시키는 대로 장단을 잘 맞추면 그녀의 귀염둥이 강아지로 지낼 수 있었다. 그녀는 칭찬과 선물 공세를 퍼붓고 그가 좋아하는 메뉴로 저녁을 차리고 그가 좋아하는 텔레비전 프로그램을 보여주었다.

하지만 그가 뭐 하나라도 거부하면 그녀는 온몸이 너덜너덜해질 때까지 그를 때렸다. 벽장에 가두었고 잠을 자지 못하게 했다. 아주 가끔 그의 태도가 유난히 마음에 안 들면 며칠 동안 격한 구토를 유발하는 약을 먹였다. 치료를 받아야 하는 지경에 이른 게 한두 번이 아니었다. 심지어 그녀가 그를 직접 병원에 데려간 적도 있었다.

그리고 어머니는 항상 그의 몸을 주물럭거렸다.

그러지 않은 적이 없었고 그도 어렸을 때는 그걸 한 번도 이상하게 생각한 적이 없었다. 그녀는 그가 밤에 잠이 들거나 소파에 같이 웅크리고 앉아서 텔레비전을 볼 때 그의 잠옷 속으로 손을 집어넣었다. 그에게 있어 그녀의 주물럭거림은 등이나 이마를 쓰다듬는 것과 다를

게 없었다.

하지만 얼마 후에 그의 몸이 달라졌다. 어느 날 밤 〈코스비 가족〉을 보고 있었을 때 전과 다르게 새롭고 더 황홀한 기분이 느껴졌다. 긴장 감이 파도처럼 점점 커지다 터지는 것을 느낄 수 있었다. 아래를 내려 다보니 어머니가 그의 바지에서 잽싸게 손을 꺼내 자기 치마에 대고 닦고 있었다. 그녀는 염산을 뒤집어쓰기라도 한 것처럼 비명을 질렀 고 살이 녹아내리기라도 하는 듯이 손을 앞으로 멀찌감치 내밀었다. 다른 손으로는 리모컨을 집어서 소리를 지르며 그를 때렸다.

"야 이 변태 새끼야! 이게 어따 대고! 난 네 엄마야! 지 애비처럼 개 또라이라니까?"

어머니는 리모컨이 박살 날 때까지 그를 때리며 몇 분 동안 계속 퍼 부었다. 그러다 계속 별의별 욕을 다하며 화장실로 달려갔다. 마틴은 타박상으로 뒤덮인 얼굴 위로 피를 흘리며 망연자실한 채 그 자리에 남았다.

어머니가 손을 씻는 동안 그는 자기 방으로 피해 침대에 태아 자세 로 웅크리고 누웠다. 이게 무슨 일인지 이해해보려는데 수치심으로 온몸이 화끈거렸다. 그는 그럴 의도가 없었다! 내 몸이 왜 그런 식으 로 반응한 걸까? 뭔지 몰라도 정상적인 반응이 아니었다. 잘못됐고 지 저분한 행동이었고 그는 더럽고 역겨운 아이였다.

어머니는 그의 방문을 덜컥 열더니 얼음장 같은 목소리로 일어나 자기를 똑바로 쳐다보라고 명령했다.

"또다시 그러면 차라리 죽는 게 낫겠다 싶을 만큼 심하게 두들겨 패줄 거야. 구역질 나는 미친놈이나 자기 엄마한테 그런 짓을 하는 거야, 배배 꼬인 못된 변태냐. 알겠어?"

그는 고개를 끄덕였다.

마틴은 그날 밤 침대에 누워서 울었다. 어쩌다 그런 일이 벌어졌는지도 모르겠는데 무슨 수로 그걸 막을 수 있을까? 해답을 알 수 없었다. 자신이 덜떨어진 인간이고 두 번 다시 그런 티를 내면 안 된다는 것만 알 수 있을 따름이었다.

마틴은 이제 다음 단계로 넘어갈 때가 됐다는 결론을 내렸다.

그는 에밀리와 약 3주째 시시덕거리는 중이었다. 그들은 매일 밤 수다를 떨고 같이 게임을 했다. 그러는 동안 그는 그녀의 남편과 정반대인 인물로 변신하는 데 필요한 정보를 차곡차곡 모았다.

마틴은 시구를 읊었고, 그녀와 같이 책 얘기를 했고, 심지어 같은 책을 읽고 토론을 하자는 제안까지 했다. 어쩌다 한번씩 책을 집어 들기만 해도 엄청 많은 여자와 잘 수 있는데, 남자들은 그걸 왜 모르는 걸까?

한 번은 그녀가 대화 중에 남편에게 선물을 받은 적이 한 번도 없다고 한 적이 있었다. 그는 남자들이 이런 식으로 굴러온 기회를 발로 찬다고, 그에게 팔찌나 CD를 받고 기뻐했던 줄리아의 얼굴을 다시 볼 수만 있다면 그는 뭐든 포기할 수 있다고 열변을 토했다. 그러고는 다음 날 그녀가 로그인했을 때 게임 내 메일함에 리본을 묶은 장미꽃 한 송이가 들어 있도록 조치를 취했다.

또 한번은 그녀가 어쩌다 하루쯤은 식사 준비를 쉬고 싶다고 투덜거리자 그는 요리를 좋아한다고, 줄리아를 위해 음식을 만들며 행복했던 기억이 많다고 말했다. 격한 반응으로 짐작건대 그녀는 그 말을 듣고 황홀해서 거의 쓰러질 지경인 듯했다. 세상에 줄리아보다 더 운이 좋았던 여자가 있을까요?

마틴은 드문드문 그녀를 향한 감정이 점점 발전하고 있는 듯한 뉘앙스를 풍겼다. 부적절한 애칭으로 부르고 황급히 말끝을 흐렸다. 그럴 때마다 그녀는 완벽한 반응을 보였다. 그를 차단하거나 밀쳐내지 않고 좋아하며 은근히 부추겼다. 그녀는 준비가 되어 있었다.

마틴은 로그인을 하고 그녀가 들어오는 순간을 정확하게 파악할 수 있게 낚시 데일리 퀘스트를 하며 빈둥거렸다. 불과 몇 초 뒤에 그녀가 등장했다는 메시지가 떴다.

Vyxxyne이 접속했습니다.

마틴은 실실 웃었다. 요즘 들어 에밀리는 접속하는 시간이 점점 더 빨라졌고 갈수록 늦게까지 머물렀다. 그러면서 어떻게 일을 미루지 않고 처리하는지 그로서는 알 도리도 없고 관심도 없었다. 하지만 당연히 있는 대로 걱정하는 척했다.

[Vyxxyne]님에게 귓속말: 왔어요, 달링? :)

[Vyxxyne]님의 귓속말: 네, 별일 없죠?

[Vyxxyne]님에게 귓속말: 나야 별일 없죠. :) 당신은요? 오늘 하루 잘 지냈어요?

[Vyxxyne]님의 귓속말: 윽, 별로였어요. 오늘이 끝나서 기뻐요. 오늘 밤에 당신이랑 퀘스트 하는 순간을 손꼽아 기다리고 있었어요. :) 당신 하루는 어땠어요?

[Vyxxyne]님에게 귓속말: 괜찮았어요. 평범했다고 해야 하나…… 하지만 하루 종일 맘 졸인 일이 하나 있었어요.

[Vyxxyne]님의 귓속말: 어머, 왜요? 뭔데요?

[Vyxxyne]님에게 귓속말: 당신에게 해야 할 말이 있는데 꺼내기가 너무 두려워요.

[Vyxxyne]님의 귓속말: 그게 무슨 소리예요?

[Vyxxyne]님에게 귓속말: 왜냐하면 아주…… 부적절한 발언이고 나도 그렇다는 걸 알거든요.

[Vyxxyne]님의 귓속말: 나한테는 무슨 말이든 해도 돼요.

[Vyxxyne]님에게 귓속말: 당신을 알아나가는 과정이 생각보다 즐거워서 당신과의 우정을 해치고 싶지 않아서 그래요. 하지만 당신한테는 솔직하게 대해야겠죠?

[Vyxxyne]님의 귓속말: 아, 슬슬 걱정이 되잖아요. 얼른 얘기해요! :P

[Vyxxyne]님에게 귓속말: 화내지 않겠다고 약속해요.

[Vyxxyne]님의 귓속말: 약속할게요.

[Vyxxyne]님에게 귓속말: 나는 당신과 보내는 시간이 정말 좋고 재미있어요. 이렇게 웃어본 게 얼마 만인지 모르겠어요.

[Vyxxyne]님의 귓속말: 나도 마찬가지예요.

[Vyxxyne]님에게 귓속말: 그리고 게임을 하지 않을 때는 저녁에 당신을 만나는 순간을 계속 기다리고 있어요.

[Vyxxyne]님의 귓속말: 그게 어떤 건지 알아요…… 나도 당신이 늘 보고싶거든요. 일진이 사나워지기 시작하면 로그인해서 당신이랑 노닥거릴 순간을 상상해요. :)

[Vyxxyne]님에게 귓속말: 문제는…… 내 감정이 우정의 선을 넘어가고 있다는 건데, 그러면 안 된다는 건 알아요. 당신은 가정이 있는 여자니까요.

[Vyxxyne]님의 귓속말: 아, 피터, 당신이 먼저 얘기해줘서 정말 고마워요. 내 쪽에서 먼저 얘기를 꺼낼 수는 없었을 텐데. 나도 같은 감정을 느끼고 있지만 무시하려고 애를 쓰고 있었어요!

[Vyxxyne]님에게 귓속말: 그렇다니 얼마나 기쁜지 말로 표현할 방법이 없지만…… 어떻게 하면 좋을지 잘 모르겠어요.

[Vyxxyne]님의 귓속말: 무슨 뜻에서 하는 말인지 알아요.

[Vyxxyne]님에게 귓속말: 당신이랑 보내는 시간을 중단하고 싶지 않지만 계속 이랬다가는 아마 당신한테 홀딱 빠져버릴 거예요. 이미 그 길로 접어들었어요.

[Vyxxyne]님의 귓속말: 나도 당신이랑 보내는 시간을 중단하고 싶지 않아요.

[Vyxxyne]님에게 귓속말: 그럼 우리 이제 어떡하면 좋을까요?

[Vyxxyne]님의 귓속말: 그런데 뭐, 따지고 보면 우리가 나쁜 짓을 저지르고 있는 것도 아니잖아요.

짝짝짝. 이런 식으로 계속 자기 합리화를 하도록 내버려두자.

[Vyxxyne]님에게 귓속말: 네, 맞아요. 그냥 대화를 나누고 있을 뿐이니까요.

[Vyxxyne]님의 귓속말: 사실 바람을 피우는 것도 아니잖아요? 그냥 자존감을 북돋워주는 사람이랑 시간을 보내고 있을 뿐.

[Vyxxyne]님에게 귓속말: 맞아요. 심지어 손도 잡은 적 없잖아요. 적어도 게임 밖에서는. ㅋㅋㅋ

[Vyxxyne]님의 귓속말: 그리고 배우자가 자신의 모든 욕구를 충족시켜주길 바라면 안 된다고들 하잖아요?

[Vyxxyne]님에게 귓속말: 전문가들이 그러죠. 잘은 모르겠지만 한 사람이 모든 걸

충족시키기는 어려울 것 같아요.

[Vyxxyne]님의 귓속말: 그러니까 그냥 서로 재미있게 시간을 보내면 안 될 이유를 모르겠어요. 거기서 다른 관계로 발전할 것도 아닌데.

[Vyxxyne]님에게 귓속말: 그러게요. 그리고 누가 알겠어요, 어느 날 우리가 서로에게 지겨워질지. ;-)

[Vyxxyne]님의 귓속말: ㅎㅎㅎ! 당신한테는 지겨워질 일 없을 거예요. :)

[Vyxxyne]님에게 귓속말: 좋아요. 우리가 계속 서로 재밌는 시간을 보낼 거면 하나 제안하고 싶은 게 있는데…… 잔인하게 거부해도 돼요.

[Vyxxyne]님의 귓속말: 알겠어요……. *궁금궁금*

[Vyxxyne]님에게 귓속말: 일일이 자판 두드릴 필요 없이 스카이프로 얘기하면 훨씬 수월하지 않을까 싶어서요. 엄청난 인스턴스를 시작할 거니까 거기에 집중할 수 있게 음성 대화를 나누자고 전부터 얘기를 꺼내려고 했어요.

[Vyxxyne]님의 귓속말: 악! 나 지금 엉망진창인데. 별로 좋은 생각이 아닐지도 몰라요.

[Vyxxyne]님에게 귓속말: 그 말 못 믿겠어요. 그리고 그냥 보이스 채팅하자는 건데요, 뭐. 하지만 프로필에 내 사진 올려놨으니까 궁금하면 나 어떻게 생겼는지 그 사진으로 확인해요. 그리고 당신도 프로필에 사진을 올려놓겠다면 반대하지 않겠어요. *꼬심꼬심*

[Vyxxyne]님의 귓속말: ㅍㅎㅎㅎ!! 알았어요, 그거 괜찮겠네요. 내가 방 만들게요.

그는 웃음을 터뜨렸다. 낚싯바늘, 줄 그리고 봉돌.

일단 스카이프로 끌어들이는 데 성공하면 비디오 채팅은 식은 죽 먹기였다. 그쯤 되면 그의 외모를 확인하고 싶은 궁금증이 여자들의 상상력을 자극했다. 그의 외모는 환상적이지는 않을지언정 실망스럽지는 않았다. 키는 182센티미터였고, 검은 머리는 살짝 기르면 제멋대로 뻗치는 경향이 있었고, 얼굴에 비해 너무 펑퍼짐한 코 위에 옅은 파란색 눈이 자리 잡고 있었다. 운동으로 상체와 코어를 다졌지만 긴 팔버튼다운 셔츠를 입으면 근육이 군살처럼 보였다. 한마디로 못생기지는 않았지만 그렇다고 시선을 사로잡지도 않았다. 하지만 그때쯤이면 그들은 상관하지 않았다. 우려했던 최악의 시나리오가 아니라 그가 묘사한 그대로라는 데 그저 기뻐했다.

그는 그녀가 헤드셋 세팅을 조정할 때까지 기다리는 동안 그녀의 프로필 사진을 확인했다. 외모가 그럭저럭 괜찮았다. 못생기지는 않았지만 눈에 띄는 구석은 전혀 없었다. 무난한 갈색 머리는 턱 바로 아래에서 얼굴 쪽으로 말렸다. 눈은 '수레국화' 색이라기보다 '색이 바랬다'고 할 만한 평범한 파란색이었고, 코가 조금 펑퍼짐해서 남자 같은 분위기를 풍겼다. 가장 보기 좋은 부분은 보조개와 어우러진 따뜻한 미소였다. 그녀의 몸은 별로 보이지 않았지만 그녀가 지금까지 한 말이 거짓말은 아닌 듯했다. C컵이라는 주장에 걸맞게 가슴골이 충분했고 통통하기는 했지만 뚱뚱하지는 않았다. 이렇든 저렇든 상관없지만 그래도 그에게는 해야 하는 역할이 있으니 보고 있기 괴로울 정도가 아니면 일이 좀 더 쉬워졌다.

마틴은 의자에 편안하게 기대고 앉아 성공의 온기를 만끽했다. 가장 큰 난관은 스스로가 친구 이상의 관계를 원한다는 걸 인정하도록 여자들을 유도하는 것이었다. 그 난관만 넘으면 한 명도 놓친 적이 없었다. 에밀리는 조만간 눈덩이처럼 불어날 자기 합리화의 길로 접어

들었고 이제부터는 시간문제였다. 음성 채팅이 그 시간을 앞당길 것이었다. 여자들은 그의 저음을 섹시하다고 생각했으니 그녀의 환상이 무럭무럭 자라날 것이다. 머지않아 그녀는 그를 보고 싶어 할 테고 그들은 영상을 통해 서로의 눈을 바라보게 될 것이다. 그쯤 되면 가식이 무너지고 이제는 시시덕거리는 게 아니라 만약 둘이 데이트를 한다면 어떤 식으로 할 건지 이야기의 꽃을 피우게 될 것이다. 그러면 그가 어떤 식으로 사랑을 나누면 좋겠는지 로맨틱한 시나리오를 슬쩍 흘릴 것이다. 이때 그녀가 욕망으로 얼굴을 붉히며 그럴 생각이 있는 눈치를 보이면 그는 어떻게 하면 실제로 만날 수 있을지 궁리하도록 만들 것이다.

그녀에게서 준비가 끝났다는 메시지가 왔고 그는 스카이프를 연결했다.

Chapter 18

조의 시선이 쌓인 휴가를 써야 한다고 그녀를 압박하는 이메일과 앞에 놓인 파일 사이를 바쁘게 움직였다.

지닌 해먼드.

5개월이 넘게 지났는데도 그들은 범인의 정체에 한 발짝도 다가가지 못했다. 모든 단서를 추적하고 아주 실낱같은 의혹도 놓치지 않았지만 진의 사건에 실금조차 내지 못했다. 조는 파일을 덮고 멀찌감치 밀쳐버렸다.

그날 아침에 로크니가 분명하게 못을 박았다. 새로운 단서도 없는 사건을 계속 수사할 시간도 돈도 없다는 것이었다. 조는 이제 경위고 지지부진한 사건의 수사를 종결해 부서의 빈약한 자원을 재배치하는 것이 그녀의 업무다. 책임감 있게 우선순위를 정해야지. 로크니는 책임감이라는 단어를 심하게 강조해가며 이렇게 말했다. 애정을 쏟는 프로젝트를 따로 운용할 여력이, 관심을 기울여야 하는 다른 사건들이 이렇게 많은데 직감 하나만으로 사건 수사를 계속 고집할 여력이 없다고 했다. 효율적으로 선을 그어야 한다고 했다.

하지만 젠장, 이건 지난 몇 개월 동안 그녀가 수사에 가담할 수 있었던 첫 번째이자 유일한 사건이었고, 관리 감독이 아닌 다른 일에 그녀의 연륜과 경험과 머리를 동원할 수 있었던 유일한 기회였다. 그 한 번뿐인 기회를 무슨 수로 포기할 수 있을까? 사실 그녀는 밤에 잠이 들면 지닌의 얼굴이 떠올랐고 이 사건에 100퍼센트 집중할 수 없다는 데 죄책감을 느꼈다. 개자식들을 체포할 수 없다면, 잘못을 바로잡을 수 없다면 이 모든 게 무슨 소용일까?

미제 사건은 마음의 평화를 침범했고, 어딜 가든 어깨를 짓누르는 돌덩이처럼 따라다녔고, 일과 삶과 영혼을 근본적으로 부질없게 만들었다. 그녀가 형사였다면 사건에서 손을 떼라는 명령이 내려지더라도 다른 일을 하는 틈틈이 아니면 사적인 시간에 몰래 더욱 열심히 수사할 수 있었다. 하지만 경위에게 남는 시간이란 과거의 유물이었고 야근은 밀린 행정적인 업무를 처리하는 데 쓰였다. 그녀는 속수무책이었다.

엎친 데 덮친 격으로 로크니가 휴가 스케줄을 조정해달라는 그녀의 요청을 격하게 거부했다. 그녀는 경위로 승진하기 전부터 쌓인 휴가가 있었고, 새롭게 떠맡은 일이 수천 개 추가되다 보니 이미 두 번이나 휴가를 뒤로 미뤘다. 로크니는 더는 휴가를 연기할 수 없고 그걸 돈으로 보상할 수도 없다고 분명히 못을 박았다. 그녀는 휴가를, 그것도 지금 당장 소진해야 했다. 논의의 여지가 없었다.

조는 한숨을 쉬었다. 그녀는 개인적인 이유에서도 휴가를 가야 하는 때가 지났다는 걸 알았다. 그녀가 마지막으로 뉴올리언스를 다녀온 뒤로, 안 그래도 간단명료했던 아버지와의 대화가 점점 더 불편해졌다. 원래도 원활한 의사소통이 아버지의 장기는 아니었지만 이제는 퉁명스럽게 죄책감을 유발하며 딸의 무관심을 기정사실로 만들었다. 점점 심해지는 분노에 이제 그만 제동을 걸어야 했다.

치웠던 파일을 다시 앞으로 끌고 와서 물끄러미 바라보았다. 그러다 벽에 걸린 감사 편지를 흘끗 올려다보았다. 짬을 내서 벽에 걸 수 있었던 게 그것뿐이었다. 이 사건을 수사하는 동안 현장에서 어떤 걸 놓치며 살아왔는지 본능적으로 깨달을 수 있었고 그녀는 사건을 저버릴 생각이 없었다.

아넷에게 문자를 날렸다. 5분 뒤에 그가 수첩을 들고 문 앞에 등장했다.

아넷은 책상에서 가장 가까운 의자에 털썩 주저앉았다. "좋아요, 경위님. 마지막으로 한번 더 해봅시다."

"로페즈는 없어요?"

"휴가를 냈어. 어머니를 옮기는 날이라."

"아, 좋아요. 그럼 우리 둘이서 해요." 조는 파일을 열고 컴퓨터 정보를 띄웠다. "남편?"

"알리바이가 아주 확실해. 다들 그가 다 같이 모인 자리에 있었고 장시간 자리를 비운 적이 없다고 했어. 휴대전화 사진의 메타데이터 태그도 알리바이를 뒷받침하고. 남편이나 그 집단의 어느 누구도 그녀와 함께 호텔에 갔을 리가 없어. 그리고 DNA 프로파일도 일치하지 않아. 부정확한 프로파일이긴 하지만."

"그쪽을 아예 봉쇄하는 차원에서…… 청부살인업자를 동원했을 가
능성은요?"

"영상을 보면 피해자가 그 남자를 편안하고 즐겁게 대했어. 청부살
인업자였다면 그런 분위기를 풍겼을까?" 아넷은 커피를 한 모금 꿀꺽
마시고 자기 무릎 위에 올려놓은 폴더를 내려다보았다. "그리고 동기
가 보이지 않아. 보험 액수도 피해자의 장례식 비용을 충당하면 얼마
남지 않는 수준이었고, 격하게 싸우거나 바람을 피운 흔적도 없고."

조는 고개를 끄덕였다. "저도 그쪽은 아니다 싶어요. 그리고 남편이
범인이라 한들 그렇다는 증거가 하나도 없고요."

아넷이 하던 얘기를 계속했다. "피해자가 직장 동료를 만나고 있었
다면 어마어마하게 조심스럽게 만난 거야. 아무도 뭔가를 본 적이 없
고 회사에서나 집에서나 이상한 낌새가 전혀 없었으니까. 아무 이유
없이 집을 비운 시간은 1분도 없었고. 영상 속의 남자와 다정한 분위
기였던 게 아직도 마음에 걸리는데, 회사에서든 다른 데서든 무슨 수
로 외간 남자를 만났을지 모르겠단 말이지."

"해고당한 직원들은요?"

"단정하기가 애매해. 다들 괜찮은 직장에 재취업했으니 해고당했
다고 심하게 피해를 입은 사람은 없어 보이는데. 대부분 알리바이가
있고 해고당한 문제아 가운데 한 명이었던 렝크만 예외야. 그들과 피
해자가 이 도시를 방문한 것 사이에 아무 연결고리도 찾을 수 없었지
만 가능성을 배제할 수도 없었어. 아무도 DNA 채취에 응하지 않았고.
증거가 부족해서 강제명령을 발부받지도 못했으니 말이지."

조는 목걸이를 만지작거렸다. "예산이 부족해서 텔레비전 드라마에서처럼 그들의 쓰레기를 슬쩍 들고 와 안에 뭐가 담겼는지 모조리 검사하지 못하는 게 안타까울 따름이네요."

아넷은 경계하는 눈빛으로 그녀를 빤히 쳐다보았다. "그거 내가 익히 아는 말투인데."

조는 그의 눈을 똑바로 쳐다보며 커피를 한 모금 마셨다. "렝크는 아직 오크허스트에 살죠?"

그는 눈을 비볐다. "진심으로 나한테 그 일을 맡기려고?"

그녀는 손사래를 쳤다. "맡기고 싶긴 하죠, 맞아요. 하지만 선배랑 로페즈는 둘 다 없는 시간을 쪼개가며 이 사건을 수사하고 있잖아요. 그를 예의주시하며 커피 컵을 던져주길 기다릴 짬이 어디서 나겠어요? 하지만 우연히 마주치게 된다면 말리지는 않겠어요."

아넷은 웃음을 터뜨렸다. "예전 같으면 손톱만 한 틈이라도 보이면 자네가 나가서 직접 뛰고 있었을 텐데 안타까워서 어쩌나."

조는 눈썹을 꿈틀거리고 지난의 동료들을 면담하고 수색한 조서로 넘어갔다. "세미나에 참석한 동료들의 짐에서 수상한 물건은 보이지 않았고, 심지어 용의자와 비슷한 스타일의 모자나 트렌치코트나 노란색으로 된 어떤 것도 없었죠. 모든 동료의 행적이 설명됐고요."

"대부분 살인사건이 벌어진 다음에서야 거기 도착했고 모든 항공편과 알리바이를 체크했어. 동료 둘이, 그중 한 명은 배우자와 함께 미리 와 있었어. 셋이서 한방을 썼고 그날 저녁에 같이 외출을 했지."

"그들이 거짓말을 했을 수도 있을까요?"

"무슨 수로 거짓말을 했을지 모르겠는데. 웨이터가 그 셋을 봤다고 했고 민박집 주인도 그들이 11시에 들어온 기억이 난다고 했거든. 세 사람 모두 서로 11시 30분까지 자지 않았다고 했으니 모두 잠이 든 뒤에 몰래 빠져나가기에는 시간이 부족하지. 그리고 역시 동기도 증거도 아무것도 없고."

그러니까 오리엔트 특급 살인처럼 황당한 사태가 벌어진 게 아닌 이상 그녀의 친구와 직장 동료들은 결백했다.

조는 수첩을 넘겼다. "그럼 조카가 남네요. 그쪽은 새로운 소식 없어요?"

"사실 있어. 그 조카의 약혼자 필립 베지맥이 대단한 위인으로 밝혀졌거든. 내가 직접 뒷조사를 했는데, 예전 여자친구들이 두 번 접근 금지 명령을 신청했더라고. 그중 두 번째 여자친구와 일주일 전에 드디어 연락이 됐어. 두 사람 모두 그가 위험하게 느껴지는 수준으로 자기들을 통제하려고 해서 헤어졌다고 하더군. 그런데 이후에도 그가 계속 집과 회사로 찾아와서 '자기를 다시 차지하려고' 했다더군. 하지만 접근 금지 명령이 내려지자마자 그쳤다고 해. 둘 다 그가 공공연하게 그들이나 다른 가족을 협박한 적은 없지만 분명한 위협을 느꼈다고 했고. 내가 보기에는 그가 선을 넘기는 했지만 법을 어기지는 않았던 것 같아."

"살인사건이 일어난 날 밤에 그의 행적이 최종적으로 밝혀졌나요?"

"아직 불분명해. 테레사는 할머니 집에 갔고 그는 집에서 혼자 책을 읽었다고 하거든. 《나를 찾아줘》였다고 너무 히죽거리며 말을 하더라고. 피자 배달 영수증을 보여주었고 그날 저녁에 그 집으로 피자가 배달된 게 맞다는 걸 확인은 했어. 하지만 배달원이 그의 사진을 고르지 못하더라고. 집에 친구를 불러놓고 피자를 주문하게 했을 수도 있지. 수색 결과 중절모도 코트도 아무것도 나오지는 않았지만."

"하지만." 조가 그를 대신해 말문을 맺었다. "수상한 구석이 있거나 말거나 비행기를 타고 이 나라 반대편으로 날아가 사실상 별로 위협적이지도 않은 숙모를 살해하는 건 그의 성격과 어울리지 않죠."

"응, 맞아. 그 둘이나 지난과 테레사가 통화나 문자나 이메일을 주고받은 기록도 없었어. 그의 DNA가 샘플과 일치하지도 않았고."

"좋아요, 그럼 지난의 다른 통화 기록이나 신용카드 명세서는요?"

"통화기록은 애매해. 개인 전화기를 업무용으로도 썼기 때문에 거래처로 밝혀진 번호가 수도 없이 많았지만 그 이상의 관계였을 가능성도 배제할 수 없지. 신용카드 명세서는 지난 몇 달 동안 평소와 다른 부분이 전혀 없었어. 딱 한 가지 이상한 부분이 있다면 피해자가 사라진 날 저녁에 식당이나 술집에서 결제한 내역이 없다는 거."

"그러니까 다른 사람이 계산했거나 피해자가 현금으로 계산했다는 뜻이로군요."

"남편 말로는 커피보다 비싼 건 무조건 카드로 계산했다고 했어. 하지만 그날 저녁에 쓴 비용은 경비 처리할 수 없었을 테니 현금으로 계산했을 가능성을 배제할 수는 없지."

"컴퓨터는요?"

"회사 컴퓨터는 특이한 부분이 전혀 없었어. 거기서는 심지어 페이스북도 체크하지 않았더라고. 거래처 주소록도 통화 내역처럼 체크했어. 노트북도 수상할 게 전혀 없었어. 러브레터도 이상한 이메일도 의심스러운 연락처도. 다른 주에 사는 오랜 친구들 몇 명과 이메일을 주고받았지만 전부 여자였고 전부 체크했어." 그는 잠깐 말을 멈추고 커피를 마셨다. "스카이프도 마찬가지야. 멀리 사는 친구들이랑 컴퓨터 게임용 연락처 몇 개. 전부 확인됐고 삭제돼서 추적할 수 없는 연락처가 두 개였지만 로페즈 말로는 하루 동안 임시 그룹과 계정을 만드는 게 흔한 일이라고 해."

"그리고 호텔에서 도보로 갈 수 있는 음식점을 모두 체크했는데 아무도 그녀의 얼굴을 알아보지 못했죠?"

"반경 3킬로미터 안의 모든 음식점을 찾아갔지만 다들 일말의 망설임도 없었지."

조는 자리에서 일어나 아녯과 그녀의 잔에 커피를 다시 따르고 방 안을 왔다 갔다 했다. "그럼 뭐가 남을까요? 내 머릿속에 계속 떠오르는 시나리오는 뭔가 하면 피해자가 식당이나 술집에서 마음에 드는 남자를 만나 하룻밤 바람을 피우기로 마음을 먹었다는 거예요. 혈중 알코올 농도가 판단을 흐리게 할 만큼 높았고 피해자의 일상과 결혼 생활에는 낙이 없었던 것 같으니까요."

"그렇긴 하지." 아녯은 망설이는 말투였다.

"그게 인간의 본능 아니에요? 출장길에 원나잇 스탠드의 스릴에 넘어간 사람이 얼마나 많게요. 자기 결혼생활에 로맨스가 사라졌다는 걸 깨달은 중년 여자는 아주 오래된 얘기잖아요. 혼자 집에서 멀리 떠나왔으니 그런 부류의 남자가 보기에 얼마나 손쉬운 먹잇감이었겠어요? 남자가 칭찬을 몇 마디 건네고 술을 몇 잔 사주니까 피해자는 다시 매력적인 젊은 여자가 된 기분을 느꼈겠죠. 이런 생각을 했겠죠. '안 될 것 없잖아? 두 번 다시 이런 기회는 없을 수도 있는데.' 하지만 피해자는 남자를 잘못 골랐어요. 아니면 호텔로 돌아갔을 때 생각이 바뀌어서 겁을 내는 바람에 분위기가 험악해졌을 수도 있고요."

"그럴 수도 있지." 아넷은 맞장구를 쳤지만 고개를 끄덕이지는 않았다.

조는 다시 자리에 앉아서 의자에 등을 기댔다. "아니면 묻지 마 살인이었을까요? 보안 카메라에 찍힌 피해자의 '친구'는 피해자가 술에 취해 자꾸 집적대니까 안전하게 집까지 바래다준 거였을까요? 어쩌면 두 사람은 피해자의 객실 앞에서 헤어졌고 몇 분 뒤에 어떤 사이코패스가 묻지마 살인을 저지른 거였을 수도 있어요. 어쩌면 그자가 강도 행각을 벌이려고 하자 피해자가 반항했을 수도 있고요. 그 '친구'는 범인으로 몰릴까봐 겁이 나서 숨어버렸고요."

아넷은 그녀를 응시했다. "그럼 결혼반지는?"

"어쩌면 우리가 너무 생각이 많았던 걸지 몰라요. 어쩌면 피해자가 새 '친구'에게 관심이 생겼을 때 일찌감치 반지를 뺐다가 잃어버린 것일 수도 있잖아요."

아넷은 눈썹을 잠깐 쫑긋 세웠다. "그럴지도 모르지. 그렇지만 '만약'과 '어쩌면'이 너무 많은데? 앞뒤가 맞지 않아. 타이밍도 너무 공교롭고."

조는 고개를 끄덕였다. "네, 선배 말이 맞아요. 뭐 하나 만족스럽지가 않아요." 그녀는 속으로 퍼즐 조각을 섞었다. 그녀가 억지로 조각을 끼워 맞추며 사소한 단서라도, 하다못해 속이 후련한 가설이라도 찾으려고 하는 것이 느껴졌다. 미제 사건 파일로 넘길 수밖에 없을 때 느껴지는 그 아득한 두려움을 피할 수만 있다면 뭐든 좋았다.

아넷이 말했다. "나도 마찬가지지만 핵심은 뭔가 하면 우리에게 증거가 하나도 없다는 거야. 정체불명의 이 남자가 누구인지 전혀 알 수가 없다는 거지. 걸러진 값진 정보도 없고 쓸모 있는 감식 결과도 없어. 단서도 없고 아무것도 없어. 심지어 피해자가 그날 저녁에 어디 갔었는지조차 몰라. 나는 자네가 시키는 일이라면 뭐든 할 용의가 있지만 이 사건의 경우는 추가적으로 뭘 할 수 있을지 모르겠단 말이지."

조는 목걸이에 달린 다이아몬드를 잡고 돌렸다. 아넷 말이 맞았다. 더 이상 할 수 있는 게 없었다. 범인을 기소하기는커녕 또 어딜 뒤져봐야 하는지 알려주는 증거조차 없었다. 그녀가 자리를 비운 동안 새로운 단서가 입수되면 아넷이 사건을 부활시켜 필요한 조치를 취할 것이다. 그거면 충분할 것이다.

Chapter 19

에밀리는 옆자리에 앉은 남자 너머로 비행기 창밖을 내다보며 구름 말고 보이는 게 있는지 열심히 찾았다. 평소 같았으면 가운데 자리라 싫었겠지만 오늘의 행복감은 그 무엇으로도 망가뜨리지 못했다. 팔걸이를 차지하고 에밀리의 자리를 잔뜩 침범한 오른편의 아주 불쾌한 여자도, 신발을 벗어 온 사방으로 발 냄새를 풍기는 창가 자리의 남자도. 그녀는 난생처음으로 뉴올리언스를 구경하고, 재즈 클럽에서 흘러나오는 노래를 들으며 프렌치 쿼터를 산책할 생각뿐이었다. 그것도 피터의 품에 안겨서. 흥분과 불안이 한데 뒤엉켜 머릿속이 복잡했다.

그녀는 눈을 감고 뒤통수를 최대한 편안하게 의자에 기댔다. 그녀는 지난 몇 달 동안 다시 활력을 느꼈다. 살아 있는 기분을 느꼈다. 인생이 어쩌면 이대로 끝이 아닐지도 몰라.

피터가 마치 처음부터 그럴 운명이었던 듯이 그녀의 삶에 뚫린 구멍을 아무렇지 않게 채웠다. 그녀를 웃게 만들었다. 그녀를 재미있는 사람처럼 대했고, 그녀가 무슨 말을 하고 싶어 하는지 항상 궁금해했고, 그녀의 말에 항상 반응을 보였다. 그녀를 소중한 사람처럼 보호했다. 어쩌다 일이 잘못돼도 그녀의 편을 들었고, 다른 사람들의 뒤편으로 떠밀리지 말고 당당하게 자기 목소리를 내라고 했다. 이제 그녀는 에디가 그녀의 말을 귓등으로 들어도 속을 끓이지 않았다. 요즘은 그와 대화도 별로 하지 않았기 때문인데, 그는 그런 줄도 모르는 눈치였고 아이들도 마찬가지였다.

그리고 피터와 대화를 나누면 섹시한 여자가 된 것 같았다. 워낙 생소한 느낌이라 긴가민가했지만. 집에서는 조심해야 했다. 가능성이 아주 낮은 일이기는 해도 누가 통화를 엿듣거나 서재로 들어오면 큰일이었다. 하지만 그녀는 학교에서 수업이 끝난 뒤에 휴대전화에 설치한 스카이프로 아주 은밀한 대화를 몇 번 나눈 적이 있었다. 교실 저쪽 구석에 숨어서 폰섹스를 한 적도 두 번 있었다. 그가 어디에서 어떻게 하면 되는지 알려주었고 그녀는 그를 수화기 저편에 두고 오르가슴을 느꼈다. 그녀는 멋지고 관능적인 장난꾸러기가 된 기분이 들었고 가슴속에 소중히 간직할 깜찍한 비밀이 생겼다.

당연히 피터를 만나야 했다. 그녀는 그에게 홀딱 반했고 에디를 버리고 그에게로 갈까 고민도 했지만 그 정도로 어리석지는 않았다. 한 방, 한 침대 안에서 얼마나 호흡이 잘 맞는지 알아보아야 했다. 그녀가 그 얘기를 꺼내자 예상했던 것처럼 그는 펄쩍 뛰며 좋아했다. 그는 그녀를 사랑하게 됐다며 에디를 버리고 자기와 결혼해주었으면 하는 속내를 내비쳤다.

집에서 탈출하는 과정은 간단치 않았다. 그녀가 묘책을 찾느라 머리를 쥐어짜고 있었을 때 피터가 참석할 만한 워크숍이나 프로그램을 찾아보라는 기발한 아이디어를 알려주었다. 그녀는 처음에는 미심쩍어했지만 찾아보니 참석할 만한 게 제법 많았다. 대부분 비용이 너무 많이 들었지만 고군분투하는 지역 출신 교사에게 경비를 지원하는 프로그램이 두 개 있었다. 그녀는 거의 지원하자마자 그중 한 군데에서 전형을 통과했다. 그녀가 속한 지역의 낮은 실적과 그녀가 임용 초기에 받아놓은 상들이 유리하게 작용했다. 학과장과 교장은 좋아서 어쩔 줄 몰라 했다. 덕분에 공짜로 학교의 이미지를 개선하고 다른 기회를 유치하는 계기를 마련할 수 있었다. 게다가 그녀의 시도가 화해의 제스처로 보였는지 학교에서는 발 벗고 나서서 대체 교사를 조달했다.

거기서부터는 모든 게 술술 풀렸다. 에디는 그녀의 출장에 따라나서느니 차라리 죽는 편을 택할 것이고 아이들은 학교를 빼먹을 수 없었다.

"음료 드릴까요?" 승무원은 눈을 거의 맞추지도 않았다.

"다이어트 콜라요. 캔째 주세요." 그녀는 피터를 만난 뒤로 살을 거의 5킬로그램 뺐지만 남은 5킬로그램 때문에 좀 자신이 없었다. 게다가 뉴올리언스의 맛있는 음식을 앞에 두고 다이어트를 할 수는 없었다. 잠발라야, 검보, 레물라드, 에투페, 메기 튀김. 하지만 소모하는 칼로리도 엄청 많을 거 아냐. 그녀는 키득거렸다. 짜릿한 전율이 온몸을 관통했다. 오른편 여자가 묘한 눈빛으로 그녀를 노려보았다.

피터와 함께 보낼 5일. 그중에서 3일은 여덟 시간 동안 워크숍을 들어야 하겠지만 일요일과 목요일은 그들만의 것이었고 저녁 시간도 마찬가지였다. 그녀는 콜라를 한 모금 마신 다음 다시 눈을 감고 피터와 손을 잡고 잭슨 광장을 산책하는 광경을 상상했다. 그리고 밤마다 호텔에서 어떤 시간을 보낼지 상상했다.

Chapter 20

처음으로 사정한 이후부터 어머니의 손길이 달라졌다. 전보다 더 잦고 집요해졌다. 마틴은 다시 사고를 치지 않겠다고 다짐했고 처음에는 공포가 효과가 있었다. 하지만 며칠 뒤에 그는 다시 실수를 저지르고 말했다. 어머니는 약속했던 것처럼 왼쪽 눈이 부어서 앞이 거의 안 보일 정도로 심하게 그를 때렸다. 이후부터 어머니는 누가 봐도 일부러 그를 괴롭혔다. 손놀림을 바꿔가며 그의 반응을 관찰했다. 그가 실수를 저지르면 죽도록 두들겨 팼다. 다행히 그는 몇 번 만에 그녀가 그를 만지더라도 감정을 차단할 수 있게 됐다. 더는 발기하지 않았다.

그리고 다른 무언가에 자극을 느끼면 공포에 사로잡혔다. 심장이 소총 사격하듯 쿵쾅거렸다. 숨을 쉬기 힘들어졌고 몸 밖에서 자신을 쳐다보는 듯한 기분이 들었다. 병원에서 처방받은 신경안정제가 도움이 됐다. 그런 상황이 벌어지면 여전히 스트레스를 받았지만 이제는 불안한 분노에 가까웠다. 하지만 시간이 지날수록 분노가 점점 심각해졌고 다른 학생에게 분노를 터뜨렸다가 정학을 두 번 당했다. 학교 상담교사는 그에게 다혈질적인 성향에 대해 얘기하며 그걸 해소하는 방법을 알려주었다. 달리면 밖으로 배출하는 데 도움이 됐고, 책을 읽거나 컴퓨터 프로그램을 만들면 다른 데로 주의를 돌릴 수 있었다.

마틴의 어머니가 마지막으로 그를 건드린 것은 열일곱 살 때로, 재미없는 텔레비전용 영화를 보고 있었을 때였다. 하지만 이번에는 그의 감정이 평소처럼 차단되지 않았다. 이유는 알 수 없었다. 그 이전의 수천 번과 다를 게 없는데도 그랬다. 이번에는 끓어오른 분노가 수반에서 넘친 분수처럼 밖으로 분출됐다는 것만 알 수 있을 따름이었다.

마틴은 무릎 위에 있던 리모컨을 바닥으로 떨어뜨리고 소파에서 벌떡 일어나 엄마를 돌아보았다. "다시는 그런 식으로 내 몸에 손대지 마세요!"

그녀는 순간 움찔하며 입을 떡 벌렸지만 금세 정신을 차렸다. 얼굴을 흉측하게 일그러뜨리며 벌떡 일어났다. "드디어! 드디어 구역질 나는 변태 짓을 그만하기로 작정했구먼?"

뭐지? 그는 당황스러워하며 고개를 저었다. 그의 영혼이 몸에서 빠져나가 위에서 어른거리는 느낌이었다. 이게 도대체 무슨 소리야? 그를 건드린 쪽은 그녀였다. 그는 한 번도 그걸 요청한 적이 없었다. 그게 아닌가? 어렸을 때 무슨 짓인가를 저질렀고 지금도 부지불식간에 무슨 짓을 저지르고 있는 걸까?

마틴은 손으로 얼른 귀를 덮었다. "시끄러워요! 시끄러워! 씨발, 나한테 가까이 오지 말아요!"

"엄마한테 말본새가 그게 뭐야? 여긴 내 집이다, 이 변태 새끼야!"

그는 고개를 저으며 차단하려고 했지만 엄마의 말은 탁구공처럼 그의 머릿속에서 왔다 갔다 했다. 변태. 변태 새끼. 그는 점점 더 심해지는 현기증에 눈을 감으며 숨을 헐떡였다. 그 눈을 떴을 때 잘난 척 웃고 있는 엄마의 얼굴이 보이자 그의 안에서 뭔가가 뚝 하고 끊겼다.

이후에 벌어진 일을 돌이키면 텔레비전 속의 한 장면처럼, 다른 두 사람에게 벌어진 일을 슬로모션으로 감상하는 것처럼 머릿속에서 펼쳐졌다. 그가 벽난로 부지깽이를 집어 들고 어머니를 향해 돌진하는 것이 보였다. 어머니가 상황을 깨달은 표정을 지으며 도망치려고 몸을 돌리는 것이 보였다. 그녀의 발이 리모컨을 밟자 리모컨이 미끄러졌고 그녀의 발까지 덩달아 미끄러졌다. 그녀가 넘어지며 테이블 모서리에 머리를 부딪치자 차가 나무를 들이받은 것처럼 으드득하는 소리가 났고 튀어오른 머리가 바닥으로 떨어졌다. 그녀의 머리에서 쏟아져 나온 피가 낡은 카펫을 적시기 시작하자 시간이 다시 빠르게 흘러가기 시작했다.

마틴은 선홍색 얼룩이 점점 번지는 것을 넋을 잃고 바라보았다. 쭉 뻗은 그녀의 손이 움찔거리는 것을 구경하고 휘둥그레 뜬 그녀의 파란 눈을 빤히 쳐다보았다. 그녀의 몸을 지켜보며, 근육에서 힘이 풀리고 피부가 창백하게 핏기를 잃어가는 동안 벌어지는 미묘한 변화를 관찰했다.

마틴은 잠깐 기다렸다가 그녀의 맥을 짚고 숨이 끊길 걸 확인했다. 그리고 어정쩡한 자세로 힘들게 전화기 앞으로 걸어가 911을 눌렀다.

몇 년 만에 처음으로 발기를 했던 것이다.

Chapter 21

에밀리의 비행기는 일찍 도착했고 호텔 셔틀은 타이밍이 기가 막혔다. 체크인하고 객실을 둘러보고 화장을 다시 고쳤는데도 4시 5분밖에 안 됐다. 피터는 7시는 되어야 만날 수 있었다.

에밀리는 묵직한 커튼을 열고 창밖으로 맑고 화창한 하늘을 내다보았다. 이렇게 날씨도 끝내주는데 호텔 안에서 빈둥거리기에는 너무 답답했고, 뉴올리언스에서 보내는 소중한 시간을 허투루 낭비하는 건 있을 수 없는 일이었다. 세 시간이면 프렌치 쿼터를 산책하기에 충분했다. 그런데 혼자 외출해도 될까? 이 도시에서는 위험할 수도 있다고 했는데. 하지만 대낮이었고 그녀의 호텔은 프렌치 쿼터에서 엎어지면 코 닿을 거리인 커널가에 있었다. 그리고 해가 질 무렵이면 피터와 함께 있을 테고 그가 그녀를 지켜줄 것이다. 그녀는 검은색 플랫슈즈로 갈아신고 핸드백을 집었다. 만일의 경우에 대비해 하이힐도 챙

거야 할까? 아니다, 들고 가봐야 짐만 될 뿐이었고 그를 만나기 전에 여유 있게 돌아올 수 있을 것이다.

회전문을 밀고 나서자 바로 커낼가였다. 첫 번째 블록의 끝에 다다랐을 때 그녀는 프렌치 쿼터로 방향을 틀고 싶었지만 버번가가 나올 때까지 참기로 했다. 뉴올리언스의 길거리를 통틀어 가장 유명한 그곳에서 정식으로 첫발을 떼고 싶었다. 어렸을 때 그녀가 좋아했던 스팅의 그 노래 제목이 뭐였더라? '문 오버 버번 스트리트.' 맞다, 그거였다. 멜로디가 생각났고 그녀는 가사가 뭐였는지 기억을 더듬어보았다. 순진한 아가씨가 뉴올리언스를 거닐고 어쩌고 하는 거였는데…….

사거리에 다다라 모퉁이를 돌았을 때 그녀의 입에서 폭소가 터졌다. 맨 처음 눈에 들어온 것이 섹스 숍이었던 것이다. 그렇다, 여기가 말로만 듣던 버번가였다. 그녀는 휴대전화를 꺼내 사진을 찍었다. 둘도 없이 한심한 관광객처럼 보일지 몰라도 너무 완벽해서 기록으로 남기지 않을 수가 없었다. 그녀는 그 앞에서 셀카도 찍고 다시 걸음을 옮겼다.

매장 쇼윈도와 간판과 좁은 길가를 따라 늘어선 연철 발코니를 구경하느라 그녀의 고개가 이리저리 돌아갔다. 저 멀리에서는 좀 더 오래된 건물들이 아보카도 초록색, 톤 다운된 주황색, 옅은 보라색과 분홍색으로 그녀를 유혹하며 미국적이지도 않지만 완전히 유럽적이지도 않은 이국적인 분위기를 조성했다.

비엔빌이 있는 네거리와 가까워지자 아르데코풍의 화려한 철제 발코니가 2층과 3층을 감싼 더블 발코니 호텔이 눈앞에 등장했다. 그녀는 최면에 걸린 듯 위를 쳐다보며 걷다가 울퉁불퉁한 인도에 발이 걸려서 하마터면 넘어질 뻔했다. 눈길이 닿는 곳마다, 각각의 도로와 모든 사거리마다 수많은 건물과 색상이 한데 어우러져 다른 시대를 연상시키는 독특한 하모니를 연출했다. 평행 우주 속 세상이라 마차가 다니고, 후프 스커트 달린 알록달록한 드레스를 입은 여자들이 어둠 속에 숨어 있는 노래 속 흡혈귀를 향해 우아하게 묵례를 해야 할 것만 같았다.

에밀리는 계속 걸어가다가 세인트피터가에서 우회전했다. 주변에 비해 눈에 잘 띄지 않아서 프리저베이션 홀을 못 보고 지나칠 뻔했지만 콧노래를 흥얼거리며 다시 걸음을 멈추고 사진을 찍었다.

그녀는 다시 모퉁이를 돌아서 세인트루이스 대성당 앞으로 길을 뱅 둘러서 건넜다. 벤치에 앉아서 쉬며 성당의 전면과 그 앞 광장을 눈에 담았다. 거리의 화가들이 자기 작품을 홍보하는 소리가 들렸다. 휴대전화를 확인해보니 벌써 5시 30분이었다. 모르는 새 시간이 이렇게 흘러버렸다. 택시를 타지 않으면 저녁 시간에 맞춰서 호텔로 돌아가지 못하게 생겼다. 그녀는 고민했다. 허둥지둥 돌아가기에는 너무 즐거운 시간을 보내고 있었고, 섹시한 구두는 호텔에 두고 왔지만 오늘 저녁에 입으려던 원피스를 이미 입고 있었다. 뭐, 플랫슈즈도 원피스와 잘 어울렸고 섹시한 하이힐은 나중에도 신을 기회가 많을 것이다.

그녀가 고민하는 동안 풀 밴드가 연주하고 춤을 추며 성당 저편 모퉁이를 돌아 나와 산책로를 가로질렀다.

설마. 이런 건 영화에서나 볼 수 있는 장면인 줄 알았는데!

비트에 맞춰 그녀의 어깨가 들썩였고 밴드가 앞을 지나가자 그 순간의 완결성이 폭포처럼 그녀를 덮쳤다. 이 도시의 이국적인 매력, 이 곳의 낭만과 자유를 상징하는 유랑 악단, 반짝이는 갑옷을 입은 기사를 조만간 만난다는 흥분. 환상적인 현재와 장밋빛 미래가 한데 어우러지자 북받치는 행복으로 그녀의 눈에 눈물이 고였다.

마법. 뉴올리언스는 마법이야.

Chapter 22

에밀리가 세인트루이스 대성당 앞에서 자이데코 밴드의 연주에 맞춰 몸을 흔들고 있었을 때 마틴은 그녀가 묵을 호텔 맞은편 카페에서 나왔다.

마틴은 몇 시간 전에 뉴올리언스에 도착해 호텔의 보안을 이중으로 체크하고 딱 한 대뿐인 상태 안 좋은 카메라가 비추지 않는 곳에 차를 주차했다. 그런 다음 라테를 주문하고 아늑한 카페에 앉아서 호텔을 주시했다. 셔틀이 도착하고 그녀가 바퀴 달린 가방을 어설프게 옮기며 셔틀에서 내리자 처음으로 그녀의 키와 체중을 완벽한 3차원으로 평가할 수 있었다. 키는 168센티미터라더니 그보다 작아 보였고 스카이프로 봤을 때보다 살짝 날씬했다. 하지만 키와 체중 양쪽 모두 그의 의도에 변화를 야기할 정도로 간극이 크지는 않았다.

마틴은 커피를 마시며 출구를 살폈다. 아니나 다를까, 겨우 20분이 지났을 때 그녀가 다시 나왔다. 그는 그녀가 버번가를 지나 프렌치 쿼터로 들어갈 때까지 앞 유리창을 통해 이동 경로를 예의주시했다. 그녀의 선택에 실소가 나왔다. 이 여자들은 항상 전형적인 관광객처럼 굴었다. 그 나이면 그럴 시기도 지나지 않았나? 그는 라테 한 잔을 더 주문하고 시간을 체크했다. 앞으로 한 시간 더 관찰하며, 그가 가면을 쓰고 그녀를 따라 프렌치 쿼터로 잠입하기 전에 그녀가 돌연 호텔로 돌아오지는 않는지 확인해야 했다.

그들은 그가 지역 검색 사이트에서 찾은 케이준 음식점에서 만나기로 했다. 끔찍한 늪과 같은 일방통행 길을 차로 이동할 이유는 없었고, 그녀도 저녁을 먹은 뒤에 프렌치 쿼터를 구석구석 둘러보고 싶다고 했다. 밤 분위기를 경험해보고 싶다고 했다. 그들은 여기저기 구경하며 즐거운 시간을 보내다가 괜찮은 재즈 클럽이 보이면 들어갈 것이다. 적어도 그녀는 그런 줄 알았다. 그는 운에 맡기는 것을 좋아하지 않기 때문에 미리 클럽을 골라놓고 그쪽으로 발걸음을 유도할 것이다. 그에게 필요한 곳은 춤을 출 수 있는 클럽이었다. 그녀의 몸이 그의 리드에 따라, 그가 원하는 시점에 그가 원하는 지점으로 움직이는 것을 느끼고 싶었다. 걷고 흥분한 데다 그가 계속 권하는 술을 마시고 춤까지 추고 나면 그녀는 기진맥진할 것이다. 호텔로 돌아갈 무렵 그녀는 몸싸움을 짜릿하게 만들 정도의 기운이 남아 있겠지만 그 이상은 아닐 것이다.

마틴은 전에도 뉴올리언스에 몇 번 왔었지만 어디가 그렇게 매력적인지 절대 이해할 수 없었다. 흉악한 버번가가 있는 그 유명한 프렌치 쿼터가 특히 그랬다. 사람들은 거길 보고 특이하고 매력적이라고 했다. 여러 가지가 뒤섞여 있고 묘하다고 했다. 낭만적이고 신비롭다고 했다. 음식과 음악과 역사와 술로 이루어진 미국 '문화'의 마지막 보루라고 했다. 그가 보기에는 끔찍했다. 사람들은 속이 뒤집힐 때까지 술을 마시고 길바닥에다 구토와 방뇨를 했다. 어딜 가든 섹스가 넘쳐났다. 스트리퍼, 창녀, 그리 은밀하지 않은 곳에서 애정 행각을 벌이는 커플, 조그만 플라스틱 반짝이를 가슴에 붙인 여자들. 전등 불빛과 야한 색상. 초자연적인 현상을 현실로 만들어준다는 '부두교'를 찾아다니는 사람들. 그는 실소를 금할 수 없었다. 진짜 괴물들이 그들 사이를 걸어 다니고 있건만 흡혈귀와 주술을 만들어내려고 하다니. 그는 다시 실소를 터뜨렸다. 부적을 아무리 많이 써도 나 같은 사람들로부터 그들을 구하지는 못해. 프렌치 쿼터는 인간의 가장 사악한 면모를 압축해 보여주는 곳이었고, 여길 보면 인간은 다른 종과 다를 바 없는 수준 낮은 동물이라는 것을 분명하게 알 수 있었다. 적어도 대부분의 인간이 그랬다. 남들보다 특출한 위인이 어쩌다 한 명씩 있을 뿐.

마틴은 카페에서 나와서, 중절모를 쓰고 검은색 코트를 들고 프렌치 쿼터 중심부를 향해 걸음을 재촉하는 남자를 기억하는 사람이 생기지 않게 중간 속도로 어슬렁어슬렁 걸었다. 싫지만 버번가를 통해 그 안으로 들어갔다. 거기에는 워낙 선정적인 구경거리가 많으니 그에게 관심이 쏠릴 일이 없었다. 그는 유명한(또는 악명 높은) 명소를 즐겁게 감상하는 관광객인 척 서글서글하니 호기심 어린 표정을 짓고 주변을 태평스럽게 두리번거렸다.

마틴은 돌발 변수가 없는지 확인하고 그녀가 도착하기 전에 먼저 앉아 있으려고 30분 일찍 식당으로 갔다. 장담한 대로 그 음식점은 '로맨틱'하고 '편안한'(해석: 조명이 어둡고 종업원들이 불필요하게 나서지 않는다) 편으로 '인기가 많았다'(그러니까 영업이 잘돼서 토요일 저녁에 온 모든 커플을 직원들이 기억하지는 못할 것이다). 그는 눈에 잘 띄지 않는 뒤편 구석 자리로 예약이 됐는지 확인했다. 빨간색과 크림색으로 된 벽에는 아치가 있고, 천장에는 덩굴 식물이 매달려 있고, 테이블마다 옆에 연못과 꽃 그림이 걸려 있어서 비밀스러운 정원 같은 분위기를 풍겼다. 그는 만족스러워하며 카운터 석에서 커피를 주문하고, 자리를 잡고 앉아서 기다리기 시작했다.

7시 몇 분 전에 그녀가 그의 시야에 들어왔다. 그녀는 긴장한 표정으로 유리창에 비친 자신의 얼굴과 헤어스타일을 확인한 다음 문을 열고 들어왔다. 그는 그녀가 입고 있는 푸르스름한 보라색의 소용돌이 무늬 랩 원피스를 눈에 담았다. 원피스 때문에 창백한 얼굴이 더 하얘 보여서 걸어 다니는 멍 자국 같았다. 화장을 같은 색으로 맞춘 이유는 섹시한 뱀파이어처럼 보이기 위해서였겠지만 잠을 못 자서 눈이 움푹 들어간 사람처럼 보였다.

그녀는 조명에 눈을 적응하느라 모든 동작을 멈추었고 그는 온몸을 짜릿하게 관통하는 전율을 만끽했다. 기대감에 숨을 크게 마시며 연극의 마지막 장이 이제 막 시작되려고 있다는 사실에 흥분했다. 먼저 그는 새끼 양을 살찌우는 농부처럼 그가 좋아하는 음식을 포크로 직접 그녀에게 먹일 것이다. 그런 다음 인형에 달린 줄을 능수능란하게 당기는 인형술사처럼 그녀에게 음악에 맞춰 춤을 추게 할 것이다. 그가 원하는 시점에 원하는 방식으로 그녀의 얼굴과 머리칼과 목과 가슴을 건드릴 것이다. 그런 다음 그녀의 감정을 격정적인 최고조로 끌어올리고, 그녀의 몸을 달게 만들고, 그가 원하는 것은 뭐든 하게 만들 것이다. 그녀를 완벽하게 조종할 수 있게 되면 그녀에게서 생명력을 거두어 그의 생명력을 충전함으로써 승리를 완수할 것이다.

경찰에서는 어머니의 사망 현장을 보고 거의 곧바로 사고사라는 판결을 내렸다. 마틴은 그들에게 사실대로 말했다. 리모컨을 밟고 미끄러지는 바람에 테이블 모서리에 머리를 부딪쳤다고 말이다. 괜히 헷갈리게 거짓말을 하지 않고 그 직전에 벌어진 일만 생략했기 때문에 현장이 그의 증언과 완벽하게 맞아떨어졌다. 격무에 지친 경찰은 간단히 해결할 수 있는 사건이라는 데 기뻐했고 검시 보고서가 발부되자 모든 게 깔끔하게 정리됐다. 그들은 그 어머니의 시신을 집에서 가장 가까운 장례식장으로 옮겼고 유품을 그에게 돌려주었다. 옷이 담긴 봉투와 그녀가 항상 오른손에 끼고 다녔던 결혼반지였다. 그는 이 아이러니한 상황에 쓸쓸한 미소가 지어지려는 것을 참았다. 오래전부터 그를 만질 때 썼던 손이었다.

행운의 여신이 마틴의 편을 들었다는 것만큼은 의심의 여지가 없었다. 왜냐하면 원칙적으로는 그가 어머니를 죽이지 않았지만 넘어져서 그렇게 되지 않았다면 그가 죽였을 게 분명했기 때문이었다. 딱 한 가지 아쉬운 부분이 있다면 그가 치명타를 날리지 못했다는 것, 그녀의 두개골이 부지깽이에 맞고 함몰되는 느낌을 느끼지 못했다는 것이었다. 그는 자신이 그녀의 죽음을 초래했다는 것을 알았고 그렇다는 사실에 밀려드는 에너지를, 격한 위력감을 느꼈다. 그는 거의 2주 동안 밤마다 그 광경을 속으로 재생하며 뼈가 으스러지는 것은 어떤 느낌일지 상상했고, 솟구치는 무한한 힘과 오르가슴을 자장가 삼아 어머니의 반지를 손에 쥐고 잠을 청했다.

이제 그는 자유의 몸이었으니 행복한 축하 행사가 끊임없이 이어지는 거나 다름없었다. 이제 어머니의 손아귀에서 벗어나 자신이 어떤 사람인지 자유롭게 탐색할 수 있었다.

거의.

마틴은 18번째 생일까지 6개월이 남은, 혼자 지내기에는 너무 어린 나이였다. 아버지의 행방은 아무도 몰랐다. 어머니에게 가족이 있었다 한들 그는 그녀에게서 다른 가족 이야기를 들은 적이 없었고, 그녀가 죽었을 때 찾아온 사람도 전혀 없었다. 자연스러운 수순으로 나라가 그의 보호자가 되었고 법원에서는 그를 위탁 가정에 맡겼다.

그 '가정'을 생각하면 아직도 쓴물이 올라왔다. 다섯 명의 다른 남자아이들과 함께 여섯 명이 방 두 개를 같이 썼다. 위탁 '부모'인 래리와 론다 로이드 부부는 남들의 불행을 먹고 사는 가난한 백인 기생충이었다. 그들은 공식적인 의무 조항만 지켰을 뿐 그 이상은 아무것도 하지 않았고, 최대한 저렴하게 아이들을 재우고 먹이고 남은 돈은 약을 사는 데 썼다. 그가 들어간 날, 그들은 규정에 위배되는 물건이 있는지 체크하겠다는 미명 아래 자기들이 보는 앞에서 짐을 풀게 했다.

"그 시계 좀 보자." 래리가 말했다.

마틴은 시계를 건네며 물었다. "왜요?"

"너희들 비싼 장난감 가지고 놀라고 우리가 우리 돈 써가며 너희들 먹이고 재우는 거 아니거든." 그는 시계를 대충 훑어보았다.

노트북과 더플백 맨 아래에 숨겨놓은 어머니의 결혼반지가 생각나자 마틴의 피가 얼어붙었다.

래리는 비열한 미소를 지으며 기름에 전 청바지 주머니에 시계를 넣었다. "서로 도와가며 살아야 하지 않겠나?" 그는 가방 쪽을 흘끗 쳐다보았다.

노트북을 몰래 꺼낼 방법은 없었고 뭉그적거려봐야 소용없었다. 마틴은 가방 안에 든 물건을 모두 쏟아내고 노트북을 집으며 셔츠로 슬쩍 반지를 덮었다.

"나머지는 전부 옷이에요, 이것만 빼고." 그는 말하며 노트북을 겨드랑이 춤에 단단히 넣었다.

"그거 이리 줘봐."

마틴은 앞으로 내민 쪽 발에 체중을 싣고 론다를 돌아보았다. 그러고는 차갑고 냉랭한 미소를 지으며 고개를 옆으로 갸우뚱했다.

"아줌마를 보니까 우리 친어머니가 많이 생각나네요. 외모가 닮은 건 아니에요, 아줌마가 훨씬 예쁘니까. 그게 아니라 다른 면에서. 어머니가 어떻게 죽었는지 들었어요? 무슨 사고를 당했는지?"

마틴이 그 단어를 강조하자 그녀의 얼굴이 하얘졌다. 그녀의 얼굴에서 빠져나간 핏기가 래리의 얼굴로 옮겨진 듯했다.

"그거 이리 줘보라고 했다." 하지만 래리의 목소리는 아까처럼 자신만만하지 않았다.

마틴은 론다에게서 시선을 옮기지 않았다. "엄마도 나더러 노트북을 팔라고 했어요. 웃겨, 왜 다들 나한테서 이걸 빼앗지 못해 안달인지."

론다가 손을 내밀어 힘없이 래리의 팔을 당겼다. 래리는 그녀의 손을 뿌리쳤지만 아무 말도 하지 않았다. 마틴이 계속 론다를 노려보자 그녀는 뒤로 한발짝 물러났다.

잠깐 동안 아무도 움직이지 않았다.

"흥, 스티커에 스크래치 천지라 어차피 얼마 되지도 않겠네. 그냥 너 가져라." 래리는 몸을 돌려서 으스대며 밖으로 나갔다. 론다도 어깨 너머로 마틴을 쳐다보며 뒤따라 나갔다.

그는 그날 밤, 그들이 자기들 방에서 소곤거리는 소리를 들었다.

"걔 데리고 있기 불안해. 아까 그 눈빛 봤어? 소름 끼치더라니까?"

"오버하지 마. 노트북 줬으니까 됐을 거야. 몇 달만 데리고 있으면 되고 그 돈을 받아야 하잖아. 그냥 건드리지 마."

"어쩐지 찜찜해, 래리. 그냥 하는 말이 아니야."

"알았어. 이제 조용히 해, 내가 보려는 방송 시작하려고 하니까."

마틴은 그래도 상관없었다. 그들이 그를 건드리지 않는 한 그도 그들을 건드리지 않을 용의가 있었다. 하지만 가슴속 저 깊은 곳에서는 실망스러운 마음이 손톱만큼 있었다. 그들이 분란을 일으켜주길 바라는 마음, 새 '엄마'를 죽일 명분이 생기길 바라는 마음이 있었다. 하지만 영리함을 담당하는 부분에서 그냥 넘기길 바랐으니 그녀 입장에서는 다행스러운 일이었다.

그날 밤부터 마틴은 온라인 프리랜서 사이트를 통해 소소한 코딩 일감을 받아서 하기 시작했다. 그렇게 번 돈은 사이트를 통해 지급됐다. 그에게 일을 맡긴 회사에서 사이트 운영자에게 대금을 지급하면 운영자가 수수료를 떼고 남은 금액을 그의 계좌에 입급해 그가 달라고 할 때까지 보관해주었다. 아무도 그 돈에 손을 대지 못하게 계속 맡겨두었다. 그는 실력이 좋았기에 열여덟 살 생일까지 제법 많은 돈을 모을 수 있었다. 그리고 어느 날 더플 백을 들고 등교해 그 집으로 다시 돌아가지 않았다. 왠지 모르겠지만 로이드 부부도 그를 찾지 않았다. 그는 졸업식 날까지 3주 동안 친구네 집에서 신세를 지고 버스를 타고 샌디에이고로 건너갔다. 성적이 워낙 좋아서 전액 장학생으로 합격 통지서를 받은 여러 대학교 중에서 샌디에이고대학교를 선택한 이유는 그 학교가 컴퓨터공학 쪽으로 강점이 있기 때문이었다.

하지만 공교롭게도 고향에서 마지막 몇 개월을 보내는 동안 거기로 거처를 옮겨야 하는 훨씬 강력한 이유가 생겼다.

샌디에이고는 멕시코에서 가까웠고 멕시코는 살인을 저지르기에 안전한 곳이었다. 상대적이긴 하지만 어쨌든.

어머니에게서 생명의 기운이 빠져나가는 광경을 지켜보던 순간 그의 안에서 허기가 탄생했다. 그 녀석은 래리와 론다와 부딪쳤을 때 첫걸음마를 떼었고 이후로 격하게 그를 들쑤시며 배가 고프다고 울부짖었다. 마틴은 위탁 가정의 집을 떠나기 몇 주 전에 아무도 없는 어두컴컴한 길거리에서 혼자 무방비 상태로 버스를 기다리는 여자를 지나쳤을 때 하마터면 그녀의 두개골을 으스러뜨리고 싶은 엄청난 충동에 무릎을 꿇을 뻔했다. 그 며칠 뒤에 10대 여자아이가 밤늦게 그의 방 창문 앞을 지나갔을 때는 그 충동이 너무 어마어마해서 통증으로 그걸 잠재울 수 있길 바라며 무릎으로 벽을 들이받아야 했다. 자신을 속여 봐야 소용없었다. 살인을 저지를 수밖에 없을 테니 안전하게 저지를 수 있는 방법을 찾아야 했다.

그래서 그는 꼬리가 밟힐 가능성이 없는, 최대한 안전한 살인법을 연구하기 시작했다. 그는 미국 같으면 감옥으로 끌려갈 짓을 저질러도 티후아나에서는 거의 100퍼센트 처벌을 모면할 수 있다며 남자들이 웃고 떠드는 소리를 들은 적이 있었다. 용기가 없어서 어떤 짓을 말하는지 물어보지는 못했지만 성도착증, 약물, 범죄, 무능한 경찰의 뉘앙스를 풍겼다. 티후아나가 정말 그런 곳이라면 제법 똑똑한 그의 머리로 방법을 찾을 수 있을 것이었다.

밤에는 프리랜서로 일을 해 학비를 벌고 낮에는 전공으로 컴퓨터과학을, 부전공으로 심리학을 공부했다. 심리학 수업을 들으면 그의 살인 본능을 조금이나마 이해할 수 있을까 싶었지만 이상 행동을 다룬 심리학 교재도 연쇄 살인범에 관한 한 한계가 있었다. 그는 나름대로 조사를 하고, 입수할 수 있는 모든 자료를 섭렵하고, 그들이 체포된 원인을 분석했다. 그리고 주말에 타고 다닐 차를 장만할 수 있을 만큼 돈을 모았을 때 티후아나를 찾아갔다.

마틴은 길거리를 둘러보고, 다른 미국 남자들과 같은 곳을 찾아다니며 모든 선택지를 연구했다. 공연, 스트리퍼, 클럽, 창녀. 세상을 오염시키는 더러운 여자들. 그들이 사라진다 한들 알아차리는 사람이 과연 있을까 싶었다. 그는 체계적으로 조사한 끝에 카예 코아우일라에서 일하는 몇 명의 매춘부로 후보를 좁혔다.

다음번에 길을 나섰을 때 그는 여러 가지 가능성을 염두에 두고 운명의 손에 선택을 맡기기로 했다. 그는 어떤 식으로 그날 밤을 재밌게 보낼지 고민하는 척 카예를 어슬렁어슬렁 걸었다. 마침내 그가 점찍어두었던 표적 중 한 명이 일을 마치고 퇴근하는 것이 보이자 멀찌감치 거리를 두고 뒤를 밟았다. 두 블록쯤 갔을 때 그녀가 알레그라라는 클럽으로 들어가자 그도 따라서 들어갔다.

마틴은 술을 주문하고 멀찌감치 거리를 유지했다. 그녀는 미니스 커트를 입고 그가 라 소나 노르테 일대에서 본 기억이 어렴풋이 나는 우스꽝스러운 하이힐을 신은 윤락녀들이 있는 곳으로 쪼르르 달려갔다. 일이 끝나면 그녀와 친구들이 만나서 노는 곳이 알레그라인 모양이었다. 이제 그걸 알았으니 그녀의 직장 근처를 얼쩡거릴 것이 아니라 그녀가 클럽에서 나갈 때까지 기다리는 쪽이 덜 의심스럽게 보일 것이었다. 다음번에 그는 그녀가 귀갓길에 오를 때까지 기다렸다가 큰길 어디쯤에서 골목길로 들어가는지 주시했다. 그다음에는 그녀가 시야에서 사라진 지점을 주시하며 거기서 이후에 어느 쪽으로 방향을 꺾는지 눈에 담았다. 그런 식으로 몇 주에 걸쳐 클럽에서 나선 이후 그녀의 이동경로를 파악했다.

그다음 주에 그는 그녀가 지나가는 골목길 중 한 군데로 들어가 방치된 건물 뒤편의 공터에 숨었다. 그렇게 보이지 않는 곳에 자리를 잡고서 그녀를 기다렸다.

몇 분 만에 다가오는 발소리가 들렸지만 조짐이 이상했다. 두 세트였고 묵직했다. 앙증맞은 하이힐 소리가 아니라 덩치 큰 남자가 묵직하게 쿵쿵거리는 소리였다. 그는 어둠 속으로 더욱 깊숙이 몸을 숨기고 그 소리가 지나가길 기다렸다.

검은색 양복을 입은 두 남자가 건물 옆면을 돌아 나왔다. 그가 어떤 반응을 보일 겨를도 없이, 둘 중 덩치가 큰 쪽이 마틴의 복부를 향해 주먹을 날렸다. 그의 허파에서 훅 하고 바람이 빠졌고 그는 고통스러워하며 몸을 반으로 접었다.

두 번째 남자가 그의 머리를 잡고 들어 올리더니 완벽한 영어로 말했다. "친구하고 내가 라 소나에서 너를 자주 봤어. 그런데 희한하게 항상 혼자 다니고 별로 하는 게 없더군. 큰코다치고 싶지 않으면 다른 데 가서 놀아." 그 남자가 자기 셔츠를 들추자 어깨 권총집에 꽂힌 FN-57이 반짝거렸다.

항의해봐야 소용없었다. 마틴은 고개를 끄덕였다.

덩치 큰 쪽이 그의 배를 한 번, 또 한 번 강타했다. 마틴은 한쪽 무릎을 꿇으며 쓰러졌다. 총을 휴대한 남자가 그에게 잠깐 정신을 차릴 시간을 허락하고는 먼저 가라고 손짓했다.

마틴은 천천히 일어나 숨어 있었던 곳에서 절뚝절뚝 나왔다. 뒤따라 나온 남자들이 그가 느릿느릿 걸어가 모퉁이를 도는 것을 지켜보았다. 그는 그들의 시야에서 벗어나자마자 얻어맞은 몸이 허락하는 한도 안에서 최대한 빨리 달렸다. 주차장에 도착해 차 안으로 들어가 안전하게 문을 잠글 때까지 계속 달렸다.

돌이켜보면 그들이 그에게 호의를 베푼 셈이었다. 어쩌면 그 경종 덕분에 그가 목숨을 보전한 건지도 모른다. 두 폭력배에게 수상하게 보일 정도로 서툴렀다면 전혀 준비가 되지 않은 거였다. 정찰하는 방법까지 훨씬 더 영리하게, 모든 각도에서 꼼꼼하게 고민해야 했다. 얻어맞은 건 아무것도 아니었다. 감옥이나 죽음보다 훨씬 나았다.

그래서 그는 먹을거리를 달라고 아우성치는 허기와 잡혀서 죽임을 당할지 모른다는 공포 사이에서 괴로워하고 기다리고 연구하며 해결책을 고심했다.

Chapter 23

마틴은 테이블에서 일어나 들뜬 미소를 지으며 에밀리 쪽으로 다가갔다. 그의 움직임이 시야에 들어오자 그녀는 고개를 돌렸고, 그를 본 순간 불안해하던 표정이 안심하는 표정으로 바뀌었다. 의심과 공포가 사라진 것이다.

마틴은 그녀를 끌어안고 뺨에 입을 맞춘 뒤 포옹을 풀고 그녀를 내려다보며 따뜻하게 미소를 지었다. "아니 왜 이렇게 예뻐요? 올 수 있어서 다행이에요. 혹시 생각이 바뀐 건 아닌가 걱정했는데."

에밀리는 그를 보며 얼굴을 환히 빛냈다. "설마요. 그런데 긴장돼요. 이런 만남은 물론이고 소개팅도 한번 해본 적이 없거든요."

마틴은 여주인에게 동행이 왔다고 신호를 보냈다. 그녀는 메뉴판 두 개를 챙겨 들고 뒤편의 가장 구석진 자리로 그들을 안내했고 그들이 자리를 잡고 앉자 음료 주문을 받아갔다.

여주인이 사라지자 그는 손을 내밀어 테이블 위에 놓인 에밀리의 손을 덮었다. "정말 이상하지 않아요? 당신과 오래전부터 알고 지낸 사이 같은데 이렇게 실제로 마주 보고 앉아 있으니까 기분이 묘해요. 익숙하면서 생소하네요."

"무슨 말인지 알겠어요." 그녀가 키득거리자 그는 속으로 진저리쳤다. 그 망측한 키득거림이라면 이제 지긋지긋했다. "다른 생에 알고 지냈던 사람을 만나는 느낌이에요. 아무 때나 손을 내밀면 당신을 만질 수 있다니 믿기지 않아요." 그녀는 다른 쪽 손을 들어 그의 손을 쓰다듬었다.

마틴은 그녀의 손가락이 자신의 살갗을 쓸고 지나가는 것을 지켜보았다. 바보처럼 씩 웃으며 이 모든 게 놀랍다는 듯이 가볍게 고개를 저었다. "밤새도록 여기 이렇게 앉아서 당신을 쳐다보고 싶어요." 그는 잠깐 말을 멈추고 그녀의 눈을 물끄러미 바라보았다. "하지만 음식을 몇 개 주문하고 먹는 척이라도 해야 이 식당에서 좋아하겠죠?"

그들은 함께 웃음을 터뜨렸고 그녀는 메뉴판을 집었다. "여기 뭐가 맛있는지 친구분한테 추천받았어요?"

"네, 내가 주문해서 같이 나눠 먹을까요?"

"음, 좋아요. 그러면 훨씬 여러 종류를 맛볼 수 있으니까요." 그녀는 다시 키득거렸다.

웨이터가 음료와 함께 오크라 튀김과 칼라마리 튀김을 담은 조그만 접시를 서비스로 들고 왔다. 마틴은 두 사람이 먹을 음식을 주문하고 다시 에밀리에게로 관심을 돌렸다. 통통한 오크라 한 조각을 포크로 찍어 크리미한 빨간색 소스에 담갔다가 그녀에게 내밀었다. 그녀

는 웃으며 얼굴을 붉혔다. 오크라를 받아먹다 포크에 찔리자 얼굴을
더욱 붉혔다.

"내가 매사에 어설퍼요." 그녀는 오크라가 가득 든 입을 손으로 가
리고 웅얼거렸다.

마틴은 그녀에게 오는 길은 어땠느냐고 물었다. 그녀는 무능력한
게이트 담당에서부터 콜라를 캔째 주지 않은 '건방진' 승무원, 뚱뚱한
여자와 발 냄새 풍기는 남자 사이에 끼어서 탄 비행기에 이르기까지
괴로울 정도로 시시콜콜하게 설명했다. 그녀는 평범하기 그지없는 하
루도 끝 없는 불평불만으로 바꿀 수 있는 능력의 소유자였다. 남편은
무슨 수로 이런 여자의 하소연을 한 귀로 듣고 한 귀로 흘려보낼 수 있
게 됐을까? 하지만 그는 자상한 애인이니 귀를 기울이고 한마디, 한마
디에 공감하고 적절한 질문을 던지고 위로하고 그녀를 중요하고 재미
있는 사람처럼 대해야 했다. 그는 하품이 나오려는 것을 꾹 눌렀다. 몇
시간만 더 참으면 됐다.

주문한 검보는 어떻게 먹었는지 모르게 해치우고 잠발라야와 가재
찜을 반쯤 먹었을 때 그녀가 버번가를 발견한 얘기를 꺼냈다. 그녀의
말투가 바뀌었지만 듣기 고역인 건 매한가지였다. 그녀는 난생처음
디즈니랜드에 놀러 간 어린아이처럼 이 도시의 모든 것에 어처구니없
을 만큼 매력을 느꼈다. 그는 속으로 매몰차게 쏘아붙이는 수법으로
치밀어 오르는 경멸을 달랬다.

"전차가 커낼가 한복판을 달리더라고요!"

그래, 전차가 원래 그렇지. 달리 전차겠어?

"연철 발코니 무늬가 얼마나 복잡했는지 몰라요!"

그런 것까지 관찰하다니 이렇게 독창적일 수가. 그걸 알아차린 사람이 너 말고 또 있을까?

"대성당 앞 광장 주변에는 낭만적인 마차들이 많았어요!"

너처럼 그걸 타고 어느 동화 속 공주인 척하고 싶어 하는 바보 같은 여자들을 기다리고 있는 거지.

"길거리 이름들이 전부 프랑스어라 꼭 파리의 축소판 같았어요!"

도시 이름은 프랑스의 어느 도시에서, 주 이름은 프랑스의 어느 왕 이름에서 따왔고, 프랑스 후손이 많이 사는 곳인데 참 신기하기도 하겠다.

그는 침착하게 자제력을 발휘해가며, 모든 비아냥거림을 진심이 담긴 추임새나 질문으로 바꾸는 게임을 계속 이어나갔다. 그러는 내내 그녀의 와인 잔을 은근슬쩍 계속 채웠다.

두 시간 뒤에 저녁 식사를 마쳤을 무렵, 마틴이 마신 와인은 한 잔이 안 됐던 반면 에밀리가 마신 와인은 석 잔에 가까웠다. 그는 스카이프로 통화하는 동안 그녀의 주량이 얼마나 되는지 파악했기 때문에 이 시점에서부터 그녀를 예의주시해야 한다는 걸 알았다. 그녀는 술을 살짝 도가 지나치게 좋아하는 편이었는데, 질펀하게 취하면 그녀를 살해하는 데서 아무 도전 의식도 느끼지 못할 것이다. 심지어 그가 살인을 시도하기도 전에 그녀가 쓰러질 수도 있다. 그는 푸짐한 저녁과 재즈 클럽에 가기 전까지 30분 동안 하게 될 '산책'을 변수로 추가해 잽싸게 계산해보았다. 그녀는 재즈 클럽에서도 술을 한잔 더 마실 가능성이 컸고 그러면 너무 아슬아슬했다.

"달링, 아까 얘기한 그 마차 타볼래요?"

에밀리는 눈을 반짝이며 그의 손을 꼭 쥐었다. "그러면 정말 좋겠어요! 타보고 싶어요!"

마틴은 웨이트리스에게 계산서를 달라고 손짓하고 그녀를 돌아보며 미소를 지었다. "우리 깜찍한 천사가 행복해질 수 있다면 뭔들 못하겠어요."

웨이트리스가 계산서를 건넸고 그는 금액을 확인했다. 양복 가슴 주머니에서 머니 클립을 꺼내 20달러짜리 지폐 10장을 뺐다. 그걸 테이블 위에 두고 에밀리 쪽으로 손을 내밀며 자리에서 일어났다. 밖으로 나가는 길에 그녀는 단상에 있던 식당 명함을 집어 핸드백 깊숙이 넣었다.

그가 쳐다보는 것을 보고 그녀는 웃으며 "스크랩북에 넣으려고요"라고 했다.

그는 한 팔로 그녀를 감싸고 바짝 끌어안으며 목을 졸라 죽인 뒤에 명함을 수거해야 한다고 기억에 담았다.

Chapter 24

마틴의 진화 과정에서 다음 단계의 원동력이 된 것은 어느 신문 기사였다. 멕시코의 후아레스에서는 거의 날마다 여자들이 살인을 당하는데 아무도 이유를 몰랐고 궁금해하지도 않는 모양이었다. 그는 넋을 잃고 기사에 몰두해 모든 디테일을 머릿속에 담았다. 살인죄로 유죄 판결을 받은 사람도 없었고 경찰은 수사하는 시늉만 하고 있었다.

마틴은 살인사건과 후아레스 자체에 대해 찾을 수 있는 모든 정보를 그러모았다. 읽으면 읽을수록 그에게 우주의 엄청난 선물이 주어졌다는 깨달음이 점점 강해졌다. 여자들을 죽이는 남자들은 멕시코 마약 조직의 두목일 가능성이 컸다. 그의 손에 몇 명이 없어진다 한들 아무도 신경 쓰지 않을 것이었다. 경찰에서는 동일범의 소행인 줄 알 테고 범인들은 뭘 어쩔 수 있을까? 자기들이 저지르지 않은 범죄까지 누명을 썼다고 항의할 수 있을까? 여자들은 약간 샌님 같고 전형적인 미국의 백인 관광객이며 막강한 마약 조직원과 이보다 더 대조적일 수 없는 그를 절대 경계할 리 없을 것이었다. 마찬가지로 경찰도 그를 의심스러워하지 않을 것이었다. 그리고 후아레스에서 국경만 넘으면 바로 엘패소였다. 거기서 살면 살인을 감행하고 몇 분 만에 타국의 집으로 돌아갈 수 있었다. 이건 거의 믿기지 않는 행운이었다.

그는 수업 시수를 두 배로 늘려 1년 일찍 졸업하고 몇 개 안 되는 소지품을 챙겨 엘패소로 거처를 옮겼다.

마틴은 티후아나에서 얻은 교훈을 후아레스에 적용해 어딜 가든 지켜보는 눈이 있다는 것을, 뭔가가 이상하면 그보다 그들이 더 빨리 알아차린다는 것을 잊지 않았다. 관광객처럼 보이는 것만으로는 충분하지 않았다. 자신의 동선에 정당성을 부여할 목적이 필요했다. 진정한 멕시코 만찬. '헌팅'을 목적으로 한 클럽 나들이. 사냥의 시나리오가 있어야 했고, 어디서든 단골로 기억될 일이 없게 매번 가는 곳을 바꿔야 했다. 그리고 예전에 창녀와 스트리퍼에 신경 쓰는 사람은 없겠거니 했던 것은 그들이 그보다 훨씬 막강한 누군가의 수입원이라는 사실을 간과한 착각이었다.

멀찌감치 떨어진 그의 집에서 생각했을 때는 인기가 많지만 너무 많지는 않은 디스코텍이 가장 영리한 선택이었다. 디스코텍의 존재 이유가 남녀 간의 만남이지 않은가. 그의 행동이 남들과 정확히 일치할 테니 그 안으로 섞여 들어가 형세를 파악하기에 제격이었다. 여자들과 다른 사람들은 술에 취해 정신이 없을 것이었다. 시끄러운 음악 소리 때문에 대화가 안 될 테니 자신에 대해 자세히 소개할 필요도 없었다.

하지만 현실은 충격적일 만큼 불쾌했다. 카운터 주변의 손바닥만 한 공간에 의자 없이 높은 테이블만 몇 개 놓여 있고 아무도 거기서 죽치고 있지 않았다. 그들 안으로 섞여 들어가려면, 사람들이 땀범벅으로 몸부림치며 숨을 쉴 만한 공간도 거의 없고 신체 접촉을 절대 피할 길 없는 댄스 플로어로 올라가는 수밖에 없었다. 네온이 번쩍일 때마다 뒤편과 옆면에서 그에게 와 부딪치는 어딘지 모를 신체 부위들이 도드라졌고, 지나가려고 하면 여자들이 비트에 맞춰 그의 사타구니에 대고 엉덩이를 문질렀다. 호흡이 가빠지고 구역질이 파도처럼 밀려왔다. 그는 눈을 감고 숨을 고르며 공황발작을 차단하려고 했지만 누군가가 손으로 그의 엉덩이를 감싸 쥐자 구역질이 치밀어오르는 것을 느낄 수 있었다. 그는 고개를 돌려 누군지 확인하지 않고 어깨로 사람들을 밀치며 출구 표지판을 향해 나아갔다.

그는 밖으로 나가 벽에 기대고 서서 저녁에 먹은 게 뿜어져 나오지 않도록 손으로 입을 막았다. 코로 심호흡을 하며 싸구려 향수 냄새와 체취가 없는 공기로 허파를 가득 채웠다. 제정신이 박힌 사람이라면 어떻게 그런 데서 즐거워할 수 있을까?

메슥거림이 가라앉자 그는 걷는 속도를 평소와 다름없게 유지하려고 애를 쓰며 길을 따라 걸었다. 너무 한참 동안 서서 속을 달래면 누가 도와주려고 하거나 나중에 그를 기억할 수 있었다. 그는 비틀거리지 않으려고 기를 쓰는 한편 기억을 더듬으며 대로에서 빠져나갈 만한 곳을 찾았다. 몇 블록 거리에 카페가 있었던 기억이 났다. 달콤하고 뜨거운 차를 마시면 도움이 될지 몰랐다.

박자에 맞춰서 걷다 보니 평정심을 되찾을 수 있었고 주변 공간이 그의 의식 속으로 들어왔다. 알록달록한 포스터가 여러 건물 위에 걸려 있는데, 세 개의 똑같은 이미지로 이루어진 한 세트의 포스터가 그의 눈에 들어왔다. 우아한 커플이 널찍한 댄스 플로어를 누비는, 라틴 댄스 클럽 홍보 포스터였다. 그도 아는 단어가 볼드체로 포스터에 사선으로 적혀 있었다. 살사, 레게톤, 메렝게, 바차타.

볼룸 댄스. 왜 진작 그 생각을 못 했을까? 그는 어머니에게 시대를 망라하는 온갖 댄스를 배웠다. 거기에서는 뭘 어떻게 하면 되는지 알 수 있을 테고 이성을 유지할 수 있을 것이었다. 그 번쩍거리는 끔찍한 땀 구덩이에는 두 번 다시 발을 들이고픈 마음이 없었다.

다음번에 그 도시로 놀러 갔을 때 그는 한 클럽의 단기 재교육 강좌를 들었고 예상했던 것보다 훨씬 더 즐거운 시간을 보냈다. 여자들을 잡고 빙글빙글 돌리며 그가 원하는 방식, 원하는 방향으로 몸을 움직이게 하다 보면 취하는 기분과 에너지가 느껴졌다. 어머니를 죽였을 때 느꼈던 흥분과 비슷한 것이 느껴졌다. 그걸 대체할 정도는 아니었지만 메인 코스 전에 나오는 애피타이저는 됐다. 그때부터 댄스가 그만의 깜찍한 인형이 등장하는 유쾌한 오페라의 1막이 됐다.

마틴은 그 일대에 비슷한 클럽이 어디 있는지 파악했다. 주변에 어떤 랜드마크가 있는지 공부하고, 살해당한 여자들이 발견된 장소를 중심으로 모든 걸 계산했다. 가장 손쉬운 장소를 선정하고, 어떻게 하면 여자를 아무도 모르게 납치할 수 있겠는지 대충 얼개를 잡았다. 최대한 철저하게 계획을 세우기는 했지만 세세한 부분은 답사를 갔을 때 현장을 보고 마무리 지어야 할 것이었다.

그런데 기쁘게도 아무도 납치할 필요가 없었다.

다음번에 답사를 갔을 때 그는 멕시코 식당에서 뜨거운 토르티야 봉지를 열다 손을 데고 얼른 치우다 물을 엎질렀다. 옆 테이블에서 혼자 식사 중이던 여자가 벌떡 일어나더니 냅킨을 한 뭉치 들고 와 물을 같이 닦아주었다.

"고맙습니다. 하지만 이러실 필요 없어요." 그는 그녀가 다시 자기 테이블로 돌아가주길 바라며 이렇게 말했다.

"괜찮아요. 오늘 밤에 재밌는 시간을 보내려고 차려입으신 것 같은데 어딜 가는지 몰라도 바지가 젖으면 보기 안 좋잖아요." 그녀의 영어에는 외국인 억양이 섞였고 미소는 수줍었다.

마틴은 얼굴을 붉혔다. 그 여자는 그의 차림새까지 눈에 담았고 이 일로 그녀의 기억 속에 그가 각인될 것이었다. 이제 그는 계획을 폐기하고 다음을 기약하는 수밖에 없었다. 어찌나 쓰라린 절망감이 그를 관통하는지 하마터면 눈물이 날 뻔했다. 이성을 잃기 전까지 얼마나 더 버틸 수 있을지 자신이 없었다.

하지만…… 하지만 이 여자를 먹잇감으로 삼을 수만 있다면.

그는 이쪽을 쳐다보고 있는 사람이 있는지 좌우를 얼른 확인했다. 이 복잡한 식당 안에서 그들을 주목했던 사람이 있었을지 몰라도 이미 흥미를 잃었다. "그럼 지금 뭘 마시고 계셨는지 모르겠지만 감사의 뜻을 담아서 그걸 한잔 더 사드려도 될까요?" 그는 호들갑스럽게 그녀의 테이블을 기웃거렸다. 그녀는 와인을 마시고 있었다.

"그러실 것 없어요." 그녀는 일어나 고개를 저었다.

"아니요. 친절은 친절로 갚아야죠." 그는 따뜻하게 미소를 짓고 카운터로 가서 그녀의 음료를 주문했다. 그걸 들고 가서 그녀의 앞에 요란하게 내려놓았다.

바라던 대로 그녀는 사양하지 못했다. 깍듯한 질문이 몇 마디 이어졌고, 기쁘게도 몇 분 만에 그녀는 편하게 웃고 떠들며 그에게 자리를 권했다. 그는 놀라워하지 않았다. 고등학교와 대학교에서도 여자아이들이 그에게 호감을 보였고 그를 믿고 속마음을 털어놓았다. 다른 남자들과 다르게 그는 그들을 침대로 쓰러뜨리려고 한 적이 없었기 때문에 그런 줄 알았더니 그의 매력이 그게 다가 아니었던지, 그 여자에게 같이 춤을 추러 가겠느냐고 물었더니 놀랍게도 좋다고 했다.

그들은 이후 몇 시간 동안 같이 춤을 추고 와인을 마셨고 이후에 그는 로맨틱하게 산책을 하자고 했다. 그러고는 밖에서 보이지 않는 곳으로 들어서자마자 그녀의 목을 졸랐다.

마틴은 이 첫 번째 살인에서 저지른 실수를 통해 살인에 대해 알아야 하는 다른 모든 것을 배웠다. 일단 마주 본 상태에서 목을 조르려고 했던 것이 패착이었다. 필요한 만큼 힘을 싣지 못해 애를 먹었고 그녀가 손톱으로 그의 얼굴과 팔을 할퀴며 격렬하게 저항했다. 사건 수사가 제대로 이루어지는 지역을 선택했다면 큰일 날 뻔했다. 어쩌다 긁혔는지 설명할 방법이 없을 테고 경찰에서는 그의 DNA를 입수했을 테니 말이다. 그는 흙바닥에 맥없이 쓰러진 시신을 이리저리 훑으며 문제를 진단했다. 먼저 상체의 힘을 기를 필요가 있었다. 그리고 이 여자처럼 반항하지 못하게 목 졸라 죽일 방법을 찾아야 했다.

그런데 댄스에서 해결책을 찾았으니 황홀한 아이러니였다. 다음번 피해자를 빙그르르 돌리다가 끌어당기자 그녀의 등이 그의 가슴에 완벽하게 안기고 그의 팔로 그녀의 몸통을 붙잡을 수 있었던 것이다. 그는 '로맨틱하게 산책'을 하던 도중에 장난스럽게 그 회전 동작을 흉내 내며 그녀를 끌어당겨 두 팔로 몸통을 꼼짝 못 하게 눌렀다. 웨이트 트레이닝을 통해 다진 상체로 그녀의 팔과 몸을 고정하고 뒤에서 목을 졸랐다. 그녀는 뒷발로 무진장 아프게 그의 다리를 걷어차기는 했지만 힘없이 쓰러졌다. 이번에 그의 앞에 쓰러진 시신을 살펴보니 벌써부터 멍이 생겨나고 있었다. 그의 손자국이 너무 선명하게 남았다. 이렇게 특정한 흔적을 남기지 않을 도구를 찾아야 했다. 그와 육체적으로 상관 없고 추적이 되지 않으며 쉽게 처분할 수 있는 것.

싸구려 체인점에서 산 평범한 넥타이를 추가하자 세 번째 살인은 완벽한 걸작이 되었다. 신속하고 효과적이며 역추적의 빌미를 제공할 증거가 하나도 남지 않았다.

그는 네 번째 살인 이후에 후아레스의 여자들 곁을 떠났다. 그들을 통해 보다 중요한 깨달음을 얻었기 때문인데, 아무 여자나 그의 허기를 채워주지는 않는다는 것이었다. 살인 방법을 고민하는 초반의 스릴감이 두 번째 여자에서부터 급격하게 곤두박질치더니 세 번째 여자의 생명의 기운이 그의 손 사이로 빠져나갔을 때는 거의 아무런 희열도 느끼지 못했다.

마틴은 이 문제를 이리저리 검토하며 다른 부류의 여자들을 죽이는 건 어떨지 고민하고, 살인을 저지른 날 밤의 기억을 재생했다. 의미 있는 감정을 느낀 건 춤을 추며 그들을 그의 마음대로 움직이고 돌렸을 때뿐이었다. 그들의 숨이 아직 붙어 있었을 때 지배하고 복종하게 만든 것이 그를 흥분시켰다.

하지만 이 여자들을 상대로 그렇게 했음에도 살인에서는 만족감을 느끼지 못한 이유가 뭘까?

어머니를 죽인 날의 기억을 더듬자 해답이 퍼뜩 떠올랐다. 다정한 데이트 상대를 바란 순진하고 천진난만한 미혼의 그 여자들에게 부족한 것이 그것이었다. 그녀들은 잘못한 게 아무것도 없었다. 그의 어머니는 거짓말과 폭행과 배신을 일삼았다. 그는 이 세상에 호의를 베푼 셈이었고 그녀가 없어졌다고 아쉬워하는 사람은 한 명도 없었다. 바람을 피우는 거짓말쟁이를 찾아내 목숨으로 대가를 치르게 만든다는 시나리오를 머릿속에서 검토해보자 그의 몸에서 반응이 느껴졌다. 그렇다면 그것이 해결책이었다. 없어지는 편이 나은, 가증스럽고 이기적인 여자들. 이기적인 불륜 행각으로 남편과 가정을 파괴하는 여자들이 분명 엄청 많이 있을 것이었다.

하지만 무슨 수로 그런 여자들을 찾아내 충분히 가까워지되 꼬리를 밟히지 않을 수 있을까?

Chapter 25

진부하고 작위적인 마차 타기는 고문이었다. 심지어 대부분 제대로 된 마차도 아니라 어수룩한 관광객을 최대한 많이 태우려고 좌석을 여러 줄로 만들어놓았다. 이게 무슨 짓일까? 이럴 거면 그냥 투어버스를 타지. 그건 정직하기라도 하구먼.

마틴은 하얀색의 조그만 공주풍 덮개가 달린 커플용 자리로 에밀리를 데려갔다. 리드미컬한 말발굽 소리에 맞춰 프렌치 쿼터를 누비는 동안 마부가 명승지를 가리키며 거기에 얽힌 사연이랍시고 번드르르하게 꾸며냈을 게 거의 분명한 이야기를 들려주었다. 에밀리는 그에게 바짝 기대고 앉아 넋을 잃은 표정으로 마부의 이야기에 귀를 기울였다. 그나마 그녀의 침묵이 상쾌한 변화라 그는 한숨 돌릴 수 있음에 감사했다. 길고 지루한 설명이 끝나자 에밀리는 하늘에 뜬 초승달을 보며 한숨을 쉬고 나지막이 콧노래를 흥얼거렸다. 그도 아는 노래라 – 버번가에 뜬 달 어쩌고 하는 폴리스의 노래였다 – 가사를 떠올리며 그를 꽉 누르고 있는 그녀 때문에 생기려고 하는 폐소공포증을 해소했다. 그러다 그녀를 더욱 바짝 끌어안으며 그녀의 귀에 대고 속삭였다. "오늘 밤에 달빛이 아름답긴 하지만 당신에 비하면 아무것도 아니에요."

그러고는 도가 지나쳤나 싶어 잠깐 걱정스러워졌다. 뭐야, 망측하잖아. 아무리 이 여자가 알딸딸하게 취했대도 이 말에는 속아 넘어가지 않겠네.

하지만 낭만적인 도시에서 낭만적인 연인과 불같은 사랑을 나누지 못해 안달 난 여자의 감수성을 얕잡아볼 일이 아니었다. 그녀는 수줍은 미소와 함께 대답했다. "당신 품 안에서 이런 시간을 경험할 수 있어서 정말 기뻐요. 내가 상상했던 그대로예요."

마틴은 자신의 얼굴을 향해 그녀의 턱을 들었다. 오래전에 화장실 거울을 보며 완벽하게 습득한 감미로운 눈빛으로 그녀의 멍한 눈을 잠깐 들여다보다 가만히 입을 맞추었다. 그녀는 한숨을 쉬며 마주 입을 맞추고는 다시 밤 풍경을 멍하니 응시하고 콧노래를 부르며 그의 어깨에 머리를 얹었다.

다시 잭슨 광장으로 돌아왔을 때 마틴은 그녀가 마차에서 내릴 수 있게 손을 잡아주며 슬쩍 손목시계를 훔쳐보았다. 마차를 타는 데 생각보다 시간이 오래 걸렸다. 그녀는 그가 의도했던 것보다 술기운이 많이 가셨을 것이다.

"뉴올리언스의 자유분방한 테이크아웃 음주 허용 정책을 제대로 활용할 겸 허리케인 한 잔을 나눠 마시면서 걸어요."

"어머, 좋아요. 안 그래도 그거 마셔보고 싶었어요. 술을 들고 다니면서 마실 수 있다니 정말 신기하지 뭐예요……." 그녀는 음주법이 너무 제멋대로라며 조잘거리기 시작했고 그는 기를 써가며 열심히 귀를 기울였다. 침착하게 목표에 집중해. 저 지껄임도 조만간 끝날 테니까.

클럽이 그에게 다시금 에너지를 불어넣었다. 음악 소리는 시끄러웠고 사람들은 즐거워했고 에밀리는 클럽까지 아직 거리가 조금 남았을 때부터 어깨를 흔들기 시작했다. 첫 키스의 봉인이 해제되자 그들의 희롱은 그 자체가 춤이 되어 전희의 경계를 위험하게 넘나들었다. 그는 입을 맞춘 뒤 그녀를 빙그르르 돌려 그의 가슴으로 끌어당기는 연습을 했다. 그녀의 목에 입을 맞춘 다음 돌리며 내보냈다가 다시 품에 안아 조만간 찾아올 노력의 결실을 달콤하게 예고하듯 부드럽게 입을 맞추고 어루만졌다.

세 곡에 맞춰 춤을 추고 나자 그와 그녀의 기대감이 극에 달했다. 이제 때가 무르익었다. 그는 마지막으로 그녀를 끌어당겨서 안고 다급하게 입을 맞추었다.

"더는 못 기다리겠어요. 당신을 간절히 원해요. 이제 호텔로 가요."

그녀는 뺨을 붉혔고, 그는 그와 동침할 생각에 그녀의 심장 박동이 빨라지는 것을 느꼈다고 장담할 수 있었다. 그녀는 까치발을 하고 서서 그의 귀에 대고 속삭였다. "우리, 얼른 가요."

마틴은 원을 완성하기 직전이었다. '나쁜' 여자는 쉽게 찾을 수 있었고 그게 유일한 관건이었다면 후아레스로도 괜찮았을 것이었다. 하지만 그는 한두 시간 이상 그들을 파악하고 유대관계와 신뢰를 구축

해야 했다. 후아레스는 말도 통하지 않는 외국의 도시다 보니 자주 들락거리며 한 번이라도 그런 관계를 시도했다가는 이목을 집중시킬 가능성이 컸다.

그는 이런 고민을 흥미로운 지적 도전으로 변모시킴으로써 좌절감을 당분간 달랬다. 최소한의 위험부담으로 욕구를 충족할 수 있는 방법을 찾고야 말겠다는 결심 아래 연쇄 살인범이 어떤 식으로 처벌을 모면했는지 연구하는 데 두 배로 박차를 가했다. 인상착의 외에 가장 큰 위험 요소는 범인들이 현장에 남기거나 몸에 묻혀서 가는 법의학 증거였다. 혈흔이 최악이었다. 골치 아프고 통제가 어렵고 못 보고 놓치기 십상이기 때문에 애초부터 이쪽은 배제했다. 어차피 어머니의 몸에서 피가 흘러나오는 광경을 지켜보았던 것보다 목 졸라 죽이는 쪽이 훨씬 나았다. 죽일 때 그들의 몸에 손을 대고 있으면 생명의 기운이 빠져나가는 것을 느낄 수 있었고 수도꼭지 돌리듯 쉽게 그 속도를 조절할 수 있었다. 게다가 그는 그들의 손톱 밑에 DNA를 남기지 않고 방어흔 없이 목 졸라 죽이는 방법을 알아내지 않았던가.

그다음으로 문제가 되는 것은 현장에 남는 증거였다. 어딘가에 묻은 지문, 머리카락이나 체모, 신발에 묻은 흙이나 옷의 실밥. 물론 지문은 지우면 된다지만 놓친 게 있으면 어쩔 것인가. 장갑을 끼면 그들의 죽음을 느끼는 데 방해가 될 테고, 시간과 공간에 따라 생뚱맞게 보일 수 있었다. 드라마 속에서라면 머리를 밀고 제모하는 방법을 쓰겠지만, 실제 현실에서는 그런 식으로 지낼 수는 없다.

출장을 가서 형편없는 호텔에 묵었을 때 눈이 번쩍 뜨이는 순간이 찾아왔다. 검은색의 큼지막한 머리칼이 수건과 시트에 묻어 있고 화장실 유리잔에 완벽한 지문이 찍혀 있었다. 유명한 일류 호텔 체인점이 이렇게 말도 못 할 정도로 더러울 줄이야! 그는 순간 하마터면 토악질을 할 뻔했지만 이 역시 우주가 내린 선물이라는 사실을 깨달았다. 수많은 사람이 여길 거쳐 갔을 테니 호텔 객실에서 발견된 머리카락이나 지문이 증거로 쓰일 수 없을 것이었다. 거기에만 전적으로 의존할 것이 아니라 모든 예방조치를 총동원해야겠지만 그건 일종의 보험이었다. 그가 실수를 저지르더라도 들키지 않고 지나갈 수 있었다. 어머니의 죽음이 사고사로 처리됐기 때문에 그의 DNA나 지문이 경찰 파일에 남지 않았다. 그리고 야외에서 충분히 한적한 곳을 찾으려고 하거나 여자의 집에서 살인을 저지르는 것보다 호텔 객실이 훨씬 나았다. 모퉁이를 돌아 나온 행인이나 일찍 귀가한 가족에게 들킬 염려가 없지 않은가.

이렇게 해서 그는 해답에 한 발 가까워졌지만 해결이 거의 불가능한 문제가 여전히 남아 있었다. 어떻게 하면 함께 있는 모습을 아무에게도 보이지 않으며 누군가와 관계를 구축할 수 있을까?

그 문제를 1년도 넘게 고심하는 동안 점점 초조해져서 후아레스의 스트리퍼나 창녀를 죽일까 고민하는 지경에 이르렀다. 그러다 〈월드 오브 워크래프트〉에서 몇몇 길드원들과 영웅 모드를 뛰는데, 한 녀석이 같이 게임하던 여자를 만나려고 비행기를 타고 이 나라의 반대편까지 다녀왔다는 얘기를 장황하게 늘어놓았다. 몇 달 동안 스카이프로 채팅해가며 매일 몇 시간씩 게임 안에서 '데이트'를 하다가 돈을 모아서 다녀왔다는 것이었다. 다른 길드원들이 자기들도 게임에서 만나심지어 결혼까지 한 커플을 안다고 거들었다. 그는 처음에는 일축했다. 아니, 〈월드 오브 워크래프트〉에서 애인을 찾으려는 사람은 심하게 비뚤어졌거나 심하게 절박하거나 둘 중 하나이지 않겠는가.

그러다 자신이 전자이고 자신에게 필요한 여자들은 후자라는 사실을 깨달았다.

마틴은 이것이 완벽한 작전이라는 데 전율했다. 희생양들을 사이버 세계의 거미줄 안으로 끌어들이는 동안 그들과 육체적인 접촉을 할 필요도, 그들이 습관적으로 가는 곳을 찾아다닐 필요도 없었다. 그리고 그와 여자들 양쪽 모두 아무 연고가 없는 곳으로 여행을 하도록 그들을 유도하면 호텔 객실을 쓸 수 있는 완벽한 핑계가 생겼다. 그는 컴퓨터의 귀재라 경찰이 어디를 뒤져야 하는지 알아차리더라도 꼬리를 밟히지 않을 자신이 있었고, 경찰이 그걸 알아차릴 리 만무했다.

그래서 그는 실행에 옮겨보았다. 필요에 따라 스케줄을 여유롭게 바꾸고 조정할 수 있었으니 그의 매력이 게임 안에서 더욱 빛을 발했다. 국내에서 맨 처음 살인을 저지르고 탑승자 명단과 렌터카 서류에 남은 그의 이름 때문에 불안해서 며칠 밤 동안 잠을 설친 이후에는 흔적 없이 다른 도시에 다녀오는 법을 알아냈다. 비행기로 이동하지 않고 호텔 예약도 하지 않고 신용카드를 쓰지 않는 것. 경찰에서 그 도시 공항을 빠져나간 모든 승객을 체크한다 한들 – 범인이 타지인일 거라고 생각할 이유가 없긴 하지만 – 그의 이름은 그 명단에 없을 것이었다. 그날 저녁 일찍 식당에서 피해자를 본 사람이 있다 한들 경찰에서는 영수증을 입수하지 못할 것이었다. 나중에 무슨 이유에서인지 그의 인상착의를 못마땅하게 여긴 경찰이 등장한다 한들 그의 행적이나 기록이 기존의 어떤 범행 패턴과 겹칠 일은 없을 것이었다.

마틴이 세 번의 살인을 통해 이 과정을 연마했을 때 지닌 해먼드가 하늘에서 뚝 떨어졌다. 그녀는 〈월드 오브 워크래프트〉라는 아이스크림선디 위에 얹어진 귀한 체리였다. 이제 그는 완벽의 경지에 올라섰다. 네 명의 여자를 죽였지만 어느 누구도 그의 존재를 알아차리지 못했다. 아무도 그를 막을 수 없었다.

Chapter 26

그들은 둘 다 얼른 호텔로 돌아가고 싶었기 때문에 발걸음을 재촉했다. 걸어가는 동안 그녀가 폴리스의 노래를 흥얼거리자 그도 따라 했다. 그가 걷다 말고 댄스 플로어에서 했던 돌리기 동작을 흉내 낼 때마다 그녀는 번번이 웃으며 그의 품 안으로 덥석 안겼다.

마틴은 보안 카메라 앞을 지나는 동안에는 애인을 잘 챙기는 사람처럼 그녀 쪽으로 몸을 돌리고 고개를 계속 숙였다. 엘리베이터 안에서는 거기에도 카메라가 있을 경우에 대비해 그녀의 목에 얼굴을 묻었다. 복도로 나서자 긴장을 풀고 그녀가 문을 여는 동안 다시 입을 맞추었다.

안으로 들어가자 그는 그녀를 벽에 대고 누르며 다급한 척했다. 키스를 하다 말고 그녀의 입술에 대고 웅얼거렸다.

"스위치가 어디 있는지 모르겠어요, 달링."

그녀가 스위치를 켜자 은은한 불빛이 객실 한쪽 구석을 비추었다. 그는 그녀가 침대 옆 테이블 위에 핸드백을 던지는 것을 지켜보며 어느 각도가 제일 좋을지 계산했다. 그는 침대 쪽으로 다가가며 목으로 손을 올려 넥타이를 풀었다.

"이리 와요." 그는 손을 내밀며 음탕하기 그지없는 미소를 만면 가득 퍼뜨렸다. "너무 아름다잖아요. 당신과 함께라면 밤새도록 할 수 있을 것 같아요."

그녀는 손끝으로 가볍게 그의 손을 잡았다. 그는 요란한 원피스 자락이 펼쳐지자 그 아래로 드러난 그녀의 엉덩이를 쳐다보며 그녀를 빙그르르 돌려 가슴에 품었다. 그가 입술로 목을 더듬자 그녀는 고개를 위로 들고 목구멍을 한껏 드러내 보였다. 그는 목선을 따라 입을 맞추다 귀에 다다르자 잠시 머물며 온기를 느꼈다. 그녀의 경동맥 안에서 부드럽게 고동치는 맥박과 목에서 풍기는 사향 냄새를 음미했다. 탄력이 넘쳤다. 생명의 기운으로 잔뜩 펄떡거렸다.

네 피가 흐르는 이유는 내가 허락하고 있기 때문이야. 조만간 너를 돌처럼 차갑고 뻣뻣하게 만들어주마.

마틴은 그녀의 몸 옆면을 천천히, 조심스럽게 쓸고 내려가며 이제 그의 손아래 놓인 근육과 뼈를 느꼈다. 그녀는 한숨을 쉬며 긴장을 풀고 그에게 몸을 기댔다.

더러운 걸레. 원시적인 욕구의 노예 그리고 이제는 내 원시적인 욕구의 노예.

그녀의 동그란 배를 지나 풍만한 가슴으로 왼손을 옮겼고, 발딱 일어나 그를 마중 나온 젖꼭지를 손가락으로 왔다 갔다 문질렀다. 그녀

208

가 가쁜 숨을 토하자 오랫동안 기다려왔던 에너지와 아드레날린의 파도가 그의 머릿속에서 분출했다.

마틴은 웃으며 옷깃 밖으로 넥타이를 끄집어내면서 손가락으로 그녀의 상기된 뺨을 훑어 알아차리지 못하게 했다. 심장이 쿵쾅거렸다. 다음 동작이 그의 모든 수고를 완성하거나 망가뜨릴 결정타였다. 그는 턱을 올리고 입을 살짝 벌리고 눈을 감고 기다리는 그녀의 옆모습을 흘끗 쳐다보았다.

손가락으로 그녀의 목을 훑다 그녀의 머리칼을 한쪽 옆으로 쓸어넘겼다. 왼손을 그녀의 팔 위로 슬그머니 움직이며 그녀의 주의를 다른 데로 돌리기 위해 마지막으로 젖꼭지를 꼬집었다.

그는 그녀를 잡은 손에 힘을 주었다. 그녀는 다시 신음 소리를 냈다. 놀라며 즐거워하는 기미가 목소리에서 묻어났다.

마틴은 다시 웃음을 터뜨렸다. 터프해서 좋다고 생각하는군. 두고 보라지.

하지만 그의 의식 저 깊은 곳에서 뭔가가 쨍 하는 소리를 냈다. 뭔가가 이상했다.

지금은 그런 데 정신 팔 겨를이 없었기에 떨쳐버리고 그녀의 뒤통수로 손을 뻗어 넥타이 양쪽 끝을 손가락 위에 걸쳤다. 기대가 섞인 숨을 마지막으로 한 번 들이마신 다음 넥타이 양쪽 끝을 꼬아서 꽉 잡았다.

그녀는 신음 소리를 냈지만 소리가 목에 걸렸고 몸이 뻣뻣해졌다. 그녀가 팔을 자기 목 쪽으로 들어 올리려고 하자 그는 그녀의 몸을 붙잡은 손에 더욱 힘을 주며 반격에 대비했다.

하지만 그녀의 팔이 힘없이 떨어졌다.

아니……? 이 여자는 이게 무슨 일인지 모르는 걸까? 왜 반항하거나 공포에 질리지 않는 거지?

"이 정도로 터프한 건 싫은 모양이지?" 마틴은 생각 없이 불쑥 내뱉었다가 움찔했다. 삼류 소설에 나오는 저속한 문장처럼 어울리지 않게 느껴졌다. 수준 미달인 것 같았다. 다시 속에서 왠지 모를 찌릿함이 느껴졌다.

그의 말투가 그녀의 자기보호 본능을 자극했다. 그녀가 그를 걷어차려고 다리를 뒤로 뻗자 정강이가 침대 프레임에 부딪혀 쩍 하고 갈라지는 것이 그에게로 전달됐다. 그녀가 한쪽 발바닥으로 그의 다리를 밀어서 넘어뜨리려고 하자 그는 발기가 되려고 하는 것을 느낄 수 있었다. 지금까지 그런 작전을 동원한 여자는 없었다. 그래, 훨씬 좋아.

그녀는 전략을 바꿔서 그의 팔에 대고 엉덩이를 빠르게 돌리려고 했다. 그 방법이 실패하자 머리를 앞으로 홱 숙였다가 뒤로 그의 얼굴을 들이받으려고 했다. 그는 머리를 옆으로 움직이며 웃음을 터뜨렸고 넥타이를 다시 더 세게 비틀었다.

마틴은 공포로 얼룩진 표정을 볼 생각에 두근거리는 심장을 달래며 고개를 돌려 그녀의 옆얼굴을 확인했다. 과연 그녀는 겁에 질리기 시작했다. 눈동자를 눈가로 굴려서 그를 찾고 있었다. 뭐라고 말을 하려고 했지만, 그의 품 안에서 상체를 돌리려고 했지만, 그가 팔로 잡고 놓지 않았다.

그리고 잠시 후에 그녀가 모든 동작을 멈추었다.

뭐지? 놓아줄 줄 알고 죽은 척하는 거야? 그는 속아 넘어가지 않았다는 걸 알리기 위해 그녀의 살갗 속으로 넥타이를 더욱 비틀었다.

그녀의 몸에서 힘이 풀렸다.

이걸 게임이라고 생각하는 거야? 산소가 바닥나기 직전이라는 걸 알 텐데? 이게 일종의 전희라고 생각하는 건 아니겠지?

마틴은 다시 한번 넥타이를 휙 당기며 반응을 유도했다. 아무 반응이 없었다. 잠시 후에 그녀가 그에게 기대고 쓰러지는 것이 느껴졌다. 그녀의 신체 기능이 정지되고 있음을 알리는 신호였다. 그는 잔뜩 긴장한 채 마지막 반항이나 마지막 비책이나 그게 아니면 다른 뭐라도 등장하길 기다렸다.

하지만 감감무소식이었다. 그는 필요 이상으로 길게 같은 자세를 유지하고서 기다렸다.

이상한데. 뭔가가 이상해.

과연 뭔가가 이상했지만 지금은 그게 뭔지 고민할 겨를이 없었다. 당면한 문제에 정신을 집중해야 했다.

그는 눈을 감고 온몸으로 밀려드는 아드레날린에 생각을 모았다. 사지가 제멋대로 춤을 추도록 그녀를 흔들며 그녀가 자신의 힘없는 인형이라는 사실을 애써 상기했다. 축 늘어진 그녀의 따뜻한 몸에 집중하고 그녀에게서 빠져나온 온기가 자신에게로 들어오는 것을 상상했다. 꽃냄새를 풍기는 그녀의 머리칼과 그의 손가락을 조이는 폴리에스터 합성섬유 넥타이의 감촉과 그의 손에 눌린 물렁물렁한 살로 이내 관심을 돌렸다. 눈을 뜨고 일그러진 그녀의 이목구비를 기억에 새겼다. 이 느낌에서 저 느낌으로 옮겨 다니며 나중에 다시 소환할 수 있게 분류하고 정리했다.

시신의 무게 때문에 몸이 앞으로 쏠리자 집중력이 흐트러졌다. 그는 그녀를 뒤집어서 발 위에 올려놓고 자신의 엉덩이를 그의 엉덩이 쪽으로 당겼다. 발을 내딛고 왼쪽 다리를 앞으로 뻗어 삼바 롤을 추었다. 그녀와 한 몸처럼 움직이는데 어려울 게 하나 없었다. 왜 진작 이렇게 시도해보지 않았을까?

하지만 흥분이 느껴지지 않았다.

마틴은 염증을 느끼고 포기했다. 그녀를 계속 발 위에 얹은 채 침대로 다가가 애써 정신을 집중하며 그녀를 내려놓았다. 다른 건 몰라도 그녀의 몸이 너덜너덜한 헝겊 인형처럼 바닥 위로 찌그러지는 순간을 감상할 수는 있었다. 그는 허리를 숙여 그녀의 자세를 바로잡았다. 한쪽 엉덩이를 들어서 뒤로 넘겼다. 한쪽 팔꿈치를 구부리고 다른 쪽 팔은 길게 내밀고 결과물을 확인했다. 완벽하지는 않지만 그가 원한 삼바 롤의 그림에 가까웠다.

마틴은 마지막 장면을 머릿속 카메라로 찍고, 넥타이를 집어서 다시 매고, 목록을 하나씩 체크했다. 그녀를 벽에 대고 눌렀을 때 벽을 손으로 건드렸던가? 건드리지 않았다. 다른 건드린 게 있었을까? 없었다. 이제 그는 결혼반지를 빼려고 허리를 숙였다.

반지가 꿈쩍도 하지 않았다.

마틴은 가슴을 후벼파는 좌절감을 애써 눌렀다. 언젠가는 이런 사태가 벌어질 줄 알았기에 항상 대비하고 있었다. 그는 주머니에서 고무줄과 족집게처럼 생긴 조그만 핀셋을 꺼냈다. 그녀의 손마디에서부터 단단히 고무줄을 감아 올라가며 살을 눌렀다. 반지에 다다르자 핀셋으로 고무줄을 그 아래로 넣어 반대편으로 꺼냈다. 그쪽 끝을 손으로 잡고 고무줄을 반지 아래에서 빙빙 돌려가며 손끝으로 끌어내렸다. 반지가 천천히 회전하며 눌린 손가락을 이동해 기다리고 있던 그의 손안으로 떨어졌다. 그는 반지와 장비를 다시 주머니에 넣었다.

마틴은 객실을 마지막으로 한번 돌아보고 아무것도 떨어뜨리지 않았다는 데 뿌듯해했다. 뭔가 마음에 걸리는 게 있는데, 그게 뭔지 알 수가 없었다. 그는 목록을 다시 한번 점검하며 빠뜨린 게 있는지 체크했다. 이번 경우에는 뭐가 달랐을까? 그녀가 너무 쉽게 죽긴 했지만 그렇다면 범행 현장이 더 복잡해지는 게 아니라 그 반대라야 했다. 그는 정신 차리라고 자신을 다그쳤다. 너는 지금 그녀가 반항을 하지 않았고 반지가 빠지지 않아서 당황한 거야. 패턴이 어그러져서. 얼른 정신 차려.

그는 티슈를 한 장 뽑아서 문을 열고 나왔다. 중절모를 눌러쓰고 성큼성큼 걸음을 옮기는데, 그녀가 흥얼거린 노래의 가사가 머릿속을 간질였다. 그 노래에 등장하는 살인범도 모자로 얼굴을 가렸다는 사실이 떠올랐다.

그는 이 얄궂은 상황에 미소를 지으며 호텔을 빠져나왔다.

뭔가가 분명 잘못됐다.

마틴은 머릿속에서 무한 반복되는 그 노래를 들으며 차를 몰고 뉴올리언스에서 탈출하는데, 다른 호텔에서 살인을 감행했을 때와 다르게 생각이 차분하게 정리되지 않았다. 앞으로 주어질 보상에 대한 기대감과 더불어 일을 무사히 끝냈다는 만족감이 온몸을 감싸지도 않았다. 성찬을 배불리 먹고 남은 건 냉장고에 쟁여놓았기에 행복해지는, 추수감사절 저녁 식사 이후 같은 여운이 없었다. 꼭 후아레스 때 같았다.

그녀를 죽였을 때 발기가 되긴 했지만 전처럼 강렬하지 않았고 훨씬 금방 사그라들었다. 집으로 돌아가면 그걸로 끝일지 모른다는 공포가 자꾸만 되살아나 현시점의 성공을 만끽할 수가 없었다. 살인까지의 과정은 이제 사실상 판에 박힌 것이 되었고 이 순간이 환희의 절정이라야 했다. 걱정거리는 줄고 기억을 더듬으며 살인을 음미할 수 있는 지금이.

그런데 왜 그렇지 않을까?

한참을 달려 비행기를 타고 집으로 돌아오는 내내 이 문제가 그의 머릿속을 맴돌았다. 그가 생각할 수 있는 해답은 하나뿐이었다. 너무 쉬웠다는 것. 그녀가 너무 쉽게 죽은 것이 결정적이기는 했지만 그게 다는 아니었다. 처음부터 모든 게 너무 쉬웠다. 심지어 화상 채팅도 그녀가 먼저 얘기를 꺼내지 않았던가. 도전 의식을 불사를 만한 게 전혀 없었다.

그의 상태가 점점 심해지고 있는 걸까? 가장 출중한 살인범들도 그럴 때 꼬리를 밟혔다. 욕심이 많아져서 뭔가를 바꿨을 때. 엉성해졌을 때. 그는 절대 그럴 일이 없었다.

게다가 정말 무슨 문제가 생겼는지조차 확실하지 않았다. 너무 스트레스가 많아서 그냥 컨디션이 안 좋은 것일 수도 있었다. 일단 집으로 돌아가면 모든 게 괜찮아지고 이 묘한 불만감도 사라질지 모른다.

Chapter 27

조는 아버지의 집 앞 정원에 앉아서 팽 오 쇼콜라와 튀긴 도넛이 담긴 접시를 외면하며 카페오레를 마셨다. 조간신문을 읽고 있는 아버지를 흘끗 쳐다보았다. 그는 그녀의 시선을 느끼고 고개를 들었다. "왜? 너도 보고 싶어서?" 프랭크는 그녀에게 물었다.

"다 읽으면 1면 주세요."

"휴가라면서 뭘 알아내려고? 네 엄마 말이 맞아. 너는 어째 절대 쉬질 못하니."

조는 한숨을 쉬었다. "고향 소식을 계속 알고 있어야죠. 이 도시의 부활을 구경하는 게 얼마나 재밌다고요."

프랭크는 툴툴거렸다. "그 어떤 것도 이 도시를 무너뜨릴 수 없지. 과거에도 그랬고 앞으로도 그럴 거다. 하지만 그렇다고 해서 만만하다는 건 아니야."

조는 집에 내려올 때마다 만감이 교차했고 그게 아버지 때문만은 아니었다. 뉴올리언스 자체가 복잡한 도시였다. '재미있게 놀아보자'는 모토를 획득한 궁극의 파티 타운이긴 하지만 가난과 범죄의 온상이기도 했다. 그녀는 여기서 자랐고 이곳을 무조건적으로 사랑했다. 그녀는 루이지애나 남부를 관통하는 엄청난 규모의 케이준(루이지애나에 거주하는 프랑스계 후손 – 옮긴이) 대가족 출신이고 그녀의 영혼의 고향은 바로 여기일 것이다. 하지만 인간의 사악한 측면이 이곳에서 어떤 식으로 발현되는지 똑똑히 알고 있었다.

"지당허신 말씀입니다." 조가 사투리를 쓰자 그녀의 아버지는 웃음을 터뜨렸다.

"여기 출신은 다 그래. 너도 마찬가지고." 프랭크는 턱으로 그녀를 가리켰지만 시선은 이미 신문 쪽으로 돌아갔다.

그녀는 머릿속에서 메아리치는 두 마디를 듣지 않으려고 눈을 감았다. 너도 마찬가지고.

아니다, 그녀는 아니었다. 이곳에 사는 유령들을 떠올릴 때마다 분명히 알 수 있었다.

조의 부모는 그녀가 열세 살 때 이혼했고 어머니는 그녀를 데리고 자신의 고향 뉴잉글랜드로 돌아갔다. 나이가 나이였다 보니 조는 오크허스트에 어느 정도 뿌리를 내릴 수밖에 없었다. 평생 친구를 사귀었고 잭이라는 남자에게 푹 빠져 결혼을 꿈꾸었다. 그녀는 거기 생활이 좋았고 뉴올리언스에서는 백 년에 한 번 볼까 말까 한 눈 구경을 할 수 있어서 특히 좋았다. 하지만 복잡한 첫 도시에 대한 사랑은 사라지지 않았다.

카트리나 태풍 때문에 이 도시는 더 복잡해졌고 여길 대하는 그녀의 감정도 강렬해졌다. 태풍으로 너무나 많은 것이 물리적으로 망가졌고 잇달아 경제가 붕괴됐다. 즐거운 시간을 보내러 나선 관광객들이 뭐 하러 위기에 봉착한 도시를 찾겠는가. 그래서 돈과 일자리는 줄고 가난은 심해졌다. 그래도 주민들은 자신들의 도시와 독특한 문화에 격한 자부심을 느꼈고 다시 건강하게 되살리겠다고 투지를 불살랐다. 카트리나 이후에 돌아와 보니 만감이 교차했다. 그녀의 도시가 아직 견뎌내고 있다는 데에는 자부심을, 이렇게 곤궁하다는 데에는 서글픔을 느꼈다.

태풍이 닥쳤을 때 그녀의 아버지는 유서 깊은 가든 지구의 자택을 떠나지 않고 버텼다. 그는 이 세상에서 가장 고집이 센 케이준이었다. 하지만 대공황 때 어린 시절을 보낸 부모의 막내아들이기도 해서 빈틈이 없었다. 항상 식량과 현금을 잔뜩 쥐고 있었고 성경 속의 역병처럼 들이닥친 후유증을 어떻게 처리하면 되는지 너무나 잘 알았다. 발전기로 일상생활을 유지하고 두둑한 현금으로 어려움에 처한 주민들을 도왔으니 수많은 사람이 보기에 그는 성인이나 다름없었다. 조는 대피하지 않길 잘했다고까지 하지는 않았지만 – 그녀가 생각하기에는 무모한 판단이었다 – 그래도 아버지가 자랑스러웠다. 그는 확실히 불굴의 의지의 소유자였다. 하지만 그녀는 어떤가.

조는 아니었다. 그녀는 반년 만에 처음으로 건드린 사건 하나조차 해결하지 못했다. 여러 개도 아니고 하나였는데! 자신이 직접 사건을 수사할 틈이 생길 거라고 생각한 이유가 뭐였을까? 그 부서가 얼마나 과로에 시달리는지 알고 있었는데. 그녀는 옳은 일을 하기 싫어서 또

다시 무의식적으로 태업에 돌입했던 걸까?

조는 작은 도넛을 하나 집고 진한 커피를 한 잔 더 따르며 다른 생각을 하려고 했다. 커피를 마시며 눈을 감고 속으로 앓는 소리를 냈다. 그녀가 스타벅스와 힐 오브 빈스 중독자이긴 하지만 아버지가 끓이는 커피에 비하면 턱도 없었다. 그녀는 도넛을 한 입 베어 물고 무너지는 결을 음미했다.

하지만 아무 소용없었다. 아무리 애를 써도 아버지가 무심코 던진 말이 머릿속을 뒤흔들며 그녀를 가만히 내버려두지 않았다.

조는 오크허스트로 이사한 뒤로 최소 1년에 한 번은 아버지를 보러 가려고 했다. 10대 시절에는 여름방학의 대부분을 여기서 보냈다. 자주 찾은 덕분에 이 도시와 예전 친구들과 관계를 계속 유지할 수 있었지만, 서서히 바뀐 그들의 외모와 성격이 물리적인 거리 때문에 갑작스럽고 드라마틱하게 느껴졌다. 그녀는 안전하고 안락한 뉴잉글랜드에서 고향 친구들은 어떤 고난을 겪는지, 그 고난으로 인해 어떤 식으로 달라지는지 목격했다. 그런 관점에서 바라보다 보니 인성은 모두 환경과 기회의 소산이라고 확신하게 되었다.

그런데 열여섯 살에 놀러 왔을 때 고난과 편안하게 거리를 두고 유지되던 삶이 산산이 부서졌다.

"야, 나 이제 가서 누구 좀 만나야 해." 둘이 같이 아는 친구인 트레버와 놀고 있었을 때 연인 비슷한 관계였던 마크가 말했다.

"어차피 여기 있는 거 지겹던 참이다. 어디 가야 하는데?" 트레버가 물었다.

"콩고 광장." 프렌치 쿼터 바로 북쪽의 루이 암스트롱 공원에 있는 광장이었다. 그들은 같이 그쪽으로 걸어갔다. 남자아이들은 웃으며 길거리에 굴러다니는 돌을 찾았고 트레버는 여자들과 만나고 다닌 걸 떠벌였다.

공원 근처에 갔을 때 요란한 굉음에 그들 모두 깜짝 놀랐지만 마크는 펄쩍 뛰다시피 했다. 그걸 보고 트레버는 그를 쪼아댔다.

"너 왜 그래? 왜 뒤를 돌아보면서 계집애처럼 비명을 지르냐? 마리화나 너무 많이 피웠어? 피해망상 생겼어? 사람들이 너를 잡으러 오고 있어?"

"하, 웃기시네." 마크는 웃었지만 눈빛은 정색하고 있었다.

조는 콩고 광장이 가까워지자 불안해졌다. 원래 해가 진 뒤에 가면 위험한 곳이었는데, 그녀가 마지막으로 본 이후에 뭔가가 달라져서 훨씬 으스스해졌다. 가는 길에 마주친 몇 안 되는 사람들은 대놓고 적의를 드러내며 그들을 위아래로 훑어보다가 손으로 입을 가리고 자기들끼리 수군거렸다. 그녀는 너무 오래 멀리서 지내다 보니 여기 분위기가 더는 익숙지 않아서 그렇게 느껴지는 거라고 자신을 달랬다.

마크가 땅바닥을 가리키며 그들에게 거기 꼼짝 말고 있으라고 하더니 광장 가장자리에 모여 있는 사람들에게로 몇 백 미터를 달려갔다. 대부분 어두침침한 조명이 비치지 않는 곳에 숨어 있었다. 조는 숨막힐 듯한 어둠을 뚫고 최대한 열심히 그들을 쳐다보았다. 어둠에 적응이 되고 그녀의 눈이 그들의 옷차림을 확인했을 때 피가 차갑게 얼어붙었다. 그들은 친구가 아니었다. 나이가 많은, 20대 중반이었다. 약쟁이들이었고 열이 받은 상태였다.

그들은 다가오는 마크를 지켜보다가 거리가 1, 2미터로 좁혀지자

한 명이 앞으로 나섰다. 나머지는 그 뒤에서 자리를 잡았다. 고성이 습한 공기를 뚫고 트레버와 조의 귀에까지 전해졌다. 알아들을 수 있는 게 몇 마디뿐이었지만 빈칸을 채우기가 그리 어렵지도 않았다. 마크는 그들에게 마리화나를 팔고 있었는데 공급량이 부족했다. 많이 부족했다.

트레버가 마크 쪽으로 한 발짝 다가갔지만 조가 그의 팔을 잡았다. "여기서 기다리라고 했잖아."

"저 사람들이 쟤한테 해코지할 거야. 내가 가서 도와야 해."

"무슨 수로? 저 사람들은 총이나 하다못해 칼이라도 들고 있을 테고 여섯 명이야. 우리가 가서 정확히 뭘 어쩔 수 있겠어?"

"아가씨, 내가 언제 우리랬냐? 나라고 했지. 여기 가만히 서 있을 수는 없어."

광장 저쪽 끝에서 나타난 낯선 사람이 이게 다 무슨 일인지 파악할 수 있을 만큼 가까워지자 공포가 조의 목젖을 눌렀다. 그 낯선 사람은 사람들이 모여 있는 쪽으로 방향을 틀어 그들에게서 마크를 떼어내려고 했다. 그중 두 명이 그를 돌아보았지만 그는 물러서지 않고 리더에게 한발짝 다가가 큰소리로 외쳤다. "나는 너 같은 깡패가 무섭지 않아!"

리더가 총을 꺼내 이 사마리아인의 머리를 쏘았다. 그러고는 팔을 돌려 마크도 쏘았다.

마크의 몸이 경련을 일으키며 뒤로 쓰러지자 조는 앞으로 뛰쳐나갔지만 트레버가 그녀를 붙잡았다. 뛰쳐나가려다 다시 실패하자 조는 고개를 돌려 그녀의 팔을 잡고 있는 트레버의 손을 멍하니 바라보았다. "어쩌려고?" 트레버는 그녀가 했던 말을 되돌려주었다. "가자! 여기서 도망쳐야 해!"

조직원 둘이 그들을 보고 그들 쪽으로 달려오기 시작했다. 조는 몸을 홱 돌렸다가 납덩이처럼 무거워진 발 때문에 하마터면 넘어질 뻔했다. 트레버가 넘어지지 않게 그녀를 잡아당겼고 몇 발짝 뗀 뒤부터 그녀의 발은 다시 제대로 움직이기 시작했다. 그녀는 트레버가 빈 창고 뒤에서 숨을 헐떡이며 멈추어 설 때까지 그를 따라 뒤도 돌아보지 않고 달렸다.

그들은 도망칠 수 있을 만큼 빠르게 반응하긴 했지만, 그랬음에도 불구하고 그녀가 우물쭈물한 대가로 트레버가 목숨을 잃었다.

퍼드덕거리느라 시간을 지체하는 동안 남자들이 그의 인상착의를 제대로 보아두었다가 차를 타고 지나가며 그를 쏘아서 죽인 것이었다. 그들은 그녀도 또렷이 보았을 것이다. 그녀가 목숨을 부지한 이유는 그 동네에서 이제는 모르는 아이였기 때문인지, 아니면 며칠 뒤에 오크허스트로 돌아갔기 때문인지 알 수 없었다. 그녀의 친구들이 말하길 지나가던 행인은 캐나다에서 놀러 온 관광객이었다고 했다. 그 때문에 경찰에서는 범인을 찾아야 한다는 압박감을 느꼈고 이 사건에 대해 아는 게 있는 사람은 연락해달라고 요청했다.

그날 벌어진 사건들 중에서 아직 조를 괴롭히는 부분은 세 가지였다. 첫째는 가족들이 퇴거 조치를 당하는 걸 막기 위해 마크가 마리화나를 팔고 있었다는 사실이었다. 그의 아버지는 회사에서 잘렸고, 그날 그녀가 마크네 집에서 먹은 저녁은 정부가 운영하는 푸드 뱅크에서 지원받은 것이었다. 둘째는 그 비슷한 수많은 살인사건은 인력과 자금 부족으로 방치되는데, 피해자가 관광객이라 수사가 촉발됐다는 위선이었다. 하지만 무엇보다 심란했던 부분은 그녀가 그 당시 사랑했던 남자친구를 살릴 수도 없을 만큼 속수무책이었다는 것, 그녀나 가족에게 무슨 일이 벌어질지 무서워서 경찰에 정보를 제공하지도 못했다는 것이었다.

마크도 트레버도 원한을 풀지 못했다. 그녀가 겁쟁이였기 때문이었다. 그녀의 잘못이었다.

아버지가 〈타임스 피카윤〉을 조의 눈앞에 들이대 그녀의 몽상을 깨뜨렸다. 조는 고맙다고 말하고, 도넛을 내려놓고 신문을 받았다. 입맛이 싹 달아났다. 그녀는 접시를 멀찌감치 치우고 의자에 기대고 앉아 신문을 펼쳤다.

5면에 다다랐을 때 그녀의 몸이 뻣뻣해졌다.

어떤 여자가 슬립 타이트라는 대형 호텔 체인점에서 살해됐다. 교살이었고 혼자 체크인 했고 객실에 손을 댄 흔적이 거의 없었다. 피해자와 동행이 호텔 안으로 들어오는 장면이 담긴 보안 카메라 캡처 사진을 보았을 때 조는 자리에서 벌떡 일어났다.

남자가 중절모를 쓰고 있었다.

Chapter 28

"로빈슨 형사, 이쪽은 매사추세츠 오크허스트 카운티 형사기동대 소속이고 여기 잠깐 내려온 조셋 푸르니에 경위." 키가 크고 체구가 육중하며 검은 머리와 다정한 눈빛이 특징인 벤빌 경위는 그녀가 형사와 악수하는 동안 커피를 한잔 따라주었다. 남부지방 특유의 인심인지 아니면 직업상 예의를 갖추는 건지 모르겠지만 아무튼 조는 속으로 감사 인사를 했다. 모든 부서에서 사건 수사에 간섭하려 드는 타지의 경위를 따뜻하게 맞이하는 건 아니었고, 더러는 대놓고 강한 거부감을 보였다. 그녀는 고향 사투리를 동원해가며 한 차례 점잖은 인사를 주고받은 뒤 본론으로 들어갔다.

"그러니까 연쇄 살인범의 소행일지도 모른다는 건가요?" 벤빌이 물었다.

"안타깝게도 제 생각은 그래요. 뭐 하나 여쭤볼게요. 피해자가 끼고 있던 결혼반지가 없어졌나요?"

벤빌과 로빈슨은 서로 흘끗 쳐다보았다. "네." 벤빌이 대답했다.

"그럼 맞는 것 같네요. 수법도 동일하고, 페도라를 쓴 남자라는 것도 동일하고, 결혼반지가 없어진 것도 동일하니까요." 그녀는 오크허스트에서 벌어진 살인사건의 개요를 간략하게 설명했다. "한번 보실 수 있게 지금 바로 파일을 보내달라고 저희 팀에 요청할게요." 그녀는 주머니에서 휴대전화를 꺼내 파일을 전송해달라고 문자를 보냈다.

벤빌이 지켜보는 가운데 로빈슨이 해당 사건 파일을 조에게 넘기고 그들이 파악한 정보를 간단하게 설명했다. "성명은 에밀리 카슨. 테네시주 프레이저에서 남편 에드워드와 함께 거주했습니다. 초등학교 교사였고 오늘부터 시작하는 워크숍에 참석하기 위해 여기 왔고요."

"그러니까 다른 동료 없이 혼자 왔나요?"

"네."

"그리고 남편은 알리바이가 있을 테죠?"

"아주 완벽하지는 않지만 여기 와서 그녀를 살해할 만한 시간이 없었겠다고 할 정도는 됩니다. 아이들과 함께 영화를 보러 갔다가 그녀가 살해되기 한 시간 전쯤에 집으로 돌아갔다고 하니까요."

"다른 단서는요?"

"아직은 없고 솔직히 별로 입수된 게 없어요."

"어떤 사건이라고 보세요?" 조는 물었다.

"때와 장소를 잘못 만났고 어쩌다 보니 안 좋게 끝난 것 같은데요. 경위님 말씀을 들어보니 연쇄 살인범을 잘못 만난 모양이네요." 로빈슨은 웃음을 터뜨렸다.

조는 움찔하지 않으려고 애써 참았다. "그럴지도 모르죠." 여기에서부터 그녀는 깃털 하나 건드리지 않고 조심스럽게 걸어야 했다. 평소의 그녀 같으면 그다음에 뭘 해야 할지 알겠지만 여긴 그녀의 지서도 그녀의 부서도 아니었다. 양쪽 부서 모두 자기 사건에 관할권이 있었고 그걸 포기하고 싶은 생각은 없을 것이다. 조가 사건을 인계받으려는 것 같다는 생각이 들면 이들은 그녀를 내칠 것이다. 조 역시 자신의 사건을 이들에게 넘길 생각이 없었다.

"보시기에 이 시점에서 어떤 식으로 처리하는 게 최선이라고 생각하세요?" 조는 벤빌과 로빈슨, 양쪽 모두와 조심스럽게 눈을 맞추며 이렇게 물었다.

벤빌이 몸을 앞으로 숙였다. "이 사건이 왜 경위님의 눈에 포착됐는지 알겠어요. 하지만 양쪽이 얼마나 비슷한지 아니면 얼마나 다른지 비교해본 다음이라야 어떤 식으로 진행할지 결정할 수 있을 거라고 봅니다. 연관성이 있을 수도 있고 우연의 일치일 수도 있으니까요."

조는 벤빌의 무표정한 얼굴을 보며 고개를 끄덕였다. 그는 조의 의견에 동의하지 않았다.

"우리는 그쪽 사건 파일을 열심히 들여다볼 테니 경위님은 우리 쪽 사건 파일을 열심히 봐주세요. 그래야 사건의 진상을 파악할 수 있지 않겠습니까?"

"파일을 훑어보고 싶은데 빈자리하고 컴퓨터 있나요?" 조는 이들은 오크허스트 살인사건 파일을 아직 보지 못했다고, 그러니 조심스러워하는 것도 일리가 있다고 자신을 애써 달랬다. 아무튼 이로써 그들이 수집한 정보를 입수하고 그들에게서 협조를 구하는 계기가 될지 몰랐다.

벤빌은 로빈슨을 돌아보았다. "자료를 전부 회의실로 들고 와. 거기다 세팅하게."

조는 문밖을 내다보며 물었다. "가는 길에 화장실이 어딘지 알려주실 수 있나요?"

로빈슨은 왼쪽을 가리켰다. "저 복도를 가다 보면 있어요. 회의실은 저기 저 검은 문이고요. 시작합시다."

조는 화장실 문을 열고 모든 칸막이 안에 아무도 없는지 확인했다. 내가 담배를 피우지 않는 게 유감일세. 담배를 피웠다면 화장실이 아니라 다른 데서 개인적인 통화를 할 수 있었을 텐데. 하지만 폐암에 걸리느니 융통성을 포기하는 편이 나았다. 화장실이 비교적 깨끗한 것이 그나마 위안이었다. 그녀는 휴대전화를 꺼내 번호를 눌렀다.

신호가 세 번 울리자 아넷이 전화를 받았다. "휴가 간 거 아니었어? 해먼드 파일을 왜 뉴올리언스 경찰서로 보내라는 거야?"

조는 관련 사항을 간단하게 설명했다. 아넷은 욕을 했다.

"서로 연관 있는 사건이라고 여기 사람들을 설득하는 중이에요. 그러는 동안 지난 5년간 이 비슷한 교살 사건이 있었는지 검색 부탁해요. 호텔 객실에서 교살, 유부녀, 성폭행 흔적은 없음, 강도를 당한 흔적도 없음. 50개 주 전역에서요."

"하는 김에 바다에서 검은 진주를 찾아달라는 거야?" 아넷이 대꾸했다.

"하하. 이게 어떤 부탁인지 저도 알아요. 하지만 연쇄 살인범이라면 전에도 범행을 저질렀을 가능성이 크고, 다른 사건이 나오면 연관성이 있다고 여기 사람들을 설득하기가 쉬워지잖아요. 그러니까 최대한 빨리 검색 부탁할게요."

"아니, 나도 기꺼이 찾아볼 작정이야, 논리적으로 말이 되니까. 너무 기뻐서 지금 얼굴에서 미소가 떠나질 않아. 내가 이해가 안 되는 부분은 그쪽 사람들의 협조에 왜 그렇게 목을 매느냐는 거야. 그 사람들 없어도 수사가 가능한데."

조는 웃음을 터뜨렸다. "선배의 정치적인 수완은 알아줘야 한다니까. 네, 중요해요. FBI 범죄 행태 분석반의 도움을 받으려면 더욱 더요."

조의 전화기 저편에서 손바닥으로 이마를 때리는 것 비슷한 소리가 들렸다.

"으아, 연방경찰이라니. 행복한 월요일이 되겠군."

조는 웃음을 터뜨렸다. "익숙해질 거예요." 그녀는 전화기를 타고 전해지는 으르렁거리는 소리를 못 들은 척하고 '종료' 버튼을 눌렀다.

조는 회의실로 돌아갔다. 로빈슨이 전면의 테이블 근처에 의자 세 개를 가져다 놓았고, 테이블 옆쪽 벽에는 수명을 다해가는 큼지막한 화이트보드가 걸려 있었다. 벤빌이 정중앙에 세 개의 파일과 노트북이 놓여 있는 테이블에서 자기 파일을 검토 중이었다.

"비교하기 쉽게 그쪽 분들이 보낸 자료를 출력했어요. 우리 쪽 자료는 노트북에 담았고 서면 자료는 저기 있고요." 그는 테이블을 턱으로 가리키며 커피를 두 잔 새로 따랐다.

조는 커피 잘 마시겠다는 뜻에서 미소를 지으며 벤빌의 맞은편에 앉았다. 그녀는 카슨 파일을 집어서 얼른 훑어본 다음 수첩에 적어가며 다시 한번 정독했다. 로빈슨은 남은 해먼드 파일과 함께 자리에 앉았다. 그들은 다른 파일에서 필요한 정보가 있을 때 말고는 묵묵히 작업에 임했다.

그녀는 자료를 검토하면 할수록 점점 더 확신이 생겼다. 사소한 몇 가지 부분 말고는 이 파일에서 에밀리 카슨을 지닌 해먼드로 대체해도 될 정도였다. 양쪽 사건 모두 피해자가 살인 당일 호텔에 체크인 했고 다음 날 직업 관련 세미나에 참석할 예정이었다. 양쪽 객실 모두 손을 댄 흔적이 거의 없었다. 피해자들은 짐을 풀지 않았거나 화장실 말고는 사용한 부분이 없었다. 로비 앞에 달린 보안 카메라에 따르면 양쪽 피해자 모두 맨 처음 체크인 하자마자 거의 곧바로 다시 나갔다. 그러고는 그날 밤 검은색 코트에 중절모를 쓴 남자와 함께 돌아왔는데, 남자와 친한 사이처럼 보였고 강압적인 분위기가 전혀 아니었다. 목에 남은 삭흔은 거의 일치했고 멍의 패턴도 마찬가지였다. 양쪽 피해자 모두 거의 건드리지 않은 침대 근처에서 발견됐다. 검시 보고서에 따르면 그 어떤 성폭행의 흔적도 없었다. 카슨 사건의 경우 신문이 아직 진행 중이었고 통화나 신용카드 사용 내역이 아직 입수되지 않았지만, 휴대전화를 확인해보니 에밀리도 지닌처럼 그날 통화한 상대가 남편뿐이었다.

왠지 모르겠지만 그녀는 호텔 카펫 위에 누워 있는 에밀리의 사진으로 자꾸만 시선이 향했다. 그녀는 정독을 마친 뒤에 목걸이를 움켜쥐고서 다시 그 사진을 유심히 들여다보았다. 범죄 현장에서 지닌 해먼드의 시신을 봤을 때도 지금처럼 불안했는데, 그 느낌을 떨쳐버릴 수가 없었다. 그녀는 지닌의 사진을 집어다가 위에서 내려다보며 에밀리의 사진과 비교했다. 자세가 달랐지만 처음에 느꼈던 실망감은 이내 흥분으로 바뀌었다. 양쪽 피해자 모두 팔이 삐딱하게 놓인 것이 마치…… 뭘 닮았다고 해야 할까? 콕 집어 말할 수는 없었지만 어떤 동작을 하던 도중에 화면 정지를 누른 것처럼 묘한 역동성이 느껴졌다.

조는 두 남자가 평가를 마칠 때까지 펜을 돌리며 기다렸다. 지닌의 파일이 에밀리보다 분량이 많았고 그들은 서두르지 않았다. 그녀는 일어나서 몸을 좀 움직이든가 뭐라도 해야 했다. "근처에 자동판매기 있나요?"

로빈슨이 길을 알려주었다. 조가 에너지 바와 로빈슨이 부탁한 감자칩을 챙겨 들고 천천히 다시 회의실로 걸음을 옮기려던 찰나, 전화벨이 울렸다. "푸르니에입니다."

"뭔가 찾은 것 같아." 아넷은 조만큼이나 놀란 목소리였다.

"간단하게 얘기해주세요." 그녀의 심장이 두근거렸다.

"비슷한 방식으로 교살당한 여자가 또 있었어. 이름은 알레타 리베라, 유타주 솔트레이크시티에서 살해됐고 원래 거주지는 뉴저지주 트렌턴. 유타는 해마다 열리는 회사 컨퍼런스 참석차 간 길이었어. 체크인 한 날 밤에 교살당했고 성폭행의 흔적은 없었대. 결혼반지가 없어졌고. 내가 알아낸 바로는 그래."

"그 파일을 솔트레이크에서 전송받을 수 있을까요?"

"요청해놨어."

"선배, 짱이에요."

"나도 알아."

조는 웃으며 전화를 끊었다.

세 건이라니. 뭔가가 있을 수밖에 없었다.

Chapter 29

다음 날 집에 도착했을 때 마틴은 기진맥진했다. 장거리 운전 때문이라기보다 끊길 줄 모르는 미래에 대한 불안 때문이었다. 아무리 애를 써도 진정이 되지 않았다. 그는 부엌으로 직행해 차를 한 잔 끓였다. 술을 잔뜩 넣은 아이리시 브랙퍼스트였다.

카페인이 몸속으로 스며드는 동안 짐을 풀고 청소를 시작했다. 꼼꼼하게 모든 스텝을 체크하고 다시 한번 점검했다. 마지막으로 〈월드 오브 워크래프트〉 계정 변경까지 마친 후 그는 의자에 기대고 앉아 정신적인 해방을 만끽했다.

마틴은 차를 다시 한잔 끓일 준비를 하고(이번에는 밤새 잠을 설치지 않게 캐모마일을 끓였다) 검은색 레인지에 올려놓은 빨간색 주전자에서 물이 끓는 걸 지켜보며 선택지를 고민했다. 잠자리에 들기에는 아직 일렀다. 코딩을 좀 하다가 잘까? 아니다, 일을 하기에는 너무 피곤했다. 텔레비전이나 좀 볼까? 아니다, 그건 별로 당기지가 않았고, 보다가 잠이 들면 모든 게 어그러질 것이었다. 그는 보상을 맛보고 싶었고, 솔직히 말하자면 아무 문제가 없다는 걸 확인하고 싶은 마음이 굴뚝같았다. 주전자에서 휘파람 소리가 났고 그는 차를 따랐다. 일찌감치 침대로 들어가 책을 좀 읽다가 느긋하게 밤의 즐거움을 누려야겠다.

마틴은 서재에 들러서 반지를 넣은 서랍을 열었다. 에밀리의 반지를 집었다. 정교하고 고풍스러운 금줄세공이 줄무늬를 이루고 있어서 여섯 개 중에 제일 예뻤다. 그는 그 반지를 손끝에 끼운 다음 눈을 감고 가벼운 무게감이 자신의 감각을 지배하게 했다. 이 반지는 그의 수중에 놓인 그녀의 결정체였고 그녀의 영혼이 그의 손가락을 감싸고 있었다. 그는 그녀를 다른 데로 내보내고 자신이 생명을 앗은 자리에 자기 자신을 밀어 넣었다. 익숙한 꿈틀거림이 느껴졌다. 그는 반지를 빼서 방으로 들고 갔다.

침대 옆 테이블에서 킨들을 꺼내 전원 버튼을 눌렀다. 아무 반응이 없었다. 배터리가 죽었다. 그는 충전기를 꽂고 한숨을 쉬었다. 최소한 10분은 지나야 부활할 것이었다. 기다리는 동안 1차로 시도해보는 편이 나을지 몰랐다.

불안이 한 가닥 섞인 흥분이 그를 관통하고 지나갔다. 그는 침대에 누워 홑이불을 가슴까지 끌어올렸다. 반지를 손가락 끝에 끼우고 눈을 감았다.

에밀리를 살해하는 동안 정리해놓은 수많은 이미지와 느낌과 생각을 떠올렸다. 그녀의 숨통을 끊을 태세를 갖추고 뒤에 서 있었을 때 그녀의 머리칼에서 풍기던 숲 냄새. 그의 입술 아래에서 흥분으로 달아 올랐던 살갗의 온기. 그 온기가 끊기는 정확한 시점을 그가 선택할 수 있다는 데서 느껴졌던 짜릿한 권능. 그의 몸을 누르던, 나긋하고 고분 고분한 그녀의 몸.

그는 살인을 시작한 시점으로 건너가 넥타이를 잔인하게 비틀었을 때 그의 손에 쓸리던 합성섬유의 느낌을 소환했다. 그녀의 근육이 긴 장하며 그 첫 번째 고통에 반응하던 기억 속으로 빠져들었다. 그녀가 내던 가느다란 첫소리, 빨라지다가 숨이 가빠지면서 희미해지던 그 소리를 들었다. 그를 덮치는 전지전능의 파도에 몸을 맡겼다.

그래. 내가 결정권자야. 그리고 이 여자는 죽어야 한다고 내가 결정 을 내렸지.

마틴은 발기한 성기를 쓰다듬으며, 그녀에게서 생명의 기운이 빠 져나가면서 생긴 미묘한 변화를 음미했다. 산소 부족으로 뇌의 기능 이 마비되자 근육이 풀리면서 체중이 그의 팔로 옮겨졌었다. 그에게 걸쳐졌던 그 몸의 인력에 초점을 맞추고 그가 품에 안은 헝겊 인형을 흔들었을 때 사지가 퍼덕거렸던 것을 떠올리자 온몸의 혈관이 펄떡거 렸다. 희열과 엄청난 파워가 밀려와 그를 감쌌고, 오르가슴이 온몸을 관통하며 펄떡거릴 때까지 점점 불어나 그의 머릿속 구석구석을 채우 고 모든 신경을 잡아당겼다.

그는 한참 동안 편안하게 베개 위에 누워 숨을 골랐다. 무슨 걱정을 그렇게 했을까? 아무것도 아닌 일로 난리를 부렸다. 그는 웃음을 터뜨 렸다. 확실하지도 않은 문제를 상상하기 시작할 때 이런 현상이 벌어 진다.

그는 침대에서 일어나 씻고 차를 한 잔 더 끓였다. 차를 침대 옆 테이블에 놓고, 이제 쓸 수 있을 만큼 충전이 된 킨들을 집었다. 잠깐 책을 읽으며 기운을 차린 다음 사건들을 다시 회상할 작정이었다. 평소에 그는 살인 후 첫날 밤에 이런 과정을 밤새 서너 번, 어떨 때는 그 이상 반복했다. 기억이 더 이상 생생하게 느껴지지 않으면 빈도가 점점 줄기 시작했다. 이후로 잠깐 더 평화가 지속됐고, 그는 허기가 다시 고개를 들기 전까지 그 모든 순간을 소중히 음미했다.

그는 킨들 안에 담긴 책들을 획획 넘기다 창문을 때리는 빗방울을 완성하는 누아르의 고전을 골랐다. 침대 헤드에 기대고 앉아 차를 마시며 즐겁게 책을 읽었다. 기분 좋은 밤이었다.

11시쯤 됐을 때 그는 책을 내려놓고 반지를 다시 손가락에 꼈다. 눈을 감고 기억을 소환하며 감각이 파도처럼 머릿속을 덮치길 기다렸다.

하지만 이번에는 몸이 아무 반응도 하지 않았다.

Chapter 30

조가 회의실로 돌아가 보니 벤빌과 로빈슨이 서류를 모아서 파일에 넣고 있었다. 두 사람 다 그녀의 시선을 피했다. 그녀가 없는 틈을 타서 사건에 대해 의견을 교환한 모양이었다. 어쩌면 그들은 그녀가 나가길 기다리고 있었을지도 몰랐다.

조는 로빈슨에게 감자칩을 건넸다.

"해먼드 사건을 수사한 형사한테 방금 전화를 받았어요. 연관성이 있어 보이는 또 다른 살인사건을 발견했대요." 그녀는 알레타 리베라에 대해 간단하게 알려주었다.

벤빌은 열심히 들었다. "인상착의를 알아요?"

"남아메리카 출신이었어요. 검은 머리, 갈색 눈. 45세. 키는 아마도 157센티미터."

"직업은요?"

"스탬핑 업이라는 직거래 회사 영업팀장이었어요. 터퍼웨어 같은 시스템인데, 수공예 제품을 팔았나 봐요. 홈파티나 그런 데 쓰이는."

벤빌은 로빈슨과 서로 흘끗 쳐다보고는 헛기침을 했다. "우리 사건이 경위님의 눈에 포착된 이유는 알겠어요. 둘 사이에 유사성이 있는데다 이런 사건이 미제로 처리되면 그냥 손놓고 있기가 쉽지 않죠. 하지만 솔직히 말해서…… 이게 연쇄 살인 사건인지는 잘 모르겠네요."

조의 심장이 철렁 내려앉았다. 그녀는 두 남자를 번갈아 쳐다보았다. 로빈슨은 과자 봉지를 내려다보며 완벽한 감자칩을 찾고 있었다. "찬찬히 얘기해보죠. 왜 그렇게 생각하시는데요?"

벤빌은 긴장이 풀린 표정으로 의자에 기대고 앉았다. "솔직히 정보가 모두 수집된 것도 아니고 우리가 리베라 살인사건에 대해 잘 알지는 못해요. 하지만 다른 뭔가가 부상하지 않는 한 내가 보기에 두 사건은 생각 외로 그렇게 비슷하지 않아요. 이런 공통점이야 거의 모든 사건과의 공통점이고요. 전국은 말할 것도 없고 루이지애나만 봐도 올해 들어 호텔 객실에서 교살당한 여자가 여럿이에요. 그리고 피해자가 전부 달라요. 직업도 체형도 연령도 머리색도. 심지어 옷차림도. 연쇄 살인범은 그냥 돌아다니다가 아무나 살해하지 않잖아요. 피해자들 간에 어떤 연결고리, 일종의 타입 같은 게 있어야죠."

"여자들이 모두 멀리 출장을 떠났잖아요. 그게 연결고리예요."

벤빌의 한쪽 입가가 옆으로 당겨졌다. "그건 연결고리라기보다 정황이죠. 혼자 여행하는 여자들에게 안 좋은 일들이 얼마나 많이 벌어진다고요. 거기에 일관적이고 근본적인 요소는 없어요."

"중절모는 어떻게 생각하세요?"

"중절모는 뉴올리언스 곳곳에서 특히 뮤지션들이 많이 쓰고 다니는 모자예요. 몇 년 전부터 워낙 인기가 많아서 그걸 부르는 단어까지 있을 정도예요. 심지어 여자들도 쓰고 다니고요. 거기에서 도출할 수 있는 결론은 없다고 봅니다."

"힙스터라고 부르죠." 로빈슨이 끼어들었다.

"그리고 이걸 봐요. 외투가 다르잖아요. 종류도 같고 색상도 같지만 여기에는 검은색 단추가 달렸고 여기에는 금색 단추가 달렸어요." 그는 테이블 위에 놓인 두 사진을 가리켰다.

조는 몸을 앞으로 숙였다. 젠장, 어쩌다 그녀가 그걸 놓쳤을까? "범인이 단벌 신사가 아닌 모양이죠."

벤빌은 아무 대꾸도 하지 않았다.

"시신의 자세가 비슷한 거는요?" 조는 두 사진을 앞으로 밀었다.

두 남자는 서로 흘끗 쳐다보았고 벤빌이 대답했다. "서로 전혀 다르잖아요. 카슨은 엉덩이를 돌렸지만 해먼드는 아니고……. 너무 갖다 붙이는 거 아닌가요?"

"그럼 결혼반지는요?"

"이 일대에서는 폭력적인 범죄의 피해자들이 착용했던 보석이 사라지는 경우가 상당히 흔해요." 그는 웃으며 '폭력적인'이라는 단어의 음절을 길게 늘였다.

"그렇죠. 하지만 그거 하나만 없어지지는 않잖아요."

"없어진 게 그거 하나뿐이었는지 아직 확실치가 않으니까요."

조가 반론을 제기하려고 했지만 벤빌이 한 손을 들어 보였다. "하지만 그거 하나뿐이었다고 합시다. 그래도 나는 설득력이 없다고 보는

데요. 어쩌면 강도가 들었는데 중간에 피해자가 들어오는 바람에 일이 꼬인 걸지도 몰라요. 아—주 흔한 일이죠."

"그럼 삭흔은요? 둘이 너무 비슷한데요."

"그렇죠. 그건 분석할 필요가 있을지 모르겠어요. 하지만 내가 보기에는 동일범의 소행이라고 단정할 수 있을 만큼 똑같지는 않아요."

조는 숨을 들이마시며 좌절을 달래고 고개를 저었다. "어떤 사건에서 비슷한 부분이 하나 있으면 설명이 될지 모르죠. 하지만 그게 두 개, 세 개, 그 이상으로 늘어나면 바짝 정신을 차리고 관심을 기울여야 하지 않을까요?"

"그럼요. 하지만 경위님이 섣불리 판단하고 있다고 생각되는 지점이 바로 거기예요. 여기에는 의미 있게 다른 점도 많거든요. 단추라든지, 체형이라든지. 그뿐 아니라 장소도, 직업도 다르잖아요. 두 피해자의 공통점이 하나도 없다는 게 경위님의 가설의 큰 구멍이에요."

조는 그들이 평행선을 긋고 있다는 걸 이제 알아차렸지만 그래도 자제할 수가 없었다. "어째서요?"

벤빌은 몸을 앞으로 숙이고 두 손을 펼쳐 보였다. "이봐요. 이게 연쇄 살인범의 소행이 아니라는 게 아니에요. 잘 모르겠다는 거지. 그 둘은 서로 다르죠."

조는 아차 하고 고개를 끄덕였다. "무슨 말씀인지 알아요. 제가 보기에는 저 둘이 서로 별개의 사건인지 잘 모르겠다는 것일 뿐."

"별개의 사건인 이유를 알려줄게요. 내가 무슨 말을 하고 싶은 건가 하면, 내 판단에 지대한 영향을 미치는 요소는 자원 부족이에요. 경위님도 어째서 그런지 알 거라고 보지만, 우리의 현재 상황은 상상 초월이에요. 여기서 벌어지는 살인사건은 우리가 감당할 수 없는 수준이에요. 인력이 최소 열 배는 부족해요. 나한테 주어진 인력이 무한대라면 당연히 경위님의 가설을 수사하러 형사 한 부대를 파견하겠죠. 하지만 뜬구름에 배치할 인력이 없단 말이죠. 현재로서는 경위님의 가설이 바로 뜬구름이에요. 그렇다고 경위님의 가설에 전혀 관심이 없다는 말은 아니에요. 경위님이 자기 팀원들과 함께 수사하고 싶다면 기꺼이 지원할 용의가 있어요. 저희가 입수한 모든 정보를 드리고, 경위님의 팀원들이 뉴올리언스에 와서 누굴 만나든 어떤 방식으로 수사를 진행하든 기꺼이 협조할게요."

조는 눈으로 파일을 훑었다. 그렇다면 다행이지만 그걸로는 부족했다. "FBI에서 범죄 행태 분석반을 파견하더라도 협조해주실 건가요?"

벤빌은 어깨를 으쓱했다. "그 부분에 대해서도 마찬가지예요. 얼마든지 FBI에 협조할 거고 경위님이 범죄 행태 분석반 파견을 요청하더라도 반대할 생각은 없어요. 하지만 그들이 내게 솔직한 의견을 묻는다면 잘 모르겠다고 할 거예요. 거기에 우리 부서의 사활을 걸 수는 없으니까."

조는 다시 뉴올리언스식 미소를 지었다. "이해합니다. 하지만 하나만 더 부탁을 드려도 될까요? 저희가 리베라 파일을 입수하면 그것도 한번 읽고 판단을 내려주시겠어요?"

벤빌이 로빈슨을 쳐다보자 그는 고개를 끄덕였다. "제가 생각하기에 이와 비슷하지만 연관성은 없는 사건이 전국적으로 20건, 30건은 될 겁니다. 보내주시면 로빈슨이 읽어볼 테고 뭔가가 나올 수도 있겠죠. 하지만 그렇지 않은 이상 달라지는 건 없어요."

조는 고개를 끄덕이고 자리에서 일어났다. 벤빌과 로빈슨에게 차례대로 악수를 청했다. "시간 내주시고 자료 보여주셔서 감사합니다. 한정된 자원을 가지고 부서를 효과적으로 운영하려면 얼마나 힘든지 저도 잘 알아요. 경위님 입장에서야 가지고 계신 걸 최대한 잘 활용할 방법을 당연히 고민하실 수밖에 없죠."

벤빌은 고개를 끄덕였다. "이런 결정을 내리는 게 가장 힘든 부분이죠, 안 그런가요?"

"맞아요." 조는 사건 파일을 들고 회의실을 나서며 아니라고, 그렇지 않다고 생각했다. 가장 힘든 부분은 해결하지 못한 사건이고, 잠 못 이루는 밤이면 도와주지 못한 피해자들의 영혼이 찾아오는 것이다.

FBI도 다를 게 없었다.

조는 그 지역의 인맥을 동원해 그날 오후에 포레스트 랭커스터 요원과 만날 수 있었다. 그는 전화기에서 빗발치듯 울리는 알림 소리를 애써 무시해가며 그녀의 얘기가 끝날 때까지 예의 바르게 경청했지만, 누가 봐도 진심으로 관심을 보이지는 않았다.

"저희 부서가 눈코 뜰 새 없이 바쁜데요, 경위님, 제가 보기에는 저희 인력을 동원하기에 충분하다 싶을 만큼 연결고리가 보이지 않습니다." 그는 그녀를 무시하는 피곤한 말투로 이렇게 말했다. 조가 너무나도 잘 아는 말투였다. 그가 하던 얘기를 계속하자 그녀의 안에서 좌절감이 고개를 들었다. 단추에서부터 시작해 벤빌이 했던 말을 대거 반복했던 것이다. 수법이 비슷하긴 하지만 유사한 다른 사건들과 차별화될 정도는 아니다. 연쇄 살인범이 대상을 선택하는 데에는 이유가 있기 마련인데, 피해자들 간에는 아무 공통점이 없다. 조가 세 건이면 우려할 만한 숫자가 아니냐고 반론을 제기하자 랭캐스터는 뜻밖의 말을 했다.

"사실 리베라 사건 때문에 저는 더욱 회의감이 듭니다. 변수만 추가될 뿐이거든요. 그녀는 육체적으로 거의 모든 면에서 다르지 않습니까. 키가 작고 검은 머리인데다 인종도 다르니까요. 그리고 회사로 출퇴근을 했다기보다 재택근무를 했어요. 그녀가 정장을 들고 가기는 했나요?"

"그건 아직 잘 모르겠어요."

"범죄 현상을 촬영한 사진상으로는 빈 둥지 증후군에 시달리다 취미생활을 같이 할 만한 여자친구를 사귀려고 길을 나선 차림새라서요. 야심만만했던 다른 두 커리어우먼하고는 180도 다르잖습니까? 그런데도 이걸 하나로 묶어도 될지 잘 모르겠네요."

조는 어지러운 머릿속을 달래며 그의 사무실에서 나왔다. 그녀가 단서라고는 아무것도 없는 사건의 실낱같은 희망을 부여잡느라 보고 싶은 것만 보고 있는 걸까? 해먼드를 살해한 범인을 잡고 싶은 마음에 판단이 흐려져서 큼지막하고 불편한 차이점은 무시하고 어렴풋한 유사점에만 초점을 맞추고 있는 걸까? 다시 사건 수사에 관여하고 싶은 마음이 너무 커서 균형감각을 잃어버린 걸까? 랭캐스터, 벤빌, 로빈슨은 과로에 시달리고 지쳤을지 몰라도 똑똑하고 좋은 사람들이었다. 랭커스터 요원은 수첩에 단 한 줄도 적지 않았지만, 그녀도 인정할 수밖에 없다시피 모든 세부사항을 정확하게 기억했다. 그들은 자기가 하는 일에 대해 정확히 아는 노련한 프로였다.

하지만 그녀도 헐렁이는 아니었다. 조는 예리했고 그녀의 직감은 지금까지 한 번도 그녀를 실망시킨 적이 없었다. 그 직감이 사건들 사이에 연관성이 있다고 얘기하고 있었다. 카슨 사건의 캡처 사진을 보면 해먼드 사건 때처럼 검은 기운이 느껴졌다. 동일인이 어두컴컴한 구석에서 기다리며 지켜보고 있는 듯한 느낌이었다.

결론적으로는 그들의 말에도 어느 정도 일리가 있었다. 혼자 출장길에 오른 유부녀라는 것 말고는 피해자들 사이에 분명한 연관성이 없었다. 해마다 살해되는 수천 명의 여자들과 다를 게 없었다. 그녀의 생각이 맞다면, 살인이 동일인의 소행이라면 숨겨진 연결고리가 있을수밖에 없었다. 그가 선택한 대상과 시간과 장소에 논리가 있을 수밖에 없었다. 하지만 그게 있다 한들 그들의 도움 없이 찾아야 했다.

조는 전화기를 꺼내 아넷에게 지금 당장 3인 '기동대'를 조직해달라고 했다.

Chapter 31

조는 하트퍼드 공항에서 형사기동대 본부로 직행했다. 아버지는 좋아하는 식당으로 모시고 가서 굴튀김과 가재를 먹으며 사건의 개요를 설명하는 것으로 최대한 잘 달랬다. 프랭크는 이런저런 걸 물어보다가 ─ 그들은 그녀의 일 얘기를 할 때 소통이 제일 잘됐다 ─ 이마를 찡그리고 아직 분이 안 풀린 것 같은 말투로 그녀에게 말했다. "네 말이 맞다면 그 괴물을 확실히 잡는 게 좋겠네."

조는 빨간색 벽돌 건물로 다가가는 동안 어찌나 결심을 굳게 했던지 거대한 학교 같은 전면과 공장 같은 후면이라는 모순에 고개를 젓지 않았다. 그녀는 뒤편의 유치장을 지나 자기 자리에서 근무 중인 형사들을 향해 멍하니 손을 흔들며 공용 공간을 가로질렀다. 이 공용 공간을 에워싼 조그만 회의실 중 한 곳으로 들어가 노트북과 마닐라 폴더로 덮인 검은색 합판 테이블에 자기 서류가방을 내려놓았다. "자, 그럼 브리핑을 시작해볼까요?"

로페즈는 휴대전화를, 아넷은 파일을 보다 말고 고개를 들었다. "자네 아버지가 절연하겠다고 하지 않으시던가?"

조는 인상을 쓰며 서류가방을 열었다. "포기하실 거예요. 이번 생에 안 되면 다음 생에라도."

아넷은 웃음을 터뜨렸다. "로크니 검사는?"

조는 자세를 바로잡았다. 먼저 아넷의 눈을, 그다음에는 로페즈의 눈을 쳐다보았다. "뉴올리언스 경찰과 FBI가 관심을 기울일 만한 사건이 아닌 걸로 간주한다고 해서 우리도 그래야 하는 건 아니라고 생각해요. 에둘러 말하자면 사건을 재수사해도 좋다고 공식적으로 허락이 내려진 건 아니에요. 그러니까 거기에 불만이 있으면 빠져도 좋아요. 기분 나빠하지 않을게요."

"쇠 지렛대를 동원해도 저를 이 사건에서 떼어내지는 못할 거예요." 로페즈가 장난꾸러기 같은 미소를 지으며 말했다.

"이하동문." 아넷이 씩 웃었다.

조는 고맙다는 뜻에서 턱을 숙였다. "그럼 시작하죠."

"카슨과 관련해서 입수된 정보는?" 아넷이 물었다.

"무의미한 정보밖에 없다는 점에서 거의 판박이에요. 워크숍의 다른 참석자들을 통해 얻은 단서는 없어요. 자취를 감춘 사람도 없고, 그녀가 살해됐을 때 대부분은 아직 뉴올리언스로 건너오지도 않았고, 미리 온 사람들은 확실한 알리바이가 있었어요. 피해자와 친하게 지냈다는 사람도, 가방에서 중절모나 외투가 나온 사람도 없었고요. 그쪽 경찰은 연관성 여부를, 에밀리의 거주지 경찰은 가깝게 지낸 모든 사람의 알리바이를 체크하는 중이에요. 벤빌이 체크가 끝나는 대로 파일을 전송해주겠다고 했는데, 뭐 들어온 거 있어요?" 조가 물었다.

"응. 내가 보기에 피해자는 마주치더라도 금세 잊어버릴 만한 여자, 기억한다면 열 뻗치게 짜증을 돋우었기 때문인 그런 여자 같았어. 그리고 지난처럼 모두가 웃으며 불륜은 있을 수 없는 일로 간주했어. 더욱 심각했던 게, 남편은 피해자가 무슨 일로 출장을 갔는지도 자세하게 기억하지 못했다고 해. 그냥 '일 때문'이었다고." 아넷이 대답했다.

로페즈는 파일을 뒤지다 말고 눈을 부라렸다. "그렇게 가정적인 남편과 살았는데 왜 다른 데로 눈을 돌렸는지 이유를 모르겠네요."

아넷은 자기 앞에 놓인 수첩을 넘겼다. "그녀의 일상을 소소하게 증언할 수 있는 사람은 없었더라고. 모두에게 투명인간으로 간주되는 삶은 영혼을 갉아먹을 수 있지. 어째 익숙하지 않아?"

조는 고개를 끄덕이며 서류가방을 열었다.

아넷은 하던 얘기를 계속했다. "그런데 한 가지 쟁점이 있어. 두어 달 전에 어떤 학부모가 카슨을 상대로 진정서를 접수했는데 카슨은 그 학부모가 자기를 협박했다고 주장했다는군." 그는 수첩을 흘끗 확인했다. "낸시 모건 부인이라는데, 바로 지금 그쪽에서 면담을 시도 중이야."

조는 눈썹을 쫑긋 세웠다. "가능성이 있을 수도 있겠네요."

"그렇지." 아넷은 자기 앞에 놓인 노트북을 가리켰다. "지난 10년 동안 벌어진 유사한 살인사건이 있는지 최대한 열심히 찾는 중이야."

조는 로페즈를 돌아보았다. "지닌의 전자기기는 어떻게 됐어?" 그녀는 로페즈에게 로저 해먼드가 보관하고 있는 전자기기를 수거해 지닌이 설치한 프로그램은 물론 아무리 사소하게라도 그녀와 접촉한 적 있는 사람을 모두 샅샅이 뒤지라고 지시했었다. 뭔가 겹치는 부분이 있길 바라며 벤빌에게도 에밀리 카슨의 전자기기를 체크해달라고 당부해놓았다.

"컴퓨터는 입수했어요. 로저가 백업용으로 그냥 쓰고 있어서 거의 온전한 상태라고 보면 돼요. 전화기는 해지했지만 킨들은 아직 보관하고 있더라고요. 아직 리스트를 정리하는 중이에요. 다른 사건 틈틈이 하느라 시간이 걸리겠지만 야근이라도 할게요."

조는 그녀의 표정을 살폈다. "어머니 때문에 집에 일찍 가야 하면 그래도 돼."

로페즈는 시선을 계속 떨군 채 왼쪽 귀 뒤로 머리칼을 넘겼다. "괜찮을 거예요. 많이 좋아지셨고 제가 옆에서 너무 얼쩡거리면 짜증을 내세요. 게다가……." 그녀는 쓴웃음을 지으며 고개를 들었다. "저희 엄마가 성질이 더럽거든요. 저, 이놈을 잡지 못하면 엄마 손에 뒤질지 몰라요."

조는 고통스러워하는 그녀의 눈빛을 알아보았다. 그녀는 따뜻하게 미소를 지으며 고개를 끄덕였다. "알레타의 전자기기는?"

"안타깝게도 남은 게 별로 없어요. 장례를 치르고 몇 달 뒤에 남편이 집을 팔았더라고요, 아내가 없는 집을 못 견디겠다며. 피해자가 쓰던 노트북과 아이팟은 프린스턴대학교 2학년에 재학 중인 막내딸이 물려받았는데 둘 다 포맷을 했대요. 여기 도착하자마자 복구할 수 있는 게 있는지 알아보겠지만 딸이 컴퓨터에 대해 잘 아는 데다 다른 프로그램을 깔 수 있게 공간을 최대한 확보하려고 했대요. 휴대 전화는 오래전에 없어졌고 문서 기록도 마찬가지라 업체를 통해 어떻게든 복구해보려고 하고 있어요."

조는 목걸이를 만지작거리며 두 사람을 번갈아 쳐다보았다. "이 세 사건에 대해 둘은 어떻게 생각해요? 내가 확대해석하고 있는 것 같아요?"

"아직 구체적인 연결고리는 없지만 아니, 나는 아니라고 봐. 다른 두 사건을 보면 데자뷔가 느껴져. 비슷한 부분이 너무 많아." 아넷은 대답했다.

로페즈는 손가락 사이로 볼펜을 돌렸다. "저도 그렇게 생각해요. 그냥 무시하고 지나가기에는 너무 많아요. 서로 연관성이 있다는 가정 아래 조사를 시작해볼 만하다고 봐요. 여기 오는 동안 재닛한테 사진을 보냈거든요. 재닛도 그렇다고, 시신들이 쓰러져 있는 자세가 이상하다고 했어요. 그렇게 쓰러지기가 불가능하지는 않지만 아주 가능성이 작다고요." 그녀는 허공에 대고 따옴표를 그렸다. "컴퓨터를 뒤져보면 속이 후련해질 거예요. 거기 분명 뭔가가 있겠죠."

조는 짧게 고개를 끄덕였다. "그럼 기다리는 동안 세 사건에 대해 우리가 아는 정보를 점검하면서 범인이 어떤 남자인지, 어떤 식으로 이 피해자들을 찾았는지 기본적인 프로파일 같은 걸 만들 수 있겠는지 알아보는 게 좋겠어요."

아넷이 커피를 새로 한잔 끓이고 로페즈가 저녁을 배달시키는 동안 조는 자신의 노트북과 파일 더미를 가장 가까운 화이트보드로 옮겼다. 그녀는 비행기를 타고 오는 동안 정리한 세 사건의 유사점을 화이트보드에 적었다. "맨 먼저 타임라인부터 확인할까요? 피해자들은 모두 늦은 오후에서 이른 저녁 사이 호텔에 체크인 했어요. 모두 체크인 한 지 한 시간도 안 돼서, 두 명은 30분도 안 돼서 다시 밖으로 나갔어요." 그녀는 얘기하며 화이트보드에 시간을 적었다. "그러고는 자정까지 30분도 남지 않았을 때 중절모를 쓰고 코트를 입은 남자와 함께 돌아왔고, 그 남자는 15분에서 20분 뒤에 나갔어요. 살인은 그가 객실에 있는 동안 발생했고요. 빠진 거 있어요?"

로페즈가 당장 대답했다. "해먼드의 경우 검시실에서는 위장에 남은 음식물을 근거로 8시경에 저녁 식사를 했을 것으로 추정했어요. 리베라도 비슷하고, 카슨의 경우에는 검시 보고서가 아직 나오지 않았고요."

"훌륭해." 조는 두 번째 화이트보드 꼭대기에 '유사점'이라고 적었다. "이 세 명의 피해자를 연결하는 고리가 뭔지 파악하려면 아무리 사소한 거라도 모든 유사점을 놓치지 말아야 해요. 기본적인 세부사항이 동일하고 사망의 원인도 동일하고, 기타 등등." 그녀는 일일이 화이트보드에 적었다. "그러고 보니 동일인의 소행인지 파악할 수 있게 전문가에게 삭흔을 최대한 자세하게 비교해달라고 요청해야겠네." 조가 말했다.

로페즈가 번쩍 펜을 들었다. "제가 할게요."

"또 뭐가 있을까요?"

로페즈는 의자 위로 책상다리를 하고 앉았다. "모두 호텔 객실에서 살해당했어요. 그들이 타지로 출장을 갔던 건 우연의 일치였을까요, 아니면 다른 이유가 있었을까요?"

아넷이 거뭇거뭇한 턱을 손으로 문질렀다. "범인은 그들을 골목길이나 그런 데서 살해할 수도 있었고 자기 집으로 데려갈 수도 있었어. 가뜩이나 성관계를 맺지 않았으니 말이지. 호텔은 보안상 위험한데, 뭐 하러 그런 위험부담을 감수했을까?"

로페즈가 몸을 앞으로 숙였다. "그래야 그들과 단둘이 있을 수 있기 때문이지 않을까요? 요즘 여자들은 대부분 모르는 사람이랑 아무 데나 가지 않아요. 자기 호텔방을 훨씬 안전하게 여기지."

"좋은 지적이야." 조는 말하고 열심히 화이트보드에 갈겨썼다.

"모두 체내에서 알코올이 검출됐어." 아넷이 말했다.

"하지만." 로페즈는 종이를 집고 흔들었다. "그날 저녁에 먹거나 마신 것을 아무도 카드로 결제하지 않았어요. 현금으로 계산했든지 다른 사람이 계산했든지, 둘 중 하나죠."

조는 자신의 메모를 다시 한번 들여다보았다. "그리고 모두 누굴 만나러 나가는 사람처럼 차려입었어요. 예쁜 원피스에 화장, 머리까지. 그러니까 범인을 시내에서 만났든지 애초부터 그와 만날 약속을 했든지, 둘 중 하나예요."

"모두 타지로 출장 간 첫날 밤에 살해당했으니 범인이 그들과 사전에 아는 사이가 아니었다면 희한한 우연의 일치지." 아넷이 말했다.

조가 눈썹을 쫑긋 세웠다. "이런. 선배 말이 맞네요. 그게 아니라 다르게 설명할 방법이 있을까요?"

로페즈가 테이블에 대고 펜을 통겼다. "혼자 여행 온 여자가 있으면 곧바로 낚아채려고 호텔에 죽치고 있었을 수도 있지 않을까요? 호텔 직원이라면 아무도 모르게 그러는 거 일도 아닐 텐데요."

"그날 밤에 근무한 직원은 전원 면담하지 않았어?" 조가 파일을 넘기며 물었다.

"꼭 그날 밤에 근무하지 않았어도 됐죠. 그리고 피해자들과 안면이 없었어도 됐어요. 보이지 않는 데서 근무하지만 기록에 접근 가능한 직원이었을 수도 있어요. 심지어 현장직이 아니었을 수도 있고요." 로페즈가 대답했다.

"좋아, 그 부분을 확인해봐. 여러 호텔을 옮겨 다니며 피해자를 그런 식으로 물색하는 경우일 수도 있겠네. 공항을 오가는 셔틀도 확인해봐. 셔틀 기사면 여자 승객들과 잡담을 나눌 기회가 충분하니까." 그녀는 로페즈에게 고개를 끄덕였다.

"그럴게요. 하지만 여기서 문제가 제기되는데요. 이로써 현재 용의자들이 혐의를 벗는 걸까요? 필립 베지맥과 존 렝크 말이에요."

"나도 비행기 안에서 그 점에 대해 고민해봤는데, 이로써 새로운 의문이 제기되는 게 아닌가 싶어. 우리가 베지맥에 대해 조사했을 때 그가 출장을 자주 다니는 걸로 밝혀졌잖아? 좀 더 깊이 파고들어서 언제 어디로 다녀왔는지 알아보고, 피해자들이 탑승한 비행기뿐 아니라 비슷한 시각에 이착륙한 다른 비행기의 탑승자 명단도 재차 확인해야겠어. 그들이 가명을 쓰지는 않았는지, 그런 것도 체크하고."

로페즈는 입꼬리를 올리며 사악한 미소를 짓고 살짝 실눈을 떴다. "제가 꿍쳐놓은 행동공학적인 재미난 수법을 동원해볼게요."

조는 고개를 저었다. "너무 기대가 돼서 무섭네. 좋아, 지금까지 입수된 정보는 여기까지예요. 이 중 몇 개는 분명 연관성이 있어요." 그녀는 화이트보드를 유심히 들여다보고 이쪽에서 저쪽으로 화살표를 그리며 재배치하고 지웠다.

단독 여행

호텔에서 살해당함

유명한 대형 호텔

체크인 당일 살해당함

신경 쓴 차림새

체내에서 다량의 알코올 검출

신용카드 결제 내역 없음

저녁 동안 타임라인 일치

대강의 사망 시각 일치

교살, 성폭행 흔적 없음

기혼

결혼반지 사라짐

"이 세 가지 사건 모두에서 벌어진 일이 있다면 이유가 있을 테고, 그 이유가 범인과 연결되겠죠." 조는 첫 번째 그룹에 손가락으로 동그라미를 쳤다. "세 명의 피해자 모두 집을 떠나 여행 중이었어요. 범인이 호텔 직원이라면 앞뒤가 맞겠지만 아니라고 가정하자고요. 이런 범행 수법을 동원한 다른 이유가 있을까요?"

"여자들이 들뜨고 술에 취하면 쉬운 먹잇감이 되기 때문 아닐까요?" 로페즈가 말했다.

아넷이 고개를 저었다. "그건 자기가 사는 곳에서도 얼마든지 그럴 수 있지."

"하지만 아는 사람이 아무도 없거나 길도 잘 모르는 타지에 가면 범죄에 더 취약해지잖아요." 로페즈가 반박했다.

"일단 범인이 관광지를 찾아다닌다고 쳐요. 알맞은 상대를 찾을 때까지 캐묻고 다닌다고." 조는 두 번째 그룹을 가리켰다. "요즘은 현금으로 결제하는 사람이 별로 없죠. 특히 여행할 때, 특히 여자들은. 다른 사람이 계산한 거예요."

"피해자들이 술집에 갔던 거 아닐까요? 술 한잔 사겠다며 접근하는 변태들이 많잖아요. 그렇게 해서 같이 저녁을 먹게 됐고, 피해자들은 판단이 흐려질 만큼 술에 취했고, 결국에는 그들의 호텔 객실로 가게 된 거죠." 로페즈가 말했다.

"어떻게 마지막 타이밍이 저렇게 딱 들어맞을 수 있을까?" 아넷이 턱으로 타임라인을 가리켰다. "다들 호텔에서 사망한 시각이 몇 분 상관이잖아."

"거기서 밤 12시 30분 전에 나오지 않으면 호박으로 변하기라도 하는 것처럼 말이죠." 로페즈가 실눈을 썼다.

"그러니까 사전에 계획된 범죄라는 거지. 그냥 저녁 시간에 만난 사람을 살해하는 건 너무 위험해." 아넷이 말했다.

조의 빈손이 목걸이로 향했다. "좋아요. 그럼 그쪽 노선을 따라가보기로 해요. 어쩌면 그들은 전에 만난 적이 있고 이번 여행은 일종의 랑데부였을지 몰라요. 피해자들은 유부녀라 조심스럽게 만나야 했겠죠.

출장이 남편의 감시에서 벗어날 좋은 기회였을 테고요."

"그럼 이게 오랫동안 준비한 범행이라는 뜻이고, 그렇다면 흔적을 남길 수밖에 없는데." 아넷이 말했다.

"게다가 피해자들이 모두 다른 도시 출신이고 다른 도시에서 살해를 당했으니 더욱이요." 로페즈가 말했다.

아넷이 앉은 자세를 바로잡았다. "여러 지방으로 출장을 다녀야 하는 세일즈맨이나 컨설턴트이려나?"

"아니면 그들을 비행기에서 만났을까요?" 로페즈는 말했다가 고개를 저었다. "몇 시간 만에 유부녀를 꼬드겨 바람피우게 만들 수는 없겠죠?"

"여자에 따라 다르지." 아넷이 무표정한 얼굴로 대답했다. "그리고 칵테일을 몇 잔 마셨는지에 따라."

"하!" 로페즈는 아넷의 표정을 보지 못하고 폭소를 터뜨렸다. "어쩌면 우리 범인은 업무상 비행기를 자주 타는지도 모르겠네요. 최소한 해먼드와 카슨이 탔던 비행기 탑승객 명단이라도 대조해볼게요. 리베라가 탔던 비행기 탑승객 명단은 입수할 수 있을지 잘 모르겠지만요."

조는 매직으로 자기 다리를 때렸다. "애인이었을 가능성에 대해 좀 더 파헤쳐보고 피해자들에 관련된 정보를 최대한 많이 알아내야 해. 어디에서 자랐고, 어느 대학을 나왔는지. 현재 또는 과거에 어떤 동호회 활동을 했는지. 과거의 남자친구. 어쩌면 피해자들은 같은 남자를 만났었고 그 남자가 차인 충격을 극복하지 못했을 수도 있으니까."

"그들의 주소록에 있는 전화번호와 이메일, 소셜 미디어, 문자, 인스턴트 메시지, 스카이프를 이미 대조하고 있어요." 로페즈가 말했다.

"개인적으로 아는 사람과 회사 동료들뿐만 아니라 거래처 직원들 연락처까지 전부 확실하게 체크해. 그들이 어디에서 주로 쇼핑을 했는지. 어쩌면 피해자들 모두 신발이라면 사족을 쓰지 못했는데, 범인이 그들이 자주 가는 매장에 제품을 수급하는 영업사원이었을 수도 있잖아. 피해자들과 범인을, 그리고 피해자들 사이를 연결하는 뭔가가 반드시 있을 테고, 우리가 방향만 제대로 잡으면 뿅 하고 튀어나올 거야."

조의 시선이 마지막 그룹으로 향했다. "그럼 왜 유부녀만 선택했을까? 결혼반지가 없어진 걸 보면 그에게 정신적으로 중요한 의미가 거기 담겨 있다는 뜻인데."

"그냥 전리품일 수도 있지 않을까요? 결혼반지 그 자체가 중요한 게 아니라 그냥 입수하기 쉬운 걸 찾다 보니 그게 된 거죠." 로페즈가 물었다.

"파일을 보면 에밀리의 경우에는 반지를 힘들게 뺐다고 되어 있어. 그냥 봐도 멍이 있어." 조는 파일을 넘겨서 사진을 들어 보이고는 파일을 다시 테이블 위로 던졌다. "젠장, 이래서 경험이 많은 프로파일러가 필요하다니까."

아넷이 말했다. "하지만 범인이 피해자들과 아는 사이였다면 저녁 데이트라는 가식을 거칠 필요가 뭐가 있을까? 그냥 호텔에서 만나면 될 텐데."

"아주 잘 아는 사이는 아니었을지 모르죠. 예를 들면 신발 팔러 온 길에 딱 한 번 만났다든지." 로페즈가 말했다. "하지만 제가 가장 이해가 안 되는 부분은 왜 성폭행의 흔적이 없느냐는 거예요. 물론 성폭행을 하지 않는 연쇄 살인범도 있죠. 하지만 데이트도 했고 두 사람이 같이 걸어 들어오는 걸 보면 서로 딱 붙어서 난리도 아니던데. 그럼 당연히 섹스가 한 세트 아닌가요?"

"나도 그 부분이 영 찜찜해. 성폭행을 하지 않는 연쇄 살인범에 대해 좀 알아봐야겠어." 조는 다시 화이트보드를 돌아보았다. "이제 파헤쳐볼 만한 강력한 단어가 몇 개 생겼는데, 또 뭐 없을까요?"

로페즈가 말했다. "각 피해자의 성격 프로파일링을 하면 어떨까요? 각자 신체적으로는 달랐으니까 거기에 분명 중요한 유사점이 있을 거예요."

조는 고개를 끄덕이며 받아 적고는 그 옆에 취미, 활동, 좋아했던 것/싫어했던 것, 아무리 사소한 거라도 놓치지 말 것이라고 추가했다. "각자 조사하면서 뭐가 나오는지 알아보는 게 좋겠어요. 아이디어가 많으면 많을수록 좋으니까요."

"개새끼." 아넷이 자기 앞에 놓인 파일의 사진을 뚫어져라 쳐다보며 말했다. "설마 그건 아니겠지?"

"왜요?" 조는 그의 옆으로 다가갔다.

"로라가 돌아왔을 때 우리 관계를 되살릴 방법을 찾고 싶어 했다고 내가 얘기했던 거 기억하지? 그래서 볼룸 댄스 수업을 듣고 있거든." 그는 지닌 해먼드를 가리켰다. "이 피해자들은 춤을 추고 있어. 팔이랑 머리를 이렇게 한 거? 왈츠야. 맨 처음 그걸로 시작했기 때문에 알아. 몇 주 전에 삼바를 시작했는데 삼바 롤을 어떻게 하는 건지 죽어도 모르겠거든." 그는 에밀리의 사진을 톡톡 두드렸다가 알레타 리베라의 사진으로 손가락을 옮겼다. 사진 속의 그녀는 왼쪽 다리를 뒤로 뻗고, 손목을 구부리고 손바닥을 편 채 팔을 허리춤에 대고 있었다. "잘은 모르겠지만 이건 절대 자이브 같은데."

로페즈가 이미 노트북으로 미친 듯이 검색 중이었다. 그들은 각 댄스 동영상을 차례대로 보았고 아넷이 연관 동작을 손으로 가리켰다. "맙소사, 선배님 말씀이 맞네요." 로페즈가 하이파이브를 하려고 손을 위로 뻗었다.

"그러니까 우리가 찾는 범인은 댄서네요." 조는 아드레날린으로 몸이 후끈 달아오르는 것을 느끼며 화이트보드에 적었다. "선배님, 해당 지역 경찰에게 범죄 현장 일대의 댄스 관련 시설을 샅샅이 뒤지라고 연락을 넣어야겠어요. 크리스, 조사할 때 댄스와 조금이라도 연관 있는 게 나오면 각별히 주의를 기울여줘."

"알겠습니다." 로페즈가 말했고 아넷은 고개를 끄덕였다.

"마지막으로 한 가지. 이 사건을 짬짬이 조사해야 한다는 거 알아요. 하지만 알레타에서 지닌까지는 간격이 9개월이었어요. 지닌과 에밀리는 5개월이었고요." 조는 이게 무슨 뜻인지 깨달아지도록 말을 잠깐 멈추었다.

아넷의 표정이 험상궂게 바뀌었다. "살인이 거듭될수록 간격이 짧아지는군."

"운이 좋으면 다음번 살인까지 몇 달이 남았어요. 운이 따라주지 않으면 그사이에 우리가 모르는 다른 피해자가 있을 수 있고, 그렇다면 몇 달이 아니라 몇 주밖에 안 남았을지도 모르죠. 어쩌면 며칠일지도. 범인은 지금 이 순간에도 다음 살인 계획을 짜고 있을 거예요. 움직여야 해요, 지금 당장."

PART 3

다이애나 몬턱
Diana Montauk
2013년 4~6월

Chapter 32

마틴은 Otthello로 이름을 바꾼 로그로 〈월드 오브 워크래프트〉에 접속했다. 단체 메시지를 보내고 기다렸다. 방법론과 계획을 준비해 놓았지만 그래도 계속 불안했다.

[2. 거래] [Otthello]: 정조대 때문에 좌절 중이신 분? 앱으로 열어드립니다. Otthello의 자물쇠 따기: 호랑이 담배 피우던 시절부터 사랑 나누기를 가능하게 한 비법. 팁은 주시면 감사히 받겠습니다.

그는 자물쇠를 몇 개 따주었다. 여자들 몇 명에게서 메시지도 받았다. 그중 두어 명에게는 예전 같으면 반응을 보였겠지만 이제 더는 그들이 유효한 선택지가 아니었다.

마틴은 특유의 정확성을 기해 모든 걸 분석했다. 위험한 행동에 발을 들임으로써 지금까지 쏟은 땀방울을 무용지물로 만드는 건 용납할 수 없는 일이었다. 그가 각고의 노력을 기울여 그것을 완벽의 경지, 과학의 경지로 끌어올리지 않았던가. 하지만 문제를 따로 떼어내 들여다보니 그걸 모르는 체할 도리가 없었다. 여태껏 낚은 서글프고 평범한 여자들이 이제는 시시하게 느껴지는 것이었다. 그는 이것으로 만족할 수가 없었다. 호숫가의 모든 낚시꾼을 좌절시킨 전설의 농어 같은 큼지막한 상품이 필요했다. 이 말은 곧 다른 낚시법이 아니라 다른 물고기가 필요하다는 뜻이었다. 그러느라 꼬리가 잡히는 위험을 감수할 수는 없으니 수법은 동일하게 유지해야 할 것이었다. 보상은 누리되 위험부담은 없이.

하지만 똑똑하고 도전 의식을 자극하는 여자를 찾기가 만만치 않았다. 실제 이름은 재니, 게임 아이디는 Rimetra인 여자가 유력한 후보인데, 오늘 밤에는 접속을 하지 않았다. 그녀는 영리했고 그의 관심을 받으려고 안달복달하지 않았다. 덕분에 목표가 생겼으니 평범했던 에밀리와 비교하면 분명한 발전이었다. 하지만 그에게 필요한 극강의 도전 과제는 아니었다. 그녀를 떠올리면 에밀리를 살해한 이후와 느낌이 비슷했다. 조금 더 흥분이 되긴 했지만, 그래도 아직 너무 쉬웠다.

그는 지붕에서 뛰어내려 은행 슬롯을 정리했다. 오늘의 낚시질은 끝났다. 그는 오그리마를 뛰어다니며 오늘의 요리에 필요한 물품을 모았다. 여전히 아무 소득이 없었고 점점 재미없어졌다.

하품을 하며 시계를 확인해보니 새벽 2시였다. 게임 세계에서도 늦은 시각이었다. 그는 이제 그만 잘까 고민하다가 잠깐 숨을 좀 고르기로 했다.

화장실에 가서 볼일을 보고 차를 마시려고 물을 끓였다. 이렇게 움직이다 보니 잠이 깨서 눕기 전에 마지막으로 한 번 더 시도해보기로 했다. 그는 뜨거운 물에 넣을 캐모마일 티백을 챙기고 다시 작업실로 들어가 게임 화면을 다시 한번 띄웠다.

30초가 지났지만 아무 소득이 없었다. 로그아웃 하려고 그가 손을 뻗었을 때 응답 메시지가 화면에 떴다.

> [Serylda]님의 귓속말: 기발하네요. 이 게임 안에서 셰익스피어의 감성과 대중문화의 밈을 이런 식으로 경쾌하고 재기발랄하게 넘나드는 사람은 만난 적이 거의 없는데.

마틴은 뒤통수가 근질거리는 것을 느끼며 컴퓨터 앞으로 몸을 기울였다. 좋았어. 이 여자, 이 여자야말로 정말이지 가능성이 있었다. 누가 봐도 지적이라는 사실 하나만으로도 도전 의식을 불사르기에 충분했다. 그리고 그녀는 수준 이상의 인물과 대화를 나눌 용의가 있음을 넌지시 내비치고 있었다. 자신의 지적 능력에 자부심이 있었고 그 능력을 공유하는 남자에게 약점이 있었다. 그 부분을 공략해 그녀를 잡아야겠다.

> [Serylda]님에게 귓속말: 그 진가를 알아차릴 만큼 지적인 사람도 거의 없죠.
> [Serylda]님의 귓속말: 뭐죠? 지금 누구 칭찬한 거예요?

마틴의 눈썹이 위로 쫑긋 올라갔다. 이 여자는 그냥 물고기가 아니라 월척이었다. 그는 누구에게일지 모를 기도를 드렸다. 여자이게 해주세요, 유부녀이게 해주세요. 그는 그녀를 친구 목록에 추가했다.

[Serylda]님에게 귓속말: 내 유머를 캐치한 거 맞죠?

[Serylda]님의 귓속말: 맞아요. 내가 이래봬도 머리가 완전히 비지는 않았거든요.

[Serylda]님에게 귓속말: 여자가 갖추어야 할 중요한 자질이죠. 이 게임에서는 거시기를 달고 있지 않은 것 다음으로 중요한 자질이라고 할까요.

[Serylda]님의 귓속말: 그러게요. 아제로스에서는 거시기를 달고 있다가는 상당히 위험해질 수 있죠.

젠장. 그녀는 그가 그녀를 여자로 간주한 것에 대해 부인하지 않았지만 그렇다고 인정하지도 않았다. 좀 더 적극적으로 파고들어야 할까? 아니면 그냥 우회적으로 접근하는 게 나을까? 그녀가 선택하는 단어에서 여성스러운 느낌이 풍기긴 했지만 롤플레잉 게임에서는 착각의 여지가 많았다. 그는 잠깐 고민했다.

그는 그럴 것 없다는 결론을 내렸다. 남자라면 그의 착각을 바로잡았을 가능성이 크니 지금 당장 좀 더 적극적으로 파고드는 위험을 감수할 필요가 없었다. 상대는 강압적인 분위기를 좋아하지 않을 것 같았다. 일이 잘 풀리면 나중에 농담조로 확인할 수 있을 것이었다.

[Serylda]님에게 귓속말: 이렇게 늦게까지 뭐하고 있었어요, 닥사?

[Serylda]님의 귓속말: 워록 키우고, 메인 캐릭터 요리 스킬 레벨업 하려고 마을에

들어와 있었어요. 이거 끝내고 자려고요.

[Serylda]님에게 귓속말: 내일 아침에 일찍 일어나야 하나 봐요?

[Serylda]님의 귓속말: 재택근무자라 대개는 마음대로 왔다 갔다 해도 돼요. 하지만 맞아요, 내일 할 일이 많아서요.

[Serylda]님에게 귓속말: 무슨 일 하는지 물어봐도 될까요?

[Serylda]님의 귓속말: 비영리 의료시설 보조금 프로그램 전문가예요. 그쪽은요?

[Serylda]님에게 귓속말: 소프트웨어 엔지니어요.

[Serylda]님의 귓속말: 어떤 프로그램을 만드는데요?

[Serylda]님에게 귓속말: 어느 연구 개발 기업의 데이터 수집과 내역 추적을 돕는 시스템이요.

[Serylda]님의 귓속말: 그 기업에서 뭘 연구하는데요?

[Serylda]님에게 귓속말: 나랑 같이 작업하는 부서는 장난감을 테스트해요.

[Serylda]님의 귓속말: 오, 재밌겠다. 연령대가 어떻게 되는데요?

뭐지? 종교 재판하는 것도 아니고. 질문을 하는 쪽은 원래 그였는데.

[Serylda]님에게 귓속말: 잠깐만요, 길드원이 좀 도와달라고 해서요. 얼른 다녀올게요.

[Serylda]님의 귓속말: ㅇㅋ

그는 그녀가 보고 있거나 그의 위치를 찾아볼 경우에 대비해 듀로타에서 나와 오크족 시작 지역으로 갔다. 아무도 없는 벌판 곳곳에서 몬스터를 몇 마리 잡으며 시간을 때웠다.

[Serylda]님에게 귓속말: 끝냈어요. 미안해요.

[Serylda]님의 귓속말: 별말씀을. 오늘 요리는 이만하면 된 것 같아서 이제 그만 자려고요. 채팅 즐거웠어요.

젠장. 너무 자신만만하게 나갔나?

[Serylda]님에게 귓속말: 조금만 더 있다가 가면 안 돼요? 채팅 재밌었는데.

[Serylda]님의 귓속말: 그건 안 되겠어요. 책임감 있는 어른인 척이라도 해야 하잖아요. :)

스마일 이모티콘. 좋아, 그럼 아주 많이 화가 난 건 아닐지 몰라.

[Serylda]님에게 귓속말: 슬프지만 맞는 말이네요. 내일 접속할 거예요?

[Serylda]님의 귓속말: 잘 모르겠어요. 일 돌아가는 거 봐서요. 아무튼 나 그만 나갈게요. 재밌는 시간 보내요.

[Serylda]님에게 귓속말: 잘 자요.

Serylda가 접속을 끊었습니다.

마틴은 자리에서 일어나 방 안을 왔다 갔다 했다.

흠, 흠, 흠. 흥미로운걸?

그는 걸음을 멈추고 눈을 감았다. 그녀가 한 말을 떠올리며, 낯선 도시에서 저녁을 같이 먹으며 주고받은 위트 있는 농담이라고 상상해보았다. 그녀가 그렇게 자랑스러워하는 지적 능력을 그의 마음대로 주무르면, 그녀가 그의 비위를 맞추고 호기심을 자극하려고 애를 쓰면 어떤 느낌일지 상상하고, 인정받고 싶어서 그의 표정을 살피는 그녀의 눈빛을 그려보았다. 차이가 너무 분명해서 왜 진작 알아차리지 못했는지 이해가 되지 않을 정도였다. 쿵쿵거리며 그의 뒤꽁무니를 쫓아다니는 한심한 강아지가 아니라 머리에 든 게 있는 여자를 박살내는 쪽이 훨씬 짜릿했고 그것이 진정한 승리였다. 아, 물론 해야 하는 일은 훨씬 많을 테지만 – 그 부분에 대해서는 착각의 여지가 없었다 – 보상이 얼마나 클까.

몸이 반응하는 것이 느껴졌다.

Chapter 33

다이애나 몬턱은 Serylda를 로그아웃하고 잽싸게 마법사인 Dauphyne 으로 로그인했다. Otthello를 Dauphyne의 친구 목록에 추가하고 그가 어디 있는지 체크했다. 오그리마에 있다고 떴고, 그녀가 찾아가보니 아까처럼 똑같이 은행 지붕에 있었다. 하지만 그녀가 많은 무리 중에서 그를 알아보자마자 그가 로그아웃했다는 알림이 떴고 그의 캐릭터가 사라졌다. 그녀는 몇 분 더 기다려보았지만 그는 다시 접속하지 않았다.

그녀는 로그아웃하고 그들의 대화를 곱씹으며 미소를 지었다. 위트 있고 말주변이 좋았다. 그가 보낸, 양쪽으로 해석할 수 있는 칭찬에 대해서도 생각해보았다. 가볍게 비꼰 걸로 간주할 수도 있지만 그는 자기 못지않게 똑똑한 부류를 별로 못 만난 사람처럼 "내 유머를 캐치한 거 맞죠?"라고 했다. 그는 자기 자신을 사랑했다. 오만했다. 그리고 거의 100퍼센트의 확률로 자기중심적이었다.

그녀는 커피잔을 들고 쪽모이 마루를 지나 거실로 들어갔다. 빨간색 가죽 소파 한쪽 구석에 털썩 주저앉아 길고 까만 머리를 땋고 황갈색 셔널 담요를 다리 위로 덮었다. 텔레비전을 켜고 뉴스 채널을 몇 군데 이리저리 돌리다 사전 녹화가 아니라 생방송으로 진행하는 채널을 찾았다. 이 늦은 시각에 쉽지 않은 일이었다.

길드원 어쩌고 한 건 흥미로웠다. 정말로 도와달라고 한 길드원이 있었을 가능성이 컸다. 이 남자는 아직 그녀를 잘 몰랐고 친구를 도와주어야 하는 판국에 그녀와의 채팅을 우선시해야 하는 이유도 없었다. 하지만 느낌이 묘했다. 던전 인스턴스가 Otthello의 레벨이었대도 친구를 도우며 드문드문 채팅을 할 수 있었다. 그래서 그녀는 요리에 필요한 재료를 은행에서 꺼내고, 살 수 있게 된 새로운 요리법을 구입하며 기다렸다. 대화를 나눌 만한 상대가 있는지 일반 채널과 거래 채널을 예의 주시했다. 그러다 거의 단념하고 로그아웃하려던 찰나 그가 메시지를 보냈다.

다이애나는 커피를 마셨다. 그녀가 키우는 스핑크스 고양이 클레오파트라가 담요 위로 폴짝 올라왔다. 그녀는 자리를 잡고 앉는 고양이를 쓰다듬었다. "걱정 마, 디카페인이니까. 오늘 밤에는 잠을 좀 잘 수 있었으면 좋겠다. 자야 하는데." 고양이는 눈을 깜빡이는 것으로 대답을 대신했다.

다이애나는 그가 은근슬쩍 성별에 대해 물었을 때 자신이 답변을 거부하자 그가 잠깐 아무 말도 하지 않았던 것을 떠올리며 미소를 지었다. 그는 그녀가 여자인지 확인하고 싶어 했고 그녀의 반응에 어떤 식으로 대처해야 할지 몰라했다. 누가 봐도 그는 노닥거릴 상대를 찾고 있었다.

문제는 그녀도 그에게 관심이 있는지 여부였다. 그녀는 유부녀와 바람을 피우려고 하는 데 죄책감을 느끼지 않는 남자, 그녀의 가려운 부분을 긁어줄 남자가 필요했고 결정적으로 신중을 기해야 했다. 안타깝게도 다른 남자의 영역을 침범하는 타입들은 근본적으로 자기중심적이고 오만했다. 하지만 그런 부정적인 특성이 있으면 오히려 나중에 문제가 되지 않았다. 덕분에 때가 됐을 때 그녀 쪽에서 관계를 끝내기가 오히려 쉬웠다.

좀 더 파헤쳐보아야 할 것이다. 그리고 결정적으로 그의 동기가 뭔지 파악해야 했다. 그가 원하는 게 은밀한 만남이 아니라 18금 놀이거나 진지한 관계라면 다른 데를 알아보아야 했다. 하지만 그가 설령 즐길 상대를 찾고 있더라도 그녀와 진도가 나가고 싶으면 오늘처럼 미지근하게 나올 것이 아니라 좀 더 열심히 노력해야 했다. 그녀를 밀어붙어야 했다.

다이애나는 하품을 했다. 따뜻한 이불 속이 그녀를 부르고 있었다. 디카페인 커피를 마저 마시고, 리모컨으로 텔레비전을 끄고, 클레오파트라를 안고 방으로 들어갔다.

그렇다, Otthello는 흥미로웠고 재미있을 것 같은 예감이 들었다. 그녀는 속으로 행운을 빌었다. 그가 유부녀에게 관심이 있기를.

Chapter 34

마틴은 〈월드 오브 워크래프트〉에서 로그아웃하고 책상 바로 앞에서 발기한 성기를 해결했다. 그런 다음 잠깐 눈을 감고 앉아서 여기에 담긴 의미가 머릿속으로 스며들길 기다렸다. 지금까지 살해 이전에, 살해하는 상상만으로 흥분한 적은 단 한 번도 없었다. 인상적이었다. 그녀는 그의 자존심에 상처를 냈고 그를 하찮은 인간 취급했다. 그의 분노에 불을 지르고 굶주림을 들쑤시기에 딱 알맞을 정도로. 좀 전의 기억을 떠올리자 얼굴이 화끈거리고 심장이 쿵쾅거렸다.

그는 욕실에서 씻은 다음 빈 머그잔을 들고 부엌으로 갔다. 물이 끓는 동안 둘이 나눈 대화를 반복적으로 재생하다가 주전자에서 휘파람 소리가 나자 거기에 정신이 팔린 나머지 손잡이가 아니라 주전자 표면에 손을 갖다 대고 말았다.

"쌍!" 그는 수도를 틀고 찬물 아래로 화상을 입은 부위를 들이밀었다. 모지리. 바보. 정신 차려라.

말은 쉽지만 대화의 잔상과 앞으로의 가능성이 그의 머릿속에서 떠날 줄 몰랐다. Serylda는 똑똑했고 다른 여자들과 다르게 그에게 당장 넘어오지 않았다. 질문 공세를 퍼부어 그를 당황시켰다. 그녀는 쉽게 딴 데 정신 팔리는 스타일이 아니니 오늘처럼 어설프게 넘어가려고 했다가는 그녀를 잡을 수 없을 것이다. 여자를 조련하는 기술의 수준을 높여야 했다.

하지만 그런 여자를 이기면 얼마나 기분이 끝내줄까. 아무라도 꺾을 수 있는 나무를 쓰러뜨리는 것보다 훨씬 나을 것이다.

마틴은 손을 거두고 데인 곳을 살폈다. 심하지 않았다. 하루 이틀 화끈거리다 괜찮아질 테고 물집이 잡히거나 흉터가 남지도 않을 것이다. 그는 얼음을 몇 개 꺼내 깨끗한 행주로 감싸고 데인 부위에 동여맸다.

미리 준비해놓아야 했다. 그녀가 다시 질문을 퍼붓기 시작하면 어떤 식으로 화제를 돌릴 것인지에서부터 시작해 문제의 소지에 대비해 작전을 세워야 했다. 실수는 금물이었다. 그녀는 아주 사소한 실수라도 놓치지 않을 것이었다. 둘이 어떤 대화를 나눴고 그녀가 뭐라고 대답했는지 기록으로 남겨야 할까? 그는 고민했다가 당장 그건 아니라는 결론을 내렸다. 그런 기록을 아무 데나 꺼내놓는 건 너무 위험했고, 그녀와 대화를 나누는 동안 자꾸 참고하고 싶어질 가능성이 컸다. 실수를 저지를 가능성을 최소화할 수 있게 평소보다 더 진실에 가까운 노선을 고수해야 할 것이었다. 당장이라도 꺼내 쓸 수 있게 그녀의 정보를 외우고 밤이 되면 연습하고. 나태한 한마디가 치명타가 될 수 있었다.

사람과 사람 간의 체스 게임이로군. 이런 생각이 들자 기대감에 전율이 일었다.

그는 차를 따르고 방으로 들어가 잠옷 바지로 갈아입고 이불을 가슴 중간까지 끌어올렸다. 시험 삼아 몸을 만졌다가 몸이 다시 반응하자 아드레날린이 폭발하는 것을 느꼈다.

마틴은 4일 연속으로 일찌감치 게임에 접속해 늦게까지 자리를 지켰지만 점점 초조해졌다. Serylda가 보이지 않았다.

그는 그녀와 나눈 대화를 곱씹고 또 곱씹으며 그녀에게 비호감으로 찍힐 만한 부분이 있었는지 고민하는 습관이 생겼다. 정신 차리라고, 넘겨짚으며 더위 먹은 개처럼 속절없이 헐떡거리지 말라고 자신을 다그쳐야 했다.

그는 그녀를 만난 지 얼마 되지 않았다. 아직은 그녀가 그를 만나려고 로그인할 이유가 없었다. 그리고 이것이 그가 바라던 바가 아닌가. 도전 정신을 불태우는 것이. 일이 쓰나미처럼 닥쳤거나 신상에 무슨 문제가 생겼는지 모를 일이었다. 아직은 걱정할 필요가 없었다.

닷새째가 되자 그녀가 조만간 또는 아예 다시 접속할 가능성이 없을지 모른다고 인정하는 수밖에 없었다. 쉽게 만족할 줄 모르는 허기가 스멀스멀 밀려와 압박하자 그는 다른 후보에게 관심을 돌릴 수밖에 없는 상황에 놓였다. 그는 하는 수 없이 쌓여 있던 어려운 퀘스트를 깰 수 있게 도와주겠다고 재니/Rimetra와 만날 약속을 했다. 그녀는 Serylda만큼 임팩트가 강하지 않았지만 같이 퀘스트를 해보면 시간을 투자할 만한 상대인지 알 수 있을 것이었다.

그는 한숨을 쉬며 로그인했다. 재니가 도움이 가장 많이 필요한 지옥불 반도에서 그를 기다리고 있었다. 그는 추파를 던지고 비위를 맞추는 데 집중하며, 그녀 스스로 원한다고 인정하지 못하는 관계를 향해 선을 넘도록 유도했다. 잘되면 내일 스카이프로 만나자고 얘기를 꺼낼 수 있을 것이다.

긴장을 풀고 퀘스트에 매진하자 편안해졌다. 대화가 몹과 주울 수 있는 아이템 위주로 이어졌기 때문에 열심히 머리를 굴려가며 집중할 필요가 없었다. 그들은 농담을 주고받았다. 그녀 혼자라면 절대 해치우지 못했을 몹에게 일부러 싸움을 걸었고, 그는 30레벨 전에 그를 한 방에 보냈던 지옥수호병을 공격하며 희열을 느꼈다. 그가 재치 있는 말을 건네면 그녀가 매력적인 대답으로 응수해 시간이 지날수록 그가 찾고 있었던 끌림이 느껴졌다. Serylda에게 느꼈던 것에 비하면 희미한 그림자에 불과했지만.

그룹 퀘스트가 완수되자 그는 던전 인스턴스를 뛰며 쉽게 경험치를 쌓고 아이템을 챙기자고 했다. 장가르 습지대의 언더보그는 그가 이 게임에서 좋아하는 지역이었다. 지옥불에서 무미건조하고 단조로운 사막의 풍경과 거친 몹을 상대하다가 천상의 SF 같은 분위기를 풍기는 이곳으로 오면 마음이 편안해졌다. 그녀가 장가르 습지대까지 비행경로를 확보해놓았으니 도보로 거기까지 가는 동안 그녀를 보호할 필요가 없었다.

인스턴스에 들어간 지 10분쯤 지났을 때 Serylda가 로그인했다.

그의 몸속에서 아드레날린이 뿜어져 나왔다. 젠장. 포기하고 다른 사람에게 집중하니까 접속을 하는군. 그는 잠깐 기다렸다가 그녀에게 귓속말을 보냈다.

[Serylda]님에게 귓속말: 안녕하세요.

[Serylda]님의 귓속말: 안녕하세요. 어떻게 지냈어요?

[Serylda]님에게 귓속말: 잘 지냈어요, 고마워요. 그쪽은요?

[Serylda]님의 귓속말: 나도 잘 지냈어요.

그녀는 별말을 하지는 않았지만 그래도 다정하게 대했다.

[Serylda]님에게 귓속말: 오랜만이네요. 바빴나 봐요?

[Serylda]님의 귓속말: 네, 일이 많았어요. 통장 잔고엔 좋지만 닥사에는 별로네요.

[Serylda]님에게 귓속말: ㅋㅋㅋㅋ 나도 그런 적 있어요. 오늘은 닥사해요?

[Serylda]님의 귓속말: 네, 당분간은요. 그쪽은요?

[Serylda]님에게 귓속말: 길드원이랑 인스턴스 뛰고 있는데 금방 끝날 거예요. 혹시 동행 필요하면 같이 퀘스트 깨요.

[Serylda]님의 귓속말: 길드원 엄청 챙기네요. 네, 좋아요.

[Serylda]님에게 귓속말: 좋아요, 몇 분 있다가 만나요. :)

그는 습지대로 돌아가 아까보다 좀 더 속도감 있게, 좀 더 열심히 비현실적인 몬스터를 죽였다. 재니가 습관적으로 추파를 던지며 계속 그에게 키스를 날리더니 이제는 그의 손을 잡고 있었다. 그는 다정하게 반응하며 머릿속으로 얼른 계산기를 두드렸다. 재니는 노골적으로 그에게 관심을 보이는 확실한 카드였다. 예전 같았으면 그가 찾아다녔을 부류였다. 그와 다음 단계로 건너갈 의사가 충분한, 외로운 유부녀였다. 한 달, 기껏해야 두 달이면 그녀에게 호텔을 예약하게 만들 수 있을 것이었다. Serylda는 그에게 관심이 있는지는커녕 유부녀인지조차 알 수가 없었다. 그리고 지난 한 주 동안의 접속 회수를 감안했을 때 살인 근처에 가기까지 몇 개월이 걸릴 수도 있었다. 확실한 카드를 버리고 모험을 선택하려니 엄두가 나지 않았다.

하지만 Serylda의 이름을 본 순간 허기가 요동쳤다. 콧대 높고 손이 많이 가는 년을 망가뜨리고 싶은 엄청난 욕망이 그의 모든 세포를 뒤흔들었다. Serylda의 경우, 사냥 자체만으로 이미 예전에 살인을 저질렀을 때보다 더 엄청난 쾌감을 선사했다. 그녀를 유혹할 기회를 그냥 흘려보낼 수는 없었다.

양쪽 가능성을 모두 열어놓는 것이 상책이었다. 그는 전에도 두 여자에게 양다리를 걸치고 어느 쪽이 성공 가능성이 큰지 저울질한 적이 있었다. Serylda를 상대로 작업을 하되 어떻게 될지 확실해질 때까지 재니에게도 여지를 남겨두어야겠다.

이런 생각에 정신이 팔린 바람에 너무 뒤쳐져 있던 재니의 뒤편으로 엘리트 몬스터가 모퉁이를 돌아 나오는 것을 보지 못했다. 그녀는 몬스터에게 한 방에 죽임을 당하고 그대로 고꾸라졌다. 부활하려면 왔던 길을 되짚어오느라 시간이 걸릴 것이다. 여기가 이 게임 안에서 시체를 찾으러 이동하는 거리가 가장 긴 곳 중 하나였다. 그가 그걸 가지고 농담하자 그녀는 웃으며 보기 드문 난초를 꺾으려다 조금 방심했다고 말했다. 그녀의 유령이 시체를 찾아왔고 그들은 게임을 다시 시작했지만 그녀가 똑같은 실수를 저질렀다. 두 번 더.

그는 시계를 보며 자리에 앉은 채 꼼지락거렸다.

Chapter 35

다이애나는 며칠 동안 일부러 Serylda로 접속하지 않았다. 뭔가 수상한 의도가 있었다면 그녀가 접속하지 않는 동안 Otthello는 생각할 시간이 생겼을 것이다. 그가 정말로 길드원에게 불려간 거였다면 상관없었다. 남자들은 어차피 너무 쉬운 여자를 좋아하지도 않는다.

이제 그녀가 Serylda로 접속하자마자 그가 또다시 길드원과 같이 있다고 했다. 흐으음. 그녀는 닥사를 하며 계속 그의 위치를 확인했다. 15분, 다시 30분이 지났고 그녀는 점점 짜증이 치밀었다. 45분이 지나자 상황이 분명해졌다. 관심 있는 여자와 노닥거릴 기회가 주어졌는데 45분 동안 길드원 옆에 붙어 있을 남자가 세상에 몇 명이나 될까? 그녀는 다시 위치를 확인했다. 그는 계속 언더보그에 있었다. 그 정도 레벨이라면 10분 만에 해치울 수 있었을 텐데.

길드원이라고? 웃기시네. 여자랑 같이 있는 게 분명해. 어떤 부류의

바람둥인지 어디 한번 볼까?

30분이 지나자 주머니가 가득 찼고 그녀는 자신이 얼마나 더 참고 기다릴 용의가 있는지 고민에 들어갔다. 그는 매력적이었고 딱 그녀가 찾던 타입이었지만 이 게임 속에 남자는 넘쳐났고 이게 단순한 시간 낭비로 밝혀지면 얼마든지 다른 상대를 찾을 수도 있었다. 그녀는 주머니를 비우고 채팅 채널을 구경하며 보석 세공을 하려고 실버문 시티로 갔다. 어차피 닥사로 모은 재료가 너무 많아서 정리해야 했다.

그녀는 실버문 시티를 왔다 갔다 하며 광석을 제련하고 보석을 만들어 보석 세공 기술을 조금씩 레벨업 했다. 목걸이, 반지, 방어력을 높여주는 다른 아이템으로 인벤토리가 꽉 찼다. 팔릴 만한 것들은 경매장에 내놓고 나머지는 마법에 쓰이는 재료로 나눴다. 그런 다음 보석 세공 트레이너를 다시 찾아가 레벨 업에 필요한 재료가 뭔지 듣고 같은 과정을 반복했다. 그녀는 속으로 실소를 터뜨렸다. 이 게임을 만든 사람들은 심리학의 대가였다. 그들은 적절한 보상을 주어가며 몇 시간씩 이 게임에 매달리게 하는 법을 알았다. 이런 식으로 빈둥거리다 보면 시간이 쏜살같이 지나가는 경우가 한두 번이 아니었다.

오늘 밤도 그랬다. 그녀는 모니터상의 시계를 다시 한번 체크하고 하품을 했다. 이번 주 내내 잠을 별로 자지 못한 여파가 뒤늦게 밀려오고 있었다.

이제 두 시간째로 접어들자 짜증이 조용히 이글거리는 분노로 바뀌었다. 그녀는 그의 위치를 다시 확인했다. 여전히 언더보그였다. 알맞은 레벨로 플레이하고 있다 한들 인스턴스를 끝내는 데 이 정도로 오래 걸릴 리 없었다. 그리고 현실 속에서 그의 집 부엌에 불이 났거나 뇌졸중을 일으켰다면 시스템상에서 자동으로 로그아웃됐을 것이다.

이건 새로운 경험이었다. 그녀를 가지고 놀다니 거의 있을 수 없는 일이었다. 그녀는 엄밀히 따지면 정상 체중보다 10킬로그램이 더 나갔지만 남자들이 좋아하는 쪽으로 그랬다. 가슴이 큰 모래시계 체형이었다. 다리가 늘씬했고 그걸 드러내는 것을 좋아했다. 검은색 머리는 흡혈귀 같은 버건디색 립스틱으로 포인트를 준 아이보리색 피부와 선명한 대조를 이루었고, 그녀가 미소를 지으면 남자들은 그녀를 차지하고 싶어서 기를 쓰고 달려들었다. 게임에서는 남자들이 그녀의 외모를 볼 수 없지만 지금까지 남자들을 상대로 거둔 성공률이 인스턴트 메시지에서 자신감으로 발현됐다. 그녀는 게임뿐 아니라 어디에서건 남자들에게 주목을 받고 관심을 유지하는 데 전혀 어려움이 없었다.

그녀는 자신을 나무랐다. 이건 자존심이 상하고 화가 나서 하는 생각이었다. 이런 타입의 남자를 찾다 보면 도중에 바보 같은 행동을 맞닥뜨릴 수밖에 없었고, 그녀도 단박에 알아차렸다시피 그는 자아도취의 아슬아슬한 경계에 있을 정도로 거만한, 만만치 않은 상대였다. 좋은 게 있으면 나쁜 것도 있는 법. 그걸 잘 이용하는 것이 상책이었다.

다시 거의 한 시간이 더 지났을 때 드디어 그가 귓속말을 보냈다.

[Otthello]님의 귓속말: 헐, 이렇게 오래 걸릴 줄이야. 정말 미안해요.

[Otthello]님에게 귓속말: 우와, 언더보그 깨는 데 거의 세 시간이 걸렸네요? 가장 비효율적으로 인스턴스 돌기 신기록에 도전하는 거예요?

[Otthello]님의 귓속말: 나도 알아요, 어이없다는 거. 그 친구가 스포어링 애완동

물을 사는 데 필요한 꽃을 모으는 중이었어요. 한두 번 얼른 뛰면 될 줄 알았더니 엄청 많이 있어야 하더라고요. 진작 알았더라면 안 한다고 했을 텐데.

다이애나는 '그 친구'라는 단어에 폭소를 터뜨렸다. Otthello가 남자와 플레이하고 있었다면 손에 장을 지질 수 있었다.

[Otthello]님에게 귓속말: 그 친구가 엄청 고마워하겠네요. 당신도 나중에 그 꽃을 모으겠다고 해요.

[Otthello]님의 귓속말: 그럼요. 그럴 생각이에요. 자, 그럼 퀘스트를 뛰어볼까요?

[Otthello]님에게 귓속말: 아뇨. 지금 다른 거 하는 중이라서요.

그는 답하기 전에 잠깐 뜸을 들였다. 그래, 어디 마음 좀 졸여보라지.

[Otthello]님의 귓속말: 정말 미안해요. 그렇게 오래 걸릴 줄 진짜 몰랐어요.

[Otthello]님에게 귓속말: 괜찮아요, 그럴 수도 있죠. 길드원들이 도와달라면 도와줘야죠. 당신이 나한테 무슨 빚을 진 것도 아니고요.

깍듯하고 냉랭하게. 이제 공은 너에게로 넘어갔어.

[Otthello]님의 귓속말: 그런 건 아니지만 마음이 안 좋아서요. 당신이랑 친해지고 싶었는데 이런 일이 생겼네요. 본의 아니게 나쁜 놈이 된 기분이에요.

[Otthello]님에게 귓속말: 아니, 그럴 것 없다니까요. 나중에 또 접속할 테니까 그때 같이 퀘스트 뛰면 되죠. 괜찮아요.

[Otthello]님의 귓속말: 알았어요. 지금 뭐 하고 있어요? 그거 같이 할까요?

[Otthello]님에게 귓속말: 별로 재미없는 보석 세공하는 중이에요.

[Otthello]님의 귓속말: ㅋㅋㅋ 같이 해요. 지금 달라란에 있어요?

[Otthello]님에게 귓속말: 아뇨, 실버문이요.

다시 그가 잠깐 뜸을 들였다.

[Otthello]님의 귓속말: 실버문이라니! 요즘도 실버문에 가는 사람이 있어요? 너무 멀잖아요!

[Otthello]님에게 귓속말: 나는 실버문 좋아해요, 도시가 예뻐서. 내가 Serylda의 종족을 블러드 엘프로 선택한 이유 가운데 하나도 여기가 시작 지역이기 때문이에요.

[Otthello]님의 귓속말: 윽, 거기까지 가려면 골치가 아파서요. 달라란도 괜찮은데…….

[Otthello]님에게 귓속말: 맞아요, 거기도 좋아해요. 하지만 나는 지금 여기 있고 싶어요. 그리고 당신이 여기까지 찾아올 필요도 없잖아요. 귓속말이야 아무 데서나 할 수 있는데.

그가 여기까지 찾아오는 성의를 보여야 할지 아니면 다른 방법이 있을지 열심히 머리를 굴리는 소리가 그녀의 귀에 들리는 듯했다.

[Otthello]님의 귓속말: 무슨 소리예요. 여기서 이모티콘이나 날릴 수는 없죠. ;-) 금방 갈게요.

[Otthello]님에게 귓속말: 좋을 대로 해요.

잠깐 대화가 끊겼다.

[Otthello]님의 귓속말: 정말 화 안 났어요?

[Otthello]님에게 귓속말: 왜 화가 나요? 살다 보면 이런 일도 있고 저런 일도 있는데.

[Otthello]님의 귓속말: 좋아요, 화 안 났으면 본명이 뭔지 알려줘요. :-P

그녀는 웃음을 터뜨렸다.

[Otthello]님에게 귓속말: 이제 보니까 용감하네요? 그건 인정. 나는 다이애나예요. 그쪽은요?

[Otthello]님의 귓속말: 나는 피터요.

[Otthello]님에게 귓속말: '만나서' 반가워요. '피트(Pete)'라고 부르면 되나요?

[Otthello]님의 귓속말: 윽, 아뇨. 피트라고 하면 꼭 늪지에 쌓인 짐승 똥 같잖아요.

[Otthello]님에게 귓속말: peat 말하는 거예요? [똑같이 '피트'라고 읽는 peat에는 이탄(泥炭)이라는 뜻이 있다-옮긴이]

[Otthello]님의 귓속말: 맞아요. 고급 어휘를 알고 있네요?

[Otthello]님에게 귓속말: 하! 좋아요, 그럼 피터라고 부를게요.

[Otthello]님의 귓속말: 그럼 다이애나, 사는 곳은 어디에요?

[Otthello]님에게 귓속말: 탬파요. 그쪽은요?

[Otthello]님의 귓속말: 오마하요.

[Otthello]님에게 귓속말: 오우, 그럼 귀여운 중서부 사투리 쓰나요?

[Otthello]님의 귓속말: 아닙니다요.

[Otthello]님에게 귓속말: 악, 안타까워라.

[Otthello]님의 귓속말: 실망시켜서 미안해요. 다른 데서 대학교 다니는 동안 까먹었어요.

[Otthello]님에게 귓속말: 어디서 대학교 다녔는데요?

[Otthello]님의 귓속말: 샌디에이고요.

그녀는 그와 채팅하며 보석 세공을 계속했다. 그의 이동 경로를 예의주시하며 그가 시간을 허비하는 것을 구경하는 데서 무한한 희열을 만끽했다. 마침내 그가 그녀를 찾았다.

[Otthello]님의 귓속말: 뒤를 보세요.

그녀가 캐릭터의 몸을 돌리자 그가 있었다.

*Otthello*가 손을 흔듭니다.

*Serylda*가 손을 흔듭니다.

*Otthello*가 키스를 날립니다.

*Serylda*가 얼굴을 붉힙니다.

[Otthello]님의 귓속말: 봐요, 이러니까 훨씬 재밌죠?

[Otthello]님에게 귓속말: 그렇긴 하지만…….

[Otthello]님의 귓속말: 그렇긴 하지만 뭐요?

[Otthello]님에게 귓속말: 나 이제 로그아웃해야 해서요. 잘 시간이 훨씬 지났어요.

[Otthello]님의 귓속말: 안 돼애애애애!!! 여기까지 왔는데 로그아웃하겠다니!

[Otthello]님에게 귓속말: 내 잘못 아니잖아요. 세월아 네월아 한 건 당신이라고요!

[Otthello]님의 귓속말: ㅋㅋㅋ 할 말이 없네요. 내일 접속할 거예요?

[Otthello]님에게 귓속말: 잘은 모르겠지만 아마 할 거예요. 접속하면 같이 퀘스트 깨요. 하루 종일 정신없긴 하겠지만.

[Otthello]님의 귓속말: 나는 접속할 거니까 만날 수 있으면 좋겠네요. 당신이랑 얘기하면 재밌어요.

[Otthello]님에게 귓속말: 나도 재밌어요. 오늘은 이만 갈게요.

[Otthello]님의 귓속말: 잘 가요. 굿나잇.

다이애나는 로그아웃하고 네 손가락의 손톱으로 키보드를 두드리며 그들의 채팅을 복기했다. 뭐라고 콕 집어서 말은 못하겠지만 왠지 이상했다. 그녀를 세 시간 동안 무시해놓고 실버문까지 달려오는 건 뭘까? 그냥 자기 길드원에게 진심으로 충성을 다하는 착한 사람일 뿐일까? 그렇다면 너무 착한 거다. 하지만 그의 말투에서 그 시나리오와 어울리지 않는 이상한 분위기가 느껴졌다.

그가 진지하게 만날 사람을 찾고 있을 경우에 대비해 다음번에 만났을 때 기혼녀라고 밝히는 편이 좋을까? 아니다, 그런 걸 털어놓기에는 아직 너무 일렀다. 그랬다가는 그녀가 절박해 보일 것이다. 전혀 부담 없는 상대를 찾던 최고의 수완가라도 그러면 지레 겁먹을 것이다.

그녀는 손톱으로 마지막으로 자판을 한 번씩 두드리고 혼자 미소를 지었다.

그보다 더 괜찮은 방법이 있었다.

Chapter 36

"내가 한 얘기 들었어요?"

조는 브렌트의 얼굴에 얼른 초점을 맞췄다. 그가 한 얘기를 듣지 못했다. 엄마의 친구의 아들의 친구인 그와 만나기로 한 이유는 엄마의 입을 막기 위해서였다. 객관적으로 보았을 때 그는 모든 면에서 그녀의 관심을 당연하게 여길 만한 이유가 있었다. 편안한 함박웃음과 갈색의 따뜻한 눈과 지적인 유머 감각이 돋보이는, 검은 머리의 섹시한 리서치 애널리스트였다. 맨 처음 만나서 커피를 마셨을 때 분위기가 놀라우리만치 좋았고 일주일 뒤에 다시 만났을 때 확실하게 스파크를 느꼈기 때문에 침대로 직행했다. 하지만 그게 전부였고, 그는 당장 세 번째 데이트를 신청했지만 그녀는 강제 휴가와 호텔 살인사건 핑계를 대며 여러 번 약속을 변경했다. 그의 속단을 사전에 차단하기 위해서이기도 했다. 하지만 그녀는 나지막이 음악이 흐르고 은은한 조명이 비추는, 로맨스의 무대로 더할 나위 없는 여기 이렇게 나와 앉아 있는 데도 그에게 전혀 집중할 수가 없었다.

"아뇨, 미안해요. 못 들었어요. 머릿속이 너무 복잡해서요. 물론 그게 변명은 될 수 없겠지만."

그의 표정이 부드러워졌지만 완전히 풀린 건 아니었다. "뭣 때문에 복잡한지 내가 알아도 돼요?"

그녀는 거의 손도 대지 않은 페퍼 스테이크를 내려다보며 고민했다. 그녀는 속으로 사건을 추적하고 있었다. 에밀리 카슨을 협박했던 학부모 낸시 모건에게 확실한 알리바이가 있었다는 것이 오늘 최종적으로 확인됐고, 알레타 리베라의 사적인 기록을 복원했지만 지넌과 에밀리의 경우처럼 별 도움이 되지 않았다. 한번 범인을 찾았나 싶었던 적도 있었다. 슬립 타이트의 고객 서비스 센터장이 알레타의 사망 당시 그 호텔 고객 서비스 센터에서 근무했던 것이다. 하지만 우연의 일치였고, 그는 에밀리가 살해되던 날 밤에 음주 운전으로 유치장 신세를 지고 있었다. 리베라와 카슨 사건의 전말이 상세하게 밝혀지면서 존 렝크와 로널드 크레이그도 용의선상에서 제외됐다. 둘 다 확고부동한 알리바이가 있었다. 그들은 피해자에 얽힌 정보를 계속 교차 대조하는 중이었지만 비공식적으로 진행하는 수사이다 보니 속도가 더뎠다. 그래서 연쇄 살인범의 그림자를 쫓는 처지였고, 그럴듯한 프로파일을 궁리하느라 머리가 터질 것 같았다. 그녀는 지금까지 이런 얘기를 자제하려고 최대한 참아왔다. 지금까지의 경험상 만나는 남자들에게 일 얘기를 많이 하는 건 좋은 생각이 아니었다. 그들은 듣고 보니 경찰 일이 흥미진진하다고 주장할지 몰라도 실제 현실을 맞닥뜨리

면 움츠러들었다. 육체적, 심리적으로 혐오스러워하거나 위축되거나
아니면 양쪽 모두였다.

하지만 그녀는 변명의 여지가 없을 만큼 예의 없게 굴고 있었고, 그
를 보니 설명을 듣지 않고는 그냥 넘어가지 않을 표정이었다. "진심으
로 듣고 싶어요? 저녁 먹으면서 할 만한 얘기가 아닌데."

"아, 그렇게 나오니까 꼭 듣고 싶잖아요. 그렇게 미끼를 던져놓고
그냥 넘어가면 예의가 아니죠." 그는 한 손으로 검은 머리를 쓸어넘기
며 씩 웃었다.

조는 최대한 무미건조하게 사건을 요약 설명했다. "그래서 '체계적
인 연쇄 살인범 vs 비체계적인 연쇄 살인범'과 같은 용어가 보이면 토
가 나올 정도로 연쇄 살인범과 프로파일링 관련 문건은 물론 심지어
FBI 매뉴얼까지 닥치는 대로 읽으면서 몇 주째 이 녀석에 대해 입수
된 정보와 대조하는 중이에요. 어떤 논리를 찾으려고 애를 쓰면서. 왜
냐하면 뭘 어떻게 하면 되겠는지 잘 모르겠는데, 그런 느낌은 질색이
거든요. 게다가 대부분 행정적인 업무로 이루어진 공식 업무를 처리
하는 틈틈이 사건을 수사해야 한다는 데 따르는 분노를 애써 누르는
중이고, 경위 승진을 수락한 게 실수인 것 같아서 견딜 수가 없어요."

브렌트는 숨을 크게 마시며 의자에 기대고 앉았다. "그러게요, 얼마
나 힘들지 알겠네요."

그녀는 손을 내밀어 그의 손 위에 얹었다. "그러니까, 미안해요. 하
지만 하루하루 시간이 지날수록 점점 더 초조해지는 느낌이에요."

"도움이 될 만한 건 아무것도 없었어요?"

"아직까지는요. 이 녀석은 아주 머리가 좋든지 아주 운이 좋든지 둘

중 하나에요. 어쩌면 둘 다일 수도 있고. 단서를 최대한 열심히 수사하고 있지만, 위에 떠 있는 게 뭔지 파악하려고 애를 써가며 타르 웅덩이를 힘들게 헤치고 나가는 기분이에요."

"데이터 마이닝이요."

"데이터 마이닝이요?" 그녀는 와인 잔을 집었다.

"아, 뭔가 걸려들기를 바라면서 데이터 포인트마다 변수를 있는 대로 입력해가며 테스트하는 걸 데이터 마이닝이라고 하거든요."

"바로 그거예요." 그녀는 미소를 지었다.

"하지만 내가 물어본 건 문건에서 도움이 될 만한 게 없었냐는 거예요."

그녀의 얼굴에서 미소가 사라졌다. "모르겠어요. 먼지가 가라앉으면 뭔가가 드러날 수도 있겠죠. 하지만 지금으로서는 시험을 앞두고 벼락치기를 하고 있는데, 하면 할수록 점점 더 모르겠는 심정이에요."

"어떤 면에서요?"

"사건에 특이한 측면이 있어서 처음에는 범인의 정체와 그자가 그 피해자들을 선택한 이유를 파악하는 데 도움이 될 줄 알았거든요. 한 가지 예를 들면, 범인은 피해자들을 성폭행하거나 그 어떤 성폭력을 저지르지도 않았고 심지어 시신의 위나 근처에 사정하지도 않았어요. 그래서 범인의 심리상태를 파악하는 중요한 열쇠가 될 줄 알았더니 아무 차이가 없더라고요. 적어도 내가 기대했던 방식의 차이는 없었어요." 그녀가 펑거링 감자를 포크로 찌르다 말고 고개를 들어보니 브렌트가 입술을 굳게 다물고 눈을 동그랗게 뜨고 있었다.

"미안해요. 그런 예를 들다니, 그것도 저녁을 먹는 와중에."

그는 헛기침을 했다. "아니에요, 괜찮아요. 내가 물었잖아요."

그녀는 감자를 입에 넣고 씹어서 삼켰다. "그러니까 현재로서는 뭔가가 튀어나오길 기다리며 그냥 계속 읽고 있어요. 다음 논문이나 책에서 새로운 단서나 실마리를 찾을 수 있길 바라면서."

"흠." 그는 눈썹을 쫑긋 세웠다. "이 경우에는 1종 오류를 저지르더라도 다행히 별문제가 되지는 않겠는데 왜 데이터 마이닝을 하지 않는 거예요?"

"그게 도대체 무슨 소리예요?" 그녀는 그의 앞에 대고 포크를 흔들었다.

브렌트는 폭소를 터뜨렸지만 얼굴은 웃는 표정이 아니었다. "이번에는 내가 사과할 차례네요. 통계 자료를 가지고 데이터 마이닝을 하다 보면 중요하지 않은 걸 중요하다고 판정하는 위양성 결과가 나올 수 있거든요. 그걸 1종 오류라고 해요. 하지만 이 사건의 경우에는 모든 단서가 좋은 단서잖아요."

조는 스테이크를 썰었다. "맞아요. 하지만 내가 뭔가를 놓치고 있는 듯한 느낌을 떨쳐버릴 수가 없어요. 그래서 더 열심히 들여다보려고 하는 거예요."

그는 묘한 표정으로 그녀를 바라보았다. "그러게요. 그 부분에 대해서는 당신 생각이 맞을 것 같네요."

Chapter 37

다이애나는 다음 날 게임을 하지 않았다. 그다음 날 밤에 그녀의 캐릭터 중에서 피터가 아직 모르는 Dauphyne로 접속했다.

그의 상태를 체크했다. Otthello는 접속 중이고 오그리마에 있었다. 그녀는 의자에 기대고 앉아 채팅 채널을 구경하며 미끼를 던질 기회를 기다렸다. 거래 채널에서 너무나 익숙한 부시 대 오바마 논쟁이 펼쳐지고 있었지만 Otthello는 동참하지 않았다. 그를 뭐라 할 수는 없었다. 똑같은 논쟁이 수도 없이 되풀이되다 보니 그녀도 앞으로 어떤 바보 같은 단계가 이어질지 예측할 수 있을 정도였다. 그녀는 커피를 한 모금 마시고, 경제를 망친 주범을 찾는 장황한 썰을 최대한 무시해가며 채널을 훑었다.

몇 분 뒤에 그의 자물쇠 따기 단체 메시지가 떴고 그 뒤를 이어서 그녀가 찾던 것이 등장했다.

[2. 거래] [Otthello]: 정조대 때문에 좌절 중이신 분? 앱으로 열어드립니다. Otthello의 자물쇠 따기: 호랑이 담배 피우던 시절부터 사랑 나누기를 가능하게 한 비법. 팁은 주시면 감사히 받겠습니다.

거래 채널에서 두 명의 루저가 반응을 보이며, 10대나 생각할 법한 여자 가슴으로 때우는 법을 늘어놓았다. 그녀가 끼어들었다.

[2. 거래] [Dauphyne]: 고급 정보네. 여자가 한 단계씩 가르쳐줘도 여자 다루는 법을 모를 것들이.

잠깐 채팅이 끊겼다가 욕설이 섞인 답변들이 소나기처럼 쏟아졌다. 그중 하나는 그녀의 남성성을 공격했다.

[2. 거래] [Dauphyne]: 흠, 내가 남자였으면 그 말을 듣고 진짜 상처를 받았겠어.

[2. 거래] [Ronnjerremmy]: 뭐래. 너 여자 아니잖아. 뻥 치지 말고 사진 까든지.

[2. 거래] [Dauphyne]: 뭐야, 지금 나더러 사진을 까라고 도발하는 거냐? 내가 거기 걸려들 정도로 멍청해 보여? 미안하지만 실제 여자들은 전혀 양처럼 순하지 않거든?

예상했던 대로 다시 욕설이 이어졌고 두 명이 귓속말을 보냈다.

[Riyanna]님의 귓속말: ㅍㅎㅎㅎㅎㅎ

[Otthello]님의 귓속말: 나이스. 나 말고 다른 사람이 이 찐따들을 밟으면 기분이

좋더라고요.

어머, 이게 누구야, 피터 아냐?

[Otthello]님에게 귓속말: 이렇게 쉬우니 유혹을 거부할 수가 있어야 말이죠.

[Otthello]님의 귓속말: '걸파워!'를 외치고 싶은데 내가 그렇게 외칠 만한 입장이

못 되네요.

[Otthello]님에게 귓속말: 내면의 디바하고 사이가 안 좋아요?

[Otthello]님의 귓속말: 네. 내면의 미식축구 선수한테 자꾸 두들겨 맞아요.

[Otthello]님에게 귓속말: 오케이. 유머 점수 플러스 1점이요.

[Otthello]님의 귓속말: 아니 이렇게 감사할 데가. 저는 당신의 충복입니다. *꾸벅*

[Otthello]님에게 귓속말: 이리도 정중하실 수가. 신사 중의 신사로군요.

[Otthello]님의 귓속말: 어머니에게 교육을 잘 받았거든요.

[Otthello]님에게 귓속말: 세상 모든 남자에게 그렇게 훌륭한 어머니가 있다면 얼

마나 좋을까요.

[Otthello]님의 귓속말: 그러게 말입니다. 요즘은 기사도는 고사하고 기본적인 예

의도 사라진 것 같아요.

[Otthello]님에게 귓속말: 옳소. 그리고 좀 밝고 교양 있는 사람들과 시간을 보내

는 편이 훨씬 좋지 않아요?

[Otthello]님의 귓속말: 맞아요. 보니까 레벨이 30이네요……. 내가 인스턴스 같

이 뛰어드릴까요? 조금 자극이 되는 대화를 나누고 싶은데.

[Otthello]님에게 귓속말: 좋아요. 오늘은 그만 나가야 하지만 내일 메인 캐릭터로

접속할 테니까 같이 퀘스트 깨요.

[Otthello]님의 귓속말: 오, 좋아요. 메인 캐릭터 이름이 뭐예요? 내 친구 목록에 추가할게요.

[Otthello]님에게 귓속말: 그럴 것 없어요. 이미 친구 목록에 있을 테니까. 우리 전에 만난 적 있거든요. 나는 주로 Serylda라고 불려요. 이제 갈게요!

다이애나는 그의 답변을 볼 수 있을 때까지 몇 초 기다렸다가 로그아웃했다.

[Otthello]님의 귓속말: 헐??!!

그녀는 웃음을 터뜨렸다. 짐작했던 대로 그는 기회가 닿을 때마다 놀아날 상대를 찾고 있었다. 그의 다음 행보가 몹시 궁금했다.

Chapter 38

마틴은 모니터를 멍하니 바라보며 방금 벌어진 일을 정리해보려고 애를 썼다.

이런 망할 년.

그는 의자를 뒤로 밀고 창가까지 걸어갔다가 돌아와, 온몸으로 솟구치는 아드레날린을 달래며 애써 집중했다.

그게 무슨 뜻이었을까? 어디서 감히 그런 수작을 부려? 어디서 감히 나를 속이고 나한테 사기를 치려고 해? 자기가 도대체 뭘 줄 알고?! 그는 주먹으로 책상을 내리쳤다.

사실 그는 그녀에게 속아 넘어갔다. 심리전에서 패배했다. 하지만 전쟁이 아니라 단순히 전투에서 패배한 거였다. 그녀는 기필코 대가를 치르게 될 것이다. 그걸 모면할 수 있을 거라고 생각했던 것조차 후회하게 될 것이다. 그는 한껏 비웃으며 그녀의 숨통을 조일 것이다.

마틴은 얼굴을 비비며 진정하고 정신을 차리려고 했다. 그가 그녀보다 똑똑하지만 그것도 이성을 잃지 않았을 때의 얘기였다. 그녀는 다른 사람인 척 그와 한참 동안 대화를 나누었다. 자기가 다른 캐릭터로 플레이하고 있다는 걸 깜빡했을까? 그는 의자를 부여잡고 채팅창을 위로 스크롤했다.

아니었다. 그녀는 자신의 정체를 밝히며 재밌어했다. 자기가 무슨 짓을 저지르고 있는지 정확히 알고 있었다.

일종의 테스트였을까? 그렇다면 그는 실패했다. 그것도 왕창 실패했다. 그는 그녀에게 강하고 분명하게 추파를 보냈다. 그가 얼마나 믿음직한 인물인지 알아보려고 한 테스트였다면 결과가 좋지 않았고 그는 망했다.

그런데 내일 퀘스트를 같이 하겠다지 않던가.

도대체. 뭐지?

내일 퀘스트를 같이 하자는 게 거짓말이었을까? 자기 정체를 폭로할 때 최대의 효과를 연출하기 위한 수법이었을까?

아니면 그가 과민 반응하고 있는 것일 수도, 그녀가 테스트를 한 게 아닐 수도 있었다. 어쩌면 막 접속했는데 그 녀석들이 늘어놓는 기분 나쁜 헛소리를 듣고 대꾸하느라 그에게 인사할 겨를이 없었을지도 모른다. 그런데 펑, 그녀가 정신 차릴 겨를도 없이 그가 수작을 건 것이다. *바보!* 그는 채팅이 시작되기 전으로 스크롤을 올렸다. 아니었다. 그녀는 마음만 먹었으면 얼마든지 자신의 정체를 밝힐 수 있었다.

그럼 왜 그랬을까?

그가 다시 한번 주먹으로 책상을 내리치자 머그잔이 바닥으로 떨어져 박살 났다. 그는 창백해진 얼굴로 산산조각 난 머그잔을 내려다보았다. 쌍, 정신 좀 차려라.

그는 두 손으로 머리칼을 헤집으며 다시 방 안을 왔다 갔다 했다. 몸을 움직이며 아드레날린을 해소해야 했다. 그는 밖으로 나가 붙박이장에 걸린 코트를 꺼내고 테이블의 그릇 안에 넣어둔 열쇠를 집었다. 상쾌한 밤공기 속으로 나가 고등학교 운동장으로 향했다.

지난번에 나눈 대화는 잘 끝났고 그는 그녀와 손을 잡는 특권을 누리기 위해 실버문까지 찾아갔다. 게다가 그들이 대화를 나눈 건 딱 두 번뿐이었다. 정식으로 사귀는 사이도 아니었고 그가 그녀에게 대학 점퍼를 선물하거나 학교 댄스파티에 같이 가자고 한 것도 아니었다. 그가 게임 안에서 다른 사람과 대화를 나누면 안 될 이유가 없었다.

다만 여자들은 그렇게 생각하지 않았다. 그들은 말 한마디 주고받지 않은 남자라도 다른 여자에게 관심을 보이는 걸 원치 않았다. 그녀가 그걸 페어플레이로 받아들일 리 없었다. 그리고 요전 날에 그가 실버문까지 찾아간 건 까맣게 잊고 한참 동안 기다리게 했던 것만 기억할 것이다.

그거였을까? 자기를 기다리게 만든 것에 대한 복수였을까? 그는 알고 있었다. 그녀가 짜증이 났다는 걸, 너무 금세 화를 푸는 것처럼 보였다는 걸 알고 있었다. 이제 와 생각해보니 그녀는 덫을 놓았고 정직하게 승부하지 않았다. 그를 찾아와 그가 반응을 보일 수밖에 없는 말을 하고, 그가 덥석 물 수밖에 없는 미끼를 그의 앞에 대고 흔들었다. 그는 그녀를 거의 몰랐고, 따라서 다른 후보가 등장하면 당연히 그런 식으로 반응할 수밖에 없었다. 그러니까 그녀는 이런 방식을 통해 그의 헛수작을 용인하지 않겠다는 뜻을 전한 걸까? 그에게도 엿을 먹임으로써 서로 대등한 상황으로 만든 걸까?

그의 걷는 속도가 느려졌다. 일리가 있었다. 내일 만나자는 그녀의 말과도 맞아떨어졌다. 그녀가 정말 접속할 생각인지는 모르겠지만.

그러니까 양쪽 가능성을 염두에 두고 행동계획을 세워야 했다. 그녀는 내일 접속을 할 수도 있고 하지 않을 수도 있었다. 그녀가 접속을 하지 않더라도 지금 이렇게 싸워보지도 않고 그냥 포기할 수는 없었다. 하지만 어떤 식으로 수를 쓰면 좋을까?

그녀가 다시 접속하길 기다렸다가 유혹하는 것도 한 방법이었다. 그녀인 줄 처음부터 알고 있었다는 듯이 행동하면 어떨까?

아니다, 가뜩이나 그의 마지막 귓속말을 읽었으니 그녀는 믿지 않을 것이다. 그런 식으로 패를 보이다니 아마추어 같은 실수였다. *젠장, 젠장, 바보, 바보, 머저리!* 그가 그 정도로 하수는 아니었다. 하지만 기습 공격을 당하는 바람에 침착하게 대처하지 못했다.

마틴은 억지로 다시 정신을 집중했다. 엎질러진 물이었고 이제 와 후회해봐야 소용없었다. 앞으로의 계획을 세워야 했다.

그의 호흡이 파워 워킹의 박자에 맞춰 좀 더 일정한 리듬을 찾았다. 사과의 말과 함께 게임 안에서 선물을 보낼까? 그의 시선을 두 번 사로잡은 그녀의 매력에 바치는 찬사라고, 한 서버에서 그렇게 멋진 여자가 두 명 있을 수가 없는데 왜 진작 알아차리지 못했는지 모르겠다고 할까? 그런 식으로 나가는 게 좋겠다. 그보다는 좀 더 은근하게. 그녀는 속이 빤히 보이는 것에 호들갑을 떨며 속아 넘어갈 정도로 멍청하지 않았다. 하지만 그런 식의 겸손한 사과라면 먹힐 것이다. 좋아,

여기까지는 훌륭하다.

그녀가 접속을 하면 어떻게 해야 할까? 실수를 인정해야 할 것이다. 그녀를 기다리게 한 것 때문에 이런 식으로 복수한 거냐고 묻고 이제 피장파장이 됐으니 새롭게 시작하자고 하면 어떨까? 그런 식으로 그녀에게 승리의 기쁨을 만끽하게 하고 화를 달래는 것이다. 다른 여자에게 수작을 걸었다고 그를 몰아붙이면 그가 그녀에게만 관심을 기울이기를 원하느냐고, 그도 바라는 바니 말만 하라고 역공을 취하는 것이다.

그래. 기발하네.

그러면 그녀는 당황스러워질 것이다. 그녀가 다른 여자 때문에 상처를 받았다면 이로써 그가 처음부터 원한 사람은 그녀뿐이었다는 확신을 얻게 될 것이다. 평소보다 진도가 빠른 셈이었지만 그게 그녀가 원하는 바라면 빠를수록 좋았다.

마틴은 미소를 지었다. 양쪽 문제가 모두 해결됐다. 그녀가 내일 접속하지 않는다면 그는 장미와 함께 보내는 메시지에 그 말을 적을 것이다. 아니, 그녀가 내일 접속하지 않는다면 그에게 관심이 있다는 뜻일 수밖에 없지 않겠는가. 그게 아니라면 그럴 이유가 없었다.

하지만…… 앞으로는 오직 그녀에게만 집중해야 했다. 다른 가능성을 열어두는 건 너무 위험부담이 컸다. 재니는 손절해야겠다. Serylda가 그에게 관심이 있는지, 유부녀인지 알아내기 전까지 며칠 동안 재니에 대한 판단을 보류할 수 있겠지만 거기까지가 한계였다. 그녀가 독신이라도 모험을 감행할 만한 가치가 있을까? 이년의 목을 조르고 싶어서 손이 근질거렸다. 이번 같은 경우에는 살려달라고 애원하도록 강요할 수도 있겠다.

그는 고개를 저었다. 아니다, 그건 바보 같은 짓이다. 그런 식으로 대대적인 변화를 주었다가는 꼬리가 밟히기 십상이다. 친구 한 명이라도 그녀가 어디로 왜 가는지 알고 있다가 경찰과 언론에 정보를 흘리면 그 길로 끝장이다. 그건 안 될 말씀이었다. 그가 이런 식으로 살인을 저지르는 데에는 이유가 있었다.

학교 운동장에 도착하자 그는 스트레칭을 했다. 상황을 정리하고 났더니 이제 기분이 좀 나아졌지만 자신에게 화가 난 마음은 풀리지 않았다. 이런 실수를 저지르다니 변명의 여지가 없었다. 화가 풀릴 때까지 달려야겠다.

달리는 동안 각각의 시나리오를 여러 번 돌리며 그녀의 대답을 예측하고, 생각할 수 있는 모든 반응을 커버할 수 있게 시나리오를 이리저리 수정했다. 다섯 바퀴를 돌았을 무렵 마음이 평온해졌고 자신감이 되살아났다. 그녀를 거미줄 안으로 다시 끌어들일 것이다. 걱정할 것 없었다.

그날 밤 침대에 누워 잠이 들 때까지 상상의 나래를 펼쳤다. 이런 일까지 겪고 나면 살인이 얼마나 더 달콤하게 느껴질지 상상했다. 전보다 훨씬 천천히 그녀를 죽이는 상상을 했다. 몇 번 의식을 잃기 직전까지 숨통을 조였다가 풀어주는 식으로 그녀의 숨구멍에서 냄새가 풍겨 나올 때까지 점점 더 공포를 조장하면 어떨까. 그리고 이 여자에게는 왜 죽어야 하는지 이유를 알려줄 것이다. 그에게 망신을 주려고 했을 때, 그를 머리로 이기려고 했을 때 자초한 거리고 말이다.

그녀가 핏발이 선 눈으로 살려달라고 애원하면 그는 물을 것이다.

Serylda와 Dauphyne, 둘 중 어느 쪽을 살려두면 좋겠느냐고.

마틴은 일찌감치 로그인했다. 열심히 회개하며 기다리고 있어야 했다. 또다시 그녀가 무시당했다고 느끼게 되는 건 위험하다. 그는 기다리는 동안 자물쇠를 따주었지만 그녀가 세 번째 캐릭터로 그를 시험할 경우에 대비해 추파를 던지는 건 자제했다. 은행을 정리했고, 팁을 준 사람들에게 고맙다고 인사할 때 말고는 조용히 있었다.

그녀는 전날보다 30분 늦게 로그인했다. 자유방임주의인 척하는 걸까?

> [Serylda]님에게 귓속말: 왔어요?
>
> [Serylda]님의 귓속말: 네.
>
> [Serylda]님에게 귓속말: 어젯밤에는 깜찍한 장난에 내가 제대로 당했네요. 계속 기다리게 했던 거 다시 한번 사과할게요.
>
> [Serylda]님의 귓속말: 어쩌겠어요, 내가 워낙 예측 가능한 걸 싫어하는 사람이라.

그가 내린 결론이 맞는다고 하지도 않았지만 그렇다고 아니라고 하지도 않았다.

> [Serylda]님에게 귓속말: 덕분에 머리가 복잡했어요. 이제 피장파장이 됐으니 처음부터 다시 시작할까요?
>
> [Serylda]님의 귓속말: '피장파장'이라니 무슨 말인지 잘 모르겠는데요. 하지만 좋아요, 인스턴스 좀 뛰어요. 당신이 대기 탈래요?

[Serylda]님에게 귓속말: 분부대로 하겠습니다.

[Serylda]님의 귓속말: 고마워라.

은근 비꼬는 투였지만 그래도 대화를 하는 게 어딘가. 꾹 참고 견딜 것이다.

[Serylda]님에게 귓속말: 하는 일은 어떻게 돼가고 있어요? 할 게 많다고 했던 걸 로 기억하는데.

[Serylda]님의 귓속말: 일, 일, 일. 어떤 식인지 알잖아요.

[Serylda]님에게 귓속말: 알죠. 하지만 숨 돌릴 틈 없이 일만 하면……. 어떻게 되 는지 알죠?

[Serylda]님의 귓속말: 알죠. 기다리는 동안 나는 공예나 좀 하고 있을까봐요.

예상했던 대로였다. 그녀는 호락호락하게 나올 생각이 없었다. 다 른 데로 화제를 돌려야 할 때였다.

[Serylda]님에게 귓속말: 사실 나한테 좋은 생각이 있는데요…… 이 게임 안에서 내가 제일 좋아하는 장소를 보여주고 싶어서요.

[Serylda]님의 귓속말: 그래요, 좋아요. 파티원이 모여질 때까지 얼마나 기다려야 할지도 모르는데.

[Serylda]님에게 귓속말: 오케이, 그럼 샤트에서 만나요. :)

[Serylda]님의 귓속말: 이거 은행에 넣고 바로 갈게요.

그들은 원형의 석조 요새로 이루어진 샤트라스시에서 만났다. 그가 앞장서서 테로카르 숲을 지나 나그란드로 그녀를 안내했다. 나그란드는 각양각색의 이국적인 코끼리와 대초원의 짐승들로 가득한 파릇파릇한 초원이었다. 이동하는 동안 그들은 좋아하는 맵과 싫어하는 맵에 대해 주거니 받거니 즐거운 대화를 나누었다. 그는 그녀가 흘리는 감정적인 뉘앙스에 촉각을 곤두세웠다. 마침내 정령의 고원에 접어들자 그는 전략적으로 가장 풍경이 근사한 곳에 착륙했다.

거대한 바위 몇 개가 구름 대신 섬처럼 그들의 머리 위 하늘에 떠 있었다. 그중 가장 가까운 곳에서 폭포 세 개가 그들 앞 땅바닥 위로 쏟아지는 것이 꼭 오므린 손 밖으로 흘러넘치는 물줄기 같았다. 수정처럼 파란 물이 바닥에 부딪치는 곳에 U자 모양의 호수가 생겼고, 왼쪽으로 갈수록 물줄기가 점점 가늘어지다 낭떠러지 너머로 사라졌다. 컴퓨터 그래픽으로 실제처럼 편안하게 흐르는 느낌을 재현할 수 있다니 놀라울 따름이었고 이 광경을 보면 그는 항상 마음이 편안해졌다.

[Serylda]님에게 귓속말: 여기 와봤어요?

[Serylda]님의 귓속말: 와봤는데 오래전 얘기에요.

[Serylda]님에게 귓속말: 내가 보기에 여기는 진짜 낭만적인 것 같아요…… 우리 둘 사이에 뭔가가 있는 것도 같아서 그걸 파헤쳐보고 싶었어요.

[Serylda]님의 귓속말: 솔직히 당신한테 끌리는 건 사실이에요. 당신이 재미있고 위트가 있어서요. 하지만…….

[Serylda]님에게 귓속말: 하지만 뭐요?

[Serylda]님의 귓속말: 음, 첫째, 당신의 동기를 잘 모르겠어요.

[Serylda]님에게 귓속말: 그리고 둘째는요?

[Serylda]님의 귓속말: 둘째, 내가 유부녀예요.

온몸에 전율이 흘렀다. 그렇지, 누가 봐도 분명했어! 왜 내가 진작 알아차리지 못했을까? 그녀는 당연히 그에게 다시 한번 기회를 줄 용의가 있었다. 그녀는 도덕성을 운운할 입장이 되지 못했고 그녀도 그렇다는 걸 알았다.

[Serylda]님에게 귓속말: 그러니까 내가 게임 안에서 당신에게 치근대면 들이닥쳐서 혼쭐내려고 들 남편이 있다는 거예요?

[Serylda]님의 귓속말: 내가 진지하게 만날 상대를 찾는 싱글이 아니라는 거예요. 상황이 복잡하다고요.

[Serylda]님에게 귓속말: 남편을 사랑하기 때문에 장난삼아 살짝 연애 기분을 낼 친구를 찾고 있는 건가요?

[Serylda]님의 귓속말: 그 비슷해요.

마틴은 긴장을 풀었다. 다들 처음에는 그런 거짓말로 둘러댔다. 다만 이 여자는 남들보다 자의식이 좀 더 강했다. 전에 저질러본 적이 있었나? 그렇다면 금상첨화였다.

[Serylda]님에게 귓속말: 음, 실망하지 않았다고 하지는 못하겠지만 사실 나는 당신이랑 얘기 나누는 게 좋아요. 그리고 친구는 많을수록 좋다고 하잖아요?

[Serylda]님의 귓속말: 전적으로 동의해요. 그렇게 생각한다니 안심이네요.

[Serylda]님에게 귓속말: 전에도 얘기했다시피 이 게임 안에서 지적인 대화를 나

눌 수 있는 상대는 날이면 날마다 만날 수 있는 게 아니니까요. 아니, 이 게임

뿐 아니라 실제 현실 속에서도요.

[Serylda]님의 귓속말: ㅋㅋㅋ 맞아요. 그 문제가 해결됐으니 이번에는 내가 이 게

임에서 제일 좋아하는 곳을 보여줄게요.

[Serylda]님에게 귓속말: 앞장서시죠. :)

그들은 이번에는 그녀를 앞세우고 출발했다.

Chapter 39

그들은 이후에 다시 30분 동안 채팅을 했고 다이애나가 먼저 로그 아웃했다. 그녀는 클레오파트라를 쓰다듬으며 잠깐 가만히 앉아서 밀려드는 안도감과 기대감을 만끽했다. 어려운 부분을 끝냈다. 그녀가 유부녀라고 밝히면 고맙지만 됐다고 하는 남자들이 생각보다 많았다. 하지만 피터는 발을 빼지 않았고 아이러니하게도 모든 게 잘 풀렸다.

아이러니한 이유는 그녀가 사실은 유부녀가 아니기 때문이었다.

다이애나는 남녀 관계를 믿지 않았다. 아니, 좀 더 정확히 말하자면 그 바탕에 깔려 있는 이른바 낭만적인 사랑을 믿지 않았다. 물론 그녀도 남들처럼 생물학적인 성욕을 느꼈지만 꼭 오랫동안 만나는 사람이 있어야 그걸 충족시킬 수 있는 건 아니었다. 그녀의 경험상 남녀 관계, 그중에서도 특히 결혼생활은 인간의 기대치를 비이성적이고 해로운 수준으로 높여놓았다. 남자들은 자기들이 원하는 성관계라는 목적을 위해 지킬 생각이 없는 약속을 남발했다. 그들에게 결혼의 목적은 요리사와 청소부를 두는 것이었다. 남자들은 선천적으로 일부일처주의자가 아니었고(아무 진화심리학자나 붙잡고 물어보면 알려줄 것이다) 그 관계에서 상처를 입는 쪽은 여자였다.

게다가 도대체 무엇을 위한 관계일까? 남자들은 축구 경기를 보고 원하는 상대와 몰래 떡을 치고 다니는 동안 코흘리개를 쫓아다니고 바닥을 닦기 위해서? 과학적인 연구 결과를 보면 진상을 파악할 수 있다시피 남자들은 기혼남이 미혼남보다 오래 살지만 여자들은 미혼녀가 기혼녀보다 오래 산다고 하지 않던가. 남자들은 그 관계에서 필요한 것을 얻지만 여자들은 그렇지 않다. 여자들이 혼자 힘으로 먹고살 방법이 없어서 의지할 남자를 찾아야 했던 예전에는 통하는 얘기였을지 몰라도 이제 더는 그렇지 않다.

다이애나는 다른 여자들은 그렇게 생각하지 않는다는 걸 알았고 그래도 상관없었다. 하지만 그들의 사고방식이 어떤 결과로 이어지는지는 일찌감치 목격한 바 있었다. 그녀는 어머니가 결혼생활이 얼마나 비참하고 외로운지 괴로울 정도로 구구절절이 늘어놓았던 것을 너무나도 생생하게 기억했다. 루시아 몬턱은 다이애나의 아버지가 감정적으로 소통이 되지 않는다고 날이면 날마다 하소연을 늘어놓았다. 그가 원하는 건 성욕 해소일 뿐이지, '사랑을 나누고' 싶어 하지는 않는다고 했다. 다이애나는 피해망상적인 질문들도 기억했다. 너희 아버지가 이상한 행동을 하는 거 본 적 있니? 수상한 전화 받은 적 있니? 아버지가 집에 있어야 할 때 외출한 적 있니? 이제 와 생각해도 피곤하기 그지없었다.

다이애나가 여덟 살이었을 때 루시아는 애인을 만들면 고통이 치유될 거라고 결론을 내렸다. 그녀는 애인에게 푹 빠졌지만 예상했다시피(루시아만 몰랐다) 샘이 원한 건 진지한 관계가 아니라 섹스였다. 두말하면 잔소리지만 샘은 끝까지 그걸 비밀로 했다. 하찮은 그녀의 감정 때문에 분위기를 망칠 이유가 없었다. 그는 루시아가 듣고 싶어 하는 말만 했고, 루시아는 남편과 헤어지고 다이애나를 데리고 그와 살림을 합쳤다. 다이애나의 아버지는 아내와 딸을 잃은 슬픔을 극복하지 못하고 낭떠러지에서 차갑고 거친 바다로 몸을 던졌다.

이후에 샘은 다이애나의 어머니에게 싫증이 나자 다이애나에게로 관심을 돌렸다. 몇 달 동안 거의 매일 그랬다. 그러다 그것마저 심심해지자 떠났다.

다이애나는 그의 배신, 세상을 등진 아버지, 우울증과 자살 충동에 시달리는 어머니로 이루어진 엄청난 소용돌이가 남긴 폐허를 터벅터벅 힘겹게 헤치며 나아갔다. 섹스가 어떤 식으로 모든 걸 파괴하는지 목격했다. 아니, 섹스와 관계를 혼동한 결과를 목격했다. 섹스가 인간을 조종한다는 걸 인정하는 사람은 없다. 원초적인 충동은 무시할 수 있는 게 아니고 모두가 그걸 가지고 있지만 그걸 인정하는 건 부적절하고 동물적인 반응이다. 그래서 사람들, 특히 여자들은 그걸 위장했다. 거기에 의미를 부여하고, 어떻게든 괜찮게 포장하고, 욕정이 아니라 사랑이라고 자신을 설득한다. 남자들 입장에서는 전혀 상관없다. 그들은 그 덕분에 목적을 달성할 수만 있다면 아무 거리낌 없이 참외에 줄을 긋는다.

그녀는 눈을 감고 무릎 위에서 가르랑거리는 클레오파트라를 물끄러미 바라보았다. "내 인생에 사랑은 너 하나뿐이야. 순수하고. 훨씬 단순하고." 클레오파트라는 다이애나의 밤색 눈을 쳐다보며 더 심하게 가르랑거렸다.

그녀는 자신의 원초적인 욕구를 무시하려고 안간힘을 써보는 단계를 거쳤다. 그녀는 남자들의 접근을 차단하기 위해 결혼반지를 꼈고, 그럴수록 그들이 결혼생활이 파경에 이르거나 말거나 섹스만 할 수 있다면 아무런 죄책감 없이 더욱 심하게 돌진하는 걸 보고 역겨워했다. 하지만 결과적으로 그녀가 깨달은 게 있으면 바로 이런 부류의 남자들이 그녀의 욕구를 충족시킬 수 있다는 것이었다. 관계를 신봉하고, 일부일처이고 장기적인 관계를 원하며, 그녀와 영구적인 무언가를 쌓고 싶어 하는 착한 남자들은 그녀에게 아무 필요 없었다. 그리고 그 사실을 깨달은 순간 모든 게 훨씬 간단해졌다.

하지만 유부녀에게 달려드는 남자들의 목적이 격렬한 섹스 내지는 끝이 있는 만남일지 몰라도 그녀가 금세 터득했다시피 그들은 대놓고 그러는 것을 좋아하지 않았다. 그러면 게임의 재미가 없어지는 것이었다. 그래서 그녀도 장단을 맞춰주었다. 약간의 로맨스가 가미되어야 한다면 좋다, 그녀도 같이 로맨틱해질 수 있었다. 그들이 어떤 허울을 원하든 상관없었다. 그들의 자존심을 세워주었고, 자기들이 그녀를 가지고 놀고 있다고 생각하게 내버려두었다. 그건 그녀의 욕구와도 완벽하게 맞아떨어졌으니 그러지 않을 이유가 없었다

Chapter 40

조는 이 발에서 저 발로 체중을 옮기다 볼일이 급한 아이처럼 보일까봐 멈췄다.

곰곰이 생각해보니 볼일이 급한 것 같았다.

기자 회견은 자기가 연 기자 회견일 때만 흥미진진했다. 이 게임은 탁구 경기와도 같았다. 저쪽에서 조금이라도 더 많은 정보를 얻으려고 질문을 난사하면 이쪽에서는 의미심장하게 들리지만 아무 내용 없는 답변을 하는 식이었다. 하지만 이 기자 회견을 주관하는 사람은 로크니 검사였으니 옆에 서서 적당히 엄숙한 표정을 짓고 있는 것이 조의 역할이었다.

조는 자꾸 다른 생각이 들었다. 그들은 지난 해먼드 사건의 거의 모든 단서가 아무런 결실도 맺지 못하는 것을 지켜보아야 했다. 디트로이트에서 연관성이 있을지 모르는 범행이 추가로 발견되기는 했다.

결혼반지가 없어지고 기타 등등 모든 면에서 범죄 현장이 거의 동일하다시피 했지만, 보안 카메라에 찍힌 영상이 없었기 때문에 강력하게 연결 지을 수가 없었다. 타박상과 목의 찰과상을 분석한 법의학 팀에서는 동일범의 소행으로 간주할 수도 있지만, 압박이 가해진 지점과 찰과상의 깊이가 충분히 다르기 때문에 단정할 수는 없다고 했다. 다른 이름을 썼는지 광범위하게 배경 체크까지 했지만 지닌과 에밀리가 탄 비행기의 탑승객 중에 동일인은 없었고, 피해자의 호텔 기록에 접근할 수 있었던 직원들 중에 겹치는 사람도 없었다. 이제는 전자기기에서 검색한 데이터베이스 기록과 가족 및 친구들과의 후속 면담 그리고 성격 프로파일링이라는 최후의 시도밖에 남지 않았다. 최종 취합과 분석을 위해 아넷과 로페즈가 그녀를 기다리고 있었다.

조는 자신이 좌절감에 주먹을 불끈 쥐고 있다는 걸 알아차리고 억지로 주먹을 풀었다.

휴대전화가 울렸다. 그녀는 주머니에서 슬그머니 꺼내 발신자 번호를 확인한 순간 당장 정신이 번쩍 들었다. 뉴올리언스 경찰서의 벤빌 경위였다. 그녀는 옆자리 경관에게 나지막이 상황을 설명하고 밖으로 나가서 전화를 받았다.

"경위님, 웬일로 전화를 다 주셨어요?" 그녀는 말했다.

"반갑게도 새로운 소식을 전할 수 있게 돼서요. 우리 쪽에서는 좀 당황스러운 일이긴 하지만."

"당황스러워하실 게 뭐 있나요. 어떤 소식인데요?"

"에밀리 카슨의 유품을 남편에게 돌려보냈더니 우리가 놓친 부분을 그가 발견했지 뭡니까. 그녀의 지갑에 비밀 칸이 있는데, 그 안에

룰레라는 뉴올리언스 음식점 명함이 들어 있더래요. 거기로 찾아가 그녀가 살해당한 날 저녁에 홀에서 근무했던 직원을 전원 면담했어요. 한 웨이트리스와 여주인이 그녀와 그녀가 만난 남자를 기억하더라고요."

"잠깐만요, 펜 좀 챙길게요." 그녀는 가장 가까운 책상으로 가서 메모지와 펜을 집었다. "됐어요. 말씀하세요."

"여주인 말로는 7시에 '스미스'라는 이름으로 예약이 되어 있었대요. 남자가 먼저 와서 기다리는 동안 커피를 주문했고요. 여주인이 그들을 기억하는 이유가, 안으로 들어왔을 때 카슨이 첫 데이트를 앞둔 사람처럼 불안해했는데 그런가 하면 둘이 서로 죽고 못 사는 사이처럼 보였기 때문이었대요. 무슨 사이인지 알 수가 없었다고, 1950년대 로맨스 영화에서나 볼 법하게 묘한 분위기였다고 했어요. 웨이트리스도 그 비슷한 말을 하더라고요, 서로한테 푹 빠져서 '다른 세상'에 존재하는 사람들 같았다고."

"음식점을 하다 보면 날마다 그런 연인들을 접하지 않나요?"

"아닌가 봐요. 둘 다 똑같은 말을 반복했어요. 무슨 텔레비전 드라마를 보는 것처럼 이상하고 뭔가가 달랐다고."

"예약이 된 게 언제인지는 알던가요?"

"그건 기록에 남아 있지 않았어요. 하지만 아주 한참 전에 예약을 받지는 않는다고 해요."

"저희가 사람을 보내서 혹시 저희 측 용의자였는지 확인해봐도 될까요?"

"우리가 이미 확인했어요. 확실하게 한 명을 지목하지도, 그들 중 어느 누구를 배제하지도 못하더라고요. 하도 오래전 일이라."

"남자의 인상착의는 기억하던가요?"

"별로 신통치 않아요. 두 사람 다 백인이고, 30대 중후반, 여자보다 키가 크고, 갈색 머리였다고 했어요. 두 사람 모두 기억에 남는 확연한 특징이나 사투리는 없었다고 했고요. 짙은 색 양복을 입고 짙은 색 외투를 들고 있었대요. 모자가 있었지만 어떤 종류였는지는 잘 모르겠다고 했고요."

"그게 다예요?"

"딱히 중요한 건 없어 보이지만 그래도 전부 알려줄게요. 남자가 주문을 도맡았고 모든 음식을 같이 먹었대요. 남자가 포크로 먹여줬다며 두 사람 모두 그 얘기를 하면서 눈을 부라렸어요. 현금으로 결제하고 팁을 후하게 남겼고요. 아, 또 하나 흥미로운 부분이 있어요. 웨이트리스가 그러는데, 남자가 카슨의 와인이 떨어지지 않게 '철저하게' 챙겼대요. 그게 자기가 하는 일이라 모를 수가 없었는데, 그녀가 와인을 따를 기회가 거의 없었다더라고요. 그리고 카슨의 잔만 계속 와인이 없어졌고요."

"남자가 바에서 주문했을 때도 현금으로 계산했대요? 바텐더는 본 게 아무것도 없고요?"

"네, 아무것도 보지 못했대요. 커피 한잔으로는 팁을 많이 챙길 수 없었을 테니 그렇겠죠."

"알려주셔서 감사해요. 도움이 됐어요."

"별말씀을요. 그런데 어떻게 도움이 됐을지 모르겠네요. 저희가 추적할 만한 단서는 하나도 없어서. 그쪽에서는 뭐 새롭게 드러난 사실이 있나요?"

"이 남자의 정체는 뭐고 피해자들을 어떤 식으로 만나는지, 그것만
이라도 좀 알아내 보려고 프로파일링을 시도 중이에요. 그러면 파악
하려고 했던 몇 가지 부분에 대해 확실히 결론을 내릴 수가 있어서요.
혹시 음식점 주변을 탐문 수사할 여력이 되실까요?"

"이미 했어요. 안타깝게도 그 일대에서 범인이든 피해자든 봤다는
사람이 아무도 없더라고요. 토요일 저녁이면 거기가 번잡한 곳이고
시간도 많이 지나서 솔직히 음식점 직원들이 피해자를 기억하는 게
오히려 뜻밖이에요."

"맞는 말씀이에요. 사설 보안 카메라는요?"

"오래전에 영상이 지워졌죠."

"하긴. 면담 진술서는 작성됐나요?"

벤빌이 키보드를 두드리는 소리가 들렸다. "지금 경위님 이메일로
보냈어요. 우리 쪽에서 명함을 발견하지 못하고 허송세월했으니 직접
통화하고 싶었어요. 새로운 정보가 입수되면 바로 알려드릴게요."

"정말 감사합니다. 저도 상황을 계속 공유할게요."

그녀는 전화기의 '종료' 버튼을 누르고 쿵쾅거리는 심장을 달래며
앞에 놓인 메모지를 내려다보았다. 에밀리는 식당에 들어가기 전부터
범인과 아는 사이였다. 그것도 아주 잘 아는 사이였다. 에밀리가 식당
에 도착한 시각과 호텔에서 나온 시각을 감안했을 때 그 짧은 시간 동
안 누군가를 처음 만나 나중에 저녁을 먹기로 약속을 잡는 것은 거의
불가능에 가까웠고, 특히 그만큼 열렬한 사이로 발전한다는 건 있을
수 없는 일이었다. 둘이 비행기 안에서 만났다 하더라도 진도가 너무

빨랐다. 그녀는 뉴올리언스에 발을 들이기 전부터 그와 아는 사이였다. 그렇다면 그들이 간과한 어떤 흔적이 있을 수밖에 없었다.

그녀는 이메일에 접속해 진술서를 열었다. 벤빌도 지적했다시피 개별적으로 면담을 진행했음에도 여주인과 웨이트리스는 양쪽 모두 그들의 분위기가 '이상했고', '영화 같았고', '텔레비전을 보는 느낌'이었다고 여러 번 반복해서 언급했다. 과장법일까? 두 사람이 똑같이 과장법을 쓸 것 같지는 않았고 표현 또한 이례적이었다. 둘이서 그들에 대해 대화를 나눈 적이 있어서 곱씹다 보니 점점 부풀려졌을지 모르지만 그렇다 하더라도 뭔가가 이상했던 건 맞았다. 게다가 식사가 끝날 즈음에 이상한 일이 벌어진 게 아니라 처음부터 그랬다. 와인, 현금 결제, 가명, 이 모든 게 사전 모의된 범행임을 시사했다. 범인은 그녀에게 확실하게 술을 먹이고 자신의 흔적을 은폐했다.

그녀는 기자 회견장을 흘끗 돌아보았다가 복도를 따라 반대편으로 걸음을 옮겼다. 그림이 점점 선명해졌다. 피해자를 물색하고 범행을 저지르기 한참 전부터 관계를 구축한 용의주도한 살인범.

그녀는 입수된 피해자 관련 정보를 샅샅이 뒤져 범행 수법을 알아내고야 말 것이다.

Chapter 41

마틴은 고층 빌딩 사이에서 줄타기를 하는 짜릿한 심정으로 조심스럽게 한 걸음씩 전진했다. 수고로움의 고통을 음미해가며 모든 행보, 모든 질문을 계산하고 수정했다. 더는 실수도 장애물도 없었다. 오롯이 집중한 것이 진가를 발휘했다. 다이애나는 그에게 날이 갈수록 점점 더 관심을 보였다. 그녀를 스카이프로 인도하는 건 식은 죽 먹기였다. 남편은 야간 근무를 하기 때문에 그들이 게임과 채팅을 하는 동안 줄곧 집을 비웠다.

그는 고도의 경계 태세를 유지하느라 그들의 상호작용을 100퍼센트 완벽하게 통제하지 못하는 듯한 묘한 기분을 느꼈고, 덕분에 아드레날린이 계속 분출됐다. 그런 기분을 느끼는 이유 중 하나가 그녀의 자유분방함 때문이었다. 기존의 피해자들은 말조심을 해야 했고 그는 그걸 자신에게 유리하게 활용했다. 그들을 놀리고 그들이 대답할 수 없는 말을 하고 그들의 허를 찔러 그를 향한 갈망이 점점 더 커지게 했다. 그녀에게도 똑같은 씨앗을 뿌리고 그것이 자라는 것을 보려면 더욱 큰 노력을 기울여야 했다.

그녀는 어마어마하게 호기심이 많고 겁이 날 정도로 두뇌 회전이 빨랐다. 항상 생각하고 묻고 그를 줄에서 떨어뜨리겠다고 위협했다. 그는 정신을 차려보면 자신이 정답을 모르는 질문에 답을 하고 있었다. 그래서 원하지 않는 모험을 감수하고 그녀가 좋아하지 않을 수도 있는 대답을 해야 했다. 그녀가 실제로 만날 수 있다면 어떤 식으로 데이트를 할 생각이냐고 물었을 때 그는 질문으로 되받아쳐 나중에 써먹을 수 있게 그녀가 어떤 환상을 품고 있는지 파악하려고 했지만, 호락호락하게 넘어오지 않았다. 그에게 성적으로 대담한 여자를 좋아하는지 아니면 자신이 리드하는 걸 좋아하는지, 여자의 어떤 옷차림을 좋아하는지, 어떤 데서 로맨틱하다고 느껴지는지 물어본 적도 있었다. 그는 주도권을 되찾으려고 끊임없이 몸부림쳐야 했다. 한 걸음, 한 걸음 내디딜 때마다 다모클레스의 칼이 머리 위에 매달려 있는 심정이었고, 그녀의 입맛에 딱 맞는 완벽한 남자로 변신하는 과정은 촌각을 다투는 아슬아슬한 댄스였다.

스텝이 꼬인 적도 더러 있긴 했지만 그는 잘 무마할 수 있었다. 아주 흥미진진했던 일화를 하나 소개하자면.

"데이트 신청한 여자를 만나러 나갈 때 어떤 옷을 입어요?" 그녀가 물었다.

"양복이 제일 무난하지 않아요?"

"으아, 너무 고리타분하잖아요. 블레이저라면 모를까. 하지만 당신을 그 양복에서 해방시켜야겠어요. 넥타이도 너무 불편하잖아요!"

이후로 그는 영상 채팅을 할 때마다 넥타이를 매고 나와 둘만 아는 농담으로 승화했다. 둘이 대면하는 순간이 되면 그녀는 그 넥타이에 확실하게 대비해야 할 것이다.

마틴은 자신이 홀아비이고 다시 여자를 사귀려고 노력 중이지만 진지하게 만날 마음의 준비가 됐는지 잘 모르겠다고 말했다. 평소 쓰던 시나리오와 흡사하지만 이 여자, 저 여자 꽁무니를 쫓아다닌 이유를 설명할 수 있게 살짝 수정했다. 과도하게 보상받으려는 심리였다고 주장했다. 그런 식으로 각색했음에도 한 가지 중요한 장애물이 남았다. 여자들은 그가 사랑하는 아내와 사별한 뒤 그에게 제일 처음으로 각별한 존재가 되길, 그에게 사랑과 신뢰를 회복시키는 존재가 되길 바랐다.

그런데 그녀는 특이한 반응을 보였다. 그녀도 공감하며 이야기에 귀를 기울이고 적절하게 위로했다. 하지만 다른 여자들처럼 그의 내면의 '상처받은 어린아이'에 대해 안타까워하지 않았다. 그래서 그는 거기에 맞게 조정했다. 그 역할은 줄이고 죽은 아내는 그가 자기를 잊고 남은 생을 즐겁게 살아가길 바랄 거라고 강조하는 데 좀 더 초점을 맞췄다.

가장 큰 난관이 있다면 그녀가 자기 남편을 두고 별로 투덜거리지 않는다는 것이었다. 사실 남편에 대해 얘기하는 것 자체를 좋아하지 않았다. 끝도 없이 이어지는 불평불만을 들어줄 필요가 없어서 좋기는 했지만 그의 가장 효과적인 전략을 쓸 수가 없었고, 남편이라는 허수아비를 향해 맹공을 퍼부으며 반면교사로 삼을 수도 없었다. 그가 몇 번 캐물었지만 그녀는 둘이 얼굴 보는 시간도 거의 없고 같이 하는 취미생활도 없다고 하고는 그만이었다. 그래서 그는 그 정보를 바탕으로 아내에게 소홀한 남자들을 향해 분노를 표출하며 그녀의 기억을 환기하는 차원에서 가끔 한번씩 비난을 퍼부었다. 그리고 그녀의 관심사가 무엇인지 파악해 거기에 대해 깊은 애정을 표현했다. 그녀가 좋아하는 것은 독서와 미술 전시회와 바다였다. 그도 원래 책을 좋아했기 때문에 책을 같이 읽자고 제안했고, 이후에 상상의 시나리오를 만들 때마다 바다를 넣었다. 전시회의 경우에는 좀 더 어려웠지만 나름의 연구를 거쳐 그녀와 함께 오르세 미술관이나 뉴욕의 현대미술관이나 우피치 미술관을 둘러보면 좋겠다며 시인처럼 열변을 토했다.

절대 쉽지 않았지만 최고로 신나고 짜릿했다. 이제 며칠만 있으면 모든 노고가 결실을 맺을 것이다.

Chapter 42

조는 아넷과 로페즈가 현장 사진과 기타 정보로 뒤덮인 코르크판과 화이트보드를 설치해놓고 기자 회견이 끝나길 기다리고 있는 회의실 문을 왈칵 열고 들어갔다. 커피를 한 잔 따르며 벤빌에게 들은 소식을 요약해서 설명하고 벤빌에게 받은 이메일을 전달했다.

"그러니까 범인이 여행 전부터 피해자와 알던 사이였던 거로군." 아넷이 말했다.

조는 고개를 끄덕였다. "그런가 봐요. 이론상으로는 둘이 비행기에서 만났을 수도 있지만 생각하면 할수록 아닌 것 같아요."

로페즈는 펜을 귀 뒤에 꽂고 의자에 기대 앉았다. "어차피 그랬을 가능성도 없어요. 제가 모든 탑승객의 뒷조사를 이제 막 마쳤는데 서로 접점이 없어요. 다른 항공편은 아직 조사하지 못했지만. 그리고 세 명의 용의자는 다른 피해자들과 개인적으로 연관이 없고요."

조는 고개를 끄덕였다. "그러니까 상황을 정리하자면 범인은 피해자들을 만나 관계를 돈독이 다진 걸로 보여. 지닌은 사전에 우연히 알게 된 사이였는지 아니면 자기도 모르는 새 연쇄 살인범의 레이더망에 들어가게 된 건지 모르겠지만…… 다른 피해자들의 경우에는 범인과 다른 경로로 만나지 않았을까 싶어. 어떤 식으로 만났든 간에 그는 피해자들을 설득해 다른 도시에서 몰래 만나기로 했어. 거기서 그들에게 저녁과 술을 사주고 저녁 시간을 마무리하기 위해 호텔로 돌아갔을 때 그들을 살해했지. 여기까지 앞뒤가 안 맞는 부분이나 다른 시나리오가 있을까?" 조는 물었다.

그들은 고개를 저었다.

"좋아, 그럼 이제 좀 더 어려운 질문. 첫째, 범인이 그들을 거주지에서 살해하지 않은 이유가 뭘까? 왜 다른 데로 여행을 가게 했을까? 비행기를 타고 자기를 만나러 오라고 여자들을 설득하기가 쉽지 않을 텐데."

로페즈가 대답했다. "타지에서 바람을 피우기가 훨씬 쉬우니까요. 남편이 들이닥칠 일도 없고, 남자와 함께 음식점에서 나오거나 호텔로 들어갈 때 아는 사람을 만날 일도 없고."

"하지만 이미 아는 사이였다면 뭐 하러 시간을 들여가며 비싼 저녁을 먹었을까? 호텔로 직행해 그냥 죽여버리지 않고." 조가 물었다.

로페즈는 손가락으로 파일 가장자리를 획획 넘겼다. "여주인이 말하길 둘이 서로 아는 사이지만 처음 만나는 것처럼 보였다고 하지 않았나요? 제가 어떤 사람을 처음 만난다면 공개적인 공간에서 만나겠어요. 데이트 앱을 통해 알게 된 사람을 만날 때 그러듯이요."

아넷과 조는 그녀를 물끄러미 쳐다보았고 잠시 후에 조가 그녀 쪽을 가리키며 말했다. "좀 전에 뭐라고?"

"아니, 매치닷컴이나 주스크, 이런 사이트 말이에요. 어느 정도 기간 동안 대화를 주고받다가 만날지 말지 결정을 하잖아요. 그럴 때 자기 집에서 처음 만나는 사람이 어디 있어요. 공개적인 장소에서 만나고 만일의 사태에 대비해 대책을 세워놓지."

"예를 들면 어떤 식으로?"

"제 여동생은 그런 데서 사귄 남자를 만나러 나갈 때마다 집에서 출발할 때하고 집으로 돌아왔을 때 저한테 문자를 보내요. 친구더러 그 카페나 음식점에 모르는 사람인 척 앉아서 보고 있어달라고 할 때도 있고요." 그녀는 어깨를 으쓱했다. "하지만 피해자들 컴퓨터나 전자기기에 데이트 앱은 깔려 있지 않았어요. 제가 그걸 제일 먼저 체크했거든요. 그리고 히스토리에 채팅방이나 인터넷 커뮤니티에 접속한 기록도 없었고요."

"그리고 잊지 마, 다들 유부녀였다는 거. 기혼자들이 데이트 앱에 접속할 리 있나."

"글쎄요……." 로페즈는 웃음을 터뜨렸다.

"설마." 아넷이 말했다.

"설마가 아니에요. 그런 목적으로 만들어진 사이트도 있어요."

아넷의 얼굴에서 핏기가 가셨다.

조는 화이트보드에 '기혼'이라고 적힌 부분을 두드렸다. "그래도 잘 지적해줬네. 범인이 이런 방식을 택한 데에는 이유가 있겠지. 범인은 관계를 돈독이 쌓고 양측 모두 아는 사람이 없는 곳으로 피해자들을 불러냈어. 거기서 그들과 저녁 시간을 함께 보낸 다음 살해했고. 그렇다면 그는 어떤 식으로 피해자를 선택했을까? 그들의 공통점은 뭐였을까?"

아넷은 자기 수첩을 내려다보았다. "과거: 세 명의 피해자 모두 태어나서 죽을 때까지 각자의 거주지에서 살았고 대학도 거기서 다녔음. 이 부분에서는 서로 겹치는 지점이 없어. 범인이 그들을 직접 만나게 됐다면 움직인 쪽도 그야. 가장 유사한 과외 활동이 지닌 해먼드와 알레타 리베라가 둘 다 걸스카우트였다는 거지만 에밀리 카슨은 아니었어. 취미: 세 명 모두 책, 컴퓨터 게임, 신발을 좋아했어. 성격: 세 명 모두 지적이고 재미있는 사람이라는 평가를 받았어. 리베라는 전반적으로 외향적이었고 해먼드는 친해지기 전까지는 좀 더 내성적인 편이었지. 카슨은 그 중간이었고. 모두 친구와 어울리는 걸 좋아했지만 카슨과 해먼드는 집순이었어. 리베라는 인싸였고."

"춤이랑 연관 있는 부분은 없나요?" 조가 물었다.

아넷과 로페즈는 고개를 저었다.

"젠장. 하지만 상관없어요. 춤은 범인의 기벽인 게 분명하고 그것만으로도 시사하는 점이 있으니까. 컴퓨터와 전자기기에서는 뭐 찾은 거 없나요?" 조가 물었다.

로페즈가 배턴을 넘겨받았다. "이메일 주소록이나 휴대전화 연락처에 서로 겹치는 지인은 없었어요. 이메일 계정, 브라우저 검색 내역, 신용카드 명세서를 보면 세 명 모두 여러 군데에서 장을 보고 옷과 신발을 샀고요. 전문가들이나 제가 보기에는 일정한 패턴이 없었어요. 세 명 모두 페이스북을 통해 온라인 북클럽에 가입했지만 서로 중복

되는 클럽도 회원도 없어요, 적어도 현재 시점에서는요. 세 명 모두 아마존에서 책을 주문했지만 그것도 복잡한 것이, 알레타는 구식이라 전자책 단말기가 없었어요. 지닌과 에밀리는 이북을 샀지만 알레타는 종이책을 샀죠."

"그러니까 아마존 직원, 그들과 우연히 접촉하게 된 고객센터 직원이 범인일 수도 있다는 건가? 그들의 독서 이력을 파악할 수 있었던 사람? 그 부분에 대해 체크할 수 있을까? 그리고 그 페이스북 북클럽의 예전 회원을 알아볼 방법이 있어?" 조가 물었다.

"이미 알아보고 있어요." 로페즈가 하던 얘기를 계속했다. "또 다른 공통점이 딱 하나 더 있다면 세 명 모두 게임을 좋아했다는 거예요. 오. 마이. 갓."

조가 고개를 홱 들었다. "왜?"

"지금까지 저희가 하던 바로 그 얘기잖아요. 온라인에서 사람을 만나는 법."

"어째서?"

"좋아요, 위로 올라가서 다시 한번 확인할게요." 그녀는 노트북에서 뭔가를 스크롤했다. "세 사람 모두 게임을 구입하고 그 게임을 플레이하는 다른 사람들과 교류할 수 있는 스팀이라는 게임 사이트 회원이었어요. 하지만 스팀에서 세 사람이 공통적으로 사귄 친구나 가입한 그룹은 없었고 알레타만 프로필에 자기 사진을 실었어요." 그녀는 손가락으로 짚어가며 정보를 요약했다. "스팀에서 세 사람 모두 엘더 스크롤 게임을 했지만 그건 1인 게임이라 거기서 누굴 만나지는 못했을 테고, 커뮤니티에 글을 올린 적도 없어요. 알레타와 에밀리는

〈디아블로〉를 했으니 거기였을 가능성도 있고, 세 사람 모두 〈월드 오브 워크래프트〉를 했는데 이건 온라인에서 만나는 사람들과 교류할 수밖에 없는 게임이에요."

조의 턱에 힘이 들어갔다. "설명 좀 해줘. 내가 가장 최근에 한 비디오 게임은 〈슈퍼마리오〉였다고."

"〈월드 오브 워크래프트〉는 MMORPG예요, 대규모 다중 사용자 온라인 롤플레잉 게임이요. 기본적으로 다른 플레이어와 논 플레이어 캐릭터들이 있는 가상 세계에서 진행하는 게임이죠. 여기서 만난 플레이어들끼리 온갖 관계를 맺어요. 거기가 사회생활의 전부인 경우도 있고요."

"가상 세계라니 그게 무슨 말이야?"

"게임마다 종류가 달라요. SF도 있고 판타지도 있고."

"그러니까 〈던전 앤드 드래곤〉 같은 건가?"

"비슷하다고 보시면 돼요. 〈던전 앤드 드래곤〉이 진화한 것이 WoW라고 하는 사람들도 있고 거기에 비교하면 헐크처럼 발끈하는 사람들도 있지만."

"WoW?"

"〈월드 오브 워크래프트〉, 세 명의 피해자가 했던 게임이요."

"거기서 어떤 식으로 관계를 맺는데?"

"채팅방하고 똑같아요. 게임에서는 내장된 활동이 있다는 것만 다를 뿐. 그래서 시간과 공간을 공유하는 듯한 착각을 유발하죠."

"그 정도로 진짜 같아?"

"겉보기에는 다르지만 상당히 진짜 같을 수 있어요. 현실 세계의 공간과 물리적인 법칙이 대부분 적용되니까요. 중력, 강도, 그런 거 말이에요. 심지어 얼마 전에는 어떤 아이가 비디오 게임에서 했던 것처럼 창밖으로 뛰어내렸다가 죽은 사례도 있었어요. 경계선이 흐려진 거죠." 그녀는 어깨를 으쓱했다.

아넷이 끼어들었다. "취미에 대해 조사했을 때 로저 해먼드가 말하길 지닌이 게임을 시작한 이유가 조카가 대학에 다니느라 멀리 있을 때 같이 시간을 보내기 위해서라고 했어. 서로 멀리 떨어져 있어도 게임으로 만날 수 있었다고."

"하지만 모르는 사람들하고도 서로 소통할 수 있다고?" 조는 복잡한 머리를 달래며 물었다.

"그럼요. 사실 다른 사람들과 같이 플레이해야 보상을 받을 수 있도록 세팅된 경우도 있어요. 친구들과 같이 플레이하더라도 던전 인스턴스를 뛰거나 레이드를 하거나 전투에 참여하려면 다른 사람들과 힘을 합쳐야 해요. 길드에라도 가입하지 않으면 할 수 있는 플레이에 한계가 있어요."

"길드라면, 중세시대에 수공업자들이 결성한 조합 아니야?"

로페즈는 눈썹을 일그러뜨렸다. "기본적인 콘셉트는 같아요. 게임 안에서 힘을 합치고 서로 돕는 거니까요."

"그럼 서로 어떤 식으로 만나는데?"

"방법은 많아요. 게임 안에 다양한 용도의 공용 채팅 채널이 있거든요. 대기하고 있다가 랜덤 그룹에 합류하는 방법도 있고. 사람들이 자기들 길드와 기술을 홍보하기도 해요. 자기랑 같은 지역에서 플레이하는 사람이 보이면 말을 걸 수도 있어요. 심지어 어떤 서버에는 ERP

하러 가는 구역이 따로 있어요."

"ERP?"

"에로틱 롤플레잉이요."

"섹스를 하려고 게임에 접속한단 말이야?"

"저는 아니고 전부 그런 건 아니지만 그런 사람들도 있어요. 폰섹스하고 비슷해요. 그걸로 유명한 서버가 있어요." 로페즈의 갈색 눈이 반짝거렸다.

조는 시대에 뒤떨어진 늙은이가 된 심정이었다. 그녀는 내숭과 거리가 먼 사람이었지만 게임 안에서 섹스를 한다는 발상에 대해 당황하지 않은 척할 생각은 없었다.

아넷이 몸을 앞으로 숙였다. "아무 서버에나 접속할 수 있는 거야? 한 서버에 배정되는 게 아니라?"

"네. 서버마다 용도가 다르고 시간대도 다르고 심지어 세계 여러 지역에 설치돼 있어요. 아무 데나 접속할 수 있고요."

아넷이 눈으로 화이트보드를 훑었다. "이로써 많은 부분이 밝혀지겠네. 피해자들이 왜 각기 다른 주에 살고 있었는지, 범인이 어떤 식으로 주변의 어느 누구도 모르게 그들과 관계를 다질 수 있었는지. 범인은 범행과 범행 사이에 몇 개월의 간격을 두었으니 그 정도면 그들과 잘 아는 사이가 되기에 충분했을 테고, 음식점에서 역학관계가 이상하게 느껴졌던 이유도 그 때문이었을 거야."

"그럼 유부녀였다는 부분은요? 불륜을 저지를 생각이 있는 사람을 찾으려면 시간이 한참 걸리지 않겠어요?"

아넷의 얼굴이 무표정해졌다. "현재 기혼자들이 불륜을 저지르는 비율이 50퍼센트야. 여자들도 마찬가지고. 그다지 허무맹랑한 얘기가 아니라고."

로페즈가 몸을 앞으로 숙이고 흥분한 목소리로 외쳤다. "사실 아주 설득력이 있죠. 사람들이 얼마나 황당한 짓을 저지른다고요. 사이버 세계에서는 아무렇지 않게 성기 사진을 날리고 그래요. 우리 길드원 중 한 명이 다른 사람한테서 받았다며 염색한 질 사진을…… 음, 아니에요." 그녀는 아넷의 시선을 피해 고개를 돌렸다. "그리고 바람을 피우는 사람들은 들키지 말아야 하니까 아무한테도 얘기하지 않잖아요. 그러니까 우리 범인으로서는 위험 부담을 덜 수 있었겠죠."

조는 곰곰이 생각했다. "피해자들이 누구랑 플레이를 했는지 추적할 방법이 있을까? 게임 중에 누구랑 대화를 나눴는지."

로페즈는 집중하느라 긴장한 표정을 지으며 노트북을 앞으로 끌어당겼다. "그 게임을 운영하는 블리저드 사에서 기록을 보관하고 있겠지만 어떤 기록을 어느 정도 기간 동안 보관하는지는 모르겠어요. 계속 바뀌니까요. 알레타와 지닌의 정보는 오래전에 삭제됐을 거예요. 에밀리의 친구 목록, 운이 좋으면 채팅 로그 일부분은 입수할 수 있을지 몰라요." 그녀는 말을 멈추고 다시 시선을 들었다. "하지만 영장이 필요한 것만큼은 분명해요. 게이머들은 프라이버시 문제에 엄청 예민하거든요. 대다수가 정부 차원에서 자기들의 활동을 추적한다고 믿어요. 가뜩이나 요즘은 에드워드 스노든 문제도 있고, 게임 안에서 비밀수사관이 테러리스트를 수색했던 사건도 있고 해서 더 그래요. 바로 그런 이유 때문에, 캐릭터나 게임을 바꾸더라도 친구들과 연락을 주고받을 수 있게 하는 리얼 ID 시스템을 거부하는 사람들도 있어요. 게임 회사들은 평판에 예민하기 때문에 정보를 제공할 때 엄청 몸을 사려요."

"내가 영장을 신청할게." 조가 말했다.

로페즈는 신나게 자판을 두드리며 하던 얘기를 계속했다. "이왕 하는 김에 스카이프 기록 열람 영장도 같이 신청하는 게 좋을지 몰라요. 스카이프로 그룹을 만드는 게이머가 많고, 피해자들의 컴퓨터에서 벤트 같은 다른 영상 통화 프로그램은 보지 못했거든요. 세 명의 피해자 모두 컴퓨터에 스카이프가 깔려 있었고 전화 통화나 이메일 기록이 없었던 이유가 그 때문이었을 거예요."

조는 계속 받아적었다. "우리가 누구랑 접촉해야 하는지 알려주면 내가 해결할게. 너는 이 게임을 하는 모양이니까."

"예전에는요. 요즘은 끊었어요."

조는 그녀의 표정을 흘끗 살피며 게임을 끊은 게 야근이나 알코올 중독에 걸린 어머니 때문이 아니길 바랐다. 로페즈의 표정에는 변함이 없었다. "하지만 뭐가 뭔지 알 정도는 되지?"

"그럼요."

"그럼 내가 그 사람들 만날 때 같이 가자. 선배랑 나는 놓치는 걸 너는 알아차릴 수 있을지도 모르니까."

"좋아요." 그녀는 목에서부터 점점 얼굴을 붉히며 말했다.

"아직 얘기하지 못한 거나 추가로 살펴봐야겠다 싶은 부분 있어요?" 조는 물었다.

그들은 고개를 저었지만 몇 주 만에 처음으로 희망찬 표정을 짓고 있었다. "좋았어. 이걸로 쓸 만한 정보를 얻을 수 있길 바라자고요."

Chapter 43

로페즈는 지닌과 에밀리의 컴퓨터에서 입수한 정보와 알레타 리베라의 신원 정보를 토대로 서류를 작성할 수 있게 조를 거들었다. 로페즈와 아넷은 기다리는 동안 다른 사건을 수사하러 갔지만 조는 한 시간도 안 됐을 때 연락을 받았다.

"경위님, 안녕하세요. 블리저드 사의 마일스 호러스입니다."

"이렇게 빨리 연락해주셔서 감사합니다."

"저희로서는 최선을 다하고 있습니다. 알려드릴 소식이 몇 가지 있는데요."

"말씀하세요."

"좋은 소식과 나쁜 소식이 섞여 있어요. 알레타 리베라의 경우에는 계정이 있었다는 사실 외에는 아무런 확답도 드릴 수가 없습니다. 사망 이후에 남편께서 계정을 완전히 해지하셔서요. 모든 기록이 오래

전에 삭제된 상태입니다."

"다른 두 분은요?"

"좀 더 희망적이에요. 지난 해먼드의 계정 정보는 살아 있고 그분이 마지막으로 플레이한 뒤에 아무도 그 계정으로 접속하지 않았기 때문에 사망 당시 친구 목록에 있었던 모든 플레이어의 명단을 입수할 수 있었습니다. 모두 합해서 스물세 명이었는데, 두 명은 현재 존재하지 않습니다. 하지만 채팅 로그는 현재 3개월 동안만 보관하기 때문에 그쪽으로는 남은 기록이 없습니다."

조는 욕설을 내뱉었다.

"죄송합니다. 하지만 그게 에밀리 카슨의 경우에는 희소식이에요. 사망 이전과 겹치는 기간이 있으니까요. 그분의 목록에 있는 친구는 모두 합해서 열일곱 명인데 딱 한 명이 삭제됐고 그 주의 채팅 로그가 남아 있습니다."

조는 흥분을 감출 수가 없었다. "엄청난 희소식이네요."

"전화하기 전에 모든 정보를 경위님께 이메일로 보냈으니 메일함에 들어와 있을 거예요. 그런데 전화를 끊지 말고 기록을 살피시는 편이 좋지 않을까 싶은데요."

"왜요?"

"오늘 근무 시간이 끝나서 저는 이 통화가 끝나면 퇴근할 예정이거든요. 좀 더 알고 싶은 부분이 있으시더라도 내일은 되어야 저한테 문의를 하실 수 있어요."

"제가 궁금해할 부분이 있을 거라고 생각하시나 보네요?"

"일단 한번 보세요. 필요한 게 있으시면 저희 쪽에서 그 정보를 제공할 수 있는지, 경위님이 그 정보를 받아 보시려면 어떤 절차를 밟아야 하는지 알려드릴게요. 촌각을 다투는 일이라는 걸 알기 때문에 드리는 말씀입니다."

조는 파일을 열고 친구 목록을 살폈다. 캐릭터 이름들이라 그녀에게는 아무 의미가 없었다. 그녀는 채팅 로그로 건너가 횡설수설을 쓱 한번 훑다가 다시 한번 욕설을 내뱉었다. 로페즈의 도움 없이는 무슨 소린지 알 수가 없게 생겼다. 그녀는 애써 이름에 집중했다. 많지 않았고 대부분 별말이 없었다. 하지만 'Porrthos'라는 이름이 계속 등장하기에 그녀는 둘 사이의 대화를 대충 훑어보았다. Porrthos는 에밀리의 캐릭터인 'Vyxxyne'을 여러 차례 '달링'이라고 부르며 아주 살갑게 대했다. 친구 목록을 다시 클릭해보니 'Porrthos'가 있었지만 계정이 삭제된 친구였다.

그녀는 전화기를 향해 고개를 기울였다. "'Porrthos'가 누군지 알 수 있을까요? 지닌 해먼드의 친구 목록에도 동일한 계정이 있는지, 그것도 궁금하고요. 삭제 여부에 상관없이요."

"그건 제삼자의 계정 정보이기 때문에 별도의 영장과 서면 요청서가 있어야 합니다. 제가 경위님께서 요청하실지 모른다고 생각되는 자료를 오늘 저녁에 미리 준비해놓으면 원칙 위반이 될 테니 내일 오전 5시에 출근하자마자 영장이 접수돼 있는지 확인하겠습니다. 오전 5시면 저희가 시스템을 업데이트하기 한 시간 전이에요. 오전 6시 이후에 그 사용자가 계정을 변경하면 정보가 사라질 수도 있거든요."

"그가 계정을 해지할지 모른다고 생각할 만한 이유가 있습니까?"

"저는 그 사용자가 '그'인지조차 모릅니다, 경위님."

"그렇군요. 오늘 저녁에 영장 발부받을게요. 협조해주셔서 감사합니다."

"법적으로 해야 하는 일을 하고 있을 뿐입니다."

"어떤 배려를 하고 계신지 알고 있고, 감사하게 생각합니다." 조는 전화를 끊었다.

두 번째 영장을 제출했을 때 서에 로페즈를 대기시켜놓았는데, 이번에는 거의 곧바로 블리저드 사에서 연락이 왔다.

"어떻게 됐어요, 호레이스 씨?" 조는 로페즈도 들을 수 있게 휴대전화를 스피커폰으로 설정하고 파일이 전송됐겠다는 판단 아래 이메일을 열었다.

"Porrthos를 찾았어요. 계정이 아직 살아 있는데, 다른 서버로 이전하고 캐릭터 이름을 바꿨더라고요. 채팅 로그를 최대한 예전 것까지 보내드렸고 계정에 등록한 정보도 보내드렸으니까 한번 보세요. 하지만 이름을 보니 아무래도 가짜가 아닐까 싶네요."

"왜요?"

"파일 아직 안 갔나요?"

조가 확인했다. "왔어요." 로페즈가 조의 어깨너머로 들여다보았다.

"한번 보세요." 호레이스가 말했다.

조는 파일을 열고 읽어보았다.

성명: Aipea Skipson

주소: 오크가 3210번지, 샌디에이고 CA 92105

로페즈는 웃음을 터뜨렸다. "대박."

"봤는데, 이게 왜요?" 조는 물었다.

호레이스가 대답했다. "아, 죄송합니다. 저는 특이한 이름을 보면 자동적으로 발음을 체크하는 데 워낙 이골이 나 있어요. 저희는 도사가 될 수밖에 없으니까요. 이름을 읽어보세요. pea를 '피'로 발음해서."

"아이피 스킵슨…… 그러니까 IP 주소의 그 아이피 말인가요?"

"제 느낌상으로는 그렇습니다."

"아, 알겠어요. 하하하. 이 남자는 자기가 유머 감각이 있다고 생각하는 모양이네요." 조는 다이아몬드 목걸이를 비틀었다.

"그런 모양입니다. 제 짐작이 틀렸고 그의 본명일 수도 있겠지만 그럴 가능성은 낮다고 봅니다. 가뜩이나 IP 주소가 계속 바뀌는 걸 보면 말이죠."

"사용자가 IP 주소를 바꿔가며 로그인할 수 있나요?"

"네. 인증 프로그램만 있으면 돼요. 계정명과 암호를 입력한 다음 인증 프로그램에서 전송된 숫자를 입력하면 되거든요. 전 세계 어느 컴퓨터에서든 가능해요. 제가 보기에는 이런 이름까지 쓰는 유저라니 찾기가 쉽지 않겠어요. 물론 모를 일이기는 하지만요."

"신용카드는요? 이 자가 뭘로 계정 사용료를 결제하고 있나요?"

"그 정보도 파일에 같이 넣었어요. 선불 게임카드를 쓰고 있더라고요. 인터넷, 게임 판매점, 심지어 이베이에서도 구입할 수 있어요. 그가 쓴 카드의 번호를 추적해봤더니 전국 각지의 여러 판매점에서 구입했더군요. 제가 보기에는 아무 패턴이 없어 보이지만 경위님이 보시기에는 다를 수도 있으니까요. 그 이상은 추적할 방법이 없었어요."

"젠장."

"그러게 말입니다."

"그러니까 계정은 아직 살아 있다는 말씀이죠?"

"네."

"채팅 로그를 훑어봐야겠네요. 저희가 또 알아야 하는 부분이 있을까요?"

"이제는 절차를 아실 테니까요. 다른 사용자의 정보가 필요하면 별도의 영장과 서면 요청서를 제출하셔야 한다는 거요."

"명심할게요. 다시 한번 감사드립니다."

"네." 호레이스는 전화를 끊었다.

조는 로페즈가 컴퓨터 앞에 앉을 수 있게 의자를 옆으로 옮겼다. 그녀는 하나로 묶은 데서 삐져나온 머리칼을 귀 뒤로 넘기고 몸을 앞으로 숙여 친구 목록을 띄웠다.

조는 목록으로 시선을 돌렸다. "여섯 명밖에 안 되고 이 이상한 이름들로 볼 때 한 명만 제외하고는 모두 여자네."

"그건 모를 일이에요." 로페즈는 웃음을 터뜨렸다.

조는 그녀를 홀끗 쳐다보았다가 다시 컴퓨터를 보며 손가락으로 가리켰다. "이게 그의 길드 이름이지? 거기에 소속된 사람들 명단을 입수해야겠네, 중복되는 사람이 있나 보게."

로페즈는 반신반의하는 표정이었다. "문의야 할 수 있지만 기대는 하지 마세요. 그가 길드원을 상대로 범행을 저질렀을 것 같지는 않거든요. 그건 그야말로 똥오줌 못 가리는 작태라."

조는 로페즈가 채팅 로그를 스크롤하는 것을 지켜보았다. 그 이상한 형식에 적응이 되긴 했지만 읽으려면 시간이 걸렸다.

"이걸 보세요." 로페즈가 화면을 가리켰다.

이제 이름을 Otthello로 바꾼 Portthos가 Serylda라는 플레이어와 대화를 나누고 있는데, 보아하니 그녀가 유부녀라고 밝혔음에도 불구하고 둘이 가까운 사이가 된 것 같았다. 그는 심하게 추파를 던지다 며칠 뒤에 스카이프로 만나자는 얘기를 꺼냈다. 이후로 두 사람의 게임 내 대화는 거의 끊기다시피 했고 다른 플레이어들과 그룹 채팅을 하며 건조하게 몇 마디 던지는 게 전부였다.

"이 시점부터 음성이나 화상 채팅을 시작한 게 분명해요. 제일 열심히 하는 플레이어들은 그룹 채팅할 때 어차피 스카이프나 벤트릴로나 팀스피크를 써요." 로페즈가 말했다.

"그런 경우 컴퓨터에 증거가 남지는 않겠지?"

로페즈는 고개를 끄덕이고 계속 스크롤하다가 처음으로 돌아갔다. "여길 보세요. 그가 처음에는 Rimetra라는 다른 플레이어한테도 추파를 보냈어요. 하지만……." 그녀는 잽싸게 스크롤을 내렸다. "Serylda와 채팅을 시작한 직후에 그녀하고는 더 이상 대화를 하지 않은 것으로 보여요."

"그들의 정보를 파악할 수 있게 영장을 얼른 신청해야겠네." 조는 Portthos의 계정 정보에 있는 번호로 전화를 걸었다.

"산마르코스 피자입니다. 배달인가요, 포장인가요?"

그녀는 전화를 끊었다. "역시."

로페즈는 다시 폭소를 터뜨렸다. "핫메일과 스카이프 계정에 대해서도 알아봐야겠어요. 일단 Rimetra와 Serylda 그리고 길드 정보를 받을 수 있게 영장을 신청할게요."

"저쪽에서 알려준 IP 정보는? 거기도 뭔가가 있을 텐데."

"기술팀에 의뢰하겠지만 기대는 품지 않으시는 게 좋을 거예요. 실제 IP 주소를 숨기는 방법들이 있는데 이걸 보면……." 그녀는 컴퓨터를 손으로 가리켰다. "이 자는 그 방법을 알고 있는 것 같거든요. 두고 보면 알겠지만."

"거기에 마지막으로 로그인한 게 언제인지 나와 있어?"

로페즈는 페이지를 위로 올렸다. "네. 어제 저녁 7시요."

"그가 다시 로그인하면 알려달라고, 그가 누구와 대화하는지 알려달라고 블리저드 사에 요청할 수 있을까?"

"영장만 제대로 준비하면 가능할 거예요."

조는 고개를 끄덕였다. "알아낼 수 있는 데까지 알아내야지. 그리고 샌디에이고 경찰서에 요청해서 그 주소지 체크해달라고 아넷 선배한테 전해줘."

"알겠어요." 로페즈는 의자를 뒤로 밀고 밖으로 나갔다.

조는 펜으로 책상을 속사포처럼 두드리며 파일의 스크롤을 다시 올렸다. IP와 계정 정보가 막다른 골목이라면 남은 희망은 다른 플레이어뿐이었다. 최대한 빨리 Rimetra와 Serylda와 접촉해야 했다. 둘 중 하나가 언제 피도 눈물도 없는 살인범과 대면하게 될지 모를 일이었다.

Chapter 44

마틴은 피닉스와 새크라멘토를 거쳐 샌프란시스코로 향하는 첫 구간 동안 탑승할 비행기를 기다리며 자축했다. 그의 모든 노고가 결실을 맺었다. 그를 만날 기회가 생기자 다이애나가 덥석 물었다. 그는 탑승 안내방송에 귀를 기울이는 한편 그들이 나눈 대화의 하이라이트를 곱씹으며 실수를 극복한 불굴의 천재를 찬양했다.

마틴이 직접 만나자고 운을 떼자 그녀는 조심스러워하면서도 긍정적인 반응을 보였다. 그녀를 상대할 때는 한 걸음, 한 걸음이 살얼음판 같았고 이번 여행조차 여느 때와 다르게 복잡하게 엉켰다. 그녀는 샌프란시스코로 출장을 갈 수 있을지 모른다며, 같이 일하는 그쪽 리서치 업체에 문의해봐야겠다고 했다. 몇 년 전에 한 번 샌프란시스코에 간 적이 있었는데 낭만적인 매력이 있어서 연인들의 밀회지로 완벽하겠다는 생각이 들었다고 했다.

예전 여행담이 나오자 그는 불안해졌다. "전에 가본 적이 있었다고 요? 거기 아는 사람이 있어요?" 저녁을 먹는 자리에 그녀가 친구를 데 려오는 건 안 될 말씀이었다.

"예전에 갔을 때 만났던 사람이 딱 한 명인데 내가 가는 주에 자리 를 비운다더라고요. 내가 가야 하는 가장 큰 이유가 그거예요. 몇 년 전에 초기 세팅할 때 내가 가서 같이 했는데, 팀이 완전히 바뀌었고 사 옥도 이전을 했거든요. 가서 새로운 사람들도 만나고 새로운 설비도 구경해야 해요. 이틀 아니면 사흘이면 될 텐데, 하루 이틀 더 있을 수 있어요. 안 그래도 그 일대를 구경하고 싶었어요."

그는 긴장을 풀었다. "남편은 출장이 길어져도 괜찮대요?"

그녀는 눈을 부라리며 폭소를 터뜨렸다. "지금 장난해요? 자기가 나서서 비행기 표를 끊어줄 거예요."

"내가 경비를 일부 부담할 수 있는데. 아니면 그쪽 회사에서 비용을 지원하나요?"

"대체적으로는 그래요. 호텔, 비행기 표. 기본적인 식사. 렌터카도 지원할지 모르겠어요. 물론 추가로 머무는 비용은 내가 자비로 충당 해야 하고요."

"그럼 호텔도 그쪽에서 잡아주나요?"

"그렇지는 않지만 선택 기준이 있어요. 대부분은 출장온 사람들이 애용하는 체인점이에요. 별 다섯 개짜리 호텔이나 싸구려 모텔이나 민박은 안 돼요." 그녀는 다시 폭소를 터뜨렸다.

"아, 다행이네요. 나는 민박 질색인데."

"그래요? 나는 몇 군데 가봤더니 좋던데."

그는 짜증이 치밀었다. 그녀의 심중을 또다시 잘못 읽고 말았다. 민박이라고 했을 때 그녀는 분명 질색하는 말투였는데. 하지만 그는 다짐한 게 있었으니 음탕한 미소를 지으며 맞장구를 치는 척했다. "네, 뭐. 개인적으로는 열정적으로 사랑을 확인하는 중간에 룸서비스를 주문하는 것이 로맨스의 전형이라고 생각해요."

"내 말이 그 말이에요."

마틴은 당시 상황을 한참 동안 곱씹었다. 타이밍이 안 맞는다고 둘러대며 대안을 제시할 수도 있었겠지만, 그녀에게 또 언제 출장의 기회가 올지 아무도 모를 일이었다. 그녀는 정당한 출장이라는 껍데기를 고수하고 싶어 할 공산이 컸고, 샌프란시스코가 그녀의 주요 고객이었으니 다음 출장 때는 모든 팀원을 만난 뒤가 될 것이었다.

지금 만나면 어떤 점이 제일 위험할까? 그는 항상 여자의 출장 일정이 시작되기 최소 하루나 이틀 전에 만날 약속을 잡았기 때문에 그녀는 새로운 팀원을 만날 시간적 여유도, 그들을 호텔로 부를 이유도 없을 것이었다. 만약 그녀가 어찌어찌 새로운 팀원을 사전에 만난다 하더라도 그는 심한 장염에 걸렸다고 둘러대고 그 도시에서 빠져나와 자취를 감추면 그만이었다.

"타이런한테 얘기했더니 준비되는 대로 최대한 빨리 오래요." 그녀는 음탕하게 눈을 번뜩이며 함박미소를 지었다.

그도 거기에 걸맞게 씩 웃었다. "희소식이네요. 언제쯤 갈 생각이에요?"

"다다음주로 얘기했는데. 너무 촉박한 거 아니까 당신은 시간이 안 된다고 해도 100퍼센트 이해해요."

"흠. 시간이 될지 잘 모르겠지만 몇 군데 전화 돌려볼게요. 정확하게 날짜가 결정됐나요?"

"네. 하지만 당신 상황에 따라서 앞뒤로 며칠 옮길 수는 있어요."

그럴 필요는 없었지만 그는 만일의 경우에 대비해 앞으로 이틀만 당겨달라고 할 것이다. 그는 범행 당일의 대본을 써야 했다. 그가 통제하는 부분이 많아질수록 뭔가가 잘못될 가능성이 작아졌다. 그는 그녀에게 몇 군데 연락해봐야겠다고 말하고 30분 기다렸다가 다시 스카이프를 켰다.

"금요일에 회의가 있어서 그전에 와야겠어요. 내가 수요일이랑 목요일에 가도 괜찮을까요? 추가되는 호텔 요금은 내가 부담할게요."

"그러면 완벽해요. 일찍 가야 하는 이유가 생겨서 좋네요. 하지만 호텔 요금은 내가 낼게요."

"그럼 내가 식사를 책임질게요." 그는 미소를 지었다. "그 주 수요일 오후에 회의가 있지만 항공편을 알아볼게요. 저녁 먹기 전에 거기 도착할 수 있을 거예요." 그는 브라우저 창을 띄우고 인근 공항으로 가는 항공편을 검색했다. 새너제이는 너무 가까웠고 오클랜드도 마찬가지였다. 새크라멘토 공항이 약 두 시간 거리라 그의 목적에 알맞았다. 그는 어느 항공사의 비행기를 타고 가면 될지 체크했다.

"네, 교통상황에 따라서 거기 6시 반이나 7시쯤 도착할 수 있겠어요. 그 정도면 괜찮을까요?"

"나도 항공편을 알아봐야 하는데, 공항으로 당신을 데리러 갈 수 있을 만큼 일찍 도착할 수 있을지 잘 모르겠어요." 그녀가 말했다.

"아니, 그건 걱정할 것 없어요. 당신 일해야 하는데 나를 공항까지 데려다줄 필요 없게 어차피 차를 렌트할 생각이니까."

"그게 제일 좋은 방법일 수 있겠네요."

"요즘 기내식이 부실해서 도착했을 때 나 아마 배고파서 쓰러질 지경일 거예요. 시간도 그렇고 하니 음식점에서 만날까요?"

"좋아요. 그럼 나도 짐 풀고 만날 수 있으니."

"그리고 그래야 날 만났을 때 혐오스러우면 도망쳐서 숨을 수도 있고요." 그가 윙크를 날리자 그녀는 폭소를 터뜨렸다.

하지만 이후에 그녀가 상황을 복잡하게 만들었다.

"내가 검색해서 근사하고 로맨틱한 음식점을 찾아볼게요."

"아, 그건 걱정할 것 없어요. 다시 가보고 싶은 괜찮은 데가 두어 군데 있거든요. 내가 예약할게요."

젠장. 그녀가 샌프란시스코에 간 적이 있다고 했으니 이럴 가능성을 미리 예상했어야 하는 건데. 열심히 머리를 굴렸지만 아무 대책도 생각이 나지 않았다.

마틴은 뭔가를 집으려다가 '실수로' 책상 위에 있던 찻잔을 떨어뜨렸다.

"우씨! 잠깐만요, 이거 좀 치울게요." 그는 밖으로 달려 나가서 행주를 들고 돌아와 엎질러진 차를 닦았다. 그러는 동안 난관을 타개할 방법을 열심히 찾았다.

그는 머그잔과 지저분해진 행주를 부엌에 두고 다시 돌아왔다. "미안해요. 우리 무슨 얘기하고 있었죠?"

"아, 음식점은 내가 알아서 예약하겠다고 얘기한 참이었어요."

"아니에요, 아니에요, 아니에요. 적어도 내가 사는 세상에서는 기사도가 아직 죽지 않았다고요. 내가 와인과 식사를 대접할 수 있는 낭만적인 장소를 알아볼게요."

그녀는 언뜻 짜증난 표정을 지었다. "생각해주는 건 고맙지만……."

그는 애써 서글서글한 표정을 유지했다. "아니, 아가씨. 당신을 위해 서프라이즈 파티를 준비할 기회를 달라고요!"

그녀는 잠깐 멈칫했다가 폭소를 터뜨렸다. "그래요, 줄게요. 그 도시에서 맛있는 음식점은 넘쳐나니까 다른 데는 다음 날 저녁에 가면 되겠죠."

"완벽한 타협. 이거야말로 행복한 삶의 비결이죠."

마틴은 남은 부분을 아주 조심스럽게 진행했다. 그리고 이번 경험을 계기로 제물이 예전에 가본 적 있는 도시는 절대 선택하지 말라는 소중한 교훈을 얻었다. 그녀는 저녁 시간을 어떤 식으로 보낼 건지에 대해 의견이 너무 많았고, 그는 독불장군처럼 보이거나 성질을 폭발하지 않고 그녀를 진정시키느라 모든 간계를 동원해야 했다.

마지막 탑승 안내방송이 그의 상념을 어지럽혔다. 그는 기내용 가방을 들고 게이트 앞으로 걸어갔다.

상관없었다. 약 열두 시간 있으면 그는 그녀를 마주 보고 앉아서 승리의 기쁨을 만끽할 것이다. 지금까지 겪은 모든 좌절, 모든 분노가 완벽한 결실을 맺을 것이다. 그녀는 만만한 장난감이 아니었다. 모든 순간에 그의 노고가 배어 있었다.

Chapter 45

아넷과 로페즈가 파일과 옆면에 '샐스'라고 적힌 하얀 종이봉투를 들고 조의 방을 찾아왔다.

아넷이 봉투를 들고 흔들었다. "몇 시간째 여기 꼼짝않고 있는 것 같길래 배가 고프지 않을까 싶어서. 가르시아가 자기 팀원들 점심 챙기면서 엑스트라 미트볼 서브 포장해왔어."

"그 친구는 어떻게 하면 영원한 충성을 맹세하게 만드는지 안다니까요? 새로운 소식 없어요?" 그녀가 들어오라는 뜻으로 손짓을 하자 그들은 의자를 책상 가까이 옮겼다.

"우리가 들른 이유가 그 때문이야. 샌디에이고 경찰서에서 연락을 받았어. 주소는 실제 있는 곳이래. 그 도시의 좋지도 나쁘지도 않은 동네에 있는, 싱글맘과 어린애가 사는 복층 아파트. 아이 엄마는 아주 협조적이었고 심지어 컴퓨터까지 들여다보게 했대. 그녀 말로는 2년 전부터 거기서 살았다고 했고 부동산에 확인 결과 맞는 걸로 밝혀졌어. 그러니까 Otthello의 계정이 만들어졌을 당시에는 그 둘이 거기 살지 않았던 거지. 그녀의 컴퓨터에 〈월드 오브 워크래프트〉나 다른 게임을 했던 흔적은 전혀 없었고, 그녀의 주장에 따르면 만나는 사람도 없다고 했어. 예전에 살았던 세입자 두 명의 명단을 입수해 거기에서부터 수사를 진행하는 중이야."

"온라인 쪽은 어떻게 됐어요?"

로페즈가 끼어들었다. "이메일 계정이 살아있긴 하지만 이름과 주소지가 WoW 계정이랑 같아요. 스카이프에서는 아직 아무 소식이 없고요. IP 정보는 기본적으로 아무 쓸모가 없어요. 기술팀에서 그러는데, 보안 수준이 높은 여러 프록시 서버에서 송신된 종단 노드에 불과하대요. 지구 반대편의 다른 나라에서 접속한 것일 수도 있다고요. 알 방법이 없어요."

"그래도 뭔가 방법이 있겠지. 프록시 서버 위치를 파악해 영장을 발부받아서 서버 측에 기존의 정보를 내놓으라고 하고 향후 트래픽을 기록하라고 요구하면 어때?"

"소용없어요. 이 자는 이 방면에 빠삭한데다 나름 연구도 했더라고요. 트래픽을 기록하지 않는 프록시 서버를 썼기 때문에 서버 측에서 원래 ISP나 IP 주소를 알려주고 싶어도 알려줄 방법이 없어요. 알려주고 싶어할 리도 없고요. 어쨌거나 미국 서버도 아닐 거예요. 프록시 서버의 존재 이유가 익명성 보장이고 거기에 철저하거든요. 그게 아니더라도 의미 없어요. 이자는 며칠이나 몇 주 간격으로 프록시 서버를 옮기는 것 같거든요. 그러면 몇 년, 아니 몇십 년이 걸려도 못 잡을 수 있어요."

조의 눈이 번쩍거렸다. "블리저드 측에 그가 로그인할 때마다 IP 주소를 알려달라고 하면 어떨까? 블리저드 측에서 신속히 협조해주고 미국 내에 있는 서버라면 승산이 있지 않겠어? 목숨이 걸린 문제잖아."

"모든 게 일사천리로 진행되면 이론상으로야 가능하죠. 하지만 우리가 이런 걸 추적할 만한 여력이 안 된다는 게 문제예요. FBI나 다른 측에서 협조를 받아야 하고, 협조를 받는다고 하더라도 과연 잘될지 모르겠어요."

조는 펜으로 파일을 두드렸다. "내가 그쪽에 다시 연락해볼게. 우리가 아주 구체적으로 요청하면 그쪽에서도 적극적으로 협조해줄지 몰라."

"밑져야 본전이긴 하죠." 로페즈는 애써 표정 관리를 했다.

아넷이 의자에 앉은 채로 꼼지락거렸다. "다른 캐릭터에 대해서 블리저드 측에서 답변은 없었고?"

"아직은요."

Chapter 46

마틴은 따뜻한 커피를 한 잔 마실 생각에 30분 일찍 음식점에 도착했다. 마크 트웨인이 샌프란시스코를 두고 한 말로 잘못 알려지기는 했지만 그 말이 맞았다. 차에서 내려 걷기만 해도 뼛속까지 시렸다(마크 트웨인이 "내가 보낸 가장 추운 겨울은 바로 샌프란시스코의 여름이었다"는 말을 남겼다는 설이 있다 - 옮긴이). 그는 문을 열고 안으로 들어가 노출 벽돌로 꾸민 벽과 따뜻하고 희미하게 사방을 비추는 정사각형의 붉은색 제등을 쓱 훑어보았다. 오른쪽으로 바가 보이자 그는 그쪽으로 걸음을 옮겼다.

다이애나가 잔을 들고 앉아서 기다리고 있었다. 그쪽을 쳐다보고 있었으니 그가 걸어오는 것을 보았을 텐데도 자리에서 일어나지 않았다. 짜증이 그의 온몸으로 스멀스멀 번졌다. 이제 여유롭게 마음의 준비를 하거나 그녀가 불안과 희망이 섞인 표정으로 들어서는 것을 음미할 수 없게 됐지 않았는가. 그나저나 무슨 수로 이렇게 일찍 올 수 있었담?

마틴은 미소를 지으며 한 손을 들었다. 그녀는 계속 자리에 앉은 채 미소로 화답했다. 그가 매장을 가로질러 다다르자 그제야 그녀는 자리에서 일어나 그의 허리를 두 팔로 감싸 안았다. 그도 똑같이 그녀를 안았다. 한참 동안 그렇게 안고 있다가 그녀가 포옹을 풀고 그를 바라보았다. 그는 빨간색 벨트와 회색 하이힐로 포인트를 준 매끈한 검은색 원피스와 하얀 피부와 밤색 머리칼을 돋보이게 하는 빨간색 립스틱, 마스카라가 발린 눈썹을 눈에 담았다. 처음으로 이렇게 차려입은 그녀를 보고 그는 온몸을 관통하는 짜릿함을 느꼈다. 멀끔하고 사랑스러운 커리어우먼 인형이었다.

"반가워요, 미녀 아가씨."

"나도 반가워요, 미남 아저씨." 그녀는 자기 휴대전화를 확인했다. "아, 아직 시간이 일러서 우리가 예약한 자리가 아직 준비되지 않았을 것 같아요. 앉아요, 뭐 한잔 마셔요." 그녀가 말했다.

이래라 저래라 하는 말투에 그는 부아가 치밀었지만 애써 태연한 표정을 유지했다.

"내가 일찍 오길 잘했네요. 당신 혼자 여기 앉아 있었을 걸 생각만 해도 싫은데. 이 도시가 일방통행 길이 난무하는 미로 같아서 운전자의 지옥이라기에 일찍 출발했거든요. 오래 기다렸어요?" 그는 바텐더를 향해 손짓했다.

"별로요. 볼 거라고는 텔레비전밖에 없는 호텔에 앉아 있을 수가 없어서 나왔어요. 여기가 훨씬 편하네요."

바텐더가 왔다. "뭘로 드릴까요, 손님?"

그녀가 이미 술을 마시고 있었을까? 그는 그녀의 잔을 흘끗 쳐다보았지만 그냥 콜라인지 아니면 뭘 더 섞었는지 알 수가 없었다.

"이 숙녀분이랑 똑같은 걸로 주세요."

다이애나는 잔을 들어 보였다. "아, 후회할 거예요. 다이어트 콜라거든요."

"알려줘서 고마워요. 나는 그냥 콜라로 할게요." 그는 미소를 지으며 20달러를 바에 꺼내놓았다.

그는 자신의 주문이 애매모호했다는 걸 뒤늦게 알아차렸다. 그녀의 콜라에 알코올이 섞였다면 바텐더가 그도 그렇게 달라는 뜻으로 받아들였을까, 아니면 맨 마지막에 한 말을 근거로 그냥 콜라를 달라는 뜻으로 받아들였을까? 다시금 짜증이 온몸으로 스멀스멀 번졌다.

바텐더는 그들 앞에 놓인 잔에 콜라를 따르고 거스름돈을 챙기러 갔다. 마틴은 다이애나의 눈을 들여다보며 다시금 정신을 차렸다. "와줘서 고마워요. 생각이 바뀌면 어쩌나 걱정했는데."

그녀는 미소를 지었다. "말도 안 돼. 얼마나 오래전부터 이 순간을 기다려왔다고요." 그녀는 잔 너머로 계속 그와 눈을 맞추며 천천히 음료를 마셨다.

"정말 이상하지 않아요? 서로 마주 보고 이렇게 앉아 있다니." 그가 말했다.

"맞아요, 묘한 느낌이에요. 이건 아는 사이도 아니고 모르는 사이도 아니고. 하지만 누군가를 알아봐야 얼마나 알 수 있겠어요?" 그녀는 나지막이 관능적인 웃음을 터뜨렸다.

마틴은 미소를 지으며 뭐라고 대답하면 좋을지 고민했다. 미리 준비한 대사를 늘어놓을까도 싶었지만 어울리지 않게 느껴졌다.

쌍.

잘 모르겠을 때는 화제를 바꿔라. "오는 길은 어땠어요?"

"아주 괜찮았어요. 킨들을 산 이후로 비행기를 타는 게 좋아졌어요. 이어폰 끼고 뒤로 누워서 듣기만 하면 되거든요. 가끔은 그러다 잠이 들기도 하고, 잠이 들지 않더라도 심심할 일이 없으니까요. 당신은 어땠어요?"

그는 속으로 움찔했다. 그러니까 그녀는 시차가 달라졌어도 푹 쉬고 이 자리에 나왔다는 말이었다. 그랬다 한들 술이 들어가면 도루묵이 되겠지만. "나도 별일 없이 잘 왔어요. 옆자리에 수다쟁이가 앉긴 했지만. 어떻게 하면 그런 사람들에게 책 좀 읽고 싶다는 뜻을 정중하게 전달할 수 있는지 죽어도 모르겠더라고요."

다이애나는 폭소를 터뜨렸다. "맞아요. 그게 이어폰과 문자 음성 변환 프로그램의 또 다른 장점이에요. 잠이 들지 않더라도 자는 척할 수 있어서 아무도 건드리지 않으니까요."

"다음에는 그 수법을 써봐야겠네요." 그는 '건배'를 뜻하는 만국 공통의 제스처를 보이며 잔을 들었고 그들은 잔을 부딪쳤다.

그들은 주인이 자리가 준비됐다고 알릴 때까지 여행을 주제로 잡담을 나누었다. 주인은 불빛이 가장 은은한 구석 자리의 아늑한 테이블로 그들을 안내했다. 마틴은 자리를 잡고 앉아서 메뉴판을 펼쳤다. "내가 둘이서 같이 먹을 수 있게 몇 개 주문할게요. 브라치올라가 괜찮아 보이네요."

다이애나는 자기 메뉴판을 쓱 훑었다. "나는 그렇게 거한 거 부담스러워요. 간단하게 시저 샐러드 주문할래요." 그녀는 메뉴판을 덮고 그를 쳐다보며 미소를 지었다.

짜증이 찌르르하게 그를 관통하며 분노로 바뀌었다. 그는 앙트레 메뉴를 잠깐 더 쳐다보며 애써 명랑한 표정을 유지했다.

"그럼 애피타이저로 가벼운 걸 골라야겠네요."

"아, 나는 애피타이저 필요 없어요. 샐러드면 충분해요."

이런 망할 년 같으니라고! 사사건건 분위기를 잡쳐놓네!

마틴은 만면으로 번지는 표정을 감추느라 사레에 들린 척 캑캑대다가 물을 길게 한 모금 마셨다. 애써 마음을 가라앉혔다. 이렇게 해서 음식을 나눠 먹지 못하게 됐지만 그게 무슨 대수일까. 그녀에게 떠먹이는 건 할 수 있었다. 애피타이저를 주문하고, 브라치올라를 적어도 한두 입 그녀에게 먹일 수 있을 것이었다.

호락호락하지 않을 줄 알고 있었잖아. 그는 자신에게 주의를 주었다. *그게 핵심이었고.*

"괜찮아요?" 그녀가 그에게로 몸을 숙이며 주변을 살폈다. *이제 와서 부끄러워하다니 낯짝이 두껍기도 하지.*

그는 다시 기침을 했다. "괜찮아요. 어쩌다 사레가 들었는지 모르겠네. 아무튼. 그럼 게뷔르츠트라미너 한 병 주문할게요. 양쪽 메뉴에 다 잘 어울릴 테니까."

그녀는 눈썹을 쫑긋 세우며 의자에 몸을 기댔다. "당신이 그 정도로 와인 페어링에 조예가 깊은 줄 몰랐어요. 대단한데요? 시간이 되면 내퍼나 소노마에 구경 갈 수 있었을 텐데 아쉬워라."

마틴은 묵례를 하는 척 고개를 숙였다. "그렇다면 다음번에 한 번 더 여기로 놀러와야겠네요."

다이애나는 고개를 갸우뚱하고 그를 쳐다보았다. "그럼 좋겠네요."

그는 미소를 지으며 긴장을 풀었다. 다시 본궤도로 돌아왔어.

웨이트리스가 주문을 받아 가자 그는 테이블 너머로 손을 내밀어 다이애나의 손을 잡았다. "지금 이 순간을 얼마나 기다렸는지 몰라요. 손을 내밀어 당신을 만질 수 있는 이 순간을."

그녀는 그의 손을 가볍게 누르고 테이블 위로 몸을 숙였다. "으으음. 당신이 내 앞에 있다니 정말 좋네요. 따뜻한. 실물이. 이렇게 있다니." 그녀는 신발을 벗어서 발로 그의 발목을 문지르고 지나갔다.

마틴은 그녀의 노골적인 몸짓에 몸서리가 쳐지려는 것을 참으며 – 이건 접대부들이 하는 짓이잖아! – 다리와 미소를 그대로 유지했다. 그녀의 손을 들어 거기에 입을 맞췄다.

"그래서, 샌프란시스코는 지금까지 당신의 추억에 부합하고 있나요?" 그는 물으며 떨리는 목소리가 흥분한 증거로 여겨지길 바랐다.

그녀는 고개를 끄덕였다. "차를 몰고 지나온 곳이 많지는 않지만 빅토리아 시대풍 건물이며 전체적인 느낌이 내가 기억하는 그대로예요. 지금까지 당신이 느낀 바로는 어때요?"

"지금까지 구경한 바로는 내가 여태껏 다녀본 도시들과 다르네요. 좋아요, 편안해서." 진짜 그랬다. 놀랍게도 지금까지 본 풍경들이 마음에 들었다. 물론 여느 대도시처럼 지저분한 부분도 있었다. 하지만 뭔가가 있었다. 언덕들 때문일까? 아니면 이 길의 끝은 어디일지 모르는 도로 때문일까? 모퉁이마다 비밀이 숨겨져 있는 야릇한 미로처럼 신비로운 분위기를 풍겼다. 그가 만약 이사를 가야 한다면 샌프란시스코가 최종 후보지에 들 것이다.

애피타이저가 나오자 그의 상념이 끊겼다. "미안해요, 한 도시를 두고 시인인 척하다니 나답지 않았네요." 그는 폭소를 터뜨렸다. "자, 이제 음식 맛이 어떤지 볼까요?"

마틴은 화제를 그녀 쪽으로 돌리려고 했지만, 그녀가 계속 질문을 던졌고 모든 질문이 그의 신경을 건드렸다. 그가 은근슬쩍 유도하면 여자들이 긴장해서 설사처럼 쏟아내던 혐오스러운 헛소리들이 그리울 지경이었다. 이 여자는…… 긴장이라는 걸 하긴 했을까? 아니면 그에게 홀딱 반해서, 사랑의 판타지에 흠뻑 취해서 정신이 하나도 없는 걸까? 그녀는 긴장을 풀고 고조되는 분위기를 음미할 틈을 잠시도 허락하지 않았다. 그는 계속 정신을 바짝 차리고 자신이 하는 얘기에 신경을 써야 했다. 그는 의자에 앉은 채 꼼지락거리며 손끝으로 테이블을 두드리지 않으려고 애를 써야 했다.

그는 그녀의 와인 잔을 예의 주시하며 와인을 다시 따라줄 타이밍을 노렸다. 앙트레가 나왔지만 남은 와인 양에는 거의 변화가 없었다.

"그 와인 별로예요? 다른 걸로 주문할까요?"

"아뇨, 좋아요. 너무 빨리 너무 많이 마시기 싫어서 그래요. 시차도 있고 해서 테이블 위로 쓰러질까 봐서." 그녀는 웃으며 와인을 한 모금 마셨다.

비행기에서 낮잠을 잤다더니 별로 편하지 않았나? 하지만 계속 이런 식으로 클럽에서도 술을 마시지 않으면 어쩐다?

그는 티후아나 이후 처음으로 찌릿한 공포를 느꼈다.

마틴은 와인을 한 모금 마시며 불안과 싸웠다. 있지도 않은 문제를 상상하지 말고 정신 차리라고 자기 자신을 꾸짖었다. 그녀가 술을 별로 마시지 않은들 무슨 상관일까? 그녀는 나온 음식에 거의 손도 대지 않았고 피곤해했다. 와인 한 잔에도 취기가 돌 테니 클럽에서 아주 센 걸 한 잔 먹이면 됐다.

그의 머릿속에서 날카로운 비명 소리가 들렸다. 저 여자가 그걸 안 마시면 어쩔 건데?

마틴은 화장실로 잠깐 자리를 피했다. 얼굴에 물을 끼얹고 거울 속에 비친 그의 모습을 쳐다보았다. 모든 게 어긋나고 있었고 그녀가 저녁 시간을 망치고 있었다. 그냥 이쯤에서 일찌감치 자리를 접을까? 더는 못 참겠다고 하고 그녀를 호텔로 데려가서 지금 죽여버릴까? 와인과 춤 때문에 쌓인 피로가 없으면 더 힘들 것이다. 하지만 더 안전할 것이다.

안 돼! 안 돼, 안 돼, 안 돼!

부글부글 끓어오른 울화가 온 사방으로 비명을 질렀다. 그는 세면대를 내리쳤다.

그럼 재미가 하나도 없잖아! 나는 나만의 꼭두각시 인형을 원한다고!

그녀가 그를 위해 춤을 추고, 그의 품 안에서 녹아내려야 했다. 그는 더러운 욕망이 그녀의 눈빛과 몸속에서 밤새 점점 커지는 것을 보아야 했고, 손가락을 퉁겨 그녀를 흥분시켜야 했다. 그녀를 무너뜨리려고 갖은 노력을 기울인 이유가 그 때문이었다. 그게 이 모든 과정의 핵심이었다! 그녀는 그의 것이었다. 그는 그녀를 차지하기 위해 갖은 노력을 기울였으니 상을 받을 자격이 있었다. 안 돼. 안 돼. 그걸 포기할 수는 없었다.

그는 마음을 가다듬었다. 괜찮을 거다. 이 일은 결국 도전 과제였다. 이제 와서 포기하면 자멸이 될 것이다. 그녀가 까다롭게 군들 무슨 상관일까. 그걸 이용하고 살인의 원동력으로 삼아야 했다. 그녀가 때때거리며 요구했던 모든 순간이 그녀에게 부메랑처럼 돌아가게 만들어야 했다.

그는 거울을 보며 표정을 정리하고 심호흡을 몇 번 한 다음 애정 어린 함박웃음을 머금고 다시 밖으로 성큼성큼 나갔다.

Chapter 47

"조셋 재클린 푸르니에, 오늘도 노트북 들고 온 건 아니겠지?"

"네, 엄마, 들고 왔어요. 그리고 중간 이름은 그만 불러요. 내가 무슨 어린애도 아니고."

엘리자베스 푸르니에 아펜트는 딸을 죽일 듯이 노려보았다. "와서 일만 할 거면 뭐 하러 오니?"

"그러게요. 그런데 제가 저녁 먹으러 올 때마다 우리가 같은 대화를 반복하고 있네요?" 조는 그녀와 똑같은 초록색 눈을 냉랭하게 쳐다보았다.

"언젠가는 내 말이 너의 그 딱딱한 머리를 뚫고 들어가 박힐 날이 있겠지."

조는 여자들을 목 졸라 죽이는 연쇄 살인범의 중요성 운운하며 되받아치고 싶은 걸 꾹 참았다. 엄마는 그런 생생한 묘사가 없어도 그녀의 직업 때문에 충분히 악몽을 꾸고 있었다. "엄마는 텔레비전 보실 테고 저는 해야 할 일이 있잖아요. 그냥 제 집에 가서 할까요?"

엘리자베스는 들릴락 말락 하게 구시렁거리며 리모컨을 집었다. 조는 한숨을 쉬고 엄마를 슬쩍 훔쳐보았다. 검은 머리가 점점 희끗희끗해 져가고 있었고 눈 주변의 주름살도 점점 번져가고 있었다. 엄마는 다음 달이면 67세였다. 조금 더 신경 써드리는 게 도리였다.

"이번 주말에 날씨가 좋을 거래요. 우리, 쿠아빈으로 하이킹 가요."

어머니는 미소를 지었다. "재밌겠다. 나 토요일에 아무 스케줄도 없어. 내가 점심 준비할게. 화장 좀 하고 나와, 거기서 어떤 매력적인 남자를 만날지 모르잖니." 그녀는 다시 텔레비전 쪽으로 고개를 돌렸다.

조는 모욕감에 이를 악물었다. 평소처럼 마스카라와 립스틱을 발랐고, 이 집에 들어오기 전에 신경 써서 덧칠까지 했건만. 하지만 엄마가 보기에 파운데이션, 컨실러, 아이섀도, 볼터치가 생략된 화장은 민낯이나 다름없었다. 조는 고개를 젓고 업무용 이메일을 열었다. 저녁을 먹고 의무적으로 스크래블 게임을 하는 내내 블리저드 사에서 답장이 왔나 싶어 휴대전화를 강박적으로 확인하고 싶었지만 허벅지를 찔러가며 참았다. 시차 덕분에 오늘 밤중으로 답장을 받을 수도 있었다. 엄마는 여러모로 참을성이 많았지만 응급전화가 아닌 이상 휴대전화에 대해서는 엄격했다. 하지만 이제 새아버지 그레그가 자러 들어갔으니 공식적인 방문 시간이 끝난 셈이었다.

'Rimetra' 관련 정보가 담긴 블리저드 사의 이메일이 기다리고 있었다. 그녀의 이름은 재니 코스키넨이었고 파일에 연락처가 적혀 있었다. 조는 화장실로 들어가 파일에 적힌 번호로 전화를 걸었다.

"여보세요."

"재니 코스키넨 씨?"

"네, 전데요. 누구세요?"

"저는 오크허스트 카운티 형사기동대 소속 푸르니에 경위입니다. 현재 수사 중인 사건과 관련해서 몇 가지 여쭤보고 싶은 게 있어서요."

그녀는 머뭇거렸다. "뭐에 대해서요?"

조는 자애롭고 따뜻한 분위기를 살짝 섞어서 더할 나위 없이 안심시키는 목소리로 말했다. "코스키넨 씨와 직접적으로 연관이 있는 사안은 아니에요. 다만 〈월드 오브 워크래프트〉를 플레이하는 동안 만난 분에 대해서 알고 계신 게 있나 해서요."

"오 마이 갓, 테러리스트예요? 경찰이 그 게임 안에서 테러리스트를 찾고 있다는 얘기는 들었는데. 맙소사, 저는 아무것도 몰라요."

"아뇨, 테러리스트 아니에요. 그냥 저희가 찾으려는 일반인이에요. 캐릭터 이름은 Otthello이고 한 달쯤 전에 그와 몇 번 대화를 나누셨더라고요. 자기 본명은 피터라고 했던데. 혹시 기억하세요?"

"아, 기억해요. 완전 밥맛이었어요."

"어떤 식으로요?"

"잠깐만요." 발소리에 이어 문을 닫는 소리가 조의 귀에 들렸다. 여자는 전화기에 입을 좀 더 가까이 댄 목소리로 언성을 낮추었다.

"둘이 같이 다니면서 퀘스트도 하고 그랬거든요? 그 사람, 얼마나 끈적끈적하게 치근댔는지 몰라요. 둘이서 재밌게 놀았죠. 그러다 갑자기 나를 완전히 생까지 뭐예요? 접속해도 말을 걸지도 않고 내가 귓속말을 보내면 씹고. 얼마나 싸가지 없었다고요. 잔인하다 싶을 정도로."

"게임에서 채팅하는 것 외에도 스카이프나 뭐 그런 걸로 대화도 나누셨나요?"

"아뇨. 나는 우리 둘이 죽이 잘 맞는 줄 알았고, 그 사람이 하는 말을 들어보면 나랑 같은 생각을 하는 것 같았어요. 그런데 갑자기 연락을 뚝 끊더라고요."

"그러니까 채팅 채널에서만 대화를 나누신 건가요?"

"네. 거래 채널이랑 그룹 채팅에서도 얘기했어요. 그게 다예요."

"그가 왜 연락을 끊었는지는 전혀 모르시고요?"

재니는 분노 섞인 폭소를 터뜨렸다. "전혀요."

"게임 밖에서 직접 만나자고 한 적도 있나요?"

"아뇨. 내가 게임에서 알게 된 사람을 실제로 만나는 일은 없을 거예요."

조는 살해당한 여자들 중 몇 명이 똑같은 말을 했을지 궁금해졌다. "현명하시네요. 부탁 하나 해도 될까요? 제가 연락처를 드릴 테니 그가 게임 안에서 다시 말을 걸거나 로그인한 게 보이거든 당장 저한테 알려주시겠어요?"

"아, 좋아요. 펜 좀 가지고 올게요."

조는 부서 번호와 그녀의 휴대전화 번호를 연달아 알려주었다. "그가 말을 걸거든 반응하지 말고, 아무 말도 하지 마세요. 몇 시든 상관없으니 저한테 당장 연락해주세요, 아셨죠?"

"그럴게요. 그가 무슨 짓을 저질렀는지 여쭤봐도 되나요?"

"지금 당장은 저희가 그를 만나고 싶어 한다는 것만 말씀드릴 수 있어요. 도와주시면 정말 감사하겠다는 것하고요."

"경찰을 도울 수만 있다면 언제든 환영이죠. 저는 예나 지금이나 법을 준수하며 살아가는 시민이거든요."

조는 미소를 지었다. 안 그런 사람도 있나? "정말 감사합니다. 코스키넨 씨와 같은 분들이 없으면 저희가 무슨 수로 본분을 다할 수 있을까요. 잊지 마세요, 몇 시든 상관없다는 거."

"알겠어요."

조는 전화를 끊었다. 링 귀걸이를 당기며 창밖을 멍하니 내다보았다. Otthello가 여자들과 가까운 사이가 되려고 했던 건 분명했다. 그런데 재니 코스키넨하고는 왜 연락을 끊었을까? Rimetra와 Serylda와 동시에 대화를 주고받다가 한쪽을 버린 이유가 뭘까?

Otthello는 에밀리를 살해한 뒤에 서버와 캐릭터 이름을 바꿨다. 그가 매번 서버와 캐릭터 이름을 바꾼다면 제물을 낙점했을 때 같은 서버에서 다른 여자에게 공을 들일 이유가 없었다. 이 논리대로라면 그가 재니와 연락을 끊었다는 것은 다음 타깃을 정했다는 뜻이었다.

조는 노트북 화면을 비스듬히 돌리고 이메일을 업데이트했다. 그녀가 Rimetra의 파일을 보는 동안 Serylda의 정보가 입수됐다. 그녀는 그 파일을 클릭했다.

Serylda의 이름은 루시아 페레티라고 되어 있었다. 조는 휴대전화를 집어서 적힌 번호로 전화를 걸었다.

"여보세요?" 나이 지긋한 여자의 목소리였다.

"루시아 페레티 씨?"

"네?"

"루시아 페레티 씨의 휴대전화 아닌가요?"

"아닌데요. 누구세요?" 여자는 짜증 난 말투였다.

"오크허스트 카운티 형사기동대 소속 조셋 푸르니에 경위입니다. 루시아 페레티 씨를 찾고 있는데, 계신가요?"

"그런 이름은 들어본 적 없어요. 전화 잘못 거셨네요."

조는 번호를 확인했다.

"네, 번호는 맞는데 그런 사람 여기 안 살아요."

"알려주셔서 감사합니다."

"네." 여자는 전화를 끊었다.

조는 휴대전화를 잠깐 쳐다보았다. 엉뚱한 사람이 전화를 받은 게 아주 이상한 일은 아니었다. 다들 연락처를 수시로 바꿨다. 그녀는 잠깐 곰곰이 생각하다가 주소를 구글에 입력했다. 이상한 검색 결과가 뜨기에 구글 맵에 주소를 직접 입력했다. 로빈 힐 웨이 53700번지, 애틀랜타, 조지아 30093.

로빈 힐 웨이 53700번지, 애틀랜타, 조지아 30093을 찾을 수 없습니다.

입력한 주소를 다시 한번 확인해주시기 바랍니다.

시, 주, 우편번호를 추가하면 정확도가 높아집니다.

그녀는 도로명만 입력해보았다. 조지아주에는 아예 로빈 힐 웨이라는 곳이 있지도 않았다.

이게 도대체 무슨 일일까?

Chapter 48

웨이트리스가 디저트 접시를 치우는 동안 마틴은 손목시계를 확인했다.

"아, 아직 시간이 이렇게밖에 안 됐네요. 내가 뭘 좋아하는지 알려줄까요? 우리, 춤추러 가요. 빅밴드 스타일 음악이 나오는 곳으로. 엄청 로맨틱하겠죠?" 그는 그녀의 손을 꼭 잡으며 휴대전화를 꺼냈다.

"하하, 진짜 로맨틱한 게 뭔지 알아요? 지난번에 왔을 때 리전 오브 아너 미술관 뒤편으로 바닷가를 따라서 수트로 배스까지 이어지는 조그만 오솔길을 발견했거든요. 맑은 바닷바람을 마시고 부서지는 파도 소리를 들으며 그 길을 걸었더니…… 얼마나 마음이 편안해졌는지 몰라요. 달도 거의 보름달이니 얼마나 로맨틱하겠어요?" 그녀는 눈을 반짝였다.

안 돼, 안 돼, 안 돼, 안 돼, 안 돼, 안 돼! 나는 네가 춤을 추길 바란다고!

그는 머릿속에서 들리는 그 목소리를 누르고 이글거리는 분노를 꾹꾹 밟았다. 생각하는 척하는 표정을 지으며 그럴듯한 대답이 떠오를 때까지 시간을 벌었다.

"해가 이제 막 졌잖아요. 거기까지 가는 동안 저녁놀이 다 없어지지 않을까요?"

"샌프란시스코는 어디든 가까워요. 그리고 달빛이 있으니까 괜찮을 거예요."

이런 망할 년 같으니라고!

분노가 치밀어올랐고 그는 얼굴이 벌게지는 것을 느낄 수 있었다. 그는 또다시 억지로 기침을 하며 물 잔을 집었다. 하지만 이미 늦었다. 그녀의 표정이 달라져 있었다.

그녀가 유심히 지켜보는 가운데 그는 잠깐 뜸을 들이며 숨을 고르는 척했다. 이제는 그의 계획대로 강행했다가는 꼼짝없이 그녀의 의심을 사게 생겼다. 하지만 별 상관이 있을까? 최선의 선택은 아니었지만 걷다 보면 그녀도 피곤해질 테니 그 참에 호텔에 가서 좀 쉬자고 할 수 있었다. 노스 비치에서 차를 타고 바닷가로 건너가 산책하고 다시 사우스 샌프란시스코로 돌아오면 얼추 자정이 될 것이다. 바닷가에서 언제든 즉흥적으로 로맨틱하게 춤을 청할 수 있을 테고, 그거면 충분할 것이다. 수요일이라도 시내에 밤늦게까지 영업하는 클럽이 많으니 돌아가는 길에 술 한잔 하자고 얘기를 꺼낼 수 있을 테고 거기서 다시 춤을 출 수 있을지 몰랐다.

마틴은 요란하게 말문을 다시 열었다. "완벽한데요? 밤바다를 볼 수 있는 기회도 많지 않은데." 그는 계산서를 달라고 손짓했다.

다이애나는 표정을 풀고 폭소를 터뜨렸다. "그러게요, 오마하에 살면 그럴 기회가 별로 없겠어요. 나는 그 정도로 물가와 멀리 떨어진 곳에서는 못 살아요. 물이라면 뭐든 좋아하거든요. 강, 폭포, 호수. 하지만 바다는 특별해요. 망망대해를 보고 있으면 그냥…… 가슴이 뭉클해져요."

그는 안도하며 미소를 지었다. 그의 계획대로 되지는 않았지만 잘 무마하고 넘어갔고 그녀의 로맨틱한 측면이 서서히 발현되고 있었다.

마틴은 의자를 뒤로 밀고 일어나 살짝 묵례를 했다. "그럼 이제 해변으로 가실까요, 마이 레이디."

다이애나는 더욱 활짝 웃으며 자리에서 일어났다. "내가 운전할게요. 당신이 여길 제대로 구경할 수 있게."

그의 표정이 언뜻 어두워졌다. "내가 할게요. 괜찮아요. 내가 하는 게 더 좋아요."

그녀는 그를 이리저리 훑어보았다. "아니에요. 내가 전에도 여기서 운전해봤잖아요."

이년아! 내가 시키는 대로 해, 여기서 내 손에 죽고 싶지 않으면!

이런 생각이 머릿속을 스치고 지나가자 그는 움찔했다. 그걸 보고 그녀가 실눈을 떴다. 그는 숨을 크게 마시며 얼굴을 찌푸렸다. 왜 이럴 가능성에 미리 대비하지 않았을까? 이제 그녀의 차에 증거를 남길 수밖에 없게 됐다. 그리고 그녀가 그의 표정을 보고 이상한 낌새를 느끼고 말았다.

"미안해요. 솔직하게 고백할 수밖에 없게 돼서 좀 당황스럽네요. 내가 조수석 공포증이 있거든요. 조수석에 타면 공황발작을 일으켜요. 비정상적이라는 거 나도 알아요. 어렸을 때 끔찍한 사고로 어머니가 돌아가셨거든요. 그래서…… 안 돼요. 내가 운전을 해야 해요."

다이애나는 손톱으로 테이블을 두드리며 한참 동안 그를 쳐다보았다. "흠. 이성적으로 설명이 안 되니까 공포증을 공포증이라고 하겠죠. 이러면 어때요? 어차피 한 차로 갔다가 여기까지 다시 오기 번거로우니까 각자 차를 몰고 가기로 하면?" 그녀는 미소를 지었지만 눈빛이 예리했다.

"그럼 되겠네요. 내가 왜 그 생각을 하지 못했는지 모르겠네." 그는 그녀의 손에 입을 맞췄다. "이제 갈까요?"

마틴은 그녀와 팔짱을 끼고 머릿속에서 들리는 목소리를 애써 잠재우며 음식점 밖으로 앞장섰다.

침착해, 거의 다 왔어.

죽이는 것에만 집중해.

Chapter 49

조는 Serylda의 IP 주소 관련 정보를 화면에 띄웠다. Porrthos/Otthello와 같은 패턴으로 로그인할 때마다 주소가 달라졌다. 그녀는 스크롤을 움직여 결제 방법을 확인했다. Serylda도 전국 각지의 다양한 곳에서 구입한 선불카드를 쓰고 있었다.

그녀는 화면을 물끄러미 응시했다.

Serylda는 블리저드 사에 자신의 정보가 공개되는 것을 원치 않는 편집증적인 게이머였을까? 로페즈와 호레이스의 증언에 따르면 그런 편집증 환자가 흔한 모양이었지만, 그들이 수사한 다섯 명의 게이머 가운데 두 명이 거기에 해당할 만큼 흔할까? 만약 그렇다면 이 Otthello라는 캐릭터가 그런 편집증적인 게이머가 아니라 그들이 찾는 살인범이라는 실질적인 증거는 어디 있을까?

그녀는 채팅 내용을 화면에 띄우고 Otthello의 다른 정보와 함께 살펴보았다. 에밀리의 친구 목록에서 삭제된 캐릭터는 Otthello 하나뿐이었지만, 어쩌면 모든 친구에 대해 알아보지 않은 게 실수일지도 몰랐다. Rimetra와 Serylda와의 채팅은 그들과 게임 내에서 섹스를 하기위한 저질스러운 유혹에 불과했을까?

그녀는 등골이 오싹해졌다. 로페즈가 말하길 계정이 여러 개인 플레이어들도 있다고 했다. 이 패턴은 Otthello와 너무 비슷했다. 경찰의 추적을 받았을 경우 따돌리기 위해 그가 쳐놓은 덫이었을까? 다른 계정을 만들어 경찰 측에서 연락하는지 알아보기 위해 Serylda인 척했을까? 그녀는 파일을 체크했다. 이 계정은 만들어진 지 6개월밖에 되지 않았으니 Otthello의 계정보다 훨씬 역사가 짧았다.

젠장. 그는 그 전화번호의 주인과 아는 사이였을지 모른다. 경찰에서 연락이 오면 알려달라고 그녀를 매수했을 수도 있지 않을까?

그녀는 눈을 비볐다. 누가 누구더러 편집증이라고 하는지 모르겠다는 생각이 들었다.

이게 덫이라면 그녀는 이미 걸려들었고 그걸 돌이킬 방법은 없었다. 범인은 자취를 감출 테고 어쩌면 수법을 바꿀 것이다. 그들은 절대 그를 찾지 못할 테고 더 많은 여자가 목숨을 잃을 것이다.

하지만 이런 시나리오는 어째 믿기지가 않았다. Serylda가 타깃이고 우연히 자기 정보에 민감한 게이머였을 가능성이 훨씬 컸다. 그리고 그녀가 위험하다는 가정 아래 그녀를 찾으려는 노력을 계속 기울여야 하는 것이 조의 최우선 과제였다.

그녀는 로페즈에게 연락해 오늘 안으로 에밀리의 친구 목록에 있는 다른 플레이어의 정보를 파악하는 데 필요한 서류를 준비해달라고 말했다. 그리고 났을 때 그녀가 출력해놓은 채팅 로그가 생각났다. 그녀는 어머니에게 대충 둘러대고 황급히 그 집에서 뛰쳐나왔다. 한 자, 한 자 다시 읽어보며 아주 사소한 부분이라도 놓친 게 없는지 확인해야 했다.

Chapter 50

　마틴은 리전 오브 아너 미술관 주차장으로 들어서는 다이애나를 따라갔다. 미술관은 오래전에 문을 닫았기 때문에 그들은 아무 문제 없이 중앙 분수대 근처에 나란히 주차할 수 있었다.

　마틴은 매립 조명으로 환히 빛나는 그리스 부흥 양식의 건물, 그리고 바다가 만과 만나는 곳의 사이프러스가 늘어선 풍경을 살펴보았다. 그는 끊임없이 불어오는 바닷바람 때문에 바다와 반대편으로 기운 나뭇가지들을 보며, 방치돼 제 크기로 자란 분재 같다는 생각을 했다. 도망치려다 강력한 마법사에게 붙들려 어정쩡한 자세로 영영 얼어버린 생명체처럼 생긴 그 나무들이 빠르게 어두워지는 하늘을 배경으로 으스스한 분위기를 더했다.

　다이애나가 미술관 오른쪽의 골프장 쪽을 손짓했다. "저 뒤쪽으로 공원을 지나면 오솔길로 연결돼요. 거기서 남쪽으로 가면 수트로 배스와 그림처럼 로맨틱한 바다가 나와요⋯⋯." 그녀는 섹시한 목소리로 말끝을 흐리며 그의 손을 잡았다.

"앞장서요."

그들은 걸으며 가볍게 농담을 주고받는 속도로 대화를 나누었다. 골프장을 지나자 바닷가를 따라 이어지는 길이 나왔다. 그 길을 따라 15분쯤 걸어가자 커다란 터널이 나왔다. 그들은 어두컴컴하다고 우스갯소리를 늘어놓으며 꼭 끌어안고 터널을 지났다. 반대편으로 나가자 태평양이 내려다보이는 낭떠러지에 자리 잡은, 예전에는 으리으리했던 수트로 배스 유적이 그들의 눈앞에 펼쳐졌다. 뼈대만 남은 수영장 터 위로 달빛이 반짝이는 평온한 풍경이, 그 너머에서 소용돌이치며 포효하는 바다와 나란히 그들을 맞았다.

다이애나가 여러 구조물을 가리켰다. "나는 이 유적이 좋아요. 100년 전에는 여기가 아르 누보 건물이 이어지고 온수탕, 미끄럼틀, 심지어 물 그네까지 갖춘 거대한 워터 파크였대요. 화재로 전소되기 전에는 분명 세계 7대 불가사의 비슷했을 거예요."

풍경을 잠깐 감상하고 났을 때 다이애나가 다시 말문을 열었다. "신기하지 않아요? 아름답지만 또 한편으로는 너무 슬프다는 게. 수많은 사람에게 행복을 선사했던 엄청난 시설이 여기 있었는데, 무너지고 산산이 분해돼 희미한 흔적만 남았잖아요. 여기서 웃고 물놀이를 했던 모든 사람의 그림자가 우리를 지켜보고 있는 듯한 느낌이에요."

마틴은 둘이 같은 곳을 바라볼 수 있게 그녀를 가슴에 안았다. "당신한테 이렇게 감상적인 면이 있는 줄 몰랐어요." 그는 그녀의 목에 입을 맞추고 그녀의 두 팔을 위아래로 쓰다듬었다.

그녀는 폭소를 터뜨렸다. "내가 너무 진지했죠?"

"조금요. 하지만 좋았어요." 그는 한 팔로 그녀의 허리를 감싸고 더 바짝 끌어당겼다.

지금 저질러야 해.

그들은 이 길의 끝에 있었고 골프장을 지난 이래 한 명도 마주치지 않았다. 모든 게 어긋나다 보니 그냥 해치워버리고 싶은 유혹이 컸다.

내가 넥타이를 풀더라도 그녀는 의심하지 않을 텐데······.

마틴은 상상의 나래를 멈추었다. 사람들이 이러다 꼬리를 밟히는 거였다. 그리고 이제는 모든 게 차질 없이 진행돼 그녀가 긴장을 풀고 행복해하고 있었다. 그는 그녀의 뺨을 어루만졌다.

그는 목구멍 깊숙한 곳에서 관능적인 웃음소리를 내며 그녀의 머리칼에 입을 맞췄다. 죽음을 눈앞에 두고 있는데, 이 여자는 그런 줄 전혀 모르고 있어. 권능감이 솟구쳐 오르자 그는 펄떡이는 심장을 달래며 그 기분을 음미했다. 네가 지금 살아 있는 건 내가 살려두었기 때문이야. 네가 내가 시키는 대로 춤을 추면 기분이 좋아지거든. 편법을 쓰지 않겠어. 네 죽음을 최대한 만끽할 거야.

그는 그녀의 귀에 코를 비비며 미소를 지었다.

마틴은 풍경을 잠깐 더 감상한 뒤에 이제 그만 돌아가도 되겠느냐고 물었다. 그는 스윙 클럽이 문을 닫기 전에 춤을 몇 번 추고 싶었기 때문에 터널을 향해 가는 동안 좀 더 빠르게 걸음을 옮겼다.

"천천히 가요, 달링, 이 구두가 이런 길에 썩 알맞지는 않거든요. 내가 발목이라도 삐끗하면 당신이 나를 업고 가야 한다고요." 그녀는 폭소를 터뜨렸다.

마틴은 속도를 늦추고 한 팔로 그녀를 감싸 안았다. 그들은 터널을 지나 그에 비하면 밝게 느껴지는 달빛 속으로 들어섰다. 오솔길이 바다 쪽으로 굽어졌고, 그들은 수면 위에서 어른거리는 달을 벗 삼아 터널이 등 뒤로 자취를 감출 때까지 계속 그 길을 따라 걸었다.

다이애나가 걸음을 멈추더니 마틴을 끌어당겼다. 손을 올려 그의 뺨을 어루만지고는 그의 눈을 들여다보았다.

"당신을 찾아서 정말 기뻐요. 처음 만났을 때는 긴가민가했는데, 이제는 내가 찾던 바로 그 남자라는 걸 알겠어요. 나랑 같이 여기 와줘서 고마워요." 그녀는 턱을 들어 그에게 입을 맞췄다.

마틴은 마주 입을 맞추며, 따뜻하고 고분고분하며 그에 대한 갈망이 담긴 그녀의 입술의 느낌을 기억에 담았다. 그녀가 한 말을 음미했다. 그녀는 그에게 완전히 빠져들어 뭐든 그가 시키는 대로 할 태세였다. 성공할 수 있을지 의심했던 자신이 바보 같았다. 그녀는 자기 방식을 고집하고 싶어 하는, 모르는 남자를 처음 만났을 때 그게 더 심해지는 평범한 여자였다. 그리고 그게 부당한 건 아니었다. 온라인에서와 전혀 딴판인 사람도 많았다. 그는 자신의 분별력에 뿌듯해하며 키스하는 자세를 바꿨다. 그녀는 미소로 화답했다.

마틴은 그녀의 머리칼에서 풍기는 재스민 향을 마시고 그날 저녁에 거친 난관을 하나씩 곱씹으며 찌릿찌릿한 아드레날린을 느꼈다. 그렇지. 이번에는 지난번과 달리 느낌이 제대로 왔다. 그의 몸이 반응하는 것을 벌써 느낄 수 있었다. 모험에 도전하길, 역경에도 불구하고 포기하지 않길 잘했다.

그가 넥타이로 그녀의 목을 조르는 느낌을 상상하며 혼자 전율하고 있었을 때 다이애나가 몸집이 그만한 남자 둘을 죽이고도 남을 만한 양의 농축 헤로인이 담긴 주사기를 그의 경동맥에 꽂고 잽싸고 능숙하게 헤로인을 주입했다. 그는 따끔거리는 느낌을 머리로 인지했지만 그게 뭔지 정체를 파악하지는 못했다. 벌인가? 그는 입술을 떼고 손으로 목을 감싸며 눈을 휘둥그레 떴다.

마틴은 주변이 너무 어두워서 그녀가 주사기를 빼 핸드백의 봉지 안에 다시 넣는 것을 보지 못했다. 하지만 섬뜩하게 일그러진 그녀의 얼굴은 볼 수 있었다. 그 표정에 그는 공포를 느꼈지만 그것도 잠시뿐이었다. 순도 100퍼센트에 가까운 헤로인이 강타하자 그의 의식이 안에서 폭발했다.

다이애나는 한동안 가만히 서서, 처음에는 어리둥절해하다가 이후에 진상을 파악하고 경악하는 그의 얼굴을 차례대로 머릿속에 담았다. 그런 다음 무릎을 살짝 구부려 앞발에 체중을 싣고 두 팔로 그의 가슴을 있는 힘껏 떠밀었다. 그는 눈이 이미 게슴츠레했고 아무 저항 없이 난간 뒤로 넘어갔다.

그녀는 그가 낭떠러지 사면을 넘어 시야에서 사라질 때까지 추락하는 것을 지켜보았다. 그가 쿵 하고 바위에 부딪혔다가 튕기는 소리가 들렸고, 뒤를 이어 한참 아래에서 그가 태평양의 높은 파도를 철퍼덕 하고 때리는 소리가 들렸다.

다이애나는 무릎을 꿇고 앉아서 오솔길을 더듬어 호두만 한 크기의 돌멩이를 찾았다. 그걸 집어서 재킷 주머니에 넣었다. 다른 쪽 주머니에서 스카프를 꺼내 목과 입을 감싸고 오솔길을 따라 계속 걸었다. 샌프란시스코의 쌀쌀한 바닷바람 앞에서는 그러는 게 상책이었다.

Chapter 51

다이애나는 렌터카에 도착할 때까지 스카프를 풀지 않았다. 그녀
도 알다시피 주차장에 보안 카메라는 없었고 지나가던 사람이 그녀에
게 관심을 기울일 가능성은 없었다. 하지만 나중에 후회하느니 미리
조심하는 편이 나았다.

그녀는 운전석에 올라타 시동을 걸었다. 큰길까지 천천히 달리다
샌프란시스코에서 빠져나가는 고속도로로 향했다. 손목시계를 확인
했다. 10시 30분이었다. 새크라멘토까지는 고속도로에서 한참 벗어나
기름을 넣는 것까지 감안하더라도 두 시간이면 충분할 것이다. 차를
반납하고 뭘 좀 먹고 집으로 돌아가는 비행기 안에서 잠을 청할 것이
다. 그녀는 고속도로로 진입해 스카프를 벗으며 머릿속으로 스케줄을
다시 한번 체크했다. 집에 도착해 자질구레한 부분들을 모두 정리하
기 전까지는 긴장을 늦출 수 없었다.

그가 죽었다는 데에는 의심의 여지가 없었다. 바위에 부딪혀 즉사하지 않았더라도 헤로인이 제역할을 했을 것이다. 약물 과다 복용으로, 아니면 바다에 빠져 의식을 잃었을 것이다. 그는 해류의 방향에 따라 하루나 이틀 뒤에 어딘가로 쓸려 올라갈 것이다. 언제, 어디인지는 별로 중요하지 않았다. 바닷물에 몸이 불어 주사 자국은 보이지 않을 테고, 보인다 한들 헤로인은 감지당하지 않을 것이다. 이 지점에서 그녀에게 운이 따라주지 않는다 하더라도 사인은 불의 또는 의도적인 약물 과다 복용, 아니면 헤로인 중독에 의한 실족사로 귀결될 것이다. 검시관이 살인 판정을 내릴 가능성은 지극히 낮았다. 그녀는 이런 범행을 지금까지 여러 번 저질렀지만 '타지에서 온 사업가'의 '사고사'는 뉴스로 간주되지도 않았다.

Chapter 52

다음 날 아침에 조가 책상 위로 몸을 웅크리고 채팅 로그를 열심히 들여다보고 있었을 때 아넷과 로페즈가 경계 태세를 갖춘 표정으로 그녀의 방으로 들이닥쳤다. 아넷이 단도직입적으로 말했다.

"Otthello의 스카이프 계정에 대해서 방금 정보가 입수됐어. 나쁜 소식은 뭔가 하면 계정 소유주의 이름과 주소가 〈월드 오브 워크래프트〉 계정의 이름, 주소와 다르지만 여전히 가짜라는 거야. 그리고 좋은 소식은, 연락처의 친구가 딱 한 명이었다는 거. Serylda에게 스카이프로 연락하자고 한 날 추가된 거니까 Serylda의 스카이프 ID인 게 분명해. 문자로 된 채팅 기록은 없고, 그를 연락처에 추가해달라는 말과 서로 통화를 시작하기 전에 한두 마디 인사를 나눈 게 전부야. 하지만 통화기록과 통화 시간, 그런 건 전부 입수했어. 둘이 자주 연락한 모양이야, 이틀 전까지 거의 매일. 그런데 말이지, 그녀의 스카이프 계정이

어제 새벽에 삭제됐대."

"그의 계정이 삭제됐단 말이죠?"

"아니. 그녀의 계정이."

으잉? 이 정보가 그녀의 머릿속에서 접수될 자리를 찾지 못했다. "잠깐만요. 둘이 꾸준히 연락하다가 그녀가 갑자기 계정을 삭제했다고요? 마지막으로 통화하고 얼마 만에요?"

아넷은 들고 있던 파일을 확인했다. "다음 날에."

조의 머릿속이 복잡해졌다. 그들이 너무 늦은 걸까? 그가 그녀를 살해했을까? 그가 마지막으로 범행을 저지른 지 아직 두 달도 안 됐지 않은가. 아니다, 앞뒤가 맞지 않았다. 죽은 사람은 계정을 삭제할 수 없을 테고 유족은 스카이프 같은 데 신경 쓸 겨를이 없을 것이다. 그럼 결국 그 계정은 미끼였다는 말인가? "WoW 계정은요? 그건 아직 살아 있어요?"

로페즈가 엄숙한 표정으로 고개를 저었다. "호레이스가 확인해주었어요. WoW 계정도 삭제됐다고. 양쪽 모두 복구할 수 있지만 최대한 빨리 경위님께 알려드리고 싶어서 왔어요."

"젠장. 이제 그의 수법에 부합하게 교살당한 여성이 있는지 알아봐야겠네."

"오케이. 하지만 앞뒤가 안 맞는단 말이지." 아넷이 눈썹을 한데 모으며 말했다.

조는 고개를 끄덕였다. "맞아요. 그 계정이 미끼고 제가 덫에 걸린 걸 수도 있겠다는 생각이 들어요. 그런데 타이밍을 따져보면 제가 그 계정 정보에 적힌 번호로 전화를 걸어보기 전에 계정이 삭제된 거란 말이죠."

로페즈가 고개를 저으며 자기 휴대전화를 흔들었다. "그리고 또 하나 말이 안 되는 게 Otthello의 계정은 삭제되지 않았어요."

"뭐라고?" 조는 얼어붙었다.

"그걸로 아무 활동도 이루어지지 않고 있긴 하지만 아직 살아 있어요. 그가 그 계정도 삭제해야 말이 되는 거 아니에요?"

조는 곰곰이 생각했다. "우리한테 꼬리를 밟히지 않을 거라는 확신이 있으면 그럴 필요가 없긴 하지."

"하지만 우리가 자길 쫓고 있다는 걸 알면 그 계정이 더 이상 쓸모가 없어지지. 우리가 자기 대화를 확인하고 있다는 걸 아는 게 분명해." 아넷이 말했다.

로페즈는 손을 흔들며 인상을 썼다. "잠깐, 우리가 너무 앞서나가고 있어요. 그 계정이 미끼라는 건 제가 보기에는 말도 안 돼요. 그보다는 그녀가 이상한 낌새를 느끼고 그가 위험인물이라는 걸 알아차리고 모든 접촉 수단을 차단한 거 아닐까요? 스토커가 따라다니면 저는 그럴 것 같거든요."

조는 곰곰이 생각했다. "일리가 있긴 하지만 넘겨짚는 건 위험해. 일단 그 스카이프 계정을 최대한 파헤쳐봐야겠어."

Chapter 53

다이애나는 하품을 하며 현관 불을 켜고 현관문에 달린 잠금장치를 등 뒤로 잠갔다. 클레오파트라가 졸린 눈으로 거실에서 나오자 다이애나는 그녀를 토닥여주었다.

그녀는 벽난로 선반에 놓인 그릇에 열쇠를 던져 넣고 재킷과 호보백을 현관 앞 붙박이장에 걸었다. 짐은 없었다. 집을 비운 기간이 하루도 채 되지 않았다. 새빌은 물론 다른 어떤 곳에도 호텔 예약을 하지 않았다.

그녀는 재킷 주머니에서 돌멩이를 꺼내 들고 침실로 들어갔다. 서랍장 위에 놓인 보석함의 아래 서랍을 열고 그 안에 고이 담겨 있는 다른 돌멩이 옆에 조심스럽게 넣었다. 내일 시간이 되면 거기다 그의 이니셜과 날짜를 새길 것이다.

그녀는 냉장고에서 다이어트 콜라를 꺼내 들고 서재로 갔다. 컴퓨터의 부팅이 끝나자 피터를 상대로 작업할 때 썼던 가짜 이메일 주소와 스카이프 계정을 삭제했다.

　주사기와 바늘은 이미 잘 닦아서 새크라멘토 메타돈(헤로인 중독 치료제 – 옮긴이) 클리닉 앞 도랑에 버렸다. 그날 아침에 딜러에게 헤로인을 구입한 곳이 그 근처였다. 그걸 담았던 비닐봉지는 LA의 공항에서 집으로 가는 길에 델 타코 쓰레기통에 버렸다.

　〈월드 오브 워크래프트〉 계정은 출발하기 전에 지웠다. 살인을 저지를 때마다 새 캐릭터를 키우려면 끔찍하지만 꼬리를 밟히지 않으려면 그 수밖에 없었다. 그녀는 마지막 절차를 승인하고 나서야 긴장을 풀었다. 앞으로 일주일 동안 기다렸다가 새 계정을 만들 것이다. 아니면 이번에는 페이스 조절 삼아 〈길드 워스〉 게임을 시작할 수도 있겠다. 어느 쪽이 됐건 이번 살인 덕분에 당분간 악몽을 면할 수 있었다. 결국에는 다시 돌아오겠지만 최소 몇 달 동안은 평화를 누리며 통잠의 축복을 음미할 수 있을 것이다.

　악몽은 항상 거의 똑같았다. 핑크색의 폭신한 공주 드레스를 입고 나무 바닥에 앉아서 밝은 적갈색 눈으로 품에 안은 인형만 쳐다보고 있는 여덟살쯤 된 여자아이로 시작됐다. 아이는 인형을 흔들며 가만가만히 노래를 불렀다. 잘 자라, 우리 아기, 조용 조용히……. 뒤편 문 앞에 어떤 남자가 등장했다. 그가 아이를 들어 올려 침대로 내동댕이치자 아이는 인형을 꼭 끌어안은 채 그대로 얼어붙었다. 다이애나는 그 뒤로 무슨 일이 벌어졌는지 꿈속에서 한 번도 본 적은 없었지만 애원하는 소리와 비명 소리는 들었고, 잠시 후 어여쁜 드레스 치맛자락에 뒤엉킨 채 침대에 혼자 누워서 흐느껴 우는 아이가 보였다.

이윽고 아이가 일어나 다이애나에게 소리를 질렀다. "네가 그를 막지 않았어! 그가 나를 아프게 하는데 내버려두었어! 나를 돕지 않았어!" 분노와 증오로 아이의 얼굴이 일그러졌고, 입 안 가득 뾰족한 송곳니가 자라났고, 아이가 뒤에 놓인 베개 아래에서 칼을 꺼내 들었다. 아이가 그걸 들고 다이애나를 향해 기어 오는데, 천천히 시작됐다가 점점 속도가 빨라졌고 비명 소리는 더 크고 날카로워졌다. 다이애나는 도망치려고 하지만 꿈이다 보니 발이 천근만근이었고 아이에게 따라잡혔다. 그녀는 대개 칼이 종아리에 꽂히면서 바닥으로 쓰러지는 순간 비명을 지르며 깨어났다.

그 꿈을 없앨 다른 방법을 찾느라 몇 명의 심리상담사를 만났는지 몰랐다. 그들은 내면의 아이를 치유해야 한다고, 어머니는 그녀를 보호하는 데 실패했지만 그녀는 그 아이를 보호해야 한다고 말했다. 그녀의 어머니와 달리 진정한 어머니가 되어주어야 한다고 말했다. 하지만 내면의 아이는 그들이 추천하는 거품 목욕이나 다른 '나만의 시간'에 콧방귀도 뀌지 않았다. 상처를 입고 분노한 그 여덟 살짜리 꼬맹이가 원하는 건 복수였다. 그녀를 아프게 한 남자가 대가를 치르길, 그가 죽어가는 광경을 볼 수 있길 바랐다. 그리고 그를 죽일 수 없다면 다른 대역도 상관없었다. 유부녀와 그 아이들을 이용하고, 그들을 사랑한 남편을 죽음으로 몰고, 자기들의 이기적인 욕구만 채울 수 있다면 누구의 목숨과 영혼을 파괴하건 상관하지 않는 그 비슷한 양아치라면 아무든 상관없었다. 그들 역시 죽어 마땅했으니.

그래서 그녀는 대상을 물색하고 죽였다. 그리고 이제 짧은 시간 동안이나마 아이는 그녀에게 숙면을 허락할 것이다.

Chapter 54

마틴의 시신은 다음 날 오션 비치로 떠밀려와 아침 조깅을 하러 나왔던 인근에 사는 주민에게는 저세상급의 공포를, 그녀가 데리고 나온 저먼 셰퍼드에게는 순도 100퍼센트의 기쁨을 선물했다.

앨런 게레로 형사는 노련한 눈매로 현장을 살피고 수사팀을 호출했지만 볼 것도 기록할 것도 별로 없었다. 수온이 차서 시신이 비교적 잘 보존됐고 시신이 입은 외투의 지퍼 달린 안쪽 주머니에 지갑이 들어 있었기 때문에 수월하고 빠르게 신원 확인이 이루어졌다. 이름은 마틴 슈어러, 나이는 32세, 주소지는 텍사스주 엘패소였다.

처음에는 단순 명쾌한 사건 같았다. 이 도시에서 자살은 드물지 않았고, 특히 골든 게이트 다리는 그걸 개인용 항공기처럼 이용하는 수많은 사람들 사이에서 명성이 자자했다. 지난달만 해도 10명이 거기서 뛰어내려 스스로 목숨을 끊었고 몇 명은 목숨을 건졌다. 해변으로 떠밀려온 시신은 경찰 업무의 일상적인 일부분이었지만 이 장소는 이례적이었다. 조수에 바다로 쓸려가지 않은 시신들은 대부분 마틴 카운티나 차이나 비치 주변으로 떠밀려왔다. 그래도 그는 어깨를 으쓱하며 뛰어내린 다리의 지점과 조수의 변화에 따라 달라지겠거니 생각했다.

게레로는 엘패소 경찰서로 연락해 마틴 슈어러의 행방을 궁금해하는 사람이 있을지 알아내는 데 필요한 정보를 전달했다. 의무적으로 실시된 부검 보고서 사본을 그쪽으로 보내도록 조치를 취했다. 그런 다음 그는 점심 먹을 생각을 했고, 조금 있다가 서류를 마무리하면 그것으로 슈어러에 대해서는 더 이상 들을 일이 없겠거니 했다.

게레로가 클레멘트와 3번가가 만나는 네거리에서 엑스트라 라지 조지오 스페셜을 맛있게 먹고 있었을 때 댄 스와이너 형사가 이끄는 기동대는 슈어러의 최근친이 누군지 알아내느라 그의 집을 수색했다. 그의 집은 강박적으로 깔끔했고 개인적인 서류가 몇 개 되지 않았다. 종이 문서는 거의 없었지만 몇 개 나온 청구서는 납부와 정리가 되어 있었고, 수표장으로 드러난 은행 잔고는 상당했다. 아내나 여자친구는 물론 다른 가족의 흔적이 전혀 보이지 않았다. 사진도 주소록도 개인적으로 주고받은 편지도 없었다. 스와이너는 대원들에게 암호가 걸린 컴퓨터를 기술팀에 맡길 수 있게 지서로 들고 가라고 지시했다.

"반장님, 와서 이걸 좀 보세요."

수사관 중 한 명인 매트 프론드가 강제로 잠금장치를 부순 조그만 책상 서랍 앞에서 그를 불렀다. 그 안에 여섯 개의 여성용 결혼반지가 들어 있었다. 그냥 심플한 디자인이 여섯 개, 혼수용으로 세팅된 것이 두 개였다.

스와이너는 휘파람을 불었다. "맙소사. 뭐야, 아내를 여섯 번 앞세운 홀아비야? 그런데 여섯 번째는 감당하기가 너무 힘들었나? 그 정도로 오랫동안 참았다니 존경스럽네."

"그건 아닌 것 같은데요. 이 반지에 새겨진 문구를 보세요." 서랍 안을 비출 수 있게 프론드가 그에게 손전등을 건넸다.

그는 허리를 숙이고 전등 불빛으로 반지를 한 바퀴 비췄다. "지닌과 로저 해먼드, 1998년 6월 13일."

마틴 슈어러가 아니라 로저 해먼드였다. 의심스러운 대목이었다. 그리고 어디선가 들어본 이름이라고 맹세할 수 있었다.

"이 이름들 검색해서 결과 확인해봐." 그는 말했다.

"알겠습니다."

조는 채팅 로그를 계속 정독하며 Serylda의 계정에 얽힌 정보를 찾을 수 있길 기도했다. 그래야 그녀가 아직 살아 있다면 늦지 않게 도울 수 있었다. 그러다 전화 벨이 울리자 발신자 번호도 확인하지 않은 채 전화기를 획 집어들었다.

"푸르니에입니다."

"엘패소 경찰서의 댄 스와이너 형사입니다. 그쪽에서 수사 중인 사건과 연관이 있을지 모르는 정보가 입수돼서요. 지닌 해먼드 살인사건이요."

조는 전화기를 책상에 내려놓았다. "스피커 모드로 바꿀게요, 형사님. 열심히 듣고 있으니 그건 걱정하지 마시고요."

"오늘 샌프란시스코에서 엘패소 주민인 마틴 슈어러가 자살을 했다며 저희 쪽으로 연락이 왔어요. 그래서 자택을 수사하다가 수상한 물건을 발견했어요. 잠긴 서랍 안에 결혼반지가 여섯 개 들어 있는데, 그중 한 반지에 지닌 해먼드의 이름이 새겨져 있더라고요. 그 이름을 컴퓨터에 입력해보니 경위님의 공개수사가 검색되더군요. 새겨진 문구가 피해자의 인적 사항과 일치했어요. 철자가 같고 남편 이름이 로저예요."

"다음 비행기 타고 곧바로 갈게요."

Chapter 55

슈어러의 집으로 들어서자 조의 팔에 소름이 돋았다. 코를 찌르는 청소용품 냄새와 거의 병원 같은 냉랭한 분위기는 어설픈 모델하우스와 병실의 엽기적인 만남이었다. 미니멀리즘을 추구한 인테리어 중에서 그 집에 사는 사람의 일면이 드러나는 부분은 없었다. 책도 DVD도 벽에 걸린 졸업장도 가족사진도 없었다. 그 어떤 것도 조금이나마 흐트러진 게 없었다. 먼지가 거의 없다는 것이, 사람이 살았던 집이라는 유일한 증거였다.

아넷은 조를 따라 서재로 들어갔다. 컴퓨터가 옮겨져서 마치 방치된 사무용 공간처럼 뚜렷한 목적이 없는 방처럼 느껴졌다.

"매트 프론드, 이쪽은 오크허스트 카운티 형사기동대 소속 조셋 푸르니에 경위와 밥 아넷 형사." 스와이너가 그들을 소개했고 서로 악수했다. "그쪽 사건과 연관이 있다는 걸 알고 즉시 수색을 중단했어요.

그쪽에서 볼 수 있게 증거 수집과 분류 작업을 보류하고 있었어요."

프론드가 서랍을 열었다. 그는 핀셋으로 반지를 하나씩 꺼내 여러 각도에서 사진을 찍은 다음 봉지에 넣었다. 각각 일지에 기록한 다음 조에게 건넸다. 조는 휴대전화로 지닌 해먼드의 반지를 제외한 나머지 반지의 사진을 찍어서 남편들이 맞는지 확인할 수 있게 뉴올리언스와 솔트레이크시티에 문자로 보냈다.

그들은 남은 수색을 얼른 끝냈고 의미 있는 증거는 더 이상 나오지 않았다. 감성이 결여된 슈어러의 성격에도 일말의 장점은 있었다.

스와이너가 그들을 경찰서로 데려가 시신에서 수습된 소지품을 보여주었다.

"외투 안쪽에 지퍼 달린 주머니가 있었어요. 거기에 지갑이 들어 있더군요. 그리고 이런 것들도 있었는데, 뭐 하러 이런 걸 들고 다녔는지 모르겠네요?" 그는 핀셋과 기다란 고무줄을 가리켰다.

아넷은 폭소를 터뜨렸다. "카슨의 반지를 그걸로 빼냈을 거예요. 고무줄로 손가락을 눌러서. 예전에 나도 반지를 빼야 했을 때 보석 가게에서 그 방법으로 빼주더라고요. 손가락을 잘라야 되나 했더니." 그는 고개를 저었다.

"소지품은 이게 전부였어요. 휴대전화나 다른 걸 소지하고 있었더라도 지금은 바다 밑바닥에 가라앉았을 겁니다. 외투는 단추가 전부 채워져 있었어요." 그는 외투가 든 봉지를 테이블 위로 툭 던졌다.

조는 봉지를 집어서 스타일과 단추를 유심히 들여다보았다. 지닌의 호텔 보안 카메라에 찍힌 외투와 분명 비슷했다. 지닌의 원피스에서 채취된 불완전한 프로파일과 슈어러의 DNA를 실험실에서 대조해봐야겠지만 기정사실이었다.

그들은 범인을 잡았다.

조는 그녀의 책상 앞에 앉아서 창밖으로 안마당을 내다보았다. 왜 이렇게 기분이 찜찜한지 이유를 알 수가 없었다. 그녀는 세세한 부분들을 반복해서 떠올리며 평화를 찾으려 하고 있었다.

몇 시간 만에 모든 퍼즐이 맞춰졌다. 샌프란시스코의 리전 오브 아너 미술관에 차 한 대가 방치돼 있다는 신고가 접수돼 수사관들이 출동해보니 글러브 박스에 마틴 슈어러의 이름으로 작성된 렌트 서류가 있었다. 새크라멘토 공항에서 렌트한 차량이었고, 이로써 마틴 슈어러의 이름으로 되어 있는 사우스웨스트 항공사의 댈러스/휴스턴과 새크라멘토 왕복 항공기의 예약 정보를 입수할 수 있었지만 그는 돌아오는 항공편에 탑승하지 않았다.

예약된 경로가 특이한 것을 보고 조의 팀원들은 오크허스트, 솔트레이크시티, 뉴올리언스에서 차로 반나절 이내 거리에 있는 모든 공항으로 수색 범위를 확대해 탑승객 명단과 렌터카 회사에서 그의 이름을 검색했다. 그 결과 각 범행 현장에서 24시간 이내 거리에 있는 시러큐스, 아이다호 폴스, 모빌에서 예약 기록이 입수됐다.

이제 의심의 여지가 없었다. 마틴 슈어러가 그들을 살해했다. 피도 눈물도 없이. 남겨진 남편과 아이들과 부모와 친구들이 그들의 죽음에 얼마나 슬퍼할지 알면서도. 그는 잔인한 사이코패스였고 그가 사라진 덕분에 세상은 좀 더 살기 좋은 곳이 되었다. 그런데 그가 어떤 식으로 종말을 맞이했는지가 중요한 문제일까? 유족들은 한을 풀었고, 그는 두 번 다시 아무도 죽이지 못할 테고, 국세를 상당 부분 절약할 수 있었다. 여기서 어떤 식으로 정의를 좀 더 구현할 수 있을까?

하지만 그녀는 찜찜함을 떨쳐버릴 수가 없었다.

슈어러가 무슨 일로 샌프란시스코를 찾았고 어쩌다 바다에 빠지게 됐을까? 지금까지 그의 범행에 대해 파악된 정보를 감안하면 모든 정황상 이번 여행의 목적은 살인이었다. 새크라멘토에서 출발하는 비행기, 렌터카, 상당한 액수의 현금, 이 모든 증거가 Serylda를 타깃으로 지목하고 있었다.

그런데 죽음을 맞이한 쪽은 그였다.

그녀가 보기에 해답은 셋 중 하나였다. 첫째, 슈어러가 사고를 당했거나 묻지 마 범죄의 피해자가 되었다. 가능성이 없지는 않았지만 Serylda가 바로 그 시점에 자기 계정을 삭제한 것이 영 마음에 걸렸다.

슈어러가 자살했다는 시나리오는 훨씬 더 마뜩잖았다. 그럴 거였으면 뭐 하러 엉뚱한 공항을 선택하고 왕복 비행기 표를 끊었을까? 원래는 자살할 계획이 없었는데 중간에 상황이 바뀌었을까? Serylda가 그의 정체를 파악했거나 도망쳤고, 그래서 그녀가 경찰에 신고하는 건 시간문제다 싶었을까? 살인범들은 번번이 바보 같은 실수를 일삼았다. 그녀의 생이 이대로 끝날 거라고 생각한 그가 그녀에게 무슨 얘기를 했을지 아무도 모를 일이었다. 하지만 그냥 도망쳐서 새롭게 시작하는 편이 훨씬 현명한 선택 아니었을까? 그는 생존 본능이 더 강했을 테고 신원 세탁에 필요한 지능을 갖추고 있었다. 게다가 리전 오브 아너에 차를 세워놓고 골든 게이트까지는 어떻게 갔을까?

그리고 모자의 문제도 있었다. 자살하려는 사람들은 안경이나 모자 같은 걸 쓰고 뛰어내리지 않긴 하지만 너무나 중요한 중절모의 흔적조차 찾아볼 수가 없었다. 그가 모자를 쓰고 뛰어내렸고 모자는 파도에 쓸려 떠내려갔을 수도 있기는 했다. 하지만 이 시나리오는 찜찜함을 가중했다.

맨 마지막 시나리오가 가장 설득력 있었다. 슈어러가 Serylda를 죽이려다 일이 꼬였다는 것. 그들도 알다시피 그는 여자들에게 데이트를 신청했다. 어쩌면 두 사람은 리전 오브 아너에서 만났고, 그녀가 그를 차에 태우고 로맨틱한 산책을 하려고 골든 게이트로 갔을지 모른다. 거기서 그가 즉흥적으로 이번에는 교살이 아니라 그녀를 다리 아래로 떨어뜨리려고 했는데, 그녀가 어찌어찌 탈출했을지 모른다. 아니면 그녀가 이상한 낌새를 느꼈거나 그에게 질문을 했다가 의심스러운 대답을 듣고 도망치기로 결심했을지 모른다. 그래서 그가 그녀를 쫓아갔고 몸싸움이 벌어졌을지 모른다. 이것이 유일하게 그의 여행 목적과 계정 삭제에 부합하는 시나리오였다. 그녀가 자신을 보호하려다 우연찮게 그를 죽이게 됐다면 경찰에 신고할 수가 없었을 것이다.

논리적으로 앞뒤가 맞았다. 증거와도 맞아떨어졌다.

그런데 왜 그녀는 설득이 되지 않는 걸까?

아넷은 그녀의 의구심에 전혀 동조하지 않았다. "맞아, 뭔가가 이상하긴 해. 하지만 그 개자식이 죽었잖아. 사고였든 자살이었든 무슨 상관이야?"

"내가 선배를 몰라요? 나 못지않게 선배도 진실이 뭔지 궁금해하고 있잖아요."

아넷은 분노 섞인 한숨을 토했다. "궁금한 게 어디 그뿐이겠어? 백만 달러를 손에 넣을 수 있는 비법도 궁금하구먼. 세상에는 이길 수 있는 싸움이 있고 이길 수 없는 싸움이 있어. 두 달 전만 해도 우리는 해먼드 사건이 미제 사건으로 넘어가게 생겼는데 할 수 있는 게 아무것도 없어서 열 받았었잖아. 정의를 구현하고 유족의 한을 풀어주고 싶었는데. 돕겠다는 사람이 아무도 없었을 때 우리가 그걸 위해 싸웠고 쟁취해냈어. 그런데 소소한 부분들을 모른다 한들 무슨 상관이야?"

FBI도 생각이 같았다. 시신과 반지가 발견된 이후에 조가 추가로 요청했음에도 그들은 IP 주소를 추적하는 데 인력과 시간을 할애할 생각이 없었다. 또 다른 타깃이 있었다면 아슬아슬하게 죽음을 모면한 거였고 더 이상 수사할 필요는 없었다. 그들이 보기에 'Serylda'는 조의 가설대로 경찰이 뒤를 쫓고 있는지 파악하기 위해 만든 바람잡이용 계정이었고, 조의 팀원들이 전화를 돌리기 시작하자 삭제된 것이었다. 마틴은 얼마든지 채팅 로그를 조작하고 이쪽에서 저쪽으로 스카이프를 걸어 어떤 여자가 위험에 처한 것처럼 꾸밀 수 있었다. 그리고 누가 알겠는가. 압박이 점점 심해지자 그가 경찰의 수사망이 점점 좁혀지고 있다는 사실을 견디지 못하고 스스로 목숨을 끊었을지. 아무튼 소중한 시간과 자원을 투자할 이유가 전혀 없었다. 경보가 해제됐고 그들의 도움을 필요로 하는 다른 사람들이 있었다.

아넷에게 FBI에서 그녀의 요청을 거부했다는 소식을 전하자 그는 한참 동안 조를 쳐다보았다. "자네가 이러는 이유가 뭔지 나는 알아."

"뭔데요?" 조는 물었다.

"자네가 해결하지 못했다는 데 열 받은 거야. 우리보다 한발 앞서 다른 무슨 일이 벌어졌다는 데. 나는 자네를 너무 잘 알아. 속은 기분이지?"

그의 말이 맞았다. 그녀는 그냥 찜찜한 게 아니라 화가 났다. 자기 손으로 끝장내지 못했다는 데 화가 났다. 하지만 이유는 그뿐만이 아니었다. 방해를 너무 많이 받았고, 대부분의 업무를 아넷과 로페즈에게 맡겨야 했으며, 사건 수사에 응당한 주의를 기울이지 못했다는 데에도 화가 났다. 그들은 범인의 덜미를 잡기 직전이었다. 로크니가 그녀에게 수사를 허락했더라면, 그녀가 다만 몇 시간이라도 좀 더 짬을 낼 수 있었더라면 상황이 달라졌을 것이다. 하지만 그러지 못했고 그 모든 게 그녀의 잘못이었다. 그녀는 이 직책을 맡음으로써 행정 업무의 구렁텅이로 스스로 들어갔고 자신의 본분을 저버렸다. 왜 이 직책을 맡겠다고 했는지 기억조차 나지 않는데. 형사의 현장 업무가 별로 그립지 않다고 자신을 속여가며 가장 유능한 경위가 되는 데 매진했고, 가실 줄 모르는 불만감은 마음속 저 끝이 조금 불편한 것으로 치부했다. 하지만 이 사건을 통해 모든 환상이 박살났다. 그녀는 이 부서 역사상 가장 훌륭한 경위가 되더라도 행복해질 수 없었다. 범인에게 정의의 심판을 내리고 싶은 마음이 있는 정도가 아니라 그러지 않고는 못 배겼다. 남들에게 수사를 지시하는 서류에 서명을 할 게 아니라 자신이 직접 현장에 뛰어들어야 했다.

그런 분노로 인해 이 사건을 잘못 해석하고 있는 걸까? 이게 다가 아닐 거라는, 계속 예의 주시해야 하는 부분이 있다는 이상한 희망을 버리지 못하는 걸까?

아니었다. 그 채팅 로그는 너무 진짜였다. 미끼라고 하기에는 불필요할 정도로 복잡했다. 슈어러가 Serylda에게 실수를 저질렀고 그래서 Serylda가 화가 났다. 그래서 그녀는 그를 테스트했고 호락호락하게 넘어가지 않았다. 그는 그녀의 예측 불가능한 반응에 가끔 어떤 식으로 대처하면 좋을지 몰랐던 눈치였다. 조는 고개를 저었다. 그 채팅은 분명 두 명이 주고받은 것이었다.

여러 이미지가 그녀의 머릿속에서 소용돌이쳤다. 지닌, 에밀리, 알레타. 그들은 수많은 친구와 가족을 두고 떠났고 그들의 삶은 앞으로 영영 전과 같지 않을 것이다. 그녀는 직접 만난 사람들의 얼굴을 떠올렸다. 파올라. 테레사. 그녀의 마이클 삼촌처럼 아내를 잃은 슬픔을 절대 극복하지 못할 로저. 그녀는 목에 걸린 다이아몬드를 움켜쥐었다. 사랑했던 사람이 피해자였다면 범인이 죽은 걸로 충분할까? 남들은 그걸로 충분하다고 생각할까?

테레사. 지닌의 조카가 떠오르자 그녀는 벌떡 일어나 앉았다. 약혼자의 잔뜩 찌푸린 큼지막한 얼굴 아래에 끼어 있었던 테레사의 조그만 얼굴. 접근 금지 명령과 과잉 통제의 전적이 있는 필립 베지맥.

해먼드 집안에 비극은 한 건이면 족했다. 그녀가 슈어리의 죽음을 규명할 방법은 없을지 몰라도 지닌이 사랑했던 사람들을 도울 수는 있을지 몰랐다. 필립 베지맥이 지닌을 살해한 범인은 아닐지 몰라도 좋은 남자는 아니었다. 테레사 해먼드가 가정 폭력 피해자로 전락하거나 너무 늦어서 경찰의 도움도 받지 못하는 실종자나 만신창이 시신으로 발견되는 것은 그녀가 막을 수 있을지 몰랐다.

조는 책상 왼쪽 서랍을 열어서 보류 폴더를 뒤진 끝에 베지맥을 상대로 작성된 접근 금지 명령 서류를 찾았다. 컴퓨터 프린터로 복사해 봉투에 넣은 다음 로저 해먼드의 주소를 적고 발송 우편함에 넣었다.

다시 컴퓨터 앞으로 돌아가 워드 창을 띄웠다. 경위직을 사임하고 다시 형사로 돌아가고 싶다는 탄원서를 썼다.

그걸 자축하기 위해 밤늦게까지 골든 게이트 브리지 자살 관련 문건을 모조리 찾아서 읽었다.

Chapter 56

다이애나는 즐거운 하루를 보내고 있었다.

넘겨야 하는 일을 마치고 느긋하게 저녁 시간을 보낼 준비를 하는 중이었다.

코코아를 좀 마셔볼까?

그녀는 우유를 냄비에 올려놓고 편안한 플리스 잠옷으로 갈아입고 푹신한 양말을 신었다. 우유가 너무 펄펄 끓지 않게 다시 부엌으로 갔다. 우유가 따뜻하게 데워지자 알맞은 재료를 꺼내 코코아를 탔다. 잠깐 고민하다가 미니 마시멜로를 몇 개 넣었다. 에라, 모르겠다.

다시 작업실로 돌아가 콧노래를 부르며 〈월드 오브 워크래프트〉를 띄우고 새로운 캐릭터 Kalyka로 접속했다. 그 이름을 입력하며 미소를 지었다. 시바(Shiva, 힌두교의 3대 신 중 하나로 파괴를 상징한다 - 옮긴이)의 철자를 살짝 바꿀까 하다가 그건 너무 빤하다는 결론을 내렸다. 이 이름이 딱 좋았다.

Kalyka가 마지막으로 로그아웃한 곳은 오지였지만 그녀의 하스스
톤이 달라란에 설치되어 있기 때문에 순식간에 시내로 돌아올 수 있
었다. 다이애나는 책상 다리를 하고 코코아를 마시며 채팅 채널을 훑
었다. 조금 자신만만하고 조금 허풍스럽지만 근본적으로 지적인 능력
이 엿보이는 멘트를 찾았다. "나를 봐! 나처럼 잘난 남자를 안 보고 어
딜 보는 거야?"라고 외치는 멘트 말이다. 하지만 그보다 감지하기 어
려운 트롤 중에 보물이 숨겨져 있을 때도 있었다. 천진난만하게 다른
플레이어 사이에 싸움을 붙여놓고 뒤로 물러나 앉아서 구경하며 필요
한 때 기름을 붓는 부류라고 할까. 그래서 그녀는 낮에 호숫가에서 낚
시를 하듯 접근했다. 그들은 기본적으로 괜찮은 남자들이었기 때문에
말을 아끼고 인내하며 잡았던 물고기를 대거 풀어주어야 했다. 하지
만 뱃전으로 물고기가 뛰어들듯 자신의 기지와 '매력'을 성기처럼 흔
들어대는 인간이 어쩌다 한번씩 등장했다.

다이애나는 흥미진진한 티키타카를 구경하다가 어느 한심한 트롤
이 피에로가 저지르는 성폭행은 웃기려고 하는 짓이라는 말로 관심을
모으려 하자 움찔했다. 몇몇 여자들이 그를 내쫓겠다고 협박했고, '트
롤은 어쩔 수 없는 트롤'과 같은 통찰력 있는 명언들로 채널이 폭발했
다. 그녀는 한숨을 쉬었다. 이 세상에는 절대 달라지지 않는 것들이 있
었다.

코코아가 거의 바닥을 드러냈을 때 흥미를 끄는 멘트가 떴다.

[2. 거래] [Remoolus]: 여자친구가 뚱하게 반응한다? 나한테 러브 포션 넘버 나

인은 버터맥주(해리 포터 시리즈에서 마법학교 학생들이 즐겨 마시는 음료-옮긴이)처럼 보이게 만드는 강장제가 있어요. 리물루스 앤드 컴퍼니로 와서 약을 받아 가세요. 재료를 들고 오시면 무료로 드립니다. 스킬을 레벨 업하면 돈을 드려요.

그녀는 잠깐 고민하며, 왜 타우렌 종족만 플레이했다 하면 평소에 지적이었던 사람들도 소나 웃을 법한 말장난을 하게 되는지 궁금해했다. 그래도 이 정도면 아주 형편없지는 않았다. 최소한 일말의 센스가 느껴졌다. 그녀는 대답을 입력했다.

[Remoolus]님에게 귓속말: 기발하네요. 이 게임 안에서 해리 포터를 완벽하게 이해하는, 위트 있고 매력 있는 사람은 만난 적이 거의 없는데.

[Remoolus]님의 귓속말: 재밌게 들었다니 기쁘네요. 믿거나 말거나 러브 포션 넘버 나인이 뭐냐고 묻는 사람들도 있어요.. >.<

[Remoolus]님에게 귓속말: 아, 믿어요. 이 게임을 하는 플레이어들의 평균 연령이 15세예요. 정신 연령으로 따지면 12세고요.

[Remoolus]님의 귓속말: ㅍㅎㅎ! 그런데 학생은 이렇게 야심한 시각에 이런 대도시에서 뭐하는 거요?

다이애나의 얼굴 위로 미소가 번졌다. 코코아가 한잔 더 필요하게 생겼다.

작가의 말

　귀한 시간을 내서 《댄싱 걸스》를 읽어주신 독자 여러분께 감사 인사를 드린다. 내가 이 작품을 쓰면서 느낀 재미를 여러분은 이 작품을 읽으면서 오롯이 느꼈으면 좋겠다.

　인터넷의 익명성을 악용하는 연쇄 살인범이라는 아이디어와 생각했던 것보다 훨씬 만만치 않은 타깃을 맞닥뜨린 살인범이라는 아이디어는 몇 년 전부터 내 머릿속에 계속 맴돌고 있었다. 그러다 어느 날 이 두 아이디어가 땅콩버터와 초콜릿처럼 하나로 합쳐지면서 《댄싱 걸스》가 탄생했다.

　시간 여유가 되는 분들은 짧은 서평이나마 남겨주면 좋겠다. 그러면 여러분의 피드백을 볼 수 있어서 좋을 뿐 아니라 새로운 독자분들께 관심을 얻을 수 있고, 그러면 내가 또 다른 작품으로 여러분의 곁을 찾아갈 수 있을 테니 말이다!

　모든 책은 작가 혼자만이 아니라 거기에 생명을 불어넣은 한 집단의 창조물이다. 그 집단을 이끈 수장이 이 원고를 발굴하고 믿고 지금의 이런 작품으로 다듬은 리어도러 달링턴이었다. 북쿠튀르 팀, 그중에서도 특히 페타 나이팅게일, 킴 내시 그리고 노엘 홀턴은 낭떠러지에서 여러 번 나를 구출하는 결정적인 역할을 했다.

그리고 그 집단 중에서 독보적인 존재가 미완성 원고를 정독해준 사람들이었다. 그들의 피드백 덕분에 이 작품뿐 아니라 나의 전반적인 창작 능력이 상당히 개선됐다. 그중에서도 특히 큰 힘을 보태준 대피나, 재닛, BSW에게 고맙다는 인사를 전하고 싶다.

남편의 도움이 없었다면 이 책은 세상의 빛을 보지 못했을 것이다. 그의 희생 덕분에 나는 가슴이 시키는 일을 할 수 있었다. 그는 모든 면에서 최고다!

내 가장 깊은 감사 대상은 독자분들이다. 정말 고마워요! 이 책을 읽고 탄성을 지르거나 폭소를 터뜨리거나 눈물을 흘린 분이 한 분이라도 있다면 나는 보람을 느낄 것이다.

마지막으로 밤늦도록 글을 쓰고 있을 때 따뜻하고 아늑하게 내 곁을 지켜주는 사랑스러운 반려동물들에게 고마움을 전하고 싶다.

댄싱 걸스

지은이 M.M. 쉬나르
옮긴이 이은선
펴낸이 정규도
펴낸곳 황금시간

초판 1쇄 발행 2022년 3월 31일

편집총괄 권명희
편집 조창원
디자인 정은경디자인

황금시간
Golden Time book

주소 경기도 파주시 문발로 211
전화 (02)736-2031(내선 360)
팩스 (02)738-1713
인스타그램 @goldentimebook

출판등록 제406-2007-00002호
공급처 (주)다락원
구입 문의 전화 (02)736-2031(내선 250~252)
　　　　　　팩스 (02)732-2037

한국 내 Copyright ⓒ 2022, 황금시간

저자 및 출판사의 허락 없이 이 책의 일부 또는 전부를 무단 복제·전재·발췌할 수 없습니다.
구입 후 철회는 회사 내규에 부합하는 경우에 가능하므로 구입처에 문의하시기 바랍니다.
분실·파손 등에 따른 소비자 피해는 공정거래위원회에서 고시한 소비자 분쟁 해결
기준에 따라 보상 가능합니다. 잘못된 책은 바꿔 드립니다.

값 15,000원
ISBN 979-11-91602-20-3 03840